प्रेमचन्द

31 जुलाई, 1880—8 अक्टूबर, 1936

कथा सम्राट के रूप में लोकप्रिय। शुरुआती लेखन 'नवाब राय' के नाम से उर्दू में। 'ज़माना' के सम्पादक मुंशी दयानारायण निगम ने नया नाम 'प्रेमचन्द' दिया। 1914 में पहली हिन्दी कहानी 'परीक्षा' प्रकाशित। 1920 में महात्मा गांधी के आह्वान पर सरकारी नौकरी से त्यागपत्र। अनेक पत्रिकाओं का सम्पादन। आदर्शोन्मुख यथार्थवाद के जनक। प्रगतिशील लेखक संघ के पहले सम्मेलन के सभापति रहे।

सम्पादक

आशुतोष पार्थेश्वर

युवा आलोचक। प्रेमचन्द के लेखन पर विशेष रूप से काम। अनेक पुस्तकें प्रकाशित। महादेवी वर्मा की अप्राप्य एवं असंकलित रचनाओं का एक संकलन प्रकाशनाधीन। प्रेमचन्द की रचनाओं के हिन्दी-उर्दू पाठ भेद और 'चाँद' पत्रिका के विभिन्न पक्षों पर शोधरत। इलाहाबाद विश्वविद्यालय के हिन्दी विभाग में अध्यापन।

शृंखला सम्पादक

बद्री नारायण

हिन्दी के महत्त्वपूर्ण कवि और समाजविज्ञानी। कविताओं के चार संग्रह प्रकाशित। हिन्दी और अंग्रेजी में अनेक किताबों के लिए चर्चित। आजकल गोविन्द बल्लभ पंत सामाजिक विज्ञान संस्थान के निदेशक। 'भारतभूषण अग्रवाल पुरस्कार' और 'साहित्य अकादेमी पुरस्कार' सहित अनेक महत्त्वपूर्ण सम्मानों से सम्मानित।

श्रृंखला संयोजन

डॉ. सूर्य नारायण
डॉ. विवेक निराला
डॉ. सुबोध शुक्ल

विचार का आईना

कला ✦ साहित्य ✦ संस्कृति

प्रेमचन्द

सम्पादक

आशुतोष पार्थेश्वर

श्रृंखला सम्पादक

बद्री नारायण

लोकभारती पेपरबैक्स

लोकभारती पेपरबैक्स में
पहला संस्करण : 2023

लोकभारती पेपरबैक्स : उत्कृष्ट साहित्य के लोकप्रिय संस्करण

लोकभारती प्रकाशन
पहली मंजिल, दरबारी बिल्डिंग, महात्मा गांधी मार्ग
प्रयागराज-211 001
द्वारा प्रकाशित

शाखाएँ : 1-बी, नेताजी सुभाष मार्ग, दरियागंज, नई दिल्ली-110 002
अशोक राजपथ, साइंस कॉलेज के सामने, पटना-800 006
वेबसाइट : www.lokbhartiprakashan.com
ई-मेल : info@lokbhartiprakashan.com

बी.के. ऑफसेट
नवीन शाहदरा, दिल्ली-110 032
द्वारा मुद्रित

मूल्य : ₹250

Kala Sahitya Sanskriti
PREMCHAND
Edited by Ashutosh Partheshwar

ISBN : 978-93-92186-50-9

दो शब्द

कला, साहित्य, संस्कृति, लोकभारती प्रकाशन की एक अनूठी पुस्तक शृंखला है जिसमें भारत के मनीषियों, रचनाकारों एवं चिन्तकों के कला, साहित्य एवं संस्कृति पर केन्द्रित आलेखों, विचारों एवं साहित्य और अभिव्यक्ति की अनेक विधाओं में अभिव्यक्त चिन्तनपूर्ण गद्यों का संकलन किया गया है।

आज के बाजारवाद के दौर में कला, साहित्य एवं संस्कृति को बचाए रखने के लिए यह जरूरी है कि हम अपने लेखकों, कवियों, मनीषियों, राजनीतिक द्रष्टाओं के कला, साहित्य एवं संस्कृति विषयक विमर्शों को याद करें एवं उनसे अपने को जोड़ें। ये विमर्श ही हमारी रचनाशीलता पर उपस्थित खतरों से हमें बचा पाएँगे। आज तो हमारी सामाजिकता पर भी खतरे उपस्थित हो गए हैं। मुझे तो लगता है कि कला, साहित्य एवं संस्कृति न हो तो समाज नहीं, समाज नहीं तो हम नहीं। फिर प्रश्न उठता है कि कला, साहित्य एवं संस्कृति को सत्ता एवं बाजार से कैसे बचाया जाए। मुझे तो लगता है कि खुद साहित्य, कला एवं संस्कृति में निहित, प्रवाहित, अभिव्यक्त हो रहे विचार ही साहित्य, कला एवं संस्कृति को बचा पाएँगे। उन विचारों को जितना स्मरण एवं पाठ किया जाएगा, उतना ही कला, साहित्य एवं संस्कृति के बचने के स्पेस हम निर्मित कर पाएँगे।

यह शृंखला न केवल हिन्दी वरन अनेक विश्व भाषाओं में इसलिए विशिष्ट है क्योंकि इसमें भारतीय लोक एवं समाज चिन्तन की वैचारिक छाया भी मौजूद है। इस शृंखला में शामिल चिन्तकों एवं लेखकों का चयन एक अत्यन्त संवेदनशील विद्वानों के समूह ने किया है। साथ ही इसमें हरेक खंड के सम्पादक अपने-अपने क्षेत्र के महत्त्वपूर्ण नाम हैं।

प्रेमचन्द हिन्दी भाषा के एक महान रचनाकार तो हैं ही, साथ ही महान विमर्शकार भी हैं। उन्हें हम प्राय: कथाकार के रूप में देखते हैं, पर उनमें निहित विमर्श क्षमता, बौद्धिक संवाद पर हम ज्यादा ध्यान

नहीं देते। श्री आशुतोष पार्थेश्वर ने यह खंड तैयार किया है, जिसमें आपको एक नए प्रेमचन्द के दर्शन होंगे, जिन्हें आप जानते तो हैं, पर शायद मिले नहीं। इस खंड में आप प्रेमचन्द से पुन: मिल पाएँगे।

—बद्री नारायण
गोविन्द वल्लभ पंत सामाजिक विज्ञान संस्थान
प्रयागराज-2110019

भूमिका

प्रेमचन्द का लेखन एक बेहतर मनुष्य और बेहतर दुनिया बनाने की रचनात्मक कोशिश है। उनका लेखन भारतीय नवजागरण और स्वतंत्रता आन्दोलन के सबसे विश्वसनीय रचनात्मक साक्ष्य के रूप में स्वीकृत है। उपलब्धियों की दृष्टि से भी और सीमाओं की दृष्टि से भी। भारतीय समाज की हजारों वर्षों की गतानुगतिकता, जातिप्रथा की अमानवीयता, धार्मिक वैमनस्य और साम्प्रदायिकता, गरीबी और बेगारी, स्त्रियों की दोयम स्थिति जैसे अनेक मुद्दे, जिनसे उस दौर के संघर्ष का चेहरा बनता है और जो आज भी मौजूद हैं, प्रेमचन्द उनसे टकराते हैं और वैकल्पिक समाज की तसवीर प्रस्तुत करते हैं। कहना जरूरी है कि जिन सवालों से प्रेमचन्द टकराते हैं, वे केवल भारत के लिए नहीं, दुनिया के किसी भी खित्ते के लिए उतने ही महत्त्वपूर्ण हैं।

प्रेमचन्द ने अपने लेखन की शुरुआत एक निबन्धकार और समीक्षक के रूप में की थी। पहली रचना 'ओलीवर क्रॉमवेल' (1903) से ही उनकी रचनात्मक प्रतिबद्धता, मूल्यों और संवेदनशीलता की पहचान हो जाती है। 'ओलीवर क्रॉमवेल' का परिचय देते हुए प्रेमचन्द लिखते हैं, 'उसने शाही हुकूमत का विरोध क्यों किया, इसके कारण स्पष्ट हैं। उस जमाने में रिआया पर बेजा जुल्मों की भरमार थी। बादशाह चारों तरफ जुल्म ढा रहा था। सिर्फ वही लोग बरी थे जिन पर बादशाह की विशेष कृपादृष्टि थी। क्रॉमवेल का देशप्रेम और हमदर्दी इन अत्याचारों को न देख सकती थी। कौम के हर हमदर्द की तबीयत का वही तकाजा होना चाहिए जो क्रॉमवेल का था।' प्रेमचन्द के लिए 'मुल्क' राजा से नहीं, रिआया से बनता है। अपनी पहली ही रचना में वे 'देशप्रेम' का अर्थ 'देश की जनता से प्रेम' स्थिर करते हैं। वे यह भी मानते हैं कि इस समझ का प्रसार आसानी से नहीं हो सकता। 'देश' का अर्थ 'देश की जनता' मानना आसान नहीं है। इस समझ की जरूरत शासक से अधिक जनता को है। इसका एक ही तरीका

है, वह है जनता का बौद्धिक जागरण। जिसकी कोशिश वे 'स्वदेसी तहरीक' (लेख, 1905) और 'इश्के-दुनिया और हुब्बे-वतन' (कहानी, 1908) जैसी आरम्भिक रचनाओं से लेकर 'कफन' (कहानी, 1935) और 'महाजनी तहजीब' (लेख, 1936) तक आद्यान्त करते मिलते हैं।

प्रेमचन्द के लिए 'देश' केवल एक भूभाग नहीं है, वह अत्यन्त संवेदनशील, विस्तृत और समावेशी सामाजिक-सांस्कृतिक इकाई है। उसके मूल में इनसानी रिश्ते और परदुखकातरता होनी चाहिए। किसी 'देश' का दायरा संकुचित नहीं होना चाहिए। उसे विविधताओं और भिन्नताओं के प्रति उदार होना चाहिए। व्यक्तिगत सम्मान, लोभ-लालच और वर्चस्व की कामना के साथ 'देश' का निर्माण नहीं किया जा सकता। प्रेमचन्द के लिए 'देश' क्या है, इसे देखने के लिए 'यही मेरा वतन है' (1908) कहानी बार-बार पढ़ी जानी चाहिए। प्रेमचन्द के लिए 'सोजे-वतन' अर्थात् वतन की पीड़ा यह है कि उनका वतन यूरोप-अमेरिका-इंग्लैंड होता जा रहा है, वह 'भारत' नहीं रह रहा है। गांधी 'हिन्द स्वराज' (1909) में भारत पर छाए इन्हीं संकटों की विवेचना करते हैं। दोनों की चिन्ता है कि भारत की 'प्रकृति' और भारत का 'धर्म' लुप्त होता जा रहा है। 'प्रकृति' यानी देश से परिचय और 'धर्म' यानी मानवीय मूल्य और नैतिकता। इनके बिना 'देश' की कोई भी तसवीर बेहद कुरूप होगी। इन मूल्यों से रहित 'राष्ट्र', प्रेमचन्द के शब्दों में 'विशुद्ध सांसारिकता है, सुन्दर भावनाओं से रहित, जिसने दिलों को कठोर और संकीर्ण और भावनाशून्य बना दिया है।' आजादी के संघर्ष के दौरान प्रेमचन्द इन सीमाओं से मुक्त 'देश' का सपना देख रहे थे। उस दौर के आदर्शों और मूल्यों के अनुरूप यह प्रेमचन्द का अपना चुनाव था। क्योंकि जब 'स्वार्थपरता, इन्द्रियपरायणता राष्ट्र की आत्मा' हो तथा 'आत्मा को भी तराजू पर तौलनेवाली व्यवस्था को जनतंत्र' कहना पड़े, तो प्रेमचन्द दोनों को अस्वीकारते मिलते हैं। उन्हें भारतीय जनता 'एक बेजान और बेहिस ढेर से ज्यादा कुछ नहीं' जान पड़ती। सवाल यह है कि इसका दोष किसे दिया जाए? अपने लेखन के बिलकुल आरम्भ से वे इसका दोष शिक्षित वर्ग को देते हैं। भारत का मध्यवर्ग अपने उदयकाल से ही मूलत: सुविधाभोगी और 'अपने ही स्वार्थ और प्रभुत्व की धुन में मस्त है।' प्रेमचन्द इस वर्ग की आत्मकेन्द्रीयता के निर्मम आलोचक हैं।

पूँजीवाद के साथ विकसित 'राष्ट्र' और 'राष्ट्रवाद' का यूरोपीय मॉडल प्रेमचन्द को रत्ती भर नहीं सुहाता। यह संकुचित राष्ट्रवाद

मनुष्यता का विरोधी है। उन्होंने देश और देश पर मरने-मिटनेवाले नायकों को केन्द्र में रखकर कई कहानियाँ और जीवनीपरक लेख लिखे हैं। लेकिन उनका देशप्रेम और मौजूदा दौर का 'राष्ट्रवाद' भिन्न ही नहीं, विपरीत भी है। यूरोपीय मॉडल का यह राष्ट्रवाद इतिहास के मनमाने और संकीर्ण पाठ के जरिये थोथे गौरव-बोध को जन्म देता है, जिसके सहारे भविष्य की यात्रा और बेहतर समाज का निर्माण सम्भव नहीं। इतिहास के छात्र के रूप में प्रेमचन्द यह जानते थे कि इतिहास से वर्तमान का रिश्ता कैसा और कितना होना चाहिए। राणा प्रताप, राजा मानसिंह, टोडरमल और अकबर से लेकर गैरीबाल्डी, मैजिनी जैसे स्थानीय और विदेशी नायकों को सिरजते हुए प्रेमचन्द जिस देशप्रेम और जागरण की पैरवी करते हैं—वह उदार, मानवीय मूल्यों का पोषक और भिन्नताओं को सहेजनेवाला है। जबकि पूँजीवादी शक्तियों से नियंत्रित राष्ट्रवाद में भाषा, धर्म या विचार की भिन्नता के लिए कोई स्थान नहीं होता। जो खतरा इक्कीसवीं सदी के इन वर्षों में प्रत्यक्ष है, प्रेमचन्द ने इसकी सम्भावनाओं को बहुत पहले पहचान लिया था। वे बताते हैं कि साम्प्रदायिकता इस राष्ट्रवाद के मूल में है और साम्प्रदायिकता के मूल में है—संस्कृति की दुहाई। उन्होंने लिखा है, 'साम्प्रदायिकता सदैव संस्कृति की दुहाई दिया करती है। उसे अपने असली रूप में निकलते शायद लज्जा आती है, इसलिए वह गधे की भाँति जो सिंह की खाल ओढ़कर जंगल के जानवरों पर रोब जमाता फिरता था, संस्कृति का खोल ओढ़कर आती है।' इस संस्कृति का 'साधारण जनता के सुख-दुख से कोई प्रयोजन नहीं।' यह 'अमीरों का, पेटभरों का, बेफिक्रों का व्यसन है।' वास्तव में, 'संस्कृति की पुकार केवल ढोंग है, निरा पाखंड।'

संस्कृति की दुहाई देनेवाले मनगढ़न्त इतिहास के जरिये सामाजिक विद्वेष, घृणा और हिंसा का पोषण करते हैं। अत: प्रेमचन्द की प्रस्तावना थी कि 'वह मुबारक दिन होगा, जब हमारी शालाओं से इतिहास उठा दिया जाएगा।' अंग्रेजी राज की विभाजनकारी नीतियों से संचालित शिक्षा व्यवस्था ने भारतीय समाज में विभाजन के औपनिवेशिक उद्देश्यों को बहुत दूर तक पूरा किया। प्रेमचन्द इस खतरे को भाँप चुके थे कि यह नए किस्म का राष्ट्रवाद आनेवाले समय में इतिहास के संकीर्ण और मनमाने पाठ की सम्भावनाएँ और अधिक बढ़ाएगा।

प्रेमचन्द चिह्नित करते हैं कि इतिहास से छेड़छाड़ करनेवालों और संस्कृति की दुहाई देनेवालों का हमेशा 'कोई-न-कोई निजी

हित' होता है। उनका स्पष्ट मत है कि 'साम्प्रदायिकता कभी अच्छी नहीं हो सकती। क्योंकि 'अगर साम्प्रदायिकता अच्छी हो सकती है तो पराधीनता भी अच्छी हो सकती है, मक्कारी भी अच्छी हो सकती है, झूठ भी अच्छा हो सकता है।' चूँकि साम्प्रदायिकता अच्छी नहीं हो सकती है तो उसके ईंट-गारे का इस्तेमाल कर बना एक 'राष्ट्र' भला कैसे अच्छा हो सकता है? वे साफ तौर पर इंगित करते हैं कि साम्प्रदायिकता की राजनीति करनेवाली संस्थाएँ मूलत: 'मध्यवर्ग के धनिकों, जमींदारों, ओहदेदारों और पदलोलुपों की हैं।' उनका अन्तिम लक्ष्य है कि वे 'जनता पर शासन कर सकें, जनता पर आर्थिक और व्यावसायिक प्रभुत्व जमा सकें।' प्रेमचन्द बहुत गम्भीरता से युगीन समस्याओं और भविष्य के संकटों को पहचानते हैं, उन्हें सूत्रबद्ध करते हैं; और उनका समाधान सुझाते हैं। वे उन प्रश्नों और चुनौतियों की ओर ध्यान आकृष्ट करते हैं, जिनका सम्बन्ध जनता, उसके सुख-दुख, सपनों और संघर्षों से होता है।

प्रेमचन्द के लेखन का दायरा अत्यन्त विस्तृत है। इतिहास, राजनीति, संस्कृति, कला, विज्ञान, शायद ही कोई विषय हो जो उनकी पहुँच से दूर हो। निश्चय ही, विषयों की विविधता से अधिक महत्त्वपूर्ण है, विषयों की उनकी समझ। कहना न होगा, प्रेमचन्द की समझ और चिन्ता का केन्द्रीय बिन्दु है—जनता की जागृति। यकीनन, यह जागरण केवल साहित्य से सम्भव नहीं है। इसीलिए वे ज्ञान के विभिन्न अनुशासनों, माध्यमों और कला-रूपों का एक ही लक्ष्य स्थिर करते हैं। 'चित्रकला' (1907) शीर्षक लेख में वे कहते हैं, 'कविता के समान चित्रकला भी व्यक्तियों को राष्ट्रीयता की ओर ले जाती है। बल्कि इस वक्त हिन्दुस्तान को कविता से अधिक चित्रकला की जरूरत है।' यह 'राष्ट्रीयता' देश और उसकी प्रकृति, उसकी विविध छवियों को बेहतर तरीके से जानने-स्वीकारने से जुड़ी है।

साहित्य या किसी भी कला की जीवन्तता तब तक है जब तक कि उसका आधार 'जीवन' है। प्रश्न है कि यह 'जीवन' कैसा? प्रेमचन्द मानते हैं कि 'जीवन' वही जो श्रम से जुड़ा हो—अर्थात् साहित्य-कला की जीवन्तता श्रम से विमुख होने पर खत्म हो जाती है। तब वह मात्र वैभव और प्रदर्शन की वस्तु रह जाती है। अत: प्रेमचन्द की प्रस्तावना है, 'हमें सुन्दरता की कसौटी बदलनी होगी।' क्योंकि, 'अभी तक यह कसौटी अमीरी और विलासिता के ढंग की थी।' प्रेमचन्द की कसौटी क्या थी, 'हमारी कसौटी पर वही साहित्य खरा उतरेगा जिसमें उच्च

चिन्तन हो, स्वाधीनता का भाव हो, सौन्दर्य का सार हो, सृजन की आत्मा हो, जीवन की सच्चाइयों का प्रकाश हो—जो हममें गति, संघर्ष और बेचैनी पैदा करे, सुलाए नहीं क्योंकि अब और ज्यादा सोना मृत्यु का लक्षण है।' 'जागरण' की यही चिन्ता और बेचैनी प्रेमचन्द के समूचे लेखन का स्थायी भाव है।

प्रेमचन्द की रचनात्मक बेचैनी और मूल्यों को समझने के उद्देश्य से यह चयन प्रस्तुत है। इसमें कला, साहित्य एवं संस्कृति विषयक प्रेमचन्द के लेखादि संकलित हैं। चयन में ध्यान रखा गया है कि विषयों की विविधता हो और उनमें दुहराव न हो। कला विषयक रचनाओं में 'चित्रकला' और 'भारतीय चित्रकला' के अतिरिक्त शेष सभी 'फिल्म' से सम्बद्ध हैं और 1932 से 1935 के बीच लिखे हुए हैं। मई 1934 से अप्रैल 1935 तक प्रेमचन्द फिल्मों की कहानियाँ लिखने के लिए बम्बई गए थे। किन्तु इस माध्यम से उन्हें निराशा हुई। यह स्वीकारते हुए कि 'अच्छे विचारों और आदर्शों के प्रचार में सिनेमा से बढ़कर कोई दूसरी शक्ति नहीं है।' उन्हें यह माध्यम पूरी तरह व्यापारियों के अधीन जान पड़ा, जिनका उद्देश्य 'जन रुचि का पथ प्रदर्शन करना नहीं', 'अधिक-से-अधिक धन' कमाना है। जबकि प्रेमचन्द का नजरिया कुछ और ही था, 'इस विषय में मेरा पक्का मत है कि परोक्ष या अपरोक्ष रूप से सभी कलाएँ उपयोगिता के सामने घुटने टेकती हैं।' वे शुद्धतावादी या व्यापारिक उद्देश्यों के विरोधी नहीं थे पर एक कला-माध्यम पूरी तरह व्यापारियों के हाथ की कठपुतली बन जाए, यह उन्हें स्वीकार न था।

साहित्य विषयक रचनाएँ चाहे वे विधाओं पर केन्द्रित लेख हों, 'मानसरोवर' की भूमिका हो या 'मधुबाला' की समीक्षा या फिर गणेशशंकर विद्यार्थी, महावीर प्रसाद द्विवेदी एवं जवाहरलाल नेहरू से सम्बन्धित टिप्पणी, वे प्रेमचन्द के विचारों, उनकी अपेक्षाओं, तदयुगीन हिन्दी साहित्य की गति एवं सम्भावनाओं की ओर संकेत करने में सक्षम हैं। प्रेमचन्द का समय हिन्दी गद्य के निर्माण की दृष्टि से निर्णायक दौर में भी है। ऐतिहासिक रूप से यही वह समय है जब हिन्दी-उर्दू की विभाजक रेखा गाढ़ी कर दी गई। अलगाव के उस दौर में प्रेमचन्द हिन्दी-उर्दू में संवाद और एकता की पैरवी करते हैं और अपनी रचनाओं में उसे सम्भव करके दिखाते हैं। उस दौर में हिन्दी के सामने एक दूसरी चुनौती यह थी कि उसका सम्बन्ध हिन्दी क्षेत्र की दूसरी भाषाओं-बोलियों के साथ कैसा हो। यहाँ भी प्रेमचन्द की

उपलब्धियाँ लक्ष्य की जा सकती हैं। स्थानीय शब्दों और मुहावरों का खड़ी बोली हिन्दी के साथ जैसा प्रयोग उन्होंने किया, दुर्भाग्य से वह हिन्दी का स्वभाव न बन पाया। अस्तु, भाषाओं की परस्परता के सम्बन्ध में प्रेमचन्द के विचारों को जानने के उद्देश्य से भाषा तद्विषयक लेख भी यहाँ संकलित है।

'संस्कृति' श्रेणी में संकलित रचनाओं में प्रेमचन्द उन सवालों से जूझते मिलते हैं जो उस दौर को मथ रहे थे, और आज कहीं अधिक तीखेपन के साथ उपस्थित हैं। प्रेमचन्द बहुत सलीके से यहाँ भारतीय परम्परा की श्रेष्ठ उपलब्धियों से परिचित कराते हैं। उन्हें 'नया जमाना' नहीं जँचता, इसलिए कि वह लोभ-लालच, प्रभुत्व की संस्कृति तथा 'मानसिक पराधीनता' पर आधारित हैं। नए जमाने का राष्ट्र-राज्य उन्हें निरंकुश और संकीर्ण लगता है। संकीर्णताओं का सबसे भयावह रूप है—साम्प्रदायिकता। कहना न होगा, 'पुराना जमाना' इन सीमाओं से मुक्त होने के कारण उन्हें बेहतर लगता है। 'नया जमाना' अनुशासन ऊपर से थोपता है, जबकि प्रेमचन्द पुराने जमाने की तरह 'आत्मानुशासन' को अधिक उचित मानते हैं। इसीलिए 'बच्चों को स्वाधीन बनाओ' शीर्षक लेख में वे लिखते हैं, 'सच्चा स्वाधीन आदमी वही है, जिसका जीवन आत्मा के शासन से संयमित हो जाता है, जिसे किसी बाहरी दबाव की जरूरत नहीं पड़ती।'

उम्मीद है, पाठकों को कला, साहित्य एवं संस्कृति विषयक प्रेमचन्द की रचनाओं का यह संकलन-चयन पसन्द आएगा। लोकभारती प्रकाशन ने मुझे यह अवसर दिया, इसके लिए उनका आभार!

—आशुतोष पार्थेश्वर

क्रम

कला

चित्रकला

कविता की तरह चित्रकला भी मनुष्य की कोमल भावनाओं का परिणाम है। जो काम कवि करता है, वही चित्रकार करता है, कवि भाषा से, चित्रकार पेंसिल या कलम से। सच्ची कविता की परिभाषा यह है कि तसवीर खींच दे। उसी तरह सच्ची तसवीर का यह गुण है कि उसमें कविता का आनन्द आए। कवि कान के माध्यम से आत्मा को सुख पहुँचाता है और चित्रकार आँख के द्वारा और चूँकि देखने की शक्ति सुनने की शक्ति की अपेक्षा अधिक कोमल और संवेदनशील होती है इसीलिए जो बात चित्रकार एक चिह्न, एक रेखा या जरा से रंग से पूरा कर देगा वह कवि की सैकड़ों पंक्तियों से न अदा हो सकेगी। कवि जब अपनी कविता पढ़ने लगता है तो केवल भाषा को भाव की अभिव्यक्ति के लिए काफी न समझकर आँखों, भँवों और उँगलियों से ऐसे इंगित करता है जिनसे उसकी कविता का आनन्द दुगना हो जाए, गोया उसे अपना मतलब अदा करने के लिए चित्रकला की आवश्यकता होती है मगर चित्रकार की तसवीर ही उसका भाव व्यक्त करने के लिए काफी होती है।

मगर जिस कला की हम चर्चा कर रहे हैं वह उस सच्ची चित्रकला की नकल है। चूँकि कवि का सम्बन्ध वाणी या भाषा से है इसलिए उसके दिल में बात पैदा हुई और उसने वाणी से उसे व्यक्त किया। चित्रकला के लिए निगाह का ठीक होना, हाथ की सफाई और रंगों की मिलावट का ज्ञान बेहद जरूरी है। इसलिए चित्रकार ऐसी आसानी से अपना भाव व्यक्त नहीं कर सकता जैसे कि कवि। हर देश के इतिहास में कविता के बहुत दिनों बाद चित्रकला का उदय होता है। इटली में कविता ईसवी सन् से पहले अपने उच्चतम शिखर पर पहुँच गई थी मगर चित्रकला का उदय चौदहवीं सदी में हुआ। उसी तरह इंगलिस्तान में मिल्टन और शेक्सपियर के लगभग दो सदी बाद चित्रकला ने जोर पकड़ा।

हिन्दुस्तान में अन्य कलाओं की तरह चित्रकला भी अपने शिखर पर पहुँची हुई थी। यद्यपि आजकल उस जमाने की तसवीरें नहीं मिलतीं मगर जिन हाथों ने एलोरा और अजन्ता के मन्दिरों में जादूगरी की, उनकी उन्नत चित्रकला में कोई सन्देह नहीं हो सकता। पुराने देशों की चित्रकला का अन्दाजा करने के लिए जरूरी है कि उसकी पुरानी इमारतें देखी जाएँ क्योंकि तसवीरें बहुत अरसे तक असली

आबो-ताब पर कायम नहीं रह सकतीं बल्कि बहुत समय बीत जाने पर वह आप-ही-आप खत्म हो जाती है।

अकबरी दौर या उसके बाद के भारतीय चित्रों से भी यहाँ की उन्नत चित्रकला का कुछ अनुमान किया जा सकता है। गो वह जमाना हिन्दुस्तान के लिए तरक्की का युग न था तो भी उस वक्त की तसवीरें बहुत ही अनमोल हैं। निस्सन्देह आकृति-चित्रण में वह बेजोड़ थे। हाँ, चित्रकला की अन्य विधाओं में वह बहुत सिद्धहस्त न थे और दृष्टि-क्रम के नियमों से भी वह बहुत परिचित न थे। 'आईने अकबरी' की तसवीरों में अगरचे चलत-फिरत, जिन्दादिली, अनुपात का ज्ञान, सब कुछ मौजूद है मगर दृष्टि-क्रम का बिलकुल लिहाज नहीं किया गया। दरवाजे के सामने सहन में जिस कद-कामत की शकलें नजर आती हैं उतनी ही बड़ी महलसरा के अन्दर भी दिखाई देती हैं और यह आधुनिक चित्रकला की दृष्टि से बहुत बड़ा दोष है। इसके अलावा धूप-छाँव के लिहाज से भी उन तसवीरों में अक्सर दोष दिखाई देते हैं। सहन और महलसरा के अन्दर एक ही अन्दाज और वजन की रोशनी पाई जाती है। ये दोष शायद इस कारण से पैदा हुए कि हिन्दुस्तान में चित्रकला भवन-निर्माण के समान पेशेवर लोगों के हाथों में थी और वे पढ़े-लिखे न होने के कारण अपनी कला की उपलब्धि में दृष्टि-क्रम के ज्ञान की सहायता नहीं ले सकते थे। इसलिए जहाँ तक हाथ की सफाई का सम्बन्ध है उन चित्रों में कोई दोष नहीं मगर विज्ञान की दृष्टि से उनमें बहुत से दोष मौजूद हैं।

यद्यपि चित्रकला पिछली कई शताब्दियों से हमारे शिक्षा-क्रम का कोई उल्लेखनीय अंग नहीं रही है मगर इसमें कोई सन्देह नहीं कि उन्नति के युग में यह कला यहाँ अवश्य प्रचलित थी। योरप ने अगर तसवीरों से मजहबी इमारतों और कलीसाओं को सजाया तो हिन्दुस्तान ने उन्हें सांस्कृतिक रीति-रिवाज में सम्मिलित कर दिया। शादी-ब्याहों में औरतें अपने हाथों से घर में तसवीरें बनाती हैं। कैसा ही गरीब आदमी क्यों न हो मगर जब वह अपने बेटे या बेटी का ब्याह करता है तो अपने दरवाजे पर हाथी, घोड़े, ऊँट, प्यादों की तसवीरें जरूर बनवाता है। ये तसवीरें एक रुई लपटे हुए तिनके से बनाई जाती हैं और गेरू, खड़िया या चावल पीसकर रंगी जाती हैं और अगरचे बहुत बेडौल और भद्दी होती हैं मगर इसमें कोई शक नहीं कि वह किसी पुरानी रस्म की बिगड़ी हुई यादगारें हैं। इसी तरह हिन्दुओं में कई ऐसे त्योहार हैं जिन मौकों पर औरतें घरों में दीवारों पर तसवीरें बनाती हैं और वह तसवीरें सिर्फ जानवरों या फूल-पत्तियों की नहीं होतीं बल्कि एक लम्बी कहानी उन्हीं निशानों से अदा की जाती हैं। इनमें न अनुपात होता है, न धूप-छाँव, न पर्सपेक्टिव या दृष्टि-क्रम का कुछ ध्यान रखा जाता है, न रंगों की मिलावट का। हाँ, उनसे यह बात यकीनी तौर पर साबित हो जाती है कि पुराने जमाने में इस कला की सभी विधाएँ हमारी स्त्रियों के शिक्षा-क्रम में सम्मिलित थीं।

योरप में चित्रकला का आरम्भ तेरहवीं सदी के आस-पास हुआ और पन्द्रहवीं सदी तक वहाँ न सिर्फ एक-से-एक अनमोल तसवीरों का खजाना जमा हो गया बल्कि इस कला पर अनेक पुस्तकें भी तैयार हो गईं जिनमें लियोनार्डो द विन्ची की किताब अभी तक सजग क्षेत्रों में बहुत सम्मान से देखी जाती है। इटली वह पवित्र भूमि थी जहाँ योरोपीय चित्रकला का सूर्योदय हुआ और जहाँ से उसकी किरणें तीन शताब्दी तक दूसरे देशों को आलोकित करती रहीं। यहीं इस कला के जन्मदाता पैदा हुए—रफायल, माइकेल एंजिलो, जोलियो रोमीनो और कोरेजियो जैसे प्रसिद्ध चित्रकार इसी मिट्टी में पैदा हुए जिनकी तसवीरें आज के बड़े-बड़े उस्ताद देखते हैं और दाँतों तले उँगली दबाते हैं। इस कला में उनका वही स्थान था और वह उसी तरह अनुकरण से परे हैं जैसे होमर, वर्जिल, कालिदास या शेक्सपियर। उनकी तसवीरों के सामने जाते ही ऐसा लगता है कि जैसे किसी तरोताजा बाग में आ पहुँचे। हाँ, यह आनन्द प्राप्त करने के लिए एक विशेष प्रकार का रुचि का संस्कार अपेक्षित है। इसके बगैर अच्छी तसवीर से आनन्द नहीं प्राप्त हो सकता बिलकुल उसी तरह जैसे कविता के संस्कार के बिना कविता की खूबियों का आनन्द उठाना असम्भव है।

इटली केवल आकृति-चित्रण से सन्तुष्ट नहीं हुआ बल्कि उसने चित्रकला की हर विधा में ऊँचा स्थान प्राप्त किया। प्राकृतिक दृश्य, धार्मिक किंवदन्तियाँ, कविता के विषय आदि विधाएँ उसने पैदा कीं और उन्हें पाला-पोसा। उनमें के कुछ चित्र ऐसे लोकप्रिय हो गए हैं कि दुनिया का कोई कोना उनसे खाली नहीं है। रफायल की बेजोड़ तसवीर 'मरियम का बेटा' हिन्दुस्तान के हर शहर में शरीफों के कमरों में तम्बोलियों की दुकानों पर समान रूप से शोभा देती है। उसकी रंगत की सादगी और विचारों की पवित्रता ऐसी आनन्ददायक है कि रुचिहीन व्यक्ति भी उसे देखकर कुछ-न-कुछ आत्मिक आनन्द पा लेता है। यह तसवीरें इस तरह सँभालकर रखी हुई हैं और उन पर रोगन ऐसे पक्के और ठहरनेवाले दिये हुए हैं कि तीन सदियाँ गुजर जाने के बावजूद अभी तक उनकी ताजगी और आबो-ताब में फर्क नहीं आया। हाँ, कुछ तसवीरें जिनकी काफी एहतियात न हो सकी, अलबत्ता कुछ खराब हो गई हैं। रेनाल्ड्स कहा करता था कि वह जिन उस्तादों की बनाई हुई हैं वह इनसान नहीं फरिश्ते थे। इटली की शान सारे योरप पर अभी तक ऐसी छाई हुई है कि किसी देश का आदमी अपनी कला का उस्ताद नहीं माना जाता जब तक कि वह दो-चार बार इटली की चित्रशालाओं को ठीक से देख न ले। खासतौर पर रोम की चित्रशाला वैटिकन तो हमेशा कला-प्रेमियों के लिए एक दर्शनीय स्थान रहा है।

उसकी बुनियाद पोप लियो के मुबारक जमाने में पड़ी थी और उसी वक्त से बड़े-बड़े उस्ताद उसकी मेहराबों और ताकों को अपनी जादू-भरी तूलिका से सुशोभित करने लगे। दुनिया में कोई दूसरी चित्रशाला ऐसी नहीं जो महत्त्व या महानता की दृष्टि से उसकी बराबरी का दम भर सके। यहाँ तक कि उसकी सैर करने ही से

आधुनिक युग के चित्रों पर दावे के साथ कहने का अधिकार मिल जाता है। योरप में कितने ही ऐसे कला-प्रेमी पड़े हुए हैं जो उनमें की एक-एक तसवीर के लिए दस-दस लाख पौंड तक देने को तैयार हैं। यहाँ बड़े-बड़े उस्तादों ने सौन्दर्य और यौवन, वीरता और पौरुष, पवित्रता और उपासना, तप और साधना, प्रेम और वात्सल्य के अच्छे-से-अच्छे नमूने अपने जादू-भरे कलम से बनाकर रख दिये हैं जो प्रकृति-चित्रकार की अच्छी-से-अच्छी कारीगरियों से टक्कर लेते हैं।

सब कलाओं का नियम है कि जब वह आरम्भिक दशाओं को पार करके उत्कर्ष को पहुँचती हैं तो उनमें विभिन्न रंग पैदा हो जाते हैं। हिन्दुस्तान में दर्शन और धर्म-चर्चा के सात रंग मौजूद हैं। उसी तरह उर्दू शायरी में दिल्ली और लखनऊ की शैलियाँ अलग-अलग हैं। उसी तरह इटली में चित्रकला के अलग-अलग रंग हो गए जिनमें रोम, वेनिस, फ्लोरेन्स और मिलान बहुत प्रसिद्ध हैं। हर रंग को अपनी विशेषताओं पर गर्व है। कोई आकृति-चित्रण पर जान देता है, कोई प्रकृति-चित्रण पर, कोई कल्पना की रंगीनी पर। उनकी कला की सूक्ष्मताओं में भी अन्तर है और हर रंग के साथ बड़े-बड़े उस्तादों के नाम जुड़े हुए हैं।

रोम से फ्रांस, स्पेन और डेनमार्क ने सबक सीखा और इन्हीं तीनों देशों के कुछ बड़े चित्रकारों ने इंगलिस्तान में इस कला का प्रचार किया। इटली के बाद चित्रकला में फ्रांस का स्थान है और वहाँ की चित्रशाला 'लूव्र' भी दूसरा वैटिकन है।

जो लाभ मनुष्य को कविता से प्राप्त होते हैं वही लाभ चित्र से भी प्राप्त होते हैं। कविता स्वयं एक मोहक वस्तु है, चित्र का भी यही गुण है। कवि की दृष्टि सौन्दर्य पर लोट-पोट हो जाती है, चित्रकार तड़पने लगता है। श्रेष्ठ कविता मनुष्य के भावों को दिखाती और हमारे हृदय की कोमल स्थितियों को व्यक्त करती है, दिलों को उभारती और हमारे विचारों को हीनता से निकालकर उत्कर्ष पर पहुँचाती है। यानी कवि का श्रेष्ठतम कर्तव्य मनुष्य को सुन्दरतर बनाना है। श्रेष्ठ चित्रकला भी हमारे सामने मानव समाज के सबसे अच्छे पहलू दिखाती और अच्छे-अच्छे कामों के नमूने पेश करती है। यानी कविता की तरह उसका कर्तव्य भी आदमी को इनसान बनाना है। कभी-कभी कविता की तरह चित्रकला भी जमाने की बुराइयों पर कोड़े लगाती है। मगर दोनों कलाएँ गुलदस्ते सजानेवाले बागबान हैं न कि घास-पात उखाड़नेवाले माली।

कविता के समान चित्रकला भी व्यक्तियों को राष्ट्रीयता की ओर ले जाती है बल्कि इस वक्त हिन्दुस्तान को कविता से अधिक चित्रकला की जरूरत है। ऐसे देश में जहाँ सैकड़ों विभिन्न भाषाएँ प्रचलित हैं, अगर कोई सर्व-सामान्य भाषा चल सकती है तो वह तसवीर है। यही भाषा कश्मीर से कन्याकुमारी तक हर आदमी की समझ में यकसाँ आ सकती है। स्वर्गीय राजा रवि वर्मा अगर तेलुगू भाषा में कविता करते तो उनके नाम से यह प्रदेश आज परिचित भी न होता और न उससे

समग्र राष्ट्र का कुछ भला होता। मगर उनके चित्रों ने सारे देश में एक सामीप्य, एक आत्मीयता की भावना उत्पन्न कर दी है। बंगाली भी शकुन्तला के चित्र से उतना ही आनन्दित होता है जितना कि पंजाबी या मरहठा हो सकता है क्योंकि सब हिन्दू समुदायों में कालिदास और उसकी नायिका का नाम बच्चे-बच्चे की जबान पर है। उसी तरह अनगिनत ऐसे धार्मिक और सांस्कृतिक विषय हैं जो सब हिन्दुस्तानियों के दिलों में एक ही विचार, एक ही उत्साह, एक ही भावना उत्पन्न कर सकते हैं और जो चित्र ऐसे पवित्र विषयों को अंकित करता है वह देश में सच्ची राष्ट्रीयता फैलाता है क्योंकि एक ही विचार से प्रभावित हो जाने का नाम राष्ट्रीयता है। कौन ऐसा हिन्दू होगा जो राजा रामचन्द्र के वनवास पर आँसू न बहाए। श्रीकृष्ण की बाँसुरी की मोहक पुकार से कौन विभोर न हो जाएगा। दमयन्ती के सतीत्व की कसम कौन हिन्दुस्तानी न खाएगा। यह तो खैर धार्मिक बातें हैं। सिर्फ एक हिन्दुस्तानी घराने की तसवीर, एक भारतीय पति का अपनी प्यारी पत्नी से विदा लेना, एक हिन्दू औरत का अपने परदेश जानेवाले बालम के घर लौटने के लिए आँचल उठाकर सूरज से प्रार्थना करना, एक हिन्दू लड़के का अपनी माँ की गोद में खेलना—ऐसे विषय हैं जो एक जादू-भरे चित्रकार के हाथों में सच्ची जातीयता के चिह्न बन सकते हैं।

चित्रकला से हमारा अभिप्राय फोटोग्राफी कदापि नहीं है। फोटोग्राफी सीखना दिनों का काम है, चित्रकला वर्षों का, बल्कि उससे भी कहीं ज्यादा। यद्यपि आजकल चित्रकला की तुलना में फोटोग्राफी की उसके सस्तेपन के कारण बहुत उन्नति हो रही है लेकिन कला-मर्मज्ञ फोटोग्राफी को कला की श्रेणी में लाते ही नहीं। इसमें सन्देह नहीं कि फोटोग्राफर बहुत थोड़े समय में असल चीज की नकल उतार लेता है मगर यह नकल, बेजान, मुर्दा और बेरंग होती है। प्रकृति की चित्र-विचित्र रंगारंगी दिन की तरह रौशन है। ऐसी कोई प्राकृतिक वस्तु नहीं जो कोई-न-कोई रंग न रखती हो। फोटोग्राफर इस बात को बिलकुल आँख से ओझल कर देता है। मसलन, अगर किसी पहाड़ी दृश्य की तसवीर उतारेगा तो पहाड़ का दामन, उसकी चोटी, उस पर के हरे-भरे पेड़, उसके दर्रे और गुफाएँ और उसके सामने का विस्तृत और मोहक दृश्य सब एक ही रंग के होंगे। आसमान नीले के बजाय कुछ पीलापन लिये होगा। अगर इस पहाड़ में कोई झरना होगा तो फोटो में एक सफेद लकीर की तरह दिखाई देगा जिसमें गति, तेजी और झाग नाम को न होगी। उसको देखकर हम यह न पहचान सकेंगे कि यह किस दृश्य का चित्र है चाहे वह दृश्य हमारी आँखों में कैसा ही परिचित क्यों न हो। इसके विपरीत, चित्रकार अगर इसी दृश्य का समाँ सुबह के वक्त दिखाएगा तो पहाड़ की चोटियों पर धुँधली सुनहली किरणें होंगी, पहाड़ की तलहटी ऊपरी हिस्से से कुछ ज्यादा कालापन लिये होगी, पेड़ हरे-भरे और सुनहरे होंगे, आसमान पर सूर्योदय की

लाली फूली हुई, झरने का पानी मचलता और लहराता हुआ, पहाड़ के सामने का मैदान पीलापन लिये हुए शबनमी रंग का नजर आएगा। अगर हमने कभी इस दृश्य को देखा है तो तसवीर के देखते ही फौरन पहचान जाएँगे। निस्सन्देह फोटोग्राफर यथार्थ-चित्रण में चित्रकार से बड़ा रहता है मगर कला वह है जो प्रकृति की सुन्दरताओं में और भी कुछ जोड़े, सुन्दर को सुन्दरतर बनाए, न कि प्राकृतिक सौन्दर्य को और घटाकर और उसे प्राकृतिक अलंकारों से वंचित करके हमारे सामने प्रस्तुत करे। चित्रकार अगर कोई दृश्य दिखाता है तो केवल यथार्थ-चित्रण करके सन्तुष्ट नहीं हो जाता बल्कि वह अपनी मौलिक सृजन-शक्ति और विवेक से काम लेता है। अगर कोई भद्दी चीज सामने आ गई है तो वह उसे आँख की ओट कर जाता है और किसी दूसरे दृश्य की सुन्दर चीजें ऐसे सुरुचिपूर्ण ढंग से लाकर मिला देता है कि चित्र का सौन्दर्य दुगना हो जाता है। वह प्रकृति की नकल नहीं करता बल्कि प्रकृति को सँवारता और सुधारता है। बेचारा फोटोग्राफर अपनी कला के बन्धनों से विवश है। वह नकल करता है और नकल भी ऐसी जिसका असल में कोई मेल नहीं होता।

कवि के समान चित्रकार में भी उन्मेष हुआ करता है मगर कवि तो होश सँभालते ही अपनी कवि-प्रकृति का परिचय देने लगता है और बेचारा चित्रकार बहुत दिनों तक प्राकृतिक दृश्यों, मानव स्वभावों और वृत्तियों और जानवरों की आदतों का अध्ययन और निरीक्षण करता रहता है। उसके लिए इन बारीकियों को बहुत ध्यान से देखने की कवि की अपेक्षा कहीं अधिक आवश्यकता है। चित्रांकन वह कला है जिसके लिए बहुत अवकाश, बड़ी तीक्ष्ण दृष्टि, बड़ी व्यापक और ज्वलन्त कल्पना, बड़ा दर्दमन्द और नाजुक दिल होना चाहिए। इन खूबियों के होने पर भी आदमी बगैर दिन-रात अभ्यास किए और रंगों के रहस्य और उनकी बारीकियाँ समझे, बगैर उस्तादों की बनाई हुई तसवीरें देखे और उनकी खूबियों को समझे इस कला में दक्षता नहीं प्राप्त कर सकता। उसकी एक-एक विधा बल्कि एक-एक विधा की एक-एक शाखा में दक्षता प्राप्त करने के लिए एक जिन्दगी दरकार है। कोई चित्रकार फूलों का प्रेमी होता है और वह उन्हीं की खूबियाँ दिखाने में अपनी जिन्दगी खर्च कर देता है, कोई जिन्दगी भर कुत्तों की तसवीरें खींचता है। किसी ने बच्चों की तसवीरें खींचना अपने जीवन का कार्य बना लिया है और कोई समुद्री दृश्यों पर मुग्ध है। यह क्षेत्र इतना विस्तृत है कि इस पर सम्पूर्ण अधिकार कर लेना एक आदमी की शक्ति से बाहर है। उसके एक छोटे से टुकड़े को ले लीजिए और उसी पर अपनी इमारतें बनाइए और तब वह इमारत ऐसी होगी कि देखनेवाले उसकी तारीफ करेंगे और वह बहुत दिनों तक कायम रह सकेगी।

योरप की बहुत-सी पत्रिकाएँ नियमपूर्वक चित्रकला पर लेख प्रकाशित किया करती हैं। खास इंगलिस्तान में ऐसी कई पत्रिकाएँ हैं। इन लेखों का जनता के हृदय

में क्या महत्त्व है वह इससे स्पष्ट है कि ऐसे लेख हमेशा बहुत ऊँचा स्थान पाते हैं। वहाँ कोई अच्छी तसवीर निकल जाती है तो चारों ओर उसकी चर्चा होने लगती है, पत्रिकाएँ उसकी अनुकृतियाँ छापती हैं, उस पर टीका-टिप्पणी की जाती है, उसकी अच्छाइयों और बुराइयों पर बहसें होती हैं। हिन्दुस्तान में इस कला की उन्नति की यह मंजिल कोसों दूर है। देखना चाहिए हम कब तक वहाँ पहुँचे हैं।

[उर्दू लेख। 'फने-तसवीर' शीर्षक से उर्दू मासिक पत्रिका 'जमाना', मार्च, 1907 में प्रकाशित। हिन्दी रूप 'चित्रकला' शीर्षक से 'विविध प्रसंग', भाग-1 में संकलित।]

गालियाँ

हर एक जाति का बोलचाल का ढंग उसकी नैतिक स्थिति का पता देता है। अगर इस दृष्टि से देखा जाए तो हिन्दुस्तान सारी दुनिया की तमाम जातियों में सबसे नीचे नजर आएगा। बोलचाल की गम्भीरता और सुथरापन जाति की महानता और उसकी नैतिक पवित्रता को व्यक्त करती है और बदजबानी नैतिक अन्धकार और जाति के पतन का पक्का प्रमाण है। जितने गन्दे शब्द हमारे जबान से निकलते हैं शायद ही किसी सभ्य जाति की जबान से निकलते हों। हमारे जबान से गालियाँ ऐसे धड़ल्ले से निकलती हैं कि जैसे उनका जबान पर आना एक जरूरी बात है। हम बात-बात पर गालियाँ बकते हैं और हमारी गालियाँ सारी दुनिया की गालियों से निराली, घृणित और गन्दी होती हैं। हमीं हैं कि एक-दूसरे के मुँह से माँओं, बहनों, बेटियों के बारे में गन्दी-से-गन्दी गालियाँ सुनते हैं और पैतरे बदलकर रह जाते हैं बल्कि बहुत बार हमें इसका एहसास भी नहीं होता कि हमारा कुछ अपमान हुआ है। जिन गालियों का जवाब किसी दूसरी कौम का आदमी तलवार और पिस्तौल से देगा उससे कई गुना घृणित और गन्दी गालियाँ हम इस कान से सुनकर उस कान उड़ा देते हैं। हमारी गालियों से माँ, बहन, बीवी, भाई, कोई नहीं बचता। हम अपनी नापाक जबानों से इन पाक रिश्तों को नापाक करते रहते हैं।

यों तो गालियाँ बकना हमारा सिंगार है मगर खासतौर पर जबर्दस्त गुस्से की हालत में हमारी जबान के पर लग जाते हैं। गुस्से की घटा सर पर मँडलाई और मुँह से गालियाँ मूसलाधार मेह की तरह बरसने लगीं। अपने दुश्मन या विरोधी को दूर से खड़े खरी-खोटी सुना रहे हैं, आस्तीनें चढ़ाते हैं, पैतरे बदलते हैं, आँखें लाल-पीली करते हैं और सारा जोश चन्द नापाक गालियों पर खत्म हो जाता है। विरोधी की सत्तर पुश्तों को जबान की गन्दगी से लथपथ कर देते हैं। उसी तरह विरोधी भी दूर ही से खड़ा हमारी गालियों का तुर्की बतुर्की जवाब दे रहा है। इसी तरह घंटों तक गाली-गलौज के बाद हम धीमे पड़ जाते हैं और हमारा गुस्सा पानी हो जाता है। इससे बढ़कर हमारे जातीय कमीनेपन और नामर्दी का सुबूत नहीं मिल सकता कि जिन गालियों को सुनकर हमारे खून में जोश आ जाना चाहिए उन गालियों को हम दूध की तरह पी जाते हैं। और फिर अकड़कर चलते हैं कि जैसे हमारे ऊपर फूलों

की वर्षा हुई है। यह भी जातीय पतन की देन है। जातीय पतन दिलों की इज्जत और स्वाभिमान की चेतना मिटाकर लोगों को बेगैरत और बेशर्म बना देती है। जब अनुभूति की शक्ति मिट गई तो खून में जोश कहाँ से आए। जो कुछ थोड़ा-बहुत बासी कढ़ी का-सा उबाल आता है उसका जोर जबान से कुछ थोड़े से गन्दे शब्द निकाल देने पर ही खत्म हो जाता है।

गुस्से की हालत में जबान की यह रवानी औरतों में ज्यादा रंग दिखाती है। दो हिन्दुस्तानी औरतों की तू-तू मैं-मैं देखिए और फिर सोचिए कि जो लोग हमको अर्द्ध-बर्बर कहते हैं वे किस हद तक ठीक कहते हैं। कुंजड़े, खटिक, भठियारे ये सब जातियाँ जबानी गन्दगी के लिए (क्या नैतिक गन्दगी नहीं?) खासतौर पर मशहूर हैं। क्या-क्या गन्दगियाँ उनकी जबान से निकलती हैं कि तौबा। जिन शब्दों की याद एक लज्जाशील स्त्री के गालों को लाज से लाल कर देगी, वे शब्द इन औरतों की जबान से बेधड़क और मोटरकार की रवानगी के साथ निकलते हैं। अब्बासी और दुलरिया जरा पुरजोर लहजे में विचारों का लेन-देन कर रही हैं। अब्बासी दुलरिया के बेटे को चबा जाती है। दुलरिया उसके शौहर को कच्चा खा जाती है। तब अब्बासी उसके दामाद को निगल लेती है। इसके जवाब में दुलरिया उसके दामाद को देवी की भेंट चढ़ा देती है। अब्बासी झुँझलाकर दुलरिया के बूढ़े दादा की लम्बी दाढ़ी को जलाकर खाक कर देती है क्योंकि इस गरीब के बदन में अब हड्डियों को छोड़कर गोश्त का नाम भी नहीं रहा वरना शायद उसे भी निगल जाती। दुलरिया जामे से बाहर होकर अब्बासी के सातों पुश्त के मुँह पर तारकोल लपेट देती है। बदकिस्मती से यह रवानी अधिकांश श्रेणियों की औरतों में कमोबेश पाई जाती है, और यह गालियाँ उन गन्दी नापाक गालियों के मुकाबले में कुछ भी नहीं हैं जो हम आए दिन बाजारों और गलियों में सुना करते हैं।

गालियों से हमें कुछ प्रेम-सा हो गया है। गालियाँ बकने और सुनने से हमारा जी ही नहीं भरता। साफ-सुथरा मजाक हमारे यहाँ करीब-करीब गायब है। मजाक जो कुछ है वह गाली-गलौज पर खत्म हो जाता है। हमने गालियाँ देने और सुनने के लिए रिश्ते मुकर्रर कर लिए हैं। बीवी का भाई अपने बहनोई और बहनोई के दोस्त और उन दोस्तों के परिचितों और टोले-मुहल्ले के हर आदमी के लिए यकसाँ तौर पर फोहश मजाक का निशाना है। जो होता है उसे अपनी हैसियत के हिसाब से गालियाँ देता है। उसकी बहनें और उसके घर की बड़ी-बूढ़ियाँ एक भी इस भेड़ियाधसान हमले से बेदाग नहीं रहने पातीं। इस गरीब को गन्दी-गन्दी बातें सुनाना हर आदमी अपना हक समझता है। उसे गन्दे शब्दों से पुकारना, उसे ललचाई नजरों से देखना हर बड़े-बूढ़े का जरूरी काम है। उसी तरह जब कोई आदमी अपने ससुराल जाता है तो सारा मुहल्ला उसे गालियाँ सुनाता है। जवान लोग खामखाह उसकी बहन से ब्याह करने पर आमादा होते हैं और बूढ़े उसकी माँ से औरत-मर्द का रिश्ता मिलाते

हैं और यह बेहूदा बातचीत जिन्दादिली में दाखिल समझी जाती है। शादियों में दूल्हे के साथ ससुराल में कदम-कदम पर जबानी और अमली मजाक किए जाते हैं। सालियाँ, सलहजें, सास सभी उसे गालियाँ देने और उसके मुँह से गालियाँ सुनने की तमन्ना रखती हैं। देवर-भौजाई की नोक-झोंक कौन नहीं जानता। भावज के साथ हर तरह की दिल्लगी जायज है। और वह दिल्लगी क्या है? गालियाँ। हमारे यहाँ गालियों का कुछ कम घृणित नाम दिल्लगी है।

हमारे देश में गालियाँ केवल गद्य में ही नहीं पद्य में भी दी जाती हैं। हम गालियाँ गाते हैं और वह भी खुशी के मौके पर। अगर शोक के अवसर पर गालियाँ गाई जाएँ तो शायद उसकी यह व्याख्या की जा सके कि हम जालिम आसमान और बेवफा तकदीर को कोस रहे हैं। लेकिन खुशी के जलसों में गालियाँ गाना अनोखी बात है। हाँ, इन गालियों में वह शैतानियत, वह खूँखारी और वह दिल को दुख पहुँचाने की बात नहीं होती जो गुस्से की हालत में गालियों में पाई जाती है। तब भी इन गीतों का एक-एक शब्द दिलों में गन्दे खयाल और गन्दी भावनाएँ उभारता है। इसकी व्याख्या इसके सिवा और क्या की जा सकती है कि हमारा कामुक स्वभाव वासना उभारनेवाली गालियाँ सुनकर खुश होता है। बारात दरवाजे पर आई और गालियों से उसका स्वागत किया गया और फिर लोग उसके आतिथ्य-सत्कार में लग गए लेकिन ज्यों ही खाने का वक्त आया, लोग हाथ-पाँव धो-धोकर पत्तलों पर कढ़ी-भात खाने बैठे कि चारों तरफ से गालियों की बौछार होने लगी और गालियाँ भी ऐसी-वैसी नहीं, पंचमेल, कि शैतान सुने तो जहन्नुम से निकल भागे। लोग सपड़-सपड़ भात खा रहे हैं, ढोल-मजीरे बज रहे हैं, वाह-वाह मची है और गालियाँ गाई जा रही हैं। गोया पेट भरने के लिए भात के अलावा गालियाँ खाना भी जरूरी है और है भी ऐसा ही। लोग ऐसे शौक से गालियाँ सुनते हैं कि शायद रामायण, महाभारत और सत्यनारायण की कथा भी न सुनी होगी। मुस्कराते हैं, मुग्ध होकर गर्दन हिलाते हैं और एक-दूसरे का नाम गन्दगी में लिथेड़े जाने के लिए पेश करते हैं। जिन महाशयों के नाम इस तरह पेश होते हैं वे इसे अपना सौभाग्य समझते हैं। और दावत खत्म होने के बाद कितने ही ऐसे लोग बचे रहते हैं जिनके दिल में गालियाँ खाने की हवस बाकी रहती है। खुशनसीब है वह आदमी जो इस वक्त गालियाँ खाता है। सारी बिरादरी की आँखें उसकी तरफ उठती हैं। बावजूद इस आदर-सम्मान के वह गरीब बड़े विनयपूर्वक गर्दन झुकाए हुए हैं। कहीं-कहीं घर की औरतें यह फर्ज अदा करती हैं लेकिन ज्यादातर जगहों में डोमनियाँ यह पाक रस्म अदा करने के लिए बुलाई जाती हैं। नहीं मालूम ये गीत किसने बनाए हैं। किन्हीं-किन्हीं गीतों में शायरी का रंग पाया जाता है। क्या अजब है, किसी रौशन तबीयत के आदमी ने इसी रंग में अपने फन का कमाल दिखाया हो। इस गाने के लिए गानेवालियों को इनाम देना पड़ता है। दुनिया में हिन्दुओं के सिवा और कौन

ऐसी जाति है जो गालियाँ खाए और गाँठ से रुपया खर्च करके इस मैदान में कायस्थ लोग सभी फिरकों से बाजी ले गए हैं। उनके यहाँ बहुत जमाना नहीं गुजरा कि महफिलों में गालियाँ बक-बककर इल्मी लियाकत दिखाई जाती थी दूसरी जातियाँ शास्त्रार्थ और इल्मी बहसें करती हैं और कायस्थ हजरात गन्दी गालियाँ बकने में अपना पांडित्य दिखाते हैं। क्या उलटी अक्ल है! शुक्र है कि यह रिवाज अब कम होता जाता है वरना गाँव में किसी लड़के या लड़की की शादी ठहरी और गाँव भर के नौजवान और होनहार लड़के गालियों की गजलें याद करने लगते थे। हफ्तों और महीनों तक गालियों को रटने के अलावा उन्हें और कोई काम नहीं था। घर के बड़े-बूढ़े शाम को दफ्तर और कचहरी से लौटते तो लड़कों से यह गन्दी गजलें सबक की तरह सुनते और लबोलहजा दुरुस्त करते। जब बच्चों को गालियाँ माँ के दूध के साथ पिलाई जाएँ तो नैतिक शक्ति क्योंकर आ सकती है?

गुस्से में हम गाली बकें, दिल्लगी में हम गाली बकें, गालियाँ बककर लियाकत का जोर हम दिखाएँ, गीत में गाली हम गाएँ—जिन्दगी का कोई काम इससे खाली नहीं, यहाँ तक कि धार्मिक मामलों में भी हमारे यहाँ गाली बकने की जरूरत है। दूसरे सूबों का हमें तजुर्बा नहीं मगर संयुक्त प्रान्त के कुछ हिस्सों में दीवाली के दो दिन बाद दूज के रोज गाली बकनेवाली पूजा होती है। सारे गाँव या मुहल्ले की औरतें नहा-धोकर जमा होती हैं, जमीन पर गोबर का एक पुतला बनाया जाता है, इस पुतले के इर्द-गिर्द औरतें बैठती हैं और कुछ पान-फूल चढ़ाने के बाद गाली बकना शुरू कर देती हैं। यह त्योहार इसीलिए बनाया गया है। आज के दिन हर औरत का फर्ज है कि वह अपने प्यारों को गालियाँ दे। जो आज के दिन गालियों से बच जाएगा उसे साल भर के अन्दर जरूर यमराज घसीट ले जाएँगे। गोया यमराज से बचने के लिए गालियों की यह मोटी दीवार उठाई गई है! हमने काल से लड़ने के लिए कैसा हथियार निकाला! कहीं-कहीं यह रिवाज है कि दूज के दिन बजाय अपने प्यारों के दुश्मनों को गालियाँ दी जाती हैं और गोबर का पुतला फर्जी दुश्मन समझा जाता है। दुश्मन को खूब जी भर कोसने के बाद औरतें इस पुतले की छाती पर ईंट का एक टुकड़ा रख देती हैं और फिर उसे मूसल से कूटना शुरू करती हैं। इस तरह दुश्मन का निशान गोया हस्ती के सफे से मिटा दिया जाता है। गालियों से केवल धर्म खाली था, वह कसर भी पूरी हो गई।

हमारी रुचि इतनी विकृत हो गई है कि हममें से कितने ही शौकीन, रंगीन तबीयत के लोग ऐसे निकलेंगे जो सुन्दरियों के मुँह से गालियाँ सुनना सबसे बड़ा सौभाग्य समझते हैं। बदजबानी भी गोया हसीनों के नखरे में दाखिल है। प्रेमीजनों का यह सम्प्रदाय उस सुन्दरी को हरगिज प्रेमिका न कहेगा जिसकी जबान में शोखी और तेजी नहीं। जबान का शोख होना माशूकियत का सबसे जरूरी जुज समझा जाता है। मगर अफसोस कि जबान की शोखी का मतलब कुछ और ही खयाल

किया जाता है। अगर माशूक दिल्लगीबाज हाजिरजवाब हो तब तो गोया चार चाँद लग गए। मगर हमारे यहाँ जबान की शोखी गाली बकने का दूसरा नाम है। मियाँ मजनूँ लैला से हुस्न का जकात तलब करते हैं। लैला तेवर बदलकर गाली दे बैठती है। मियाँ मजनूँ जरा और सरगर्म होते हैं तो लैला उनकी मैयत देखने की तमन्ना जाहिर करने लगती है। इस गाली-गलौज का शुमार माशूकाना शोखी में दाखिल है। जिस हालत में कि जबान से सच्चाई और आत्मीयता में डूबे हुए शब्द निकलने चाहिए उस हालत में हमारे यहाँ गाली-गलौज होने लगता है, और अक्सर निहायत गन्दा, फोहश। मगर हमारे स्वर्ग-जैसे देश में ऐसे लोग भी हैं जिन्हें इन गालियों में मुहब्बत की दुगनी तेज शराब का मजा आता है और जिनकी महफिलें इस जबानी तेजी के बगैर सूनी और बेरौनक रहती हैं। हमारी तहजीब का ढंग ही निराला है। इसी नैतिक पतन ने हिन्दुस्तान को आज ऐसी बेगैरत और बेशर्म कौम बना रखा है।

विलायत में बिलिंग्सगेट नाम का एक बाजार है। वहाँ की बदजबानी सारे इंगलिस्तान में मशहूर है और किताबों में उसकी मिसाल दी जाती है, मगर हमारे हिन्दुस्तान की मामूली बोलचाल के आगे बिलिंग्सगेट के मल्लाह भी शर्म से पानी-पानी हो जाएँगे।

गाली हमारा जातीय स्वभाव हो गई है। किसी इक्के पर बैठ जाइए और सुनिए कि इक्केवान अपने घोड़े को कैसी गालियाँ देता है। ऐसी गन्दी कि जी मतलाने लगे। वह गरीब घोड़ा और उसकी नेक माँ और बुजुर्ग बाप और नालायक दादा, सब इस नेकबख्त औलाद की बदौलत गालियाँ पाते हैं। हिन्दुस्तान ही तो है, यहाँ के जानवरों को भी गालियों से लगाव है। बैलगाड़ीवाला भी अपने बैलों को ऐसी फरमाइशी गालियाँ देता है। और तो था ही, सरकार बहादुर ने आजकल गालियाँ बकने के लिए एक महकमा कायम कर रखा है। इस महकमे में शरीफजादे और रईसजादे लिये जाते हैं, उन्हें अच्छी-अच्छी तनख्वाहें दी जाती हैं और रिआया के अमन-चैन की जिम्मेदारी उन पर रखी जाती है। इस महकमे के लोग गालियों से बात करते हैं। उनके मुँह से जो बात निकलती है, गन्दी, घिनौनी। ये लोग गालियाँ बकना हुकूमत की निशानी और अपने ओहदे की शान समझते हैं। यह भी हमारी टेढ़ी अक्ल की एक मिसाल है कि हम गाली बकने को अमीरी की शान समझते हैं। और देशों में जबान का सुथरापन और मिठास, चेहरे की गम्भीरता, शराफत और अमीरी के अंग समझे जाते हैं और हिन्दुस्तान में जबान की गन्दगी और चेहरे का झल्लापन हुकूमत का जुज खयाल किया जाता है। देखिए मोटे जमींदार साहब अपने असामी को कैसी गालियाँ देते हैं। जनाब तहसीलदार साहब अपने बावर्ची को कैसी खरी-खोटी सुना रहे हैं और सेठ जी अपने कहार पर किन गन्दे शब्दों में गरम होते हैं, गुस्से से नहीं सिर्फ अपनी हुकूमत की शान जताने के लिए। गाली बकना हमारे यहाँ रईसी और शराफत में दाखिल है। वाह रे हम!

इन फुटकर गालियों से तबीयत भरती न देखकर हमारे बुजुर्गों ने होली नाम का एक त्योहार निकाला कि एक हफ्ते तक हर खास व आम खूब दिल खोलकर गालियाँ देते हैं। यह त्योहार हमारी जिन्दादिली का त्योहार है। होली के दिनों में हमारी तबीयतें खूब उभार पर होती हैं और हफ्ते भर तक जबानी गन्दगी का एक गुबार-सा हमारे दिल व दिमाग पर छाया रहता है। जिसने होली के दिन दो-चार कबीर न गाए और दो-चार दर्जन गन्दी बातें जबान से न निकालीं वह भी कहेगा कि हम आदमी हैं। जिन्दगी तो जिन्दादिली का नाम है। लखनऊ में एक जिन्दादिली अखबार है। वह भी होली में मस्त हो जाता है और मोटे-मोटे अक्षरों में पुकारता है—

आई होली आई होली, हमने अपनी धोती खोली

यह इस जिन्दादिल अखबार की जिन्दादिली है! वह सभ्य और सुसंस्कृत रुचि का समर्थक समझा जाता है। लेकिन जिस देश में गालियों का ऐसा रिवाज हो वहाँ इसी का सुथरे मजाक में शुमार है। कुछ हिन्दी अखबारों की जिन्दादिली उन दिनों अथाह हो जाती है। निरन्तर कबीरें छपती हैं और अधिकांश कबीरें शब्दों के अलंकार के पर्दे में गालियों से भरी हुई होती हैं। अगर किसी दूसरी कौम का आदमी इन दो हफ्तों के हिन्दी अखबार उठाकर देखे तो शायद दुबारा उनकी सूरत देखने का नाम न लेगा! हमारे कौमी अखबारों की यह हालत हो जाती है।

तकिया कलाम के तौर पर भी गालियाँ बकने का रिवाज है और इस मर्ज में ज्यादातर नीम-पढ़े लोग गिरफ्तार पाए जाते हैं। ये लोग कोई एक गाली चुन लेते हैं और बातचीत के दौरान में उसे इस्तेमाल करना शुरू करते हैं, यहाँ तक कि वह उनका तकिया कलाम हो जाती है और बहुत बार उनके मुँह से अनायास निकल पड़ता है। यह निहायत शर्मनाक आदत है। इससे नैतिक दुर्बलता का पता चलता है और बातचीत की गम्भीरता बिलकुल धूल में मिल जाती है। जिन लोगों को ऐसी आदत पड़ गई हो उन्हें तबीयत पर जोर डालकर जबान में सफाई पैदा करने की कोशिश करनी चाहिए।

किस्सा कोताह, हम चाहे किसी और बात में शेर न हों, बदजबानी में हम बेजोड़ हैं। कोई कौम इस मैदान में हमको नीचा नहीं दिखा सकती। यह हम मानते हैं कि हममें से कितने ही ऐसे लोग हैं जिनकी जबान की पाकीजगी पर कोई एतराज नहीं किया जा सकता मगर कौमी हैसियत से हम इस जबर्दस्त कमजोरी का शिकार हो रहे हैं। कौम की उन्नति या अवनति थोड़े से चुने हुए लोगों के निजी गुणों पर निर्भर नहीं हो सकती।

सच तो यह है कि अभी तक हमारे मार्गदर्शकों ने इस महामारी को जड़ से खोदने की सरगर्म कोशिश नहीं की, शिक्षा की मन्दगति पर इसके सुधार को छोड़ दिया और जनसाधारण की शिक्षा जैसी कुछ उन्नति कर रही है, वह सूरज की

तरह रौशन है। इस बात को दुहराने की जरूरत नहीं कि गालियों का असर हमारे आचरण पर बहुत खराब पड़ता है। गालियाँ हमारी बुरी भावनाओं को उभारती हैं और स्वाभिमान व लाज-संकोच की चेतना को दिलों से कम करती हैं जो हमको दूसरी कौमों की निगाहों में ऊँचा उठाने के लिए जरूरी है।

[उर्दू लेख। उर्दू मासिक पत्रिका 'जमाना', दिसम्बर, 1909 में प्रकाशित। 'मजामीन-ए-प्रेमचन्द' में संकलित। हिन्दी रूप 'विविध प्रसंग', भाग-1 में संकलित।]

भारतीय चित्रकला

भारत की राष्ट्रीय जागृति का सबसे महत्त्वपूर्ण और शुभ परिणाम वे बैंक और डाकखाने नहीं हैं जो पिछले कुछ सालों में स्थापित हुए और होते जाते हैं, न वे विद्यालय हैं जो देश के हर भाग में खुलते जाते हैं बल्कि वह गौरव जो हमें अपने प्राचीन उद्योग-धन्धों और ज्ञान-विज्ञान व साहित्य पर होने लगा है और वह आदर का भाव जिससे हम अपने देश की कारीगरी के प्राचीन स्मारकों को देखने लगे हैं। हम अब होमर और मिल्टन को कविता का सम्राट नहीं मानते बल्कि सादी और कालिदास को। यही स्वाभिमान हर एक क्षेत्र में दिखाई देता है। हमारी प्राचीन मूर्तिकला और स्थापत्य कभी कद्रदानी का मुहताज नहीं रहा। वह अब भी दुनिया में आश्चर्य की दृष्टि से देखा जाता है और उसके जो कुछ चिह्न वक्त की तबाही से बच रहे हैं वह इस कला में हमको हमेशा बेजोड़ साबित करते रहेंगे। मगर हमारी प्राचीन चित्रकला बहुत जमाने से गुमनामी के गड्ढे में पड़ी रही और न सिर्फ योरप के छानबीन करनेवालों ने यह नतीजा निकाल लिया था कि भारत में इस कला का कभी उन्नयन नहीं हुआ बल्कि हिन्दुस्तानी भी इस विचार में उनका साथ देने लगे थे। मगर इस राष्ट्रीय जागृति ने हमारा ध्यान इस कला की ओर उन्मुख कर दिया है और जहाँ कुछ साल एक व्यक्ति भी ऐसा न था जो विश्वास के साथ कह सके कि हिन्दुस्तान ने इस कला में भी कमाल हासिल किया था वहाँ आज हजारों हिन्दुस्तानी ऐसे हैं जो अपनी प्राचीन चित्रकला का महत्त्व समझने लगे हैं, और वह आसानी से इस बात को हरगिज न मानेंगे कि इस ललित कला को कमाल पर पहुँचाने का सेहरा इटली के सर है। जिस दिमाग ने कविता और स्थापत्य में अपने चमत्कार दिखाए वह चित्रकला में कैसे न दिखाता। यह तीनों कलाएँ परस्पर इतनी सम्बद्ध हैं कि एक का उन्नति करना और दूसरे का जन्म ही न लेना असम्भव है यद्यपि यह सम्भव है कि कविता की तुलना में मूर्तिकला और चित्रकला की उन्नति अधिक दिनों में हो। बड़े सन्तोष की बात है कि इतने दिनों की बेखबरी के बाद दिलों में इस कला का सम्मान करने का भाव उत्पन्न हुआ और इसके लिए हमको कलकत्ते के महान चित्रकार बाबू अवनीन्द्रनाथ ठाकुर का कृतज्ञ होना चाहिए। उन्होंने प्राचीन पद्धति पर नए रंग का रोगन देकर भारत की नई चित्रकला की नींव डाल दी है और

योरोपियन चित्रकारों की नक्काली के कलंक से इस कला को बचा लिया है। उनके कई शिष्य जिनमें से कुछ के चित्र योरप और हिन्दुस्तान में बड़े सम्मान की दृष्टि से देखे गए हैं, उन्हीं पदचिह्नों पर चल रहे हैं। इस स्कूल का नैतिक मानदंड बहुत ऊँचा है, और वह अपने चित्रों पर राष्ट्र के सर्वोत्तम विचारों और भावों का प्रतिबिम्ब उत्पन्न कर देता है जो हर देश की चित्रकला की जान है। बाबू अवनीन्द्रनाथ के चित्र अधिकतर ऐतिहासिक और धार्मिक होते हैं। कालिदास के ऋतुसंहार के भी कई दृश्य आपने अपने जोरदार कलम से खींचे हैं। मगर यह चित्र चाहे साहित्यिक हों, चाहे ऐतिहासिक उनका सबसे बड़ा गुण यह है कि वे जातीयता की भावना से भरपूर होते हैं। सीलोन के प्रसिद्ध कला-मर्मज्ञ डॉ. आनन्दकुमार स्वामी ने भी हमारी चित्रकला को अँधेरे और गुमनामी के कोने से निकालने में जबर्दस्त कोशिश की है।

पिछले तीन-चार साल से आपने इसी विषय पर हिन्दुस्तान और योरप की नामी पत्रिकाओं में कई जोरदार लेख लिखे हैं और प्राचीन चित्रकला के कितने ही ऐसे नमूने पेश कर दिये हैं जिनसे यह खयाल जम जाता है कि इस कला में कभी हमको भी कमाल था। यह उन्हीं की जोरदार आलोचनाओं का प्रभाव है कि योरप में हमारी चित्रकला की कुछ-कुछ चर्चा होने लगी है और शायद इस विषय पर आगे चलकर जो किताब लिखी जाएगी उसका लेखक भारतीय चित्रकला को इतनी उपेक्षा की दृष्टि से न देख सकेगा कि उसकी चर्चा ही न करे। इन्हीं महानुभावों की प्रेरणा और प्रभाव से लंदन के कुछ नामी चित्रकारों और आलोचकों ने एक संस्था स्थापित की है जिसका उद्देश्य यह है कि वह भारतीय चित्रकला की छानबीन करे और योरप की कलारुचि में भारतीय चित्रों और भारतीय भावनाओं को समझने की योग्यता पैदा करे और हमारे प्राचीन चित्रों को जमा करने और प्रकाशित करने का प्रबन्ध करे। अभी हाल ही में मेजर बर्डवुड साहब ने भारतीय चित्रकला को बुरा-भला कहा था और इस धरती को उच्चकोटि की कला के पनपने के लिए हानिकर ठहराया था। यह महाशय बहुत दिनों तक हिन्दुस्तानी उद्योग-धन्धों के प्रशंसक रहे हैं और कई प्रामाणिक पुस्तकें इस विषय पर लिखी हैं। मगर जब आपकी वाणी से यह विचार निकले तो लोगों की आँखें खुलीं लेकिन उनका व्यावहारिक खंडन इसी संस्था के सदस्यों ने किया। उन्होंने अंग्रेजी पत्रों में एक लेख प्रकाशित किया जिसमें बर्डवुड की रुचिहीनता की कलई खोली गई थी। खेद है कि यह लेख जितने लोगों के नाम से प्रकाशित हुआ उनमें सिर्फ दो हिन्दुस्तानी नाम नजर आते थे, बाकी सब अंग्रेज थे। ऐसी संस्था का लंदन में स्थापित होना इस बात का प्रबल प्रमाण है कि भारतीय चित्रकला की खूबियों के पारखी जितने अंग्रेज हैं उतने हिन्दुस्तानी नहीं। हमारे शिक्षित देशवासी अपने निजी व्यस्तताओं में इस हद तक फँसे हुए हैं कि उन्हें इन प्रश्नों की ओर ध्यान देने की जरा भी फुर्सत नहीं। इसका सबसे बड़ा कारण यह है कि हमारा शिक्षा-क्रम कलारुचि के संस्कार की ओर से बिलकुल

उदासीन है और हमारी चेतनाओं में वह अनुभूमि नहीं जो अपने पुरखों के बड़े कामों पर उत्साह और उमंग के साथ गर्व करे। क्या यह दुख की बात नहीं है कि योरप और अमेरिका के पर्यटक जो कुछ हफ्तों के लिए हिन्दुस्तान आएँ वे अजन्ता और साँची का दर्शन करना अपना कर्तव्य समझें और हिन्दुस्तानियों को अपने पुरखों की कारीगरी के इन चमत्कारों को देखने की फुर्सत न हो।

भारतीय चित्रकला ऐतिहासिक दृष्टि से तीन युगों में विभाजित होती है—प्राचीन, मध्य और आधुनिक। पहला युग ईसा के दो शताब्दी पूर्व से ईसा की सातवीं शताब्दी तक चलता है। यह युग बौद्धों के उदय और विकास का था। बौद्धों ने मूर्तिकला और स्थापत्य को जिस उत्कर्ष तक पहुँचाया उस पर आज सारी दुनिया के लोग अचरज करते हैं मगर जो अधिकार उन्हें चित्रकला पर प्राप्त था उसके बारे में आमतौर पर लोग नहीं जानते और न उस युग के चित्र इतनी संख्या में मिलते हैं जिनसे उनकी महान उपलब्धि का अनुमान सामान्यत: किया जा सके। इस युग के सबसे प्रसिद्ध और प्रशंसनीय स्मारक अजन्ता की गुफाओं के चित्र हैं। ये गुफाएँ जो संख्या में उन्नीस हैं शायद दूसरी और सातवीं शताब्दी के बीच बनाई गईं और इन्हें बौद्धों की मूर्तिकला, स्थापत्य और चित्रकला की प्रौढ़ता के आरम्भ और उत्कर्ष का इतिहास समझना चाहिए। आमतौर पर लोग यह जानते हैं कि यह गुफा निजाम की सल्तनत के दक्षिणी भाग में स्थित है। उस युग के चित्रकारों और मूर्तिकारों ने इस गुफा की छतों और दीवारों को अपनी उत्कृष्ट कला के नमूनों से सजाया था। मूर्तियाँ और बेल-बूटे अब तक अच्छी हालत में हैं किन्तु अधिकांश चित्र जमाने की उदासीनता के कारण मिट गए फिर भी उनमें से कुछ अब तक कायम हैं। ये चित्र उस युग के सामाजिक रहन-सहन, आचार-विचार और रीति-रिवाज के विशद इतिहास हैं। इन चित्रों में शरीर के अंगों का अनुपात, शिल्प की सहजता और भावनाओं की वास्तविकता अपने चरम शिखर पर पहुँची हुई है। योरप के कला-पारखियों ने दिल खोलकर इन चित्रों की प्रशंसा की है और उन्हें इटली के चौदहवीं सदी के चित्रों का समकक्ष ठहराया है। इन चित्रों का विषय अधिकतर बौद्ध धर्म से सम्बन्ध रखता है मगर कहीं-कहीं महत्त्वपूर्ण ऐतिहासिक और सांस्कृतिक स्थितियाँ भी बड़ी खूबी से दिखाई गई हैं। उस युग की एक आश्चर्यजनक विशेषता यह है कि जहाँ कहीं उस युग के चित्र मिलते हैं उन सबमें एक विशेष प्रकार का साम्य और सादृश्य मिलता है कि जैसे सब एक ही स्कूल के कारीगरों का काम हो। और यह साम्य केवल भारतवर्ष तक सीमित नहीं। सीरिया नामक स्थान में जो सीलोन में स्थगित है, छठी और सातवीं शताब्दी के चित्र पाए गए हैं, वे अजन्ता के चित्रों से बहुत मिलते-जुलते हैं। जावा द्वीप में उस युग के चित्रों का पता चला है और उनमें भी वही सादृश्य और विशेषता पाई गई है। अधिकांश कला मर्मज्ञों का विचार है कि यह साम्य उससे जरा भी कम नहीं है जो आधुनिक योरोपीय चित्रकला में पाई जाती

है। योरप के रुचि-साम्य का रहस्य समझ में आ जाता है क्योंकि उसमें अनगिनत साधन उपस्थित हैं, मगर उस पुराने युग में इस प्रकार का रुचि-साम्य जिन बातों पर आधारित था उनका अन्दाजा लगाना कठिन है। चूँकि बौद्ध स्थापत्य और चित्रकला का जन्म-स्थान बिहार था इसलिए आवश्यक है कि बिहार के कारीगर हिन्दुस्तान के हर हिस्से में गए होंगे और सारे देश में एक ही रंग का रिवाज पैदा हुआ होगा जो सदियों तक क्रमिक विकास के साथ जारी रहा। मगर यह केवल साधारण अनुमान है जिसकी पुष्टि का कोई साधन उपस्थित नहीं है। सातवीं शताब्दी के बाद भारतीय चित्रकला के सुन्दर मुखड़े पर एक अँधेरा पर्दा-सा पड़ जाता है और मुगल बादशाहों के जमाने तक उसका कुछ हाल नहीं मालूम होता, न इस बीच के दौर की तसवीरें मिलती हैं जो अपनी खामोश जबान से अपना कुछ किस्सा सुनाएँ। इस बीच में देश की बिलकुल कायापलट हो गई। बौद्ध धर्म जड़ से उखड़ गया है और उसके साथ उसका स्थापत्य, उसकी मूर्तिकला और चित्रकला ने भी भारतवर्ष को अन्तिम नमस्कार कर लिया है। देश के उत्तरी भाग में इस्लामी आक्रमणकारियों ने पैर जमा लिए हैं और आखिरकार मुल्क का बड़ा हिस्सा उनके अधिकार में आ गया है। इन बड़े-बड़े उलटफेरों के साथ-साथ तुर्रा यह कि हिन्दुस्तान के इन नए बादशाहों को चित्रकला से घृणा थी जिसे मौलवी लोग कुफ्र (पाप) खयाल करते थे। ऐसी हालत में चित्रकला का विकास करना तो दूर की बात है जिन्दा रहना मुहाल था। कुछ तो उसके अत्याचारों और कुछ उस अशान्ति और हलचल से जो ऐसे सार्वदेशिक उलटफेरों का जरूरी नतीजा हुआ करती है, भारतीय चित्रकला अगर एक सिरे से मिट नहीं गई तो मिटने के करीब जरूर हो गई।

शहंशाह अकबर के जमाने तक हमको इस कला के फलने-फूलने की तनिक भी सूचना नहीं मिलती। मगर अकबर का जमाना हर तरफ तरक्कियों का जमाना था। चित्रकला ने भी इसमें अपना हिस्सा पाया। अकबर खुद पढ़ा-लिखा न था मगर उसको प्रकृति ने वे योग्यताएँ प्रदान की थीं जिनमें पुस्तकीय ज्ञान कोई वृद्धि नहीं कर सकता। उसको संगीत और मूर्तिकला, इतिहास और साहित्य, चित्रकला और स्थापत्य से समान अनुराग था। फतेहपुर सीकरी में उसने जो इमारतें बनवाईं उनमें हिन्दू और मुसलमान स्थापत्य को इस खूबी से मिलाया है कि उसकी निगाह पर हैरत होती है। हिन्दू चित्रकारों की उसने बड़ी कद्र की। एक मौके पर उसने उनके बारे में कहा था—"उनके चित्र हमारी कल्पना से परे होते हैं।" इससे पता चलता है कि जब तक हिन्दू चित्रकारों की कला में कुछ विशेष गुण न होते अकबर जैसा सूक्ष्मदर्शी व्यक्ति, जो फारस की चित्रकला की महान उपलब्धियों से परिचित था, हरगिज ऐसा न कहता। चित्रकारों की उसकी सच्ची कद्रदानी का सुबूत इन शब्दों में मिलता है—

"ऐसे बहुत से लोग हैं जो चित्रकला से घृणा करते हैं। मेरी दृष्टि में ऐसे लोगों का कुछ मूल्य नहीं। मुझे ऐसा लगता है कि चित्रकार को परमात्मा के ज्ञान के

विशेष अवसर प्राप्त हैं क्योंकि जब चित्रकार जीवित प्राणियों की तसवीरें उतारता और उनकी अंग-रचना को रेखाओं में बाँधता है तो उसके दिल में यह खयाल जरूर आता है कि मैं काया में प्राण नहीं डाल सकता और इस तरह खुदा का बड़प्पन और उसकी जबर्दस्त ताकत तसवीर बनानेवाले के दिल में घर कर लेती है और वह योगी के पद पर पहुँच जाता है।"

फतेहपुर सीकरी के कुछ महलों की दीवारों पर, खासतौर पर अकबर के शयनकक्ष में, उस युग के चित्रों के कुछ मिटे हुए चिह्न बाकी हैं मगर उनकी संख्या बहुत कम है। उस जमाने की सबसे अनमोल यादगार किताबी तसवीरें हैं। पढ़नेवालों को ऊपर मालूम होगा कि बौद्धों के युग में चित्र दीवारों पर बनाए जाते थे। कागज पर तसवीरें खींचकर, चौखटों पर सजाकर उन्हें दीवारों पर लटकाने का रिवाज उस वक्त क्या अकबर के जमाने तक नहीं था। यह रिवाज योरप से आया है। मुगलों के जमाने तक दीवारों पर तसवीर बनाने का रिवाज कमोबेश बाकी था मगर उसका पतन उसी जमाने में शुरू हो गया। लिहाजा उस जमाने की सब तसवीरें किताबों की शक्ल में हैं। मगर उस पुराने रिवाज का हिन्दुस्तान में अब तक कुछ-कुछ निशान बाकी है और अब भी पुराने ढंग के कुछ मकानों की दीवारों पर हाथी, घोड़े, ऊँट, मछली, सिपाही, प्यादे वगैरह की रंगीन तसवीरें नजर आ जाती हैं। हाँ, अब यह कला बहुत थोड़े हाथों में आ गई है और इसके कद्रदाँ अब बहुत थोड़े-से लोग रह गए हैं। मुगल जमाने की तसवीरों का जिक्र करते हुए योरप का एक जाना-माना आलोचक लिखता है—

"उनके प्रकृति-चित्रण में वह उमंग और चाव है जो इस नए जमाने के प्राकृतिक दृश्यों के चित्रों में दिखाई देता है, और धूप-छाँव का सुहाना असर दिखाने में वे विशेष रूप से दक्ष थे। जहाँ चित्रकार ने इनसानों की तसवीरें उतारीं वहाँ मानव-अंगों के सूक्ष्म निरीक्षण का प्रमाण मिलता है। उसकी पैनी दृष्टि, उसके निरीक्षक की स्वच्छता, रेखाओं पर उसका अपना अधिकार और उसके चेहरे से मन की भावनाओं को प्रकट करने की योग्यता ने मिल-जुलकर ऐसी तसवीरें बनाई हैं जो पश्चिम के छोटे पैमाने की बेहतरीन तसवीरों से आँख मिला सकती हैं।"

मगर अकबर का युग चित्रकला के चरम विकास का युग नहीं था। यह गौरव शाहजहाँ के युग को प्राप्त है। शाहजहाँ चित्रकला का बड़ा उत्साही पारखी था। मुगल खानदान के पतन और विनाश के साथ-साथ चित्रकला का भी पतन और विनाश हो गया। वह लूट-पाट जो इस खानदान के पतन के बाद देश में आई, चित्रकला के लिए जानलेवा साबित हुई। अठारहवीं सदी के अन्त तक इस कला की दशा रद्दी होती गई। आखिर उन्नीसवीं सदी में पश्चिमी सभ्यता और कला की अन्धी गुलामी ने हमारी इस कला का किस्सा तमाम कर दिया।

मुगल जमाने की ज्यादातर तसवीरें आमतौर पर गैर-मजहबी हैं। उनमें संसार के इतिहास के एक महान युग की समाज-व्यवस्था और आचार का प्रतिबिम्ब

मिलता है। कहीं चित्रकार इश्क और मुहब्बत की कहानी और लड़ाई के मैदानों और नाच-गाने की महफिलों की दास्तान सुनाता हुआ नजर आता है, कहीं दरबार के अमीरों और उनके माशूकों की तसवीरें और उनकी मजेदार सोहबतों का जलवा दिखाता है। कभी-कभी उसकी दृष्टि एकान्त के उन अवसरों पर जा पहुँचती है जहाँ साधारण आँखों की पहुँच नहीं। कहीं पहलवानों के ताल ठोंकने की आवाज कानों में आती है और कहीं शिकार के मैदान का दृश्य आँखों के सामने आ जाता है। ब्रह्मज्ञान की सुरा पीनेवाले और उनके सुराही-प्यालों के दृश्य भी बीच-बीच में दिखाई दे जाते हैं। गरज यह कि उस युग की चित्रकला शुरू से आखिर तक शाही दरबार के रंग में रँगी हुई है जिसका उद्देश्य शौकीन अमीरों की नर्म-नाजुक तबीयतों को खुश करना है। इन तसवीरों में अक्सर यथार्थ-चित्रण अपनी सीमा पर पहुँच गया है। चित्रकार वास्तविकता पर ऐसा असलियत का रंग चढ़ाता है और ऐसे खास कोमल ढंग से कि कहीं गाने की महफिल की सुहानी पुकार कानों में आने लगती है, कहीं उन स्वर्ग से स्पर्धा करनेवाले बगीचों की ठंडी-ठंडी हवा और फूलों की सुगन्ध दिलोदिमाग को ताजा कर देती है, जहाँ परिस्तान की परियाँ बारीक रेशमी कपड़े पहने गाने और सितार का लुत्फ उठा रही हैं।

इन चित्रों में एक और विशेषता उनके हाशिए की नफीस सजावट है। अक्सर बहुत अच्छे रंगों के खूबसूरत फूल बनाए जाते थे जो उस जमाने की संगमरमर की गुलकारियों से बहुत ही मिलते-जुलते हैं।

रंगों की मिलावट में उस युग के चित्रकारों का कमाल था। वह आमतौर पर पानी के रंग इस्तेमाल करते थे। उस जमाने में कलाकार अपने रंग खुद बना लिया करते थे। बहुत बार वह रंग मिलाने के लिए बुरुश वगैरह यहाँ तक कि अपने मतलब का कागज भी खुद ही बना लेते थे। जमीन आमतौर पर सफेद चीनी मिट्टी से तैयार की जाती थी। कुछ नमूनों में सिर्फ स्केच या खाका बनाकर सन्तोष कर लिया गया है।

इस मौके पर मुगल जमाने की सिर्फ तीन तसवीरें दी जाती हैं।

पहली तसवीर एक ऐतिहासिक घटना की है। जहाँगीर का जमाना है। फारस से राजदूत आए हैं। उस जमाने के रिवाज के मुताबिक राजदूत बादशाह के लिए बेशकीमती घोड़े और अनमोल तोहफे साथ लाए हैं। बादशाह सलामत अभी नहीं आए। दोनों राजदूत उनके इन्तजार में सर झुकाए बैठे हैं। उनके चेहरे से सम्मान और सम्भ्रम प्रकट हो रहा है। नौबतखाने में शाही स्वागत का राग अलापा जा रहा है। दरबार के सहन में दरबारी बड़े अदब के साथ खड़े हैं। इस नकल से असल तसवीरों के कमाल का अन्दाजा नहीं किया जा सकता मगर तसवीर के देखने से दिल पर बादशाह के तेज और प्रताप का रोब पड़ता है। नौबतखाने का दृश्य चित्रकार के सूक्ष्म निरीक्षण का सुन्दर प्रमाण है।

दूसरी तसवीर जहाँगीर या शाहजहाँ के जमाने के किसी मुंशी की है। इस तसवीर में चित्रकार ने आकृति-चित्रण की कला को कमाल पर पहुँचा दिया है धूप और छाँव ऐसे उस्तादी ढंग से मिलाए गए हैं कि तसवीर में पत्थर की मूर्ति की शान आ गई है। चेहरे की गम्भीरता बहुत उपयुक्त है और कन्धों का झुकाव कहे देता है कि कागजों के बोझ ने मेरी यह गत बना रखी है। जिन लोगों को योरप के मशहूर पोरट्रेट बनानेवालों मसलन रेम्ब्रांट की तसवीरों की नकलें देखने का मौका मिला है वह खुद यह फैसला कर सकते हैं कि इस तसवीर का उनके मुकाबले में क्या स्थान है।

तीसरी तसवीर हिन्दू धार्मिक रंग में है। यह अकबर के जमाने के हिन्दू चित्रकारों की श्रेष्ठ कला का नमूना है। रात का वक्त है। तसवीर में बड़ी आकर्षक गम्भीरता और सुखदाई शान्ति मिलती है।

उमा अपनी दो सखियों के साथ शिव की पूजा के लिए आई हैं। दाहिनी ओर शिव जी की मूर्ति सुशोभित है। ऊपर से पानी की एक पतली धार मूर्ति के ऊपर गिरती हुई दिखाई देती है। यह गंगा हैं जो पहले शिव जी के सिर से होकर जमीन पर आती हैं। उमा के चेहरे से वर्णनातीत भक्ति का भाव प्रकट हो रहा है और चित्र समग्र रूप से दर्शक के हृदय पर एक पवित्र शान्तिदायक प्रभाव उत्पन्न करता है।

खेद है कि मुगल जमाने और मध्य युग की भारतीय चित्रकला की अब तक योरपवालों और उनके साथ-ही-साथ हिन्दुस्तानियों ने वह कद्र नहीं की जिसकी वह अधिकारी है। उनको जमा करने और उनके कमाल को जाहिर करने की अब तक कोई बाकायदा कोशिश नहीं की गई। मगर इसका कारण यह हरगिज नहीं कि उस जमाने के चित्र लुप्त हैं बल्कि यह कि जिनके बाप-दादों के विचार कल्पना और सामाजिक जीवन के भंडार वे चित्र हैं वे लोग खुद उनकी खूबियों और उनके महत्त्व से अपरिचित हैं। भारतीय चित्रकला पर अब तक जितनी पुस्तकें लिखी गई हैं वे सब योरपवालों ने लिखी हैं और यह स्वाभाविक बात है कि वे योरोपीय चित्रकला की तुलना में भारतीयों की कला को नीचा समझें। यह बड़ी लज्जाजनक लेकिन सच बात है कि भारतीय कला के पारखी हिन्दुस्तान में इतने नहीं हैं जितने कि योरप में और शायद हिन्दवाले उस पर गौर करना उस वक्त तक न सीखेंगे जब तक कि योरपवाले उसकी सिफारिश न करेंगे।

[उर्दू लेख। उर्दू मासिक पत्रिका 'जमाना', अक्टूबर, 1910 में 'हिन्दुस्तानी फने-तसवीर' प्रकाशित। हिन्दी रूप 'विविध प्रसंग', भाग-1 में संकलित।]

सिनेमा स्टारों के अर्द्धनग्न चित्र

इंग्लैंड के एक अंग्रेजी पत्र ने एक दूसरे अंग्रेजी पत्र को इसलिए जोर की फटकार बताई है कि उसने एक 'सिनेमा-स्टार' से उसके जीवन का अनुभव लिखवाकर प्रकाशित किया हैं और इसे लज्जास्पद कहा है। भारत में भी अंग्रेजी पत्रों की देखा-देखी इस तरह की मनोवृत्ति बढ़ती जाती है जिन स्त्रियों का जीवन इतना घृणास्पद है कि, कोई भला आदमी अपनी लड़की को उनके साथ एक मिनट के लिए भी छोड़ना पसन्द न करेगा वही स्त्री सिनेमा में एक्ट्रेस बनते ही देवी बना दी जाती है और हरेक पत्र में उसके चित्र छपते हैं, उसकी प्रशंसा की जाती है और यदि वह अपने जीवन के सनसनी पैदा करनेवाले वृत्तान्त लिखे, तो उसे बड़े हर्ष से प्रकाशित किया जाता है। हमारे विचार में समाचार-पत्रों का कर्तव्य केवल जनता में सनसनी पैदा करना और उनकी मनोवृत्तियों को विषाक्त करना नहीं, बल्कि उनमें स्वस्थ, निष्कलंक सुरुचि उत्पन्न करना है। इसमें सन्देह नहीं कि हमें गुण का आदर करना चाहिए, चाहे वह कबीर के शब्दों में कितने ही 'अपावन ठौर' में क्यों न मिले, लेकिन, अर्द्धनग्न स्त्रियों के निर्लज्जतापूर्ण चित्र खींचकर जनता में कुत्सित भावनाओं को उत्तेजित करना, अथवा उनके लज्जास्पद चरित्र वर्णन करके पाठकों में कुवासना को जगाना, भारतीय आदर्श के विरुद्ध है।

[सम्पादकीय। 'हंस', अगस्त, 1932 में प्रकाशित। 'विविध प्रसंग', भाग-3 में संकलित।]

सवाक् फिल्मों के दिन गिने हुए हैं

ऐसा जान पड़ता है कि सवाक् फिल्मों की हवा बहुत जल्द बिगड़ जाएगी। मूक फिल्म एक साल तक भूमंडल में प्रचलित हो जाती थी। चारली के मसखरेपन का आनन्द आस्ट्रेलिया, रूस और चीन सभी उठा सकते थे। सवाक फिल्मों का क्षेत्र बहुत तंग हो गया है क्योंकि अंग्रेजी फिल्मों का आनन्द वही उठा सकते हैं, जो अंग्रेजी के ज्ञाता हों। किसी देश की साधारण जनता विदेश की भाषाओं में इतनी कुशल नहीं होती, कि विदेशी बोलचाल समझ कर उसका आनन्द उठा सके, अतएव सवाक फिल्म बनानेवालों को बराबर घाटा हो रहा है और यह अवस्था बहुत दिन नहीं रह सकती। मूक चित्रों के दिन फिर लौटेंगे, ऐसी आशा है।

*[सम्पादकीय। 'जागरण', 29 अगस्त, 1932 में प्रकाशित।
'विविध प्रसंग', भाग-3 में संकलित।]*

'शैलबाला' की समीक्षा

अबकी दिल्ली में मुझे 'शैलबाला' नामक बोलती हुए फिल्म देखने का संयोग हुआ। 'बेताब' जी का ड्रामा है, गौहर-जैसे मशहूर स्टार की ऐक्टिंग है, नायक का पार्ट भी कोई बम्बई का मशहूर ऐक्टर करता है। मैं बड़ी आशा लेकर मित्रवर प्रो. इन्द्र और जैनेन्द्र के साथ तमाशा देखने आया। उपस्थिति बुरी न थी। ड्रामा शुरू हुआ। एक देवकुमार और तापस कन्या की प्रेम-कहानी है। दोनों का परिचय होता है और पहली नजर में दोनों प्रेम के तीर से बिन्ध जाते हैं। इसके बादवाले सीन में शैलबाला जमीन की बालू में कुछ टटोलती दिखाई देती है। उसी वक्त देवकुमार भी उसकी टोह में आ पहुँचता है। वह शैलबाला को बालू टटोलते देखकर पूछता है—"तुम क्या कर रही हो?" शैलबाला कहती है, "अपना दिल ढूँढ़ रही हूँ।" बस, देवकुमार भी वहीं बैठ जाता है और बालू समेटने लगता है। दोनों कई मिनट तक बालू टटोलने के बाद गीतों में सवाल-जवाब करते हैं। वाह! क्या गजल है। अड़ा होगा, खड़ा होगा, पड़ा होगा, कढ़ा होगा—उस गजल का काफिया है। बस ऐसा मालूम होता था कि कोई पाँचवें दर्जे का पारसी नाटक देख रहा हूँ—वही नीरस तुकबन्दी, वही भावहीन, कृत्रिम शेरगोई। मैं नहीं समझता था कि एक कवित्वमय भाव की ऐसी मिट्टी खराब की जा सकती है, और उस नाटककार के हाथों, जिसने नाटक लिखने और लिखाने में जिन्दगी बिताई है। खोए हुए दिल को जमीन की धूल बटोर-बटोर कर खोजना, मानो रुपये गिर गए हों, कितनी लचर भावना है।

यह दृश्य देखकर आगे क्या होनेवाला है, इसके लिए मुझे उत्सुकता न रही, और मेरा अनुमान बिलकुल ठीक निकला। क्या ऐक्टिंग ऐक्टिंग, क्या गाना, क्या सम्भाषण, क्या कथानक, क्या कविता, किसी लिहाज से भी इस ड्रामे में कोई तारीफ करने काबिल बात नहीं है। शैलबाला एक जगह अपने आशिक को देखकर मारे खुशी के पागल हो जाती है और मन्दिर में पूजा करते समय उछल-उछल कर लगातार छत से लटकते हुए घंटों को बजाती है। एक बार नहीं, दो बार नहीं, तीन बार नहीं। लगातार कई मिनट तक यही उन्मत्त क्रीड़ा होती रहती है और यह बात भी नहीं थी कि उसने आशिक साहब के लिए कुछ बहुत तपस्या की हो। प्राय: रोज

ही तो मुलाकात होती है, पर शैलबाला मारे आनन्द के पागल हो जाती है। ओवर ऐक्टिंग की इससे बदतर मिसाल सोची नहीं जा सकती।

देवकुमार के पिता को जब मालूम होता है कि बेटा प्रेम के तीर से घायल हो गया, तो वह उसे शैलबाला से अलग रहने की ताकीद करता है और उसकी शादी दूसरी सुन्दरी कन्या से करना चाहता है। देवकुमार अपने पिता से इस बात पर बिगड़ जाता है। बाप की त्योरियाँ बदलाती हैं। अन्त में लायक बेटा बाप के गाल पर जोर से एक चाँटा रसीद करता है और बेहया बाप उस वक्त भी जहर खाकर नहीं मर जाता। बेटे को कैद करा देता है, लेकिन फिर बेटे का प्रेम देखकर शैलबाला से बेटे के विवाह पर राजी हो जाता है। विवाह हो जाता है। इसके बाद सुहागरात का लज्जास्पद दृश्य आता है। पलँग बिछा हुआ है। उस पर फूल बिखरे हुए हैं। आशिक साहब माशूक के पीछे दौड़ रहे हैं, और माशूक मारे नजाकत और शर्म के भागा-भागा फिरता है। लाहौल बिला कूवत।

उधर जिस राजकुमारी से देवकुमार का विवाह ठहरा हुआ था, वह शैलबाला को नीचा दिखाने के लिए एक षड्यंत्र रचती है, और एक कापालिक को इस काम के लिए तैयार करती है। कापालिक राजा के पास जाता है और उसके मन पर यह भाव जमा देता है कि शैलबाला डाइन है। देवकुमार उन दिनों किसी लड़ाई पर गया हुआ था। कापालिक अपने आक्षेप की पुष्टि में नगर के बच्चों के सिर काट-काटकर शैलबाला के कमरे में गिरा देता है। शैलबाला इस अवसर पर जिस तरह चीख-चीखकर रनिवास भर में दौड़ती फिरती है, उस तरह शायद कोई देहकान लड़की चिल्लाती फिरे। यह कुछ नहीं पता चलता कि कापालिक किस तरह रनिवास में कटे सिर गिरा देता है। और क्या शैलबाला के निर्वासन का यही एक उपाय था? और भी बहुत से स्वाभाविक और सरल उपाय हो सकते थे, पर कदाचित् वह काफी सनसनी पैदा करनेवाले न होते। अन्त में जब लड़कों की हत्या से शहर में हाहाकार मचता है तो राजा इसकी छानबीन करने लगता है। कापालिक उसी समय आकर शैलबाला पर दोष आरोपित करता है। उसके कमरे में कटे सिर भी निकल आते हैं और इलजाम साबित हो जाता है। शैलबाला पकड़कर कैद कर दी जाती है। इधर देवकुमार लड़ाई पर से लौट आता है और घर खाली पाता है। हाल मालूम होने पर वह शैलबाला से जेल में मिलता है। मगर शैलबाला पागल हो जाती है। हँसती है, तो हँसती रह जाती है। पालगपन का दृश्य भी न स्वाभाविक है, न करुणाजनक। अब राजकुमार की शादी नई राजकुमारी से हो जाती है। उधर शैलबाला को जिन्दा जला देने का फैसला होता है। वह चिता पर बैठ जाती है। आग लगा दी जाती है, मगर शैलबाला किसी तरह बच निकलती है और तपस्वी का रूप धारण कर लेती है। देवकुमार को नई बीवी से प्रेम है पर शैलबाला की याद उसे घेरे रहती है। वह घबराकर घर से निकल भागता है। जंगल में तपस्वी शैलबाला

से उसकी मुलाकात हो जाती है। इसके बाद से अन्त तक का तमाशा गनीमत है। मगर कथानक में न कोई मौलिकता है, न ऐक्टिंग में कोई खूबी। पारसी नाटकों में जो बुराइयाँ थीं, वे सभी बढ़े हुए आकार में यहाँ भी मौजूद हैं। ऐसे तमाशों में से तो यह कहीं अच्छा है कि भिन्न-भिन्न देशों के जीवन-दृश्य दिखाए जाएँ, उनकी शादी और गमी, उनके त्योहार, उनके नाच, उनके हाट-बाजार। इससे जनता का बहुत कुछ ज्ञानवर्द्धन हो सकता है।

[फिल्म समीक्षा। 'जागरण', 12 अक्टूबर, 1932 में प्रकाशित। 'प्रेमचन्द का अप्राप्य साहित्य', खंड-2 में संकलित।]

सिनेमा और जीवन

सिनेमा का प्रचार दिन-दिन बढ़ रहा है। केवल इंग्लैंड में दो करोड़ दर्शक प्रतिसप्ताह सिनेमा देखने जाते हैं। इसलिए प्रत्येक राष्ट्र का फर्ज हो गया है कि वह सिनेमा की प्रगति पर कड़ी निगाह रखे और इसे केवल धन-लुटेरों के ही हाथ में न छोड़ दे। व्यवसाय का नियम है कि जनता में जो माल ज्यादा खपे, उसकी तैयारी में लगे। अगर जनता को ताड़ी-शराब से रुचि है, तो वह ताड़ी-शराब की दुकानें खोलेगा और खूब धन कमाएगा। उसे इससे प्रयोजन नहीं कि ताड़ी-शराब से जनता को कितनी दैहिक, आत्मिक, चारित्रिक, आर्थिक और पारिवारिक हानि पहुँचती है। उसके जीवन का उद्देश्य तो धन है और धन कमाने का कोई भी साधन वह नहीं छोड़ सकता। यह काम उपदेशकों और सन्तों का है कि वे जनता में संयम और निषेध का प्रचार करें। व्यवसाय तो व्यवसाय है। 'बिजनेस इज बिजनेस' यह वाक्य भी सभी की जबान पर रहता है। इसका अर्थ यही है कि कारोबार में धर्म और अधर्म, उचित और अनुचित का विचार नहीं किया जा सकता। बल्कि उसका विचार करना बेवकूफी है।

इसमें विद्वानों को मतभेद हो सकता है कि आदमी का पूर्व पुरुष बन्दर है या भालू लेकिन इसमें तो सभी सहमत होंगे कि आदमी में दैविकता भी है और पाशविकता भी। अगर आदमी एक वक्त में किसी की हत्या कर सकता है, तो दूसरे अवसर पर किसी की रक्षा में अपने प्राणों को होम भी कर सकता है। आदिकाल से साहित्य काव्य और कलाओं का यही ध्येय रहा है कि आदमी में जो पशुत्व है उसका दमन करके, उसमें जो देवत्व है, उसको जगाया जाए। उसमें जो निम्न भावनाएँ हैं उनको दबाकर या मिटाकर कोमल और सुन्दर वृत्तियों को सचेत किया जाए। साहित्य और काव्य में भी ऐसे समय आए हैं, और आते रहते हैं, जब सुन्दर का पक्ष निर्बल हो जाता है और असुन्दर, बीभत्स और दुर्वासना का राग अलापने लगता है। लेकिन जब ऐसा समय आता है तो हम उसे पतन का युग कहते हैं। इसी उद्देश्य से साहित्य और कला में केवल मानव-जीवन की नकल करने को बहुत ऊँचा स्थान नहीं दिया जाता और आदर्शों की रचना करनी पड़ती है। आदर्शवाद का ध्येय यही है कि वह सुन्दर और पवित्र की रचना करके मनुष्य में जो कोमल और

ऊँची भावनाएँ हैं, उन्हें पुष्ट करें और जीवन के संस्कारों से मन और हृदय में जो गर्द और मैल जम रहा हो, उसे साफ कर दें। किसी साहित्य की महत्ता की जाँच यही है कि उसमें आदर्श चरित्रों की सृष्टि हो। हम सब निर्बल जीव हैं, छोटे-छोटे प्रलोभनों में पड़कर हम विचलित हो जाते हैं, छोटे-छोटे संकटों के सामने हम सिर झुका देते हैं। और जब हमें अपने साहित्य में ऐसे चरित्र मिल जाते हैं, जो प्रलोभनों को पैरों-तले रौंदते और कठिनाइयों को धकियाते हुए निकल जाते हैं, तो हमें उनसे प्रेम हो जाता है, हममें साहस का जागरण होता है और हमें अपने जीवन का मार्ग मिल जाता है।

अगर सिनेमा इसी आदर्श को सामने रखकर अपने चित्रों की सृष्टि करता, तो वह आज संसार की सबसे बलवान संचालक शक्ति होता, मगर खेद है कि इसे कोरा व्यवसाय बनाकर हमने उसे कला के ऊँचे आसन से खींचकर ताड़ी या शराब की दुकान की सतह तक पहुँचा दिया है, और यही कारण है कि अब सर्वत्र यह आन्दोलन होने लगा है कि सिनेमा पर नियंत्रण रखा जाए कि उसे मनुष्य की पशुताओं को उत्तेजना देने की कुप्रवृत्ति से रोका जाए।

जिस जमाने में बम्बई में कांग्रेस का जलसा था, सिनेमा-हॉल अधिकांश में खाली रहते थे, और उन दिनों जो चित्र दिखाए गए, उसमें घाटा ही रहा। इसका कारण इसके सिवा और क्या हो सकता है कि जनता के विषय में जो खयाल है कि वह मारकाट और सनसनी पैदा करनेवाली और शोर-गुल से भरी हुई तसवीरों को ही पसन्द करती है, वह भ्रम है। जनता प्रेम और त्याग अथवा मित्रता और करुणा से भरी हुई तसवीरों को और भी रुचि से देखना चाहती है; मगर हमारे सिनेमावालों ने पुलिसवालों की मनोवृत्ति से काम लेकर यह समझ लिया है कि केवल भद्दे मसखरेपन और भँड़ैती और बलात्कार और सौ फीट की ऊँचाई से कूदने, झूठमूठ टीन की तलवार चलाने में ही जनता को आनन्द आता है और कुछ थोड़ा-सा आलिंगन और चुम्बन तो मानो सिनेमा के लिए उतना ही जरूरी है जितना देह के लिए आँखें। बेशक जनता वीरता देखना चाहती है। प्रेम के दृश्यों से भी जनता को रुचि है, लेकिन यह खयाल करना कि आलिंगन और चुम्बन के बिना प्रेम का प्रदर्शन हो ही नहीं सकता, और केवल नकली तलवार चलाना ही जवाँमर्दी है, और बिना जरूरत गीतों का गाना सुरुचि है, और मन और कर्म की हिंसा में ही जनता को आनन्द आता है, मनोविज्ञान का बिलकुल गलत अनुमान है। कहा जाता है कि, शेक्सपियर के शब्दों में, जनता अबोध बालक है। और वह जिन बातों पर एकान्त में बैठकर घृणा करती है, या जिन घटनाओं को अनहोनी समझती है, उन्हीं पर सिनेमा-हॉल में बैठकर उल्लास से तालियाँ बजाती है। इस कथन में सत्य है। सामूहिक मनोविज्ञान की यह विशेषता अवश्य है। लेकिन अबोध बालक को क्या माँ की गोद पसन्द नहीं? जनता नग्नता और फक्कड़ता और भँड़ैती

ही पसन्द करती है, उसे चूमा-चाटी और बलात्कार में ही मजा आता है, तो क्या उसकी इन्हीं आवश्यकताओं को मजबूत बनाना हमारा काम है? व्यवसाय को भी देश और समाज के कल्याण के सामने झुकना पड़ता है। स्वदेशी आन्दोलन के समय में किसकी हिम्मत थी जो 'बिजनेस इज बिजनेस' की दुहाई देता? बिजनेस से अगर समाज का हित होता है, तो ठीक है; वरना ऐसे बिजनेस में आग लगा देनी चाहिए। सिनेमा अगर हमारे जीवन को स्वस्थ आनन्द दे सके, तो उसे जिन्दा रहने का हक है। अगर वह हमारे क्षुद्र मनोवेगों को उकसाता है, हममें निर्लज्जता और धूर्तता और कुरुचि को बढ़ाता है, और हमें पशुता की ओर ले जाता है, तो जितनी जल्द उसका निशान मिट जाए, उतना ही अच्छा।

और अब यह बात धीरे-धीरे समझ में आने लगी है कि अर्द्धनग्न तसवीरें दिखाकर और नंगे नाचों का प्रदर्शन करके जनता को लूटना इतना आसान नहीं रहा। ऐसी तसवीरें अब आम तौर पर नापसन्द की जाती हैं, और यद्यपि अभी कुछ दिनों जनता की बिगड़ी हुई रुचि आदर्श चित्रों को सफल न होने देगी लेकिन प्रतिक्रिया बहुत जल्द होनेवाली है और जनमत अब सिनेमा में सच्चे और संस्कृत जीवन का प्रतिबिम्ब देखना चाहता है, राजाओं के विलासमय जीवन और उनकी ऐयाशियों और लड़ाइयों से किसी को प्रेम नहीं रहा।

[सम्पादकीय। 'हंस', मार्च 1935 में प्रकाशित। 'साहित्य का उद्देश्य' (प्रथम संस्करण) में संकलित।]

फिल्म और साहित्य

हमने गत मास के 'लेखक' में 'सिनेमा और साहित्य' शीर्षक से एक छोटा लेख लिखा था, जिसको पढ़कर हमारे मित्र श्री नरोत्तमप्रसाद जी नागर, सम्पादक 'रंगभूमि' ने एक प्रतिवाद लिख भेजने की कृपा की है। हम अपने लेख को 'लेखक' से यहाँ नकल कर रहे हैं, ताकि पाठकों को मालूम हो जाए कि हमारे और नरोत्तमप्रसाद जी के विचारों में क्या अन्तर है। पाठक स्वयं अपना निर्णय कर लेंगे। नागर जी की मैं कृतज्ञ हूँ कि उन्होंने उस लेख को पढ़ा और उस पर कुछ लिखने की जरूरत समझी। वह खुद सिनेमा में सुधार के समर्थक हैं और बरसों से यह आन्दोलन कर रहे हैं, इसलिए इस विषय में उन्हें सम्मति देने का पूरा अधिकार है। हम उसके प्रतिवाद को भी ज्यों-का-त्यों छापते हैं।

'लेखक' में प्रकाशित हमारा लेख

अक्सर लोगों का खयाल है कि जब से सिनेमा 'सवाक्' हो गया है, वह साहित्य का अंग हो गया, और साहित्य-सेवियों के लिए कार्य का एक नया क्षेत्र खुल गया है। साहित्य भावों को जगाता है, सिनेमा भी भावों को जगाता है, इसलिए वह भी साहित्य है। लेकिन प्रश्न होता है—कैसे भावों को? साहित्य वह है जो ऊँचे और पवित्र भावों को जगाए, जो सुन्दरम् को हमारे सामने लाए। अगर कोई पुस्तक हमारी पशु-भावनाओं को प्रबल करती है, तो हम उसे साहित्य में स्थान न देंगे। पारसी स्टेज के ड्रामों को हमने साहित्य का गौरव नहीं दिया। इसीलिए कि 'सुन्दरम्' का जो साहित्यिक आदर्श अव्यक्त रूप से हमारे मन में है, उसका वहाँ कहीं पता न था। होली और कजली और बारहमासे की हजारों पुस्तकें आए-दिन छपा करती हैं, हम उन्हें साहित्य नहीं कहते । वे बिकती बहुत हैं, मनोरंजन भी करती हैं, पर साहित्य नहीं हैं। साहित्य में भावों की जो उच्चता, भाषा की जो प्रौढ़ता और स्पष्टता, सुन्दरता की जो साधना होती है, वह हमें वहाँ नहीं मिलती। हमारा खयाल है कि हमारे चित्रपटों में भी वह बात नहीं मिलती। उनका उद्देश्य केवल पैसा कमाना है। सुरुचि या सुन्दरता से उन्हें कोई प्रयोजन नहीं। वह तो जनता को वही चीज देंगे

जो वह माँगती है। व्यापार व्यापार है। वहाँ अपने नफे के सिवा और किसी बात का ध्यान करना ही वर्जित है। व्यापार में भावुकता आई और व्यापार नष्ट हुआ। वहाँ तो जनता की रुचि पर निगाह रखनी पड़ती है और चाहे संसार का संचालन देवताओं ही के हाथों में क्यों न हो, मनुष्य पर निम्न मनोवृत्तियों का राज्य होता है। अगर आप एक साथ दो तमाशों की व्यवस्था करें—एक तो किसी महात्मा का व्याख्यान हो, दूसरा किसी वेश्या का नग्न नृत्य, तो आप देखेंगे कि महात्मा जी तो खाली कुर्सियों को अपना भाषण सुना रहे हैं और वेश्या के पंडाल में तिल रखने को जगह नहीं। मुँह पर राम-राम मन में छुरी वाली कहावत जितनी ही लोकप्रिय है, उतनी ही सत्य भी है। वही भोला-भाला ईमानदार ग्वाला, जो अभी ठाकुरद्वारे से चरणामृत लेकर आया है, बिना किसी झिझक के दूध में पानी मिला देता है। वहीं बाबू जी, जो अभी किसी कवि की एक सूक्ति पर सिर धुन रहे थे, अवसर पाते ही एक विधवा से रिश्वत के दो रुपये बिना किसी झिझक के लेकर जेब में दाखिल कर लेते हैं। उपन्यासों में भी ज्यादा प्रचार, डाके और हत्या से भरी हुई पुस्तकों का होता है। अगर पुस्तकों में कोई ऐसा स्थल है जहाँ लेखक ने संयम की लगाम ढीली कर दी हो तो उस स्थल को लोग बड़े शौक से पढ़ेंगे, उस पर लाल निशान बनाएँगे, उस पर मित्रों से बहस-मुबाहसे करेंगे। सिनेमा में भी वही तमाशे खूब चलते हैं जिनसे निम्न-भावनाओं की विशेष तृप्ति हो। वही सज्जन, जो सिनेमा की कुरुचि की शिकायत करते फिरते हैं, ऐसे तमाशों में सबसे पहले, बैठे नजर आते हैं। साधु तो गली-गली भीख माँगते हैं, पर वेश्याओं को भीख माँगते किसी ने न देखा होगा। इसका आशय यही नहीं कि भिखमंगे साधु वेश्याओं से ऊँचे हैं—लेकिन जनता की दृष्टि में वे श्रद्धा के पात्र हैं। इसीलिए हर एक सिनेमा प्रोड्यूसर, चाहे वह समाज का कितना बड़ा हितैषी क्यों न हो, तमाशे में नीची मनोवृत्तियों के लिए काफी मसाला रखता है, नहीं तो उसका तमाशा ही न चले। बम्बई के एक प्रोड्यूसर ने ऊँचे भावों से भरा हुआ एक खेल तैयार किया, मगर बहुत हाय-हाय करने पर भी जनता उसकी ओर आकर्षित न हुई। 'पास' के अन्धाधुन्ध वितरण से रुपये तो नहीं मिलते। आमंत्रित सज्जनों और देवियों ने तमाशा देखकर मानो प्रोड्यूसर पर एहसान किया और बखान करके मानो उसे मोल ले लिया। उसने दूसरा तमाशा जो तैयार किया, वह वही बाजारू ढंग का था और वह खूब चला। पहले तमाशे से जो घाटा हुआ, वह इस दूसरे तमाशे से पूरा हो गया। जिस शौक से लोग, शराब और ताड़ी पीते हैं, उसके आधे शौक से दूध नहीं पीते। 'साहित्य' दूध होने का दावेदार है, सिनेमा ताड़ी या शराब की भूख को शान्त करता है। जब तक साहित्य अपने स्थान से उतरकर और अपना चोला बदलकर शराब न बन जाए, उसका वहाँ निर्वाह नहीं। साहित्य के सामने आदर्श है, संयम है, मर्यादा है। सिनेमा के लिए इनमें से किसी वस्तु की जरूरत नहीं। सेंसर बोर्ड के नियंत्रण के सिवा उस पर कोई नियंत्रण नहीं।

जिसे साहित्य की 'सनक' है, वह कभी कुरुचि की ओर जाना स्वीकार न करेगा। मर्यादा की भावना उसका हाथ पकड़े रहती है, अत: हमारे साहित्यकारों के लिए, जो सिनेमा में हैं, वहाँ केवल इतना ही काम है कि वह डाइरेक्टर साहब के लिखे हुए गुजराती, मराठी या अंग्रेजी कथोपकथन को हिन्दी में लिख दें। डाइरेक्टर जानता है कि सिनेमा के लिए जिस 'रचना-कला' की जरूरत है वह लेखकों में मुश्किल से मिलेगी, इसलिए वह लेखकों से केवल उतना ही काम लेता है जितना वह बिना किसी हानि के ले सकता है। अमेरिका और अन्य देशों में भी साहित्य और सिनेमा में सामंजस्य नहीं हो सका और न शायद हो ही सकता है। साहित्य जन-रुचि का पथ-प्रदर्शक होता है, उसका अनुगामी नहीं। सिनेमा जन-रुचि के पीछे चलता है, जनता जो कुछ माँगे वही देता है। साहित्य हमारी सुन्दर भावना को स्पर्श करके हमें आनन्द प्रदान करता है। सिनेमा हमारी कुत्सित भावनाओं को स्पर्श करके हमें मतवाला बनाता है और इसकी दवा प्रोड्यूसर के पास नहीं। जब तक एक चीज की माँग है, वह बाजार में आएगी। कोई उसे रोक नहीं सकता। अभी वह जमाना बहुत दूर है जब सिनेमा और साहित्य का एक रूप होगा। लोक-रुचि जब इतनी परिष्कृत हो जाएगी कि वह नीचे ले जानेवाली चीजों से घृणा करेगी, तभी सिनेमा में साहित्य की सुरुचि दिखाई पड़ सकती है।

हिन्दी के कई साहित्यकारों ने सिनेमा पर निशाने लगाए, लेकिन शायद ही किसी ने मछली बेध पाई हो। फिर गले में जयमाल कैसे पड़ती? आज भी पंडित नारायणप्रसाद 'बेताब', मुंशी गौरीशंकरलाल अख्तर, श्री हरिकृष्ण प्रेमी, मि. जमनाप्रसाद काश्यप, मि. चन्द्रिकाप्रसाद श्रीवास्तव, डॉ. धनीराम प्रेम, सेठ गोविन्ददास, पं. द्वारकाप्रसाद मिश्र आदि सिनेमा की उपासना करने में लगे हुए हैं। देखना चाहिए, सिनेमा इन्हें बदल देता है या ये सिनेमा की कायापलट कर देते हैं।

श्री नरोत्तमप्रसाद जी की चिट्ठी

श्रद्धेय प्रेमचन्द जी,

'लेखक' में आपका लेख 'फिल्म और साहित्य' पढ़ा। इस चीज को लेकर 'रंगभूमि' में अच्छी-खासी कंट्रोवर्सी चल चुकी है। रंगभूमि के वे अंक आपको भेजे भी गए थे। पता नहीं, आपने उन्हें देखा कि नहीं। अस्तु।

आपने सिनेमा के सम्बन्ध में जो कुछ लिखा है, वह ठीक है। साहित्य को जो स्थान दिया है, उससे भी किसी का मतभेद नहीं हो सकता। निश्चय ही सिनेमा ताड़ी और साहित्य दूध है, पर इस चीज को जेनेरलाइज करना ठीक न होगा-सिनेमा के लिए भी और साहित्य के लिए भी। साहित्य भी इस ताड़ीपन से अछूता नहीं है। सिनेमा को मात करनेवाले उदाहरण भी उसमें मिल जाएँगे—एक नहीं अनेक—और

ऐसे व्यक्तियों के, जिनके साहित्यिक संसार ने रिकग्नाइज किया है। और तो और, पाठ्य कोर्स तक में जिनकी पुस्तकें हैं। अपने समर्थन में महात्मा गांधी के वे वाक्य उद्धृत करने होंगे क्या, जो कि उन्होंने इन्दौर साहित्य सम्मेलन के सभापति की हैसियत से कहे हैं? लेकिन प्रत्यक्षे किम् प्रमाणम् । यही बात सिनेमा के साथ है। सिनेमा के साथ तो एक और भी गड़बड़ है। वह यह कि वह बदनाम है। आपके ही शब्दों में, "भिखमंगे साधु वेश्याओं से अच्छे न होते हुए भी श्रद्धा के पात्र हैं। श्रद्धा के पात्र हैं, इसलिए टालरेबुल हैं या उतने विरोध के पात्र नहीं हैं, जितनी कि वेश्याएँ।" इसी तर्क-शैली को लेकर आप सिद्ध करते हैं कि सिनेमा ताड़ी है और साहित्य दूध। ताड़ी ताड़ी है और दूध दूध। आपने इन दोनों के दरमियान एक वैल मार्क्ड एंड वैल डिफाइंड लाइन आफ डिफरेंस खींच दी है।

मेरा आपसे यहाँ सैद्धान्तिक मतभेद है। मेरा खयाल है कि यह विचारधारा ही गलत है, जो इस तरह की तर्क-शैली है को लेकर चलती है। कभी जमाना था, जब इस तर्क-शैली का जोर था, सराहना थी, पर अब नहीं है। इन चीजों को हमें उखाड़ फेंकना ही होगा।

एक जगह आप कहते हैं—"साहित्य का काम जनता के पीछे चलना नहीं, उसका पथ-प्रदर्शक बनना है।" आगे चलकर साधुओं और वेश्याओं की मिसाल देते हैं। साधु वेश्याओं से अच्छे न होते हुए भी जनता की श्रद्धा के पात्र हैं। यहाँ आप जनता की इस श्रद्धा को अपने समर्थन में आगे क्यों रखते हैं?

आपने जो साहित्य के उद्देश्य गिनाए हैं, उन्हें पूरा करने में सिनेमा साहित्य से कहीं आगे जाने की क्षमता रखता है। यूटिलिटी के दृष्टिकोण से सिनेमा साहित्य से कहीं अधिक ग्राह्य है, लेकिन यह सब होते हुए भी सिनेमा की उपयोगिता कुपात्रों के हाथों में पड़कर दुरुपयोगिता में परिणत हो रही है। इसमें दोष सिनेमा का नहीं, उनका है जिनके हाथ में इसकी बागडोर है। इनसे भी अधिक उनका है जो इस चीज को बर्दाश्त करते हैं। बर्दाश्त करना भी बुरा नहीं होता, यदि इसके साथ मजबूरी की शर्त न लगी होती।

गले में जयमाल पड़नेवाली बात भी बड़े मजे की है—"कितने ही साहित्यिकों ने निशाने लगाए पर शायद ही कोई मछली बेध पाया है। जयमाल गले में कैसे पड़ती?" बहुत खूब। जिस चीज के लिए साहित्यिकों ने सिनेमा पर निशाने लगाए, वह चीज क्या उन्हें नहीं मिली—अपवाद को छोड़कर? आप या कोई साहित्यिक यह बताने की कृपा करेंगे कि सिनेमा में प्रवेश करनेवाले साहित्यिकों में से ऐसा कौन है, जिसके सिनेमा-प्रवेश का मुख्य उद्देश्य सिनेमा को अपने रंग में रंगना रहा हो? क्या किसी भी साहित्यिक ने सिंसीअरली इस ओर कुछ काम किया है? फिर जयमाल गले में कैसे पड़ती? माना कि साहित्य-संसार में जयमाल और सम्राट् की उपाधियाँ टके सेर बिकती हैं, लेकिन सभी जगह तो इन चीजों का यही भाव नहीं

है। पहले सिनेमा-जगत को कुछ दीजिए, या यों ही गले में जयमाल पड़ जाए? या सिर्फ साहित्यिक होना ही गले में जयमाल पड़ने की क्वालीफिकेशन है?

आप बम्बई में रह चुके हैं। सिनेमा-जगत की आपने झाँकी भी ली है। आपको यह बताने की आवश्यकता नहीं कि हमारे साहित्यिक भी, अपनी फिल्मों में निर्दिष्ट रुचि का समावेश करने में किसी से पीछे नहीं रहे हैं—या, कहें कि आगे ही बढ़ गए हैं। औरों को छोड़ दीजिए, वे साहित्यिक भी, जो कि एक तरह से कम्पनी से सर्वेसर्वा हैं, अपनी फिल्म में दो सौ लड़कियों का नाम रखने से बाज न आए, जो कि बजिद थे, कि तालाब से पानी भरनेवाले सीन में हीरोइन अंडरवियर न पहने, हीरो आए, उससे छेड़खानी करे और उसका घड़ा छीनकर उस पर डाल दे। बदन पर अंडरवियर नहीं, वस्त्र भींगे, बदन से चिपके, और नग्नता का प्रदर्शन हो। यह सूझ उन्हीं साहित्यिकों में से एक की है जिनके कि आपने नाम गिनाए हैं... लेकिन मुझे यह कहना चाहिए कि इसमें साहित्यिक का दोष जरा भी नहीं है।... और ऐसी ब्लैक-सीप मैंटेलिटी साहित्यिक क्या और सिनेमा क्या, सभी जगह मिल जाएगी।

आपने अपने लेख में होली, कजली और बारहमासे की पुस्तकों का जिक्र किया है। इन चीजों को साहित्य नहीं कहा जाता या साहित्यिक इन्हें रिकग्नाइज नहीं करते, यह ठीक है। लेकिन उनका अस्तित्व है और जिस प्रेरणा या उमंग को लेकर अन्य कलाओं का सृजन होता है, उन्हीं को लेकर ये होली, कजली और बारहमासे भी आए हैं। लेकिन आपका उन्हें अपने से अलग रखना भी स्वाभाविक है—यूटिलिटी के व्यक्तिगत दृष्टिकोण से। इसी तरह क्या आपने कभी यह जानने का कष्ट किया है कि सिनेमा-जगत में क्लासेज एंड मॉसेज—दोनों की ही ओर से कौन-कौन-सी कम्पनियों, कौन-कौन-से डाइरेक्टरों और कौन-कौन से फिल्मों को रिकग्नाइज किया जाता है? भारत की मानी हुई या सर्वश्रेष्ठ कम्पनियाँ कौन-सी हैं, यह पूछने पर आपको उत्तर मिलेगा—प्रभात, न्यू थिएटर्स और रणजीत। डाइरेक्टरों की गणना में शान्ताराम, देवकी बोस और चन्दूलाल शाह के नाम सुनाई देंगे। तब फिर आपका, या किसी भी व्यक्ति का, जो भी फिल्म या कम्पनी सामने आ जाए, उसी से सिनेमा पर एक स्लैशिंग फतवा देना कहाँ तक संगत है, यह आप ही सोचें। यह तो वही बात हुई कि कोई आदमी किसी लाइब्रेरी में जाता है। जिस पुस्तक पर हाथ पड़ता है, उसे उठा लेता है। और फिर उसी के आधार पर फतवा दे देता है कि हिन्दी में कुछ नहीं है, निरा कूड़ा भरा है। क्या आप इस चीज को ठीक समझते हैं?

अब दो-एक शब्द आपके मादक या मतवालावाद पर भी। पहली बात तो यह कि केवल यूटिलिटेरियन एंड्स की दृष्टि से लिखा गया साहित्य ही साहित्य है, ऐसा कहना ठीक नहीं। ऐसी रचना करने के लिए साहित्यिक से अधिक प्रोपेगेंडिस्ट होने की जरूरत है। इतना ही नहीं, इन एंड्स को पूरा करने के लिए अन्य साधन मौजूद

हैं, जो साहित्य से कहीं अधिक प्रभावशाली हैं। तब फिर, साहित्य के स्थान पर उन साधनों को प्रिफरेंस क्यों न दिया जाए? इसे भी छोड़िए। यूटिलिटेरियन एंड्स को अपनाने में कोई हर्ज नहीं। उन्हें अपनाना चाहिए ही। लेकिन क्या सचमुच में सेक्स-अपील उतना बड़ा हौआ है, जितना कि उसे बना दिया गया है? क्या सेक्स-अपील से अपने आप को, अपनी रचनाओं को, पाक रखा जा सकता है? पाक रखना क्या स्वाभाविक और सजीव होगा? अपवाद के लिए गुंजाइश छोड़कर मैं आपसे पूछना चाहूँगा कि आप किसी भी ऐसी रचना का नाम बताएँ, जिसमें सेक्स-अपील न हो। सेक्स-अपील बुरी चीज नहीं है; वह तो होनी ही चाहिए। लोहा तो हमें उस मनोवृत्ति से लेना है, जो सेक्स-अपील और सेक्स-प्रदर्शन में कोई भेद नहीं समझती।

अब सिनेमा-सुधार की समस्या पर भी। यह समझना कि जिनके हाथ में सिनेमा की बागडोर है, वे इनीशिएटिव लें—भारी भूल होगी। यह काम प्रेस और प्लेटफॉर्म का है, इससे भी बढ़कर उन नवयुवकों का है, जो सिनेमा में दिलचस्पी रखते हैं। चूँकि मैं प्रेस से सम्बन्धित हूँ और फिलहाल एक सिनेमा-पत्रिका का सम्पादन कर रहा हूँ इसलिए मैंने इस दिशा में कदम उठाने का प्रयत्न किया। लेखकों तथा अन्य साहित्यिकों को एप्रोच किया। कुछ ने कहा कि सिनेमा-सुधार की जिम्मेदारी लेखकों पर नहीं। अपने लेख पर दिये गए 'लेखक' के सम्पादक का नोट ही देखिए। कुछ ने इसे असम्भव-सा बताकर छोड़ दिया। सिनेमा-सुधार की आवश्यकता को तो सब महसूस करते हैं, सिनेमा का विरोध भी जी खोलकर करते हैं, पर क्रियात्मक सहयोग का नाम सुनते ही अलग हो जाते हैं। सिर्फ इसलिए कि सिनेमा बदनाम है और यह चीज हमारे रोम-रोम में धँसी हुई है कि, 'बद अच्छा बदनाम बुरा।' क्या यह विडम्बना नहीं है? इस चीज को दूर करने में क्या आप हमारी सहायता न करेंगे?

यह सब होते हुए सिनेमा-सुधार के काम को आगे बढ़ाना चाहते हैं। नवयुवक लेखकों के सिनेमा ग्रुप की योजना के लिए जमीन तैयार हो चुकी है, हम विस्तृत योजना भी शीघ्र प्रकाशित कर रहे हैं। इसके लिए जरूरत होगी एक निष्पक्ष सिनेमा-पत्र की। जब तक नहीं निकलता तब तक काफी दूर तक 'रंगभूमि' हमारा साथ दे सकती है। मेरा तो यह निश्चित मत है और मैं सगर्व कह सकता हूँ कि इस लिहाज से 'रंगभूमि' भारतीय सिनेमा-पत्रों में सबसे आगे है। मैं आपसे अनुरोध करूँगा कि आप 'रंगभूमि' की आलोचनाएँ जरूर पढ़ा करें। पढ़ने पर आपको भी मेरे-जैसा मत स्थिर करने में जरा भी देर न लगेगी, इसका मुझे पूर्ण निश्चय है।

आशा है कि आप भी सिनेमा-ग्रुप को अपना आवश्यक सहयोग देकर कृतार्थ करेंगे।

आपका,
नरोत्तमप्रसाद नागर

नागर जी ने हमारे सिनेमा-सम्बन्धी विचारों को ठीक माना है, केवल हमारा जेनेरलाइज करना अर्थात् सभी को एक लाठी से हाँकना उन्हें अनुचित जान पड़ता है। क्या वेश्याओं में औरतें नहीं हैं? लेकिन इससे वेश्यावृत्ति पर जो दाग है वह नहीं मिटता। ऐसी वेश्याएँ अपवाद हैं, नियम नहीं।

साधुओं और वेश्याओं में मौलिक अन्तर है। साधु कोई इसलिए नहीं होता कि वह मौज उड़ाएगा और व्यभिचार करेगा, हालाँकि कुछ ऐसे साधु निकल ही आते हैं, जो परले सिरे के लुच्चे कहे जा सकते हैं। साधु हम ज्ञान-प्राप्ति या मोक्ष या जन-सेवा के ही विचार से होते हैं। इस गई-गुजरी दशा में भी ऐसे साधु मौजूद हैं, जिन्हें हम महात्मा कह सकते हैं। वेश्याओं के मूल में दुर्वासना, अर्थ-लोलुपता, कामुकता और कपट होता है। इससे शायद नागर जी को भी इनकार न हो।

सिनेमा की क्षमता से मुझे इनकार नहीं। अच्छे विचारों और आदर्शों के प्रचार में सिनेमा से बढ़कर कोई दूसरी शक्ति नहीं है; मगर जैसा नागर जी खुद स्वीकार करते हैं, वह कुपात्रों के हाथ में है और वह लोग भी इस जिम्मेदारी से बरी नहीं हो सकते, जो उसे बर्दाश्त करते हैं, अर्थात् जनता। मुझे इसके स्वीकार करने में कोई आपत्ति नहीं। यही तो मैं कहना चाहता हूँ। सिनेमा जिनके हाथ में है, उन्हें आप कुपात्र कहें, मैं तो उन्हें उसी तरह व्यापारी समझता हूँ, जैसे कोई दूसरा व्यापारी। और व्यापारी का काम जन-रुचि का पथ-प्रदर्शन करना नहीं, धन कमाना है। वह वही चीज जनता के सामने रखता है, जिसमें उसे अधिक-से-अधिक धन मिले। एक फिल्म बनाने में पचास हजार से एक लाख तक बल्कि इससे भी ज्यादा खर्च हो जाते हैं। व्यापारी इतना बड़ा खतरा नहीं ले सकता। गरीब का दिवाला निकल जाएगा। साहित्यकार का मुख्य उद्देश्य धन कमाना नहीं होता, नाम चाहे हो। हमारे खयाल में साहित्य का मुख्य उद्देश्य जीवन को बल और स्वास्थ्य प्रदान करना है। अन्य सभी उद्देश्य इसके नीचे आ जाते हैं। हजारों साहित्यकार केवल इसी भावना से अपना जीवन तक साहित्य पर कुर्बान कर देते हैं। उन्हें धेला भी इससे नहीं मिलता। मगर ऐसा शायद ही कोई प्रोड्यूसर अवतरित हुआ हो, और शायद ही हो, जिसने इस ऊँची भावना से फिल्म बनाई हो।

आप फरमाते हैं, सिनेमा में जानेवाले साहित्यिकों में ऐसा कौन था, जिसका मुख्य उद्देश्य सिनेमा को अपने रंग में रंगना रहा हो? हम जोरों से कह सकते हैं, कोई भी नहीं। वहाँ की जलवायु ही ऐसी है कि बड़ा आदर्शवादी भी जाए, तो नमक की खान में नमक बनकर रह जाएगा। वही लोग, जो साहित्य में आदर्श की सृष्टि करते हैं सिनेमा में दो सौ वेश्याओं का नंगा नाच करवाते हैं। क्यों? इसलिए कि ऐसे धन्धे में पड़ गए हैं, जहाँ बिना नंगा नाच नचाए धन से भेंट नहीं होती। मैं आदर्शों को लेकर गया था, लेकिन मुझे मालूम हुआ कि सिनेमावालों के पास बने-बनाए नुस्खे हैं, और आप उन नुस्खों के बाहर नहीं जा सकते। वहाँ प्रोड्यूसर यह

देखता है कि जनता किस बात पर तालियाँ बजाती है। वही बात वह अपनी फिल्म के दायरे के बाहर समझता है। और फिर सारा भेद तो एसोसिएशन का है। वेश्या के मुख से वैराग्य या निर्गुण सुनकर कोई तर नहीं जाता। रही उपाधियों के टके सेर की बात। हमारे खयाल में सिनेमा में वह इससे कहीं सस्ती है जहाँ अच्छे वेतन पर लोग इसीलिए नौकर रखे जाते हैं, जो अपने ऐक्टरों और ऐक्ट्रेसों की तारीफ में जमीन-आसमान के कुलाबे मिलाएँ।

मैं यह नहीं कहता कि होली या कजली त्याज्य हैं और जो लोग होली या कजली गाते हैं वे नीच हैं और जिन भावों से प्रेरित होकर होली और कजली का सृजन होता है वह मूल रूप से साहित्य की प्रेरित भावनाओं से अलग हैं। फिर भी वे साहित्य नहीं हैं। पत्र-पत्रिकाओं को भी साहित्य नहीं कहा जाता। कभी-कभी उनमें ऐसी चीजें निकल जाती हैं जिन्हें हम साहित्य कह सकते हैं। इसी तरह होली और कजली में भी कभी-कभी अच्छी चीजें निकल जाती हैं, और वह साहित्य का अंग बन जाती हैं, मगर आमतौर पर ये चीजें अस्थाई होती हैं और साहित्य में जिस परिष्कार, मौलिकता, शैली, प्रतिभा एवं वैचारिक गम्भीरता की जरूरत होती है, वह उसमें नहीं पाई जाती। देहातों में दीवारों पर औरतें जो चित्र बनाती हैं, अगर उसे चित्रकला कहा जाए तो शायद संसार में एक भी ऐसा प्राणी न निकले जो चित्रकार न हो। साहित्य भी एक कला है और उसकी मर्यादाएँ हैं। यह मानते हुए भी कि श्रेष्ठ कला वही है जो आसानी से समझी और चखी जा सके, जो सुबोध और जनप्रिय हो, उसमें ऊपर लिखे हुए गुणों का होना लाजमी है। आपने सिनेमा-जगत में जिन अपवादों के नाम लिए हैं, उनकी मैं भी इज्जत करता हूँ और उन्हें बहुत गनीमत समझता हूँ, मगर वे अपवाद हैं जो नियम को सिद्ध नहीं करते। और हम तो कहते हैं, इन अपवादों की भी व्यापारिकता के सामने सिर झुकाना पड़ा है। सिनेमा में इंटरटेनमेंट वैल्यू साहित्य के इसी अंग से बिलकुल अलग है। साहित्य में यह काम शब्दों, सूक्तियों या विनोदों से लिया जाता है। सिनेमा में वही काम मारपीट, धर-पकड़, मुँह चिढ़ाने और जिस्म को मटकाने से लिया जाता है।

रही उपयोगिता की बात। इस विषय में मेरा पक्का मत है कि परोक्ष या अपरोक्ष रूप से सभी कलाएँ उपयोगिता के सामने घुटने टेकती हैं। प्रोपेगेंडा बदनाम शब्द है, लेकिन आज का विचारोत्पादक, बलदायक, स्वास्थ्यवर्द्धक साहित्य प्रोपेगेंडा के सिवा न कुछ है, न हो सकता है, न होना चाहिए, और इस तरह के प्रोपेगेंडा के लिए साहित्य से प्रभावशाली कोई साधन ब्रह्मा ने नहीं रचा, वरना उपनिषद और बाइबिल दृष्टान्तों से न भरे होते।

सेक्स-अपील को हम हौआ नहीं समझते, दुनिया उसी धुरी पर कायम है, लेकिन शराबखाने में बैठकर तो कोई दूध नहीं पीता। सेक्स-अपील की निन्दा तब होती है, जब वह विकृत रूप धारण कर लेती है। सुई कपड़े में चुभती है, तो हमारा

तन ढकती है, लेकिन देह में चुभे तो उसे जख्मी कर देगी। साहित्य में भी जब यह अपील सीमा से आगे हो जाती है, तो उसे दूषित कर देती है। इसी कारण हिन्दी प्राचीन कविता का बहुत बड़ा भाग साहित्य का कलंक बन गया है। सिनेमा में वह अपील और भी भयंकर हो गई है, जो संयम और निग्रह का उपहास है। हमें विश्वास नहीं आता कि आप आजकल के मुक्त प्रेम के अनुयायी हैं। उसे प्रेम कहना तो प्रेम शब्द को कलंकित ही करना है—उसे तो छिछोरापन ही कहना चाहिए।

अन्त में हमारा यही निवेदन है कि हम भी सिनेमा को इसके परिष्कृत रूप में देखने के इच्छुक हैं, और आप इस विषय में जो सराहनीय उद्योग कर रहे हैं, उसको गनीमत समझते हैं। मगर शराब की तरह यह भी योरप का प्रसाद और हजार कोशिश करने पर भी भारत-जैसे देश में उसका व्यवहार बढ़ता ही जा रहा है। यहाँ तक कि शायद कुछ दिनों में वह योरप की तरह हमारे भोजन में शामिल हो जाए। इसका सुधार तभी होगा जब हमारे हाथ में अधिकार होगा, और सिनेमा-जैसी प्रभावशाली सद्विचार और सद्व्यवहार की मशीन कला-मर्मज्ञों के हाथ में होगी, धन कमाने के लिए नहीं, जनता को आदमी बनाने के लिए, जैसा योरप में हो रहा है। तब तक तो यह नाच-तमाशे की श्रेणी से ऊपर न उठ सकेगा।

[लेख। 'हंस', जून, 1935 में प्रकाशित। 'साहित्य का उद्देश्य' (प्रथम संस्करण) में संकलित।]

साहित्य

उपन्यास-रचना

भारत-निवासियों ने यूरोपियन साहित्य के किसी अंग को इतना ग्रहण नहीं किया जितना उपन्यास को। यहाँ तक कि उपन्यास अब हमारे साहित्य का एक अविच्छेद अंग हो गया है। उपन्यास का जन्म चौदहवीं-पन्द्रहवीं शताब्दी के लगभग हुआ। शेक्सपियर ने अपने कई नाटकों की रचना इटालियन उपन्यासों के ही आधार पर की है। यह शैली इतनी प्रिय हुई कि आज समस्त संसार में साहित्य पर उपन्यास का आधिपत्य है। गत पचास वर्षों में भारत की साहित्यिक शक्ति का जितना उपयोग उपन्यास-रचना में हुआ उतना शायद साहित्य के और किसी भाग में नहीं हुआ। बांग्ला ने बंकिम पैदा किया, गुजराती ने गोविन्ददास, मराठी ने आप्टे, उर्दू ने रतननाथ और शरर, जो संसार के किसी उपन्यासकार से घटकर नहीं हैं। हिन्दी ने पहले अद्भुत रस के उपन्यासकार पैदा किए पर अब धीरे-धीरे उसमें चरित्र-चित्रण, मनोभाव और जासूसी के उपन्यास भी प्रकाशित होने लगे हैं, और आशा है कि वह थोड़े ही दिनों में इस विषय में किसी प्रान्तिक भाषा से दबकर नहीं रहेगी। वास्तव में उपन्यास-रचना को सरल साहित्य कहा जाता है, इसलिए कि इससे पाठकों का मनोरंजन होता है। पर उपन्यासकार को उपन्यास लिखने में उतना ही दिमाग लगाना पड़ता है, जितना किसी दार्शनिक को दर्शनशास्त्र के ग्रन्थ लिखने में। उसे सबसे पहले उपन्यास का विषय खोजना पड़ता है। क्या लिखे? भौतिक वैभव की असारता दिखावे, या मनोभावों का पारस्परिक संग्राम? कोई गुप्त रहस्य चुने या किसी ऐतिहासिक घटना का चित्रण करे? लेखक अपनी रुचि और प्रकृति के अनुकूल ही इनमें से कोई विषय पसन्द कर लेता है। विषय निर्धारित हो जाने के पश्चात् उसे प्लाट की चिन्ता होती है। वह सोता हो या जागता, चलता या बैठा, इसी चिन्ता में डूब रहा है। कभी-कभी उसे सोच-विचार में महीनों, बरसों लगे जाते हैं। इस चिन्ता में लेखक जितना ही व्यस्त होगा उतनी ही उत्तम उसकी रचना होगी—

उपन्यास की बुनियाद पड़ गई। अब हमें अपना भवन खड़ा करने के लिए मसाले की आवश्यकता होती है। उसके मुख्य साधन ये हैं—

1. अवलोकन, 2. अनुभव, 3. स्वाध्याय, 4. अन्तर्दृष्टि, 5. जिज्ञासा, 6. विचार-आकलन।

कहते हैं, अमेरिका के सुविख्यात साहित्यकार मार्क ट्वेन ने इस बात का अनुभव प्राप्त करने के लिए कि बिना टिकट रेल-ट्राम में सफर करनेवालों के चित्त की क्या दशा होती है, कई बार बिना टिकट सफर किया। ऐसे ही एक और सज्जन ने पेरिस के चकलों की तसवीरें खींचने के लिए महीनों शोहदों और गुंडों की संगति की। एक तीसरे महाशय ने चोर के हृदय के भावों को जानने के लिए स्वयं सेंध तक मारी। इसका कारण यह जान पड़ता है कि पाश्चात्य देश के लेखक कल्पना-शून्य होते हैं। उपन्यासकार को ऐसी दशाओं और मनोभावों के वर्णन करने में अपनी कल्पना-शक्ति ही सबसे बड़ी मददगार है। ऐसा बिरला ही कोई प्राणी होगा जिसने बचपन में पैसे या मिठाई न चुराई हो, या चोरी से मेला या दंगल देखने न गया हो, अथवा पाठशाला में अध्यापक से बहाने न किए हों। यदि कल्पना शक्ति तीव्र हो इतने अनुभव चोरों और डकैतों के मनोभाव चित्रित करने में कृतकार्य कर सकती है। यह कहने की आवश्यकता नहीं कि कृत्रिम अवस्थाओं में जो अनुभव प्राप्त होते हैं, वे स्वाभाविक नहीं हो सकते। फिर भी उपन्यास की सफलता के लिए अनुभव सर्वप्रधान मंत्र है। उपन्यास-लेखक को यथासाध्य नए-नए दृश्यों को देखने और नए-नए अनुभवों को प्राप्त करने का कोई अवसर हाथ से न जाने देना चाहिए।

प्राणियों के मनोभावों को व्यक्त करने के लिए दूसरा साधन भावों को टटोलना है। सर फिलिप सिडनी का कहना था कि 'अपनी निगाह अपने हृदय में डालो और जो कुछ देखो, लिखो।' लेखक अपने को कल्पना के द्वारा जितनी ही भिन्न-भिन्न परिस्थितियों में रख सकता है, उतना ही सफल-मनोरथ होता है। तुलसीदास ने पुत्र शोक कितनी सफलता से दिखाया है। विदित ही है कि इन्हें इस शोक का प्रत्यक्ष अनुभव न था। अपने को शोकातुर, वियोगी पिता के स्थान में रखकर ही उन्होंने उन भावों का अनुभव किया होगा।

स्वाध्याय से भी उपन्यासकार को बड़ी मदद मिलती है। एक ऋषि का कथन है कि स्वाध्याय मनुष्य को सम्पूर्ण बना देता है। कुछ लोगों का कहना है कि उपन्यास लेखक को पढ़ना न चाहिए इससे उसकी मौलिकता मारी जाती है। पर स्वर्गीय डी. एल. राय ने कहा है—जिस लेखक की मौलिकता पुस्तकावलोकन से मारी जाती है, उसमें मौलिकता है ही नहीं। स्वाध्याय का उद्देश्य यह न होना चाहिए कि किसी कुशल लेखक के भाव और विचार उड़ाए जाएँ, बल्कि अपने भावों और विचारों की अन्य लेखकों से तुलना की जाए और उससे अच्छी रचना करने के लिए अपने को प्रोत्साहित किया जाए। अगर हमें किसी लेखक की रचना में ऐसा कोई स्थान दिखाई दे जहाँ उसकी कल्पना शिथिल पड़ गई है तो हम प्रयत्न करें कि उसी के अनुरूप स्थान पर उससे अच्छा लिख सकें। लेखक को और विशेषकर उपन्यास-लेखक को विविध साहित्य का भली-भाँति अध्ययन किए बिना कलम न उठाना चाहिए। यह बात नहीं है कि बिना बहुत पढ़े कोई अच्छा उपन्यास नहीं लिख सकता। जिन्हें

ईश्वर ने प्रतिभा दी है उनके लिए बहुत पढ़ना अनिवार्य नहीं है। लेकिन जिस प्रकार बिना व्याकरण पढ़े हुए चाहे हम शुद्ध लिखें, पर अशुद्धियों से बचने के लिए हमारे पास कोई साधन नहीं रहता, उसी प्रकार तुलना और स्वाध्याय से हमें अपनी त्रुटियों का बोध होता है, हमारी बुद्धि विकसित होती है और उन साधनों की झलक मिल जाती है जिनके द्वारा किसी बड़े लेखक ने सफलता प्राप्त की।

कुछ लोगों को भ्रम है कि अपनी रचनाओं के विषय में किसी से कुछ पूछने या राय लेने से उसका अपमान होता है। पर वास्तव में लेखक को जिज्ञासा की उतनी ही जरूरत है, जितनी कि किसी विद्यार्थी को। फ्रांसिस बेकन के विषय में कहा जाता है कि वह सदैव ऐसे पुरुषों से जिज्ञासा करता रहता था, जो किसी विषय में उससे अधिक ज्ञान रखते थे। कोई आदमी चाहे वह कितना ही प्रतिभाशाली क्यों न हो, सब विद्याओं का ज्ञाता नहीं हो सकता। उसे अगर किसी से कुछ पूछना पड़े तो संकोच क्यों करे? डी.एल. राय महोदय जब कोई ड्रामा लिखते थे, तो उसे अपने रसिक मित्रों को सुनाते थे, उनकी आलोचना का उत्तर देते थे और जहाँ कहीं कायल हो जाते थे, अपनी रचना में काट-छाँट कर देते थे। कभी उन्हें अध्याय के अध्याय और सीन के सीन बदलने पड़ जाते थे। लेखक को सदैव अपना आदर्श ऊँचा रखना चाहिए। उसके मन में यह धारणा होनी चाहिए कि या तो कुछ लिखूंगा ही नहीं, या लिखूंगा तो कोई अच्छी चीज, जिससे बढ़कर उसी विषय पर फिर जल्द कोई न लिख सके।

कभी-कभी ऐसा होता है कि रास्ता चलते-चलते कोई नई बात सूझ जाती है, अथवा कोई नया दृश्य आँखों के सामने से गुजर जाता है। लेखक में ऐसा गुण होना चाहिए कि वह ऐसे भावों और दृश्यों को स्मृति-पट पर अंकित कर ले और आवश्यकता पड़ने पर उनका व्यवहार करे। कुछ लेखकों की आदत होती है कि वे अपने साथ नोटबुक रखते हैं और ऐसी बातें उसमें तुरन्त टाँक लेते हैं। जिस लेखक को अपनी स्मरण-शक्ति पर विश्वास न हो उसे अपने साथ नोटबुक अवश्य रखनी चाहिए। डायरी लिखना भी अपने विचारों को लेखबद्ध करने की आदत डालता है।

प्लाट उन घटनाओं को कहते हैं जो उपन्यास के चरित्रों पर घटित हों। लेकिन केवल घटनाओं का वर्णन करने ही से कहानी में मनोरंजकता का गुण नहीं पैदा हो सकता। उन घटनाओं को कल्पना द्वारा ऐसा सजीव बनाना चाहिए कि उसमें वास्तविकता झलकने लगे। एक उपन्यासकार ने लिखा है कि उकलेदिस की भाँति हम लोगों को अपनी कथा सामने रख देनी चाहिए और तब उसे हल करने में प्रस्तुत हो जाना चाहिए। उकलेदिस की विचार-शृंखला में कोई किसी की युक्ति प्रविष्ट नहीं हो सकती, जिसके लिए वहाँ अनिवार्य रूप से स्थान न हो। हम भी उसी का अनुसरण करके उच्चकोटि के उपन्यासों की रचना कर सकते हैं। साधारणत: प्लाट वह कथा है, जो उपन्यास पढ़ने के बाद साधारण पाठक के हृदय-पट पर अंकित

हो जाती है। पुराने ढंग की कथाओं में बस प्लाट-ही-प्लाट होता था। उसमें रंग और रोगन की मात्रा न रहती थी, इसलिए वह चित्र इतना भड़कीला न होता था। आजकल पाँच सौ पृष्ठों के उपन्यास की कथा दस-पाँच पंक्तियों में ही समाप्त हो जाती है। लेकिन इन्हीं दस-पाँच पंक्तियों के सोचने में उपन्यासकार को जितना मनन और चिन्तन करना पड़ता है, उतना सारा उपन्यास लिखने में भी नहीं करना पड़ता। वास्तव में प्लाट सोच लेने के बाद फिर लिखना बहुत आसान हो जाता है। लेकिन प्लाट सोचने के साथ ही चरित्रों की कल्पना भी करनी पड़ती है, जिनके द्वारा यह प्लाट प्रदर्शित किया जाए। चार्ल्स डिकेंस के विषय में लिखा है कि जब वह किसी नए उपन्यास की कल्पना करते थे, तो महीनों तक अपने कमरे को बन्द कर विचार-मग्न पड़े रहते थे, न किसी से मिलते थे, न कहीं सैर करने ही जाते थे। ज़ब दो-तीन महीने के बाद उनके किवाड़ खुलते थे, तो उनकी दशा किसी रोगी से अच्छी न होती थी, मुख पीला, आँखें भीतर को धँसी हुई, शरीर दुर्बल। थैकरे के विषय में लिखा हुआ है कि वह सन्ध्या समय किसी नदी के तट पर बैठकर अपने प्लाट सोचा करता था। पर प्लाट को जल्द या देर में कल्पित कर लेना लेखक की बुद्धि सामर्थ्य पर निर्भर है। जार्ज सैंड फ्रांस की सुविख्यात लेखिका है। उसने सौ से कम उपन्यास नहीं लिखे। पर उसे प्लाट सोचने में बुद्धि नहीं लड़ानी पड़ती थी। वह कलम हाथ में लेकर बैठ जाती थी और लिखने के साथ ही प्लाट भी बनता चला जाता था। सरवाल्टर स्काट के बारे में यही मशहूर है कि वह प्लाट सोचने में मस्तिष्क नहीं लड़ाते थे। कुछ कहानियाँ ऐसी भी होती हैं जिनमें कोई प्लाट नहीं होता। मार्क ट्वेन का Innocents Abroad इसी ढंग का उपन्यास है।

प्लाटों की कल्पना भिन्न-भिन्न प्रकार की होती है। साधारणत: उसके छह भेद माने गए हैं—

1. कोई अद्‌भुत घटना।
2. कोई गुप्त रहस्य।
3. मनोभाव-चित्रण।
4. चरित्रों का विश्लेषण और तुलना।
5. जीवन के अनुभवों को प्रकट करना।
6. कोई सामाजिक या राजनीतिक सुधार।

(1) अद्‌भुत—अद्‌भुत कहानी वही अद्‌भुत होती है जो प्रकृति के नियमों के विरुद्ध हो। प्राचीन कथाएँ बहुधा इसी किस्म की होती थीं। ऐसी कहानी का उद्‌देश्य केवल पाठकों का मनोरंजन है। पढ़ने से कल्पना की वृद्धि होने के कारण बहुधा बालकोपयोगी कहानियों में यह प्रणाली उपयुक्त समझी जाती है। प्रौढ़ावस्था में ऐसी कहानियों में जी नहीं लगता। बहुधा नैतिक और आचरण-सम्बन्धी उपदेश भी ऐसी कहानियों द्वारा दिये जाते हैं। इंग्लैंड का विख्यात लेखक स्विफ्ट ने 'गुलीवर

की यात्रा' नाम की प्रसिद्ध पुस्तक में समाज पर व्यंग्य किया है। वह भी अद्‌भुत घटनाओं का ही सहारा लेता है। बहुधा दृष्टान्तों या 'ऐलीगरी' में अद्‌भुत घटनाओं द्वारा जीवन के गूढ़ तत्त्व हल किए जाते हैं। इंग्लैंड में जॉन बनियन का 'पिलग्रिम्स प्रोग्रेस' अद्वितीय ऐलीगरी है। हमारे यहाँ प्राचीन ऋषियों ने बहुधा दृष्टान्तों द्वारा ही जन-साधारण को उपदेश दिये हैं। महाभारत, पुराण, उपनिषद आदि में ऐसे दृष्टान्त भरे पड़े हैं। वर्तमान समय में टाल्स्टाय और हॉथर्न ने बहुत ही शिक्षाप्रद और अनूठे दृष्टान्त रचे हैं। अतएव अप्राकृतिक घटना-प्रधान उपन्यासों की रचना यदि बहुत सरल हैं तो उसके साथ ही अत्यन्त कठिन भी है।

(2) गुप्त रहस्य—जासूसी के उपन्यास सब इसी श्रेणी में आते हैं। इस प्रकार के उपन्यास लिखने में लेखक को दो बड़ी शंकाओं का सामना करना पड़ता है। सम्भव है रहस्य आरम्भ से ही खुल जाए अथवा लेखक का रहस्योद्‌घाटन पाठक को सन्तोषप्रद न हो। भारतवर्ष में पहले ऐसी कहानियों की प्रथा न थी। योरप में ऐसी कहानियों को लोग बड़े शौक से पढ़ते हैं। इधर कुछ दिनों से पैशाचिक घटनाएँ भी रहस्यों द्वारा प्रकट की जाने लगी हैं। इंग्लैंड में कॉनन डायल इस श्रेणी के उपन्यासकारों में बहुत सिद्धहस्त हैं, फ्रांस में मार्स लेब्लांक और अमेरिका में पो कॉनन डायल अभी जीवित हैं और अब आपराधिक विषयों की ओर उनकी अधिक प्रवृत्ति है। जासूसी उपन्यासों में लेखक कोई घटना सोचकर एक कल्पित जासूस को उसके सुलझाने में लगा देता है। ऐसी घटनाओं में सर्वश्रेष्ठ गुण यह है कि उस घटना या रहस्य का खोलना जाहिरा असम्भव प्रतीत हो, पर लेखक जब उसे खोल दे तो पाठक को आश्चर्य हो कि मुझे यह बात क्यों न सूझी, यह तो बिलकुल साधारण बात थी। इसके साथ, पाठक उस रहस्य को किसी दूसरी रीति से खोलने में असमर्थ हो। लेखक का कौशल इस बात में है कि जिस चरित्र को पाठक और लेखक स्वयं दोषी समझते हों वह अन्त में निरपराध सिद्ध हो जाए। ऐसे उपन्यास बहुत ही रोचक होते हैं और उनके पढ़ने से बुद्धि तीव्र होती है, कठिन समस्याओं में दिमाग लड़ाने की शक्ति पैदा होती है। मगर उनका लिखना इतना कठिन है कि अब तक हिन्दी में सिवा कॉनन डायल या अन्य लेखकों की कहानियों के अनुवाद के सिवा किसी ने स्वतंत्र कल्पना नहीं की।

(3) मनोभाव का चित्रण—ऐसे उपन्यासों के लेखकों का ध्यान घटना-वैचित्र्य की ओर बहुत कम रहता है। वह ऐसी ही घटनाओं की आयोजना करता है जिसमें उसके चरित्रों को अपने मनोभावों के प्रकट करने का अवसर मिले। घटनाएँ कम होती हैं, पात्रों के विचार अधिक टाल्स्टाय के उपन्यासों में यही गुण प्रधान है। ऐसे उपन्यासों को रचने के लिए आवश्यक है कि लेखक अपने को विभिन्न अवस्थाओं में रख सके। इस प्रकार की कहानियों में लेखक को पाठकों के सामने अनिवार्य रूप से अधिकतर अपना ही हृदय खोलकर रखना पड़ता है। दूसरों के मनोगत

भावों को जानने का उसके पास और क्या साधन हो सकता है। कोई अपने मन का भाव किसी से नहीं कहता, बल्कि और छिपाता है। अगर किसी को किसी मित्र के मनोभावों का ज्ञान हो भी सकता है, तो बहुत कम। इसलिए ऐसे उपन्यास लिखना लोहे के चने चबाना है। उपन्यासकार को नित्य अपने अन्तर की ओर ध्यान रखना पड़ता है। जार्ज इलियट के उपन्यास अधिकतर इसी श्रेणी के हैं।

(4) चरित्रों का विश्लेषण और (5) जीवन के अनुभवों को प्रकट करना—इन दोनों प्रकारों के उपन्यास लिखने के लिए जरूरी है कि लेखक में दिव्य कल्पना शक्ति के साथ अवलोकन और निरीक्षण की भी प्रचुर मात्रा हो। इसीलिए कहा गया है कि उपन्यासकार को सभी श्रेणी के मनुष्यों से मिलना-जुलना आवश्यक है। उसे अपनी आँखें और कान सदैव खुले रखने चाहिए। एक ही परिस्थिति में दो भिन्न-भिन्न विचारों के व्यक्ति क्या करते हैं, एक ही घटना दोनों को किस प्रकार प्रभावित करती है, इसका निरूपण सहज नहीं है। अनुभव बाह्य जगत सम्बन्धी भी होते हैं और अन्तर-जगत सम्बन्धी भी। लेखक को प्राकृतिक दृश्यों का, विचित्र घटनाओं का बड़े ध्यान से अवलोकन करना चाहिए। प्रात:काल समीर के झोंकों में नदी की तरंगों की कैसी छटा होती है, आकाश कौन-कौन से रूप धारण करता है, ऐसे अगणित दृश्य सफलता के साथ वही लिख सकता है जिसने स्वयं उनको गौर से देखा हो। केवल कल्पना यहाँ काम नहीं दे सकती। लाजिम है कि लेखक वही दृश्य दिखावे, उन्हीं चरित्रों की तुलना करे, जिनका उसने स्वयं अनुभव किया हो। जिसने समुद्र नहीं देखा, वह किसी बन्दर का दृश्य क्योंकर लिखेगा? जिसने ग्रामीणों की संगति नहीं की, वह ग्रामीण जीवन का चित्र क्योंकर खींच सकता है? यही सफलता प्राप्त करने के लिए योरप के कई विख्यात उपन्यासकारों ने वेश बदलकर उन स्थितियों का अध्ययन किया है, जिनके आधार पर वे अपना उपन्यास लिखना चाहते थे।

6. कोई सामाजिक या राजनीतिक सुधार-किसी उद्‌देश्य-विशेष से लिखे गए उपन्यासों की संख्या आजकल सभी भाषाओं में बहुत अधिक है। उर्दू में भी ऐसे कितने ही उपन्यास हैं, मुख्य भाषाओं का तो कहना ही क्या? आजकल 'सुधार-सुधार' के घोर नाद से सारा वायुमंडल निनादित हो रहा है। कहीं पुलिस के सुधार की चर्चा है, कहीं कारागारों की, कहीं न्यायालयों की, कहीं सामाजिक प्रथाओं की, कहीं शिक्षा-पद्धति की। यह विवादास्पद विषय है कि उपन्यास किसी उद्‌देश्य से लिखना चाहिए या नहीं। प्रवीण समालोचकगण की राय में साहित्य का उद्‌देश्य केवल भाव-चित्रण ही होना चाहिए। उद्‌देश्य से लिखी हुई कहानियों में बहुधा लेखक को विवश होकर असंगत बातें कहलानी पड़ती हैं, अनावश्यक घटनाओं की आयोजना करनी पड़ती है, और सबसे बड़ी कठिनाई यह है कि उसे उपदेशक का स्थान ग्रहण करना पड़ता है। मगर रसिक समाज किसी से उपदेश लेना नहीं

चाहता, उसे उपदेशों से अरुचि है और उपदेशकों से घृणा। वह केवल मनोरंजन और मनोदर्शन चाहता है। पर इसके साथ ही यह भी मानना पड़ेगा कि गत शताब्दी में पाश्चात्य देशों में जितने सुधार हुए हैं, उनमें अधिकांश का बीजारोपण उपन्यासों के ही द्वारा किया गया था।

डिकेंस के प्राय: सभी उपन्यास, टाल्स्टाय के कई उत्तम उपन्यास, मैक्सिम गोर्की, तुर्गनेव, बालजक, ह्यूगो, मेरी करेली, जोला आदि प्रधान उपन्यासकारों ने सुधारों ही के उद्देश्य से अपने ग्रन्थ रचे हैं। हाँ, कुशल लेखक का यह कर्तव्य होना चाहिए कि वह सुधार के जोश में कथा की रोचकता को कम न होने दे। वह उपन्यास और अपने चरित्रों को उन्हीं परिस्थितियों में रखे जिनको वह सुधारना चाहता है। यह भी परमावश्यक है कि वह सुधार के विषय को खूब सोच ले, और अत्युक्ति से काम न ले, नहीं तो उसका प्रयास कभी सफल न हो सकेगा। लेखक वृन्द प्राय: अपने काल के विधाता होते हैं। उनमें देश को, अपने समाज को दुख, अन्याय या मिथ्यावाद से मुक्त करने की प्रबल आकांक्षा होती है। ऐसी दशा में असम्भव है कि वह समाज को अपने मनमाने मार्ग पर चलने दे और स्वयं खड़ा हाथ-पर-हाथ रखे देखता रहे। वह अगर और कुछ नहीं कर सकता, तो कलम तो चला ही सकता है। शेक्सपियर और कालिदास के समय में सुधार की आवश्यकता आज से कम न थी, लेकिन उस समय राजनीतिक ज्ञान का प्रचार न था। रईस लोग भोग-विलास करते थे, कवि और लेखक उनकी विलास-वृत्तियों को और उत्तेजित करते थे। प्रजा पर क्या गुजरती है, इधर किसी का ध्यान न था। यह समय जीवन-संग्राम का है। आज हम जो शिक्षित कहलाते हैं, तटस्थ होकर अन्याय होते नहीं देख सकते।

प्लाट का महत्त्व जानने के बाद अब हम यह जानना चाहेंगे कि अच्छे प्लाट में कौन-कौन-सी बातें होनी चाहिए। समालोचकों के मतानुसार वे ये है—सरलता, मौलिकता, रोचकता।

प्लाट सरल होना चाहिए। बहुत उलझा हुआ, पेचीदा, शैतान की आँत, पढ़ते-पढ़ते जी उकता जाए, ऐसे उपन्यास को पाठक ऊबकर छोड़ देता है। एक प्रसंग अभी पूरा नहीं होने पाया कि दूसरा आ गया, वह अभी अधूरा ही था कि तीसरा प्रसंग आ गया, इससे पाठक का चित्त चकरा जाता है। पेचीदा प्लाट की कल्पना इतनी मुश्किल नहीं है, जितनी किसी सरल प्लाट की। सरल प्लाट में बहुत-से चरित्रों की कल्पना नहीं करनी पड़ती, इसीलिए लेखक को अल्पसंख्यक चरित्रों के भाव-विचार, गुण-दोष, आचार-व्यवहार को सूक्ष्म रूप से दिखाने का अवसर मिल जाता है, इससे उसके चरित्रों में सजीवता आ जाती है और वह पाठक के हृदय पर अपना अच्छा या बुरा असर छोड़ जाते हैं। यह बात बहुसंख्यक चरित्रों के साथ नहीं प्राप्त को सकती। प्लाट में मौलिकता का होना भी जरूरी है। जिस बात या विषय

को अन्य लेखकों ने लिख डाला हो, उसे कुछ हेर-फेर करके अपना प्लाट बनाने की चेष्टा करना अनुपयुक्त है। प्रेम, वियोग आदि विषय इतनी बार लिखे जा चुके हैं कि उनमें कोई नवीनता नहीं बाकी रही। अब तो पाठक कहानियों में नए भावों का, नए विचारों का, नए चरित्रों का दिग्दर्शन चाहते हैं। अत: 'शुकबहत्तरी' से पाठकों को तस्कीन नहीं होती। प्लाट में कुछ-न-कुछ ताजगी, कुछ-न-कुछ अनोखापन अवश्य होना चाहिए। रही रोचकता, वह मौलिकता की सहगामिनी है। मौलिक प्लाट है तो वह रोचक भी जरूर ही होगा। लेकिन कहानी की रोचकता किसी एक बात पर निर्भर नहीं है। प्लाट की सुन्दरता, चरित्रों का चित्रण, घटना-वैचित्र्य सभी सम्मिश्रित हो जाते हैं तो रोचकता आप-ही-आप आ जाती है। हाँ, उपन्यासकार यह कभी नहीं भूल सकता कि उसका प्रधान कर्तव्य पाठकों का गम गलत करना, उनका मनोरंजन करना है। और सभी बातें इसके अधीन हैं। जब पाठक का जी ही कहानी में न लगा तो वह क्या लेखक के भावों को समझेगा? क्या उसके अनुभवों से लाभ उठाएगा? वह घृणा के साथ किताब पटक देगा और सदा के लिए उपन्यासों का निन्दक हो जाएगा। आज भी कितने ही ऐसे व्यक्ति मिलते हैं, जिन्हें उपन्यासों से चिढ़ है। उन्होंने व्रत कर लिया है कि उपन्यास कदापि न पढ़ेंगे। कारण यही है कि हिन्द के वर्तमान उपन्यासों ने उन्हें निराश कर दिया है। नए उपन्यास-लेखकों का कर्तव्य है कि वे उपन्यास साहित्य के मुख को उज्ज्वल करें, इस बदनामी के दाग को मिटा दें।

[लेख। 'माधुरी' अक्टूबर, 1922 में प्रकाशित। 'विविध प्रसंग', भाग-3 में संकलित।]

उपन्यास

उपन्यास की परिभाषा विद्वानों ने कई प्रकार से की है, लेकिन यह कायदा है कि जो चीज जितनी ही सरल होती है, उसकी परिभाषा उतनी ही मुश्किल होती है। कविता की परिभाषा आज तक नहीं हो सकी। जितने विद्वान हैं उतनी ही परिभाषाएँ हैं। किन्ही दो विद्वानों की परिभाषाएँ नहीं मिलतीं। उपन्यास के विषय में भी यही बात कही जा सकती है। इसकी कोई ऐसी परिभाषा नहीं है जिस पर सभी लोग सहमत हों। मैं उपन्यास को मानव-चरित्र का चित्र समझता हूँ। मानव-चरित्र पर प्रकाश डालना और उसके रहस्यों को खोलना ही उपन्यास का मूल तत्त्व है। किन्हीं भी दो आदमियों की सूरतें नहीं मिलतीं, उसी भाँति आदमियों के चरित्र भी नहीं मिलते। जैसे सब आदमियों के हाथ, पाँव, आँखें, कान, नाक, मुँह होते हैं पर इतनी समानता पर भी उनमें विभिन्नता मौजूद रहती है, उसी भाँति सब आदमियों के चरित्रों में बहुत कुछ समानता होते हुए कुछ विभिन्नताएँ होती हैं। इसी चरित्र-समानता और विभिन्नता, अभिन्नता, अभिन्नत्व, और भिन्नत्व में अभिन्नत्व दिखाना उपन्यास का मुख्य कर्तव्य है। सन्तान-प्रेम मानव-चरित्र का एक व्यापक गुण है। ऐसा कौन प्राणी होगा, जिसे अपनी सन्तान प्यारी न हो। लेकिन इस सन्तान-प्रेम की मात्राएँ हैं, उसके भेद हैं। कोई तो सन्तान के लिए मर मिटता है, उनके लिए कुछ छोड़ जाने के लिए आप नाना प्रकार के कष्ट झेलता है, लेकिन धर्म-भीरुता से, अनुचित रूप से धन-संग्रह नहीं करता। उसे शंका होती है कि कहीं इसका परिणाम हमारी सन्तान के लिए बुरा न हो। कोई औचित्य का लेशमात्र भी विचार नहीं करता, जिस तरह भी हो कुछ धन संचय करना अपना ध्येय समझता है, चाहे इसके लिए उसे दूसरों का गला ही क्यों न काटना पड़े। वह सन्तान-प्रेम पर अपनी आत्मा को भी बलिदान कर देता है। एक तीसरा सन्तान-प्रेम वह है, जहाँ सन्तान की सच्चरित्तता प्रधान होती है, जबकि पिता सन्तान कुचरित्र देखकर उससे उदासीन हो जाता है, उसके लिए कुछ छोड़ जाना या कर जाना व्यर्थ समझता है। अगर आप विचार करेंगे तो इसी सन्तान-प्रेम के अगणित भेद आपको मिलेंगे। इसी भाँति अन्य मानवीय-गुणों की भी मात्राएँ और भेद हैं। हमारा चरित्राध्ययन जितना ही सूक्ष्म, जितना ही विस्तृत होगा, उतनी ही सफलता से हम चरित्रों का चित्रण कर सकेंगे।

सन्तान-प्रेम की एक दशा यह भी है कि जब पुत्र को कुमार्ग पर चलते देखकर पिता उसका घातक शत्रु हो जाता है; वह भी सन्तान-प्रेम ही है जब पिता के लिए पुत्र घी का लड्डू होता है, जिसका टेढ़ापन उसके स्वाद में बाधक नहीं होता। वह सन्तान-प्रेम भी देखने में आता है जहाँ शराबी, जुआरी पिता पुत्र-प्रेम के वशीभूत होकर ये सारी बुरी आदतें छोड़ देता है। अब यहाँ प्रश्न होता है कि उपन्यासकार को इन चरित्रों का अध्ययन करके उनको पाठक के सामने रख देना चाहिए, उसमें अपनी तरफ से काट-छाँट, कमी-बेशी कुछ न करनी चाहिए या किसी उद्देश्य की पूर्ति के लिए चरित्रों में कुछ परिवर्तन भी कर देना चाहिए; यहीं से उपन्यासकारों के दो गिरोह हो गए हैं, एक Idealist या आदर्शवादी, दूसरा Realist या यथार्थवादी। Realist चरित्रों को पाठक के सामने उनके यथार्थ, नग्न रूप में रख देता है। उसे इससे कुछ मतलब नहीं कि सच्चरित्रता का परिणाम बुरा होता है या कुचरित्रता का परिणाम अच्छा; उसके चरित्र अपनी कमजोरियाँ या खूबियाँ दिखाते हुए अपनी जीवन-लीला समाप्त करते हैं, और चूँकि संसार में सदैव नेकी का फल नेक और बदी का फल बद नहीं होता, बल्कि इसके विपरीत हुआ करता है, नेक आदमी धक्के खाते हैं, यातनाएँ सहते हैं, मुसीबतें झेलते हैं, अपमानित होते हैं, उनकी नेकी का फल उलटा मिलता है; और बुरे आदमी चैन करते हैं, नामवर होते हैं, यशस्वी बनते हैं, उनकी बदी का फल उलटा मिलता है। प्रकृति का नियम विचित्र है। Realist अनुभव की बेड़ियों में जकड़ा होता है और चूँकि संसार में बुरे चरित्रों की प्रधानता है, यहाँ तक कि उज्ज्वल-से-उज्ज्वल है। चरित्र में भी कुछ-न-कुछ दाग-धब्बे रहते हैं, इसलिए Realism हमारी दुर्बलताओं, हमारी विषमताओं और हमारी क्रूरताओं का नग्न चित्र होता है। वास्तव में Realism हमको Pessimist बना देता है, मानव-चरित्रों पर से हमारा विश्वास उठ जाता है, हमको अपने चारों तरफ बुराई-ही-बुराई नजर आने लगती है। इसमें सन्देह नहीं कि समाज की कुप्रथा की ओर ध्यान दिलाने के लिए Pessimist अत्यन्त उपयुक्त है, क्योंकि इसके बिना बहुत सम्भव है कि हम उस बुराई को दिखाने में अत्युक्ति से काम लें और चित्र को उससे कहीं काला दिखाएँ जितना वह वास्तव में है। लेकिन जब Realism दुर्बलताओं का चित्रण करने में शिष्टता की सीमाओं से आगे बढ़ जाता है, तो वह आपत्तिजनक हो जाता है। फिर, मानव स्वभाव की एक विशेषता यह भी है कि वह जिस छल, क्षुद्रता और कपट से घिरा हुआ है, उसी की पुनरावृत्ति उसके चित्त को प्रसन्न नहीं कर सकती। वह थोड़ी देर के लिए ऐसे संसार में उड़कर पहुँच जाना चाहता है, जहाँ उसके चित्त को ऐसे कुत्सित भावों से निजात मिले, वह भूल जाए कि चिन्ताओं के बन्धन में पड़ा हुआ है, जहाँ उसे सजीव, सहृदय, उदार प्राणियों के दर्शन हों, जहाँ छल और कपट, विरोध और वैमनस्य का ऐसा प्राधान्य न हो। उसके दिल में खयाल होता है कि जब हमें किस्से-कहानियों में भी उन्हीं लोगों से

साबका है जिनके साथ आठों पहर व्यवहार करना पड़ता है, तो फिर ऐसी पुस्तक पढ़ें ही क्यों? अँधेरी कोठरी में काम करते-करते जब हम थक जाते हैं तो इच्छा होती है कि किसी बाग में निकलकर निर्मल स्वच्छ वायु का आनन्द उठाएँ। इस कमी को Idealist पूरा करता है। Idealism हमें ऐसे चरित्रों से परिचित कराता है, जिनके हृदय पवित्र होते हैं, जो स्वार्थ और वासना से रहित होते हैं, जो साधु-प्रकृति होते हैं। यद्यपि ऐसे चरित्र व्यवहार कुशल नहीं होते, उनकी सरलता उन्हें व्यावहारिक विषयों में धोखा देती है, लेकिन कांइयेंपन से ऊबे हुए प्राणियों को ऐसे सरल, ऐसे व्यावहारिक ज्ञान-विहीन चरित्रों के दर्शन से एक विशेष आनन्द होता है। Realism यदि हमारी आँखें खोल देता है, तो Idealism हमें उठाकर किसी मनोरम स्थान में पहुँचा देता है। लेकिन जहाँ Idealism में यह गुण है, वहाँ इस बात की भी शंका है कि हम ऐसे चरित्रों को न चित्रित कर बैठें जो सिद्धान्तों की मूर्ति मात्र हों। किसी देवता की कामना करना मुश्किल नहीं, लेकिन उस देवता में प्राण-प्रतिष्ठा करना मुश्किल है।

इसलिए हम वही उपन्यास उच्चकोटि के समझते हैं, वहाँ Realism और Idealism का समन्वय हो गया हो। उसे आप 'Idealistic Realism' कह सकते हैं, Idea को सजीव बनाने के लिए Realism का उपयोग होना चाहिए और अच्छे उपन्यास की यही विशेषता है। उपन्यासकार की सबसे बड़ी विभूति ऐसे चरित्रों की सृष्टि करना है, जो अपने सद्व्यवहार और सद्विचार से पाठक को मोहित कर लें। जिस उपन्यास के चरित्रों में यह गुण नहीं है, वह दो कौड़ी के हैं। चरित्र को उत्कृष्ट और आदर्श बनाने के लिए यह जरूरी नहीं कि वह निर्दोष हों। महान-से-महान पुरुषों में भी कुछ-न-कुछ कमजोरियाँ होती हैं। चरित्र को सजीव बनाने के लिए उसकी कमजोरियों का दिग्दर्शन कराने से कोई हानि नहीं होती। यही कमजोरियाँ उस चरित्र को मनुष्य बना देती हैं। निर्दोष चरित्र तो देवता को जाएगा और हम उसे समझ ही न सकेंगे। ऐसे चरित्र का हमारे ऊपर कोई प्रभाव नहीं पड़ सकता। हम Idealist हैं। हमारा प्राचीन साहित्य पर Idealism की छाप लगी हुई है। हमारी प्राचीन साहित्य केवल मनोरंजन के लिए न था। उसका मुख्य उद्देश्य मनोरंजन के साथ आत्म-परिष्कार भी था। साहित्यकार का काम केवल पाठकों का मन बहलाना नहीं है। यह तो भाटों और मदारियों, विदूषकों और मसखरों का काम है। साहित्यकार का पद इससे कहीं ऊँचा है। वह हमारा पथ-प्रदर्शक होता है, वह हमारे मनुष्यत्व को जगाता है, हममें सद्भावों का संचार करता है, हमारी दृष्टि को फैलाता है। कम-से-कम उसका यही उद्देश्य होना चाहिए। इस मनोरथ को सिद्ध करने के लिए जरूरत है कि उसके चरित्र Positive हों, जो प्रलोभनों के आगे सिर न झुकाएँ बल्कि उनको परास्त करें, जो वासनाओं के पंजे में न फँसें बल्कि उनका दमन करें, जो किसी विजयी सेनापति की भाँति शत्रुओं का संहार

करके विजय-नाद करते हुए निकलें। ऐसे ही चरित्रों का हमारे ऊपर सबसे अधिक प्रभाव पड़ता है।

उपन्यास-साहित्य पर थोड़ी-सी विवेचना करने के बाद अब हम अपने हिन्दी उपन्यासों पर दृष्टिपात करना चाहते हैं। पाठकगण यह तो जानते ही हैं कि उपन्यास एक पश्चिमी पौधा है जो भारतवर्ष में लगाया गया है। हमारे यहाँ उपन्यास-काल से पहले ऐसे किस्से-कहानियों का बहुत प्रचार था जिनमें प्रेम और विरह के वर्णन ही प्रधान होते थे। प्रेमी एक निगाहे माशूका का 'कुश्तए नाज' हो जाता था। माशूका अपनी सहेलियों से अपनी विपत्ति कहानी सुनाती थी, आशिक साहब आहें भरते थे, सिर धुनते थे, घर पर खबर होती थी, यार समझाने के लिए जमा हो जाते थे, हकीम दवा करने जाते थे, पर इश्क के बीमार पर किसी दवा या समझाने-बुझाने का असर न होता था। दोनों महीनों-बरसों जुदाई की तकलीफें झेलने के बाद किसी हिकमत से मिल जाते थे। अक्सर किस्सों में तिलिस्म और ऐयारी के विचित्र दृश्य होते थे, जिससे कुतूहल बढ़ता था। उर्दू में 'तिलिस्म होशरुबा' बड़े-बड़े पृष्ठों के सत्ताइस जिल्दों में खत्म होता था और 'बोस्ताने खयाल' सात जिल्दों में। उस वक्त तक हिन्दी में उपन्यास का मैदान प्राय: खाली था। दो-एक एक अनुवाद अवश्य निकल गए थे पर कोई उपन्यास-लेखक न पैदा हुआ था। उर्दू में तो उसके पहले 'फसाना आजाद' के रचयिता पंडित रतननाथ दर 'सरशार', मौलवी अब्दुल हलीम शरर, मौलाना मुहम्मद अली आदि कई अच्छे उपन्यासकार हो गए थे। बांग्ला में भी बंकिम बाबू के उपन्यास निकल चुके थे, लेकिन हिन्दी में मैदान खाली था। उस समय स्वर्गीय बाबू देवकीनन्दन खत्री के 'चन्द्रकान्ता' और 'चन्द्रकान्ता सन्तति' की रचना हुई और वह हिन्दी में अनोखी, एकदम नई चीज थी। हिन्दी पाठक टूट पड़े और 'चन्द्रकान्ता' की खूब धूम हो गई। यद्यपि 'चन्द्रकाता सन्तति' 'तिलिस्म होशरुबा' का अनुकरण मात्र है, लेकिन हिन्दी में आशिक-माशूक की जो कथाएँ छपती थीं, जिनमें न कोई भाव होता था न कोई प्रभाव, उन पाठकों के लिए चन्द्रकान्ता ही गनीमत थी। समझ में नहीं आता कि जब अन्य भाषाओं में ऐसे-ऐसे उपन्यासकार पैदा हुए जिनका जोड़ अब तक पैदा नहीं हुआ तो हिन्दी में क्यों यह मैदान खाली रहा।

'चन्द्रकान्ता' के बाद देवकीनन्दन ने कई सामाजिक उपन्यास लिखे जिनमें उपन्यास के अंकुर मौजूद थे। ऐयारी की ऐसी हवा बँधी कि उनके बाद भी बहुत दिनों तक ऐयारी के किस्से निकलते रहे। उसके बाद जासूसी उपन्यास निकलने शुरू हुए जो अधिकांश European detective stories के अनुवाद होते थे। कुछ दिनों तक जासूसी उपन्यासों की खूब धूम रही और बहुत सम्भव था कि उसके बाद मौलिक उपन्यासों की बारी आती, लेकिन इसी बीच में बांग्ला उपन्यासों का रेला शुरू हुआ और वह अभी तक जारी है। बांग्ला के अच्छे-बुरे जितने उपन्यास मिल

सकते हैं उनका बिना कुछ सोचे-समझे अनुवाद कर लिया जाता है। किसी अन्य भाषा के रत्नों से अपना भंडार भरना आपत्ति की बात नहीं। सम्पन्नतम भाषाओं में अन्य भाषाओं के अनुवाद होते रहते हैं, लेकिन वह भाषा ही क्या जहाँ सब कुछ अनुवाद ही हो और अपना कुछ न हो। इस पहलू से देखिए तो 'चन्द्रकान्ता सन्तति' का महत्त्व बहुत कुछ बढ़ जाता है। कम-से-कम अपनी वस्तु तो है। हमारा ध्येय है कि हिन्दी भाषा को राष्ट्रभाषा बनाएँ। क्या अनुवादों से राष्ट्रभाषा का पद प्राप्त किया जा सकता है? एक मित्र से इस विषय पर वार्तालाप होने लगा तो उन्होंने कहा, 'हम यह मानते हैं कि अनुवाद से भाषा का महत्त्व नहीं बढ़ता लेकिन, जिन लोगों के लिए अनुवाद जीविका का प्रश्न है उन्हें आप क्या कह सकते हैं।' इसका आशय यह हुआ कि जो लोग और किसी उपाय से जीविका का अर्जन नहीं कर सकते वे ही अनुवाद किया करते हैं। मगर इसी तरकीब से तो किसी त्याज्य विषय की रक्षा की जा सकती है। चोर के लिए चोरी भी तो जीविका का ही प्रश्न है फिर चोर को सजा क्यों दी जाती है? फिर, जब हम देखते हैं कि हिन्दी जाननेवाला आदमी एक महीने में बांग्ला का इतना ज्ञान प्राप्त कर सकता है कि बांग्ला की साधारण पुस्तकें समझने लगे, तो बांग्ला से अनुवाद करने के लिए और भी उज्र नहीं रह जाता। अगर अनुवाद ही करना है तो उन भाषाओं से किया जाए जो बांग्ला से कहीं सम्पन्न हैं। हमने अभी तक जिन गिने-गिनाए French या Russian पुस्तकों का हिन्दी में अनुवाद किया है, अंग्रेजी अनुवादों से किया है। हमारे युवकों को, जिनको विचार साहित्य-सेवा करने का हो, उनको उचित है कि वे योरोपियन भाषाएँ सीखें और उनके रत्नों से हिन्दी का भंडार भरें। वह हमें कोई ऐसी चीज दे सकेंगे जिन्हें प्राप्त करने के हमारे यहाँ बहुत कम साधन हैं।

साहित्य का सबसे ऊँचा आदर्श वह है जबकि उसकी रचना केवल कला की पूर्ति के लिए की जाए। Art for Art's Sake के सिद्धान्त पर किसी को आपत्ति नहीं हो सकती। वह साहित्य चिरायु हो सकता है जो मनुष्य की मौलिक प्रवृत्तियों पर अवलम्बित हो। ईर्ष्या और प्रेम, क्रोध और लोभ, अनुराग और विराग, दुख और लज्जा—यह सभी हमारी मौलिक प्रवृत्तियाँ हैं। इन्हीं की छटा दिखाना साहित्य का परम उद्देश्य है। बिना उद्देश्य के तो कोई रचना हो ही नहीं सकती। जब साहित्य की रचना किसी सामाजिक, राजनैतिक और धार्मिक मत के प्रचार के लिए की जाती है, तो वह अपने ऊँचे पद से गिर जाती है, इसमें कोई सन्देह नहीं। लेकिन आजकल परिस्थितियाँ इतनी तीव्रगति से बदल रही हैं, नए-नए विचार पैदा हो रहे हैं कि शायद अब कोई लेखक साहित्य के आदर्श को ध्यान में रख ही नहीं सकता। यह बहुत मुश्किल है कि Author पर इन परिस्थितियों का असर न पड़े, वह उनसे आन्दोलित न हो। यही कारण है कि आजकल भारत ही में नहीं, योरप के बहुत बड़े विद्वान भी अपनी रचनाओं द्वारा किसी-न-किसी वाद का प्रचार कर रहे हैं। वे इसकी

परवा नहीं करते कि इससे हमारी रचना जीवित रहेगी या नहीं। अपने मत की पुष्टि करना ही उनका ध्येय है, इसके सिवाय उन्हें कोई इच्छा नहीं। मगर यह क्योंकर मान लिया जाए कि जो उपन्यास किसी विचार के प्रचार के लिए लिखा जाता है उसका Interest क्षणिक होता है। ह्यूगो का ला मिजरेबुल, टॉल्सटॉय के अनेक ग्रन्थ, डिकेंस की कितनी ही रचनाएँ विचार-प्रधान होते हुए साहित्य की उच्चकोटि की हैं और अब तक उनका Interest कम नहीं हुआ। आज भी शॉ वेल्स आदि बड़े-बड़े लेखकों के ग्रन्थ प्रचार ही के उद्देश्य से लिखे जा रहे हैं। हमारा खयाल है कि कुशल कलाकार कोई विचार-प्रधान रचना भी इतनी सुन्दरता से करता है कि उनसे मनुष्य की मौलिक प्रवृत्तियों का संघर्ष निभता रहे। Art for Art's sake का समय वह होता है जब देश सम्पन्न और सुखी हो। जब हम देखते हैं कि हम भाँति-भाँति के राजनैतिक और सामाजिक बन्धनों में जकड़े हुए हैं, जिधर निगाह उठती है, दुख और दरिद्रता के भीषण दृश्य दिखाई देते हैं। विपत्ति का करुण क्रन्दन सुनाई देता है तो कैसे सम्भव है कि किसी विचारशील प्राणी का दिल न दहल उठे। हाँ, उपन्यासकार को इसका प्रयत्न अवश्य करना चाहिए कि उसके विचार परोक्ष रूप से व्यक्त हों, उपन्यास की स्वाभाविकता में उस विचार के समावेश से कोई विघ्न न पड़ने पावे, वरना उपन्यास नीरस हो जाएगा।

अन्त में हम अपने सहृदय नवीन लेखकों से अनुरोध करते हैं कि यदि आप उपन्यास लिखना चाहते हैं तो पहले तैयारी कीजिए, बिना मानव-शास्त्र का उचित ज्ञान प्राप्त किए, कभी न कलम उठाइए। यों तो जिन्हें रचना की ईश्वरप्रदत्त शक्ति प्राप्त है, वह आप-ही-आप लिख लेंगे, लेकिन मन में वीरभाव होने पर भी तो शास्त्रों का कुछ ज्ञान होना परमावश्यक है। सबसे प्रधान मनोवृत्ति है। एक बार किसी सुप्रसिद्ध चित्रकार से एक शरीफ ने पूछा कि 'ऐसे सुन्दर रंग आप कहाँ से लाते हैं?' चित्रकार ने मुस्कराकर उत्तर दिया, 'जनाब, अपने दिमाग से।'

[लेख। हिन्दी मासिक पत्रिका 'समालोचक', जनवरी, 1925 में प्रकाशित 'विविध प्रसंग', भाग-3 में संकलित।]

कर्मवीर विद्यार्थी जी

कानपुर के इस हत्याकांड में राष्ट्र को सबसे भयंकर जो क्षति पहुँची है वह विद्यार्थी जी की शहादत है। लुटा हुआ धन फिर आ जाएगा, उजड़े हुए घर फिर आबाद हो जाएँगे, माताओं के गोद में फिर बच्चे खेलेंगे, पर वह कर्मवीर भारत से सदैव के लिए उठ गया। विद्यार्थी जी के जीवन की सरलता और पवित्रता सात्त्विक थी। हम यह तो नहीं कह सकते कि हमारी उनसे घनिष्ठता थी, पर साल में दो-तीन बार हमें उनके दर्शनों का सौभाग्य अवश्य हो जाता था और उनके दर्शनों से आत्मा पर आशीर्वाद का-सा जो असर पड़ता था, वह अकथनीय है। स्वार्थ-चिन्ता ने कभी उनकी आत्मा को मलिन नहीं किया। उनका समस्त जीवन यज्ञमय था और कदाचित् ईश्वर की इच्छा थी, कि उनकी मृत्यु उस यज्ञ की पूर्णाहुति हो। उस विद्रोह के एक या दो दिन पहले लखनऊ कांग्रेस कमेटी के दफ्तर में हमें उनके दर्शन हुए थे। उनके जेल से लौटने के बाद मैं उनसे मिल न सका था। कितने तपाक से गले मिले। विनोद महान आत्माओं का स्थायी गुण है। उनकी सीधी-सी बात में भी विनोद की कुछ-न-कुछ मात्रा होती है। अपने जेल जीवन की एक घटना हँस-हँसकर सुनाने लगे। विक्टर ह्यूगो पर उनकी बड़ी श्रद्धा थी। 'नाइंटी थ्री' की अनुवाद वे पहले कर चुके थे। अबकी जेल में ह्यूगो के जगत प्रसिद्ध ग्रन्थ 'लेमिजरेबुल' का उन्होंने अनुवाद किया था। बोले, 'कोई पन्द्रह सौ पृष्ठ होंगे। आपका प्रेस छापना चाहे तो मैं दे सकता हूँ।'

यह तो उनका विनोद मात्र था।

कौन जानता था कि यह उनके अन्तिम दर्शन हैं। उस समय तो कराची जाने की बातचीत हो रही थी।

विद्यार्थी जी ने देश में जो सम्मान और यश प्राप्त किया, वह उनकी सेवा का प्रसाद था। वह बहुत बड़े विद्वान न थे, बड़ी-बड़ी उपाधियाँ न प्राप्त की थीं, मगर हृदय में सेवा की ऐसी लगन थी, जिसने उनकी लेखनी को ओज, उनकी भाषा को स्फूर्ति, उनकी वाणी को प्रभाव और व्यक्तित्व को गौरव प्रदान कर दिया था। उनकी आत्मा निष्कपट और निर्भीक थी। राजनीतिक समस्याओं पर वह जितने साहस से अपनी सम्मति प्रकट करते थे, उसने हमारे सम्पादकीय जीवन में अमर स्मृतियाँ छोड़ी

हैं। अत्याचार के विरुद्ध उनकी तलवार सदैव म्यान से बाहर रहती थी। 'प्रताप' ने अपने बीस वर्ष के जीवन में जितनी बाधाओं पर सफलता के साथ विजय पाई वह विद्यार्थी जी के सद्साहस, न्याय-निष्ठा और कर्तव्य-प्रेम का उज्ज्वल प्रमाण है।

हिन्दू-मुसलमान एकता के वह अनन्य भक्त थे। विद्यार्थी जी उन राष्ट्र-सेवियों में से थे जिन्होंने साम्प्रदायिकता को कभी अपने पास नहीं आने दिया। वह उनके राष्ट्रीय जीवन का मूल सिद्धान्त था। हम यह अनुमान कर सकते हैं कि कानपुर में जब वह आग भड़की, तो उनकी आत्मा को कितना आघात पहुँचा। शहर में हाहाकार मचा हुआ था। शहर के नेता कर्तव्य-भ्रष्ट से अपने-अपने घरों में बैठे थे। हिन्दू और मुसलमान एक-दूसरे पर अमानुषिक अत्याचार कर रहे थे, पर यह कर्मवीर अपने प्राणों को हथेली पर लिये पीड़ित परिवारों को सुरक्षित स्थानों पर पहुँचाता, आहतों की सेवा और अनाथों की सहायता करता फिरता था। हितचिन्तकगण समझाते थे, पर जिसके जीवन का मूल आधार इतनी निर्दयता से पैरों तले रौंदा जा रहा हो, उसे ऐसी चेतावनियों की क्या परवाह हो सकती थी। धर्म जैसी पवित्र वस्तु भी मलिन आत्माओं में जाकर इतना भयंकर रूप धारण कर लेती है। धर्म जिसका उद्देश्य है मनुष्य को सत्य की ओर ले जाना, उसकी परलोक बुद्धि को शक्ति देना वही मानवी दुर्बलताओं से कलुषित होकर आज हिंसक जन्तु के रूप में प्रकट हो रहा है। वह धर्मान्धता जो ऐसी पवित्र आत्माओं के रक्त से अपने हाथ रंगती है, उसकी किन शब्दों में निन्दा की जाए। उन्हीं लोगों के हाथों यह अनर्थ हुआ कि जिनकी रक्षा के लिए वह निकले हुए थे। धर्मान्धता तेरी बलिहारी है तू शत्रु और मित्र का भी विवेक नहीं रखती।

आज इस कर्मवीर की मृत्यु ने हमारे राष्ट्रीय जीवन में ऐसा स्थान खाली कर दिया है, जिसकी पूर्ति होना कठिन है।

[सम्पादकीय। 'हंस', मार्च, 1931 में प्रकाशित। 'विविध प्रसंग', भाग-3 में संकलित।]

जीवन में साहित्य का स्थान

साहित्य का आधार जीवन है। इसी नींव पर साहित्य की दीवार खड़ी होती है, उसकी अटारियाँ, मीनार और गुम्बद बनते हैं; लेकिन बुनियाद मिट्टी के नीचे दबी पड़ी है। उसे देखने को भी जी नहीं चाहेगा। जीवन परमात्मा की सृष्टि है, इसलिए अनन्त है, अबोध है, अगम्य है। साहित्य मनुष्य की सृष्टि है; इसलिए सुबोध है, सुगम है और मर्यादाओं से परिमित है। जीवन परमात्मा को अपने कामों का जवाबदेह है या नहीं, हमें मालूम नहीं; लेकिन साहित्य तो मनुष्य के सामने जवाबदेह है। इसके लिए कानून हैं जिनसे वह इधर-उधर नहीं हो सकता। जीवन का उद्देश्य ही आनन्द है। मनुष्य जीवनपर्यन्त आनन्द ही की खोज में पड़ा रहता है। किसी को वह रत्न-द्रव्य में मिलता है, किसी को भरे-पूरे परिवार में, किसी को लम्बे-चौड़े भवन में, किसी को ऐश्वर्य में। लेकिन साहित्य का आनन्द-से-आनन्द ऊँचा है, इससे पवित्र है, उसका आधार सुन्दर और सत्य है। वास्तव में आनन्द सुन्दर और सत्य से मिलता है। उसी आनन्द को दर्शाना, वही आनन्द उत्पन्न करना, साहित्य का उद्देश्य है। ऐश्वर्य या भोग के आनन्द में ग्लानि छिपी होती है। उससे अरुचि भी हो सकती है, पश्चात्ताप भी हो सकता है; पर सुन्दर से जो आनन्द प्राप्त होता है, वह अखंड है, अमर है।

साहित्य के नौ रस कहे गए हैं। प्रश्न होगा, बीभत्स में भी कोई आनन्द है? अगर ऐसा न होता, तो वह रसों में गिना ही क्यों जाता। हाँ, है। बीभत्स में सुन्दर और सत्य मौजूद है। भारतेन्दु ने श्मशान का जो वर्णन किया है, वह कितना बीभत्स है। प्रेतों और पिशाचों का अधजले मांस के लोथड़े नोचना, हड्डियों को चटर-वटर चबाना, बीभत्स की पराकाष्ठा है; लेकिन वह बीभत्स होते हुए भी सुन्दर है; क्योंकि उसकी सृष्टि पीछे आनेवाले स्वर्गीय दृश्य के आनन्द को तीव्र करने के लिए ही हुई है। साहित्य तो हर एक रस में सुन्दर खोजता है—राजा के महल में, रंक की झोंपड़ी में, पहाड़ के शिखर पर, गन्दे नालों के अन्दर, उषा की लाली में, सावन-भादों की अँधेरी रात में। और यह आश्चर्य की बात है कि रंक की झोंपड़ी में जितनी आसानी से सुन्दर, मूर्तिमान दिखाई देता है उतना महलों में नहीं। महलों में तो वह खोजने से मुश्किलों से मिलता है। जहाँ मनुष्य अपने मौलिक, यथार्थ अकृत्रिम रूप में है, वही आनन्द है। आनन्द कृत्रिमता और आडम्बर से कोसों भागता है।

सत्य का कृत्रिम से क्या सम्बन्ध है; अतएव हमारा विचार है कि साहित्य में केवल एक रस है और वह श्रृंगार है। कोई रस साहित्यिक-दृष्टि से रस नहीं रहता और न उस रचना की गणना साहित्य में की जा सकती है, जो श्रृंगार-विहीन और असुन्दर हो। जो रचना केवल वासना-प्रधान हो, जिसका उद्देश्य कुत्सित भावों को जगाना हो, जो केवल बाह्य जगत से सम्बन्ध रखे, वह साहित्य नहीं है। जासूसी उपन्यास अद्‌भुत होता है; लेकिन हम उसे साहित्य उसी वक्त कहेंगे, जब उसमें सुन्दर का समावेश हो, खूनी का पता लगाने के लिए सतत उद्योग, नाना प्रकार के कष्टों को झेलना, न्याय-मर्यादा की रक्षा करना, ये भाव हैं, जो इस अद्‌भुत रस की रचना को सुन्दर बना देते हैं।

सत्य से आत्मा का सम्बन्ध तीन प्रकार का है। एक जिज्ञासा का सम्बन्ध है दूसरा प्रयोजन का सम्बन्ध है और तीसरा आनन्द का। जिज्ञासा का सम्बन्ध दर्शन का विषय है, प्रयोजन का सम्बन्ध विज्ञान का विषय है और साहित्य का सम्बन्ध केवल आनन्द का सम्बन्ध है। सत्य जहाँ आनन्द का स्रोत बन जाता है, वहीं वह साहित्य हो जाता है। जिज्ञासा का सम्बन्ध विचार से है, प्रयोजन का सम्बन्ध स्वार्थ-बुद्धि से। आनन्द का सम्बन्ध मनोभावों से है। साहित्य का विकास मनोभावों द्वारा ही होता है। एक दृश्य या घटना या कांड को हम तीनों ही भिन्न-भिन्न नजरों से देख सकते हैं। हिम से ढके हुए पर्वत पर उषा का दृश्य दार्शनिक के गहरे विचार की वस्तु है, वैज्ञानिक के लिए अनुसन्धान की, और साहित्यिक के लिए विह्वलता की! विह्वलता एक प्रकार का आत्मसमर्पण है। यहाँ हम पृथकता का अनुभव नहीं करते। यहाँ ऊँच-नीच, भले-बुरे का भेद नहीं रह जाता। श्रीरामचन्द्र शबरी के जूठे बेर क्यों प्रेम से खाते हैं, कृष्ण भगवान विदुर के शाक को क्यों नाना व्यंजनों से रुचिकर समझते हैं; इसीलिए कि उन्होंने अस पार्थक्य को मिटा दिया है। उनकी आत्मा विशाल है। उसमें समस्त जगत के लिए स्थान है। आत्मा आत्मा से मिल गई है। जिसकी आत्मा जितनी ही विशाल है, वह उतना ही महापुरुष है। यहाँ तक कि ऐसे महान पुरुष भी हो गए हैं, जो जड़ जगत से भी अपनी आत्मा का मेल कर सके हैं।

आइए देखें, जीवन क्या है? जीवन केवल जीना, खाना, सोना और मर जाना नहीं है। यह तो पशुओं का ज्ञान है। मानव-जीवन में भी यह सभी प्रवृत्तियाँ होती हैं; क्योंकि वह भी तो पशु है। पर, इनके उपरान्त कुछ और भी होता है। उनमें कुछ ऐसी मनोवृत्तियाँ होती हैं, जो प्रकृति के साथ हमारे मेल में बाधक होती हैं, कुछ ऐसी होती हैं, जो इसी मेल में सहायक बन जाती हैं। जिन प्रवृत्तियों में प्रकृति के साथ हमारा सामंजस्य बढ़ता है, वह वांछनीय होती हैं, जिनसे सामंजस्य में बाधा उत्पन्न होती है, वे दूषित हैं, अहंकार, क्रोध या द्वेष हमारे मन की बाधक प्रवृत्तियाँ हैं। यदि हम इनको बेरोक-टोक चलने दें, तो निःसन्देह वह हमें नाश और पतन की ओर ले जाएँगी, इसलिए हमें उनकी लगाम रोकनी पड़ती है, उन पर संयम रखना

पड़ता है, जिसमें वे अपनी सीमा से बाहर न जा सकें। हम उन पर जितना कठोर संयम रख सकते हैं, उतना ही मंगलमय हमारा जीवन हो जाता है।

किन्तु नटखट लड़कों से डाँटकर कहना—तुम बड़े बदमाश हो, हम तुम्हारे कान पड़ककर उखाड़ लेंगे—अक्सर व्यर्थ ही होता है; बल्कि उस प्रकृति को और हठ की ओर ले जाकर पुष्ट कर देता है। जरूरत यह होती है कि बालक में जो सद्‌वृत्तियाँ हैं उन्हें ऐसा उत्तेजित किया जाए कि दूषित वृत्तियाँ स्वाभाविक रूप से शान्त हो जाएँ। इसी प्रकार मनुष्य को भी आत्मविकास के लिए संयम की आवश्यकता होती है। साहित्य ही मनोविकारों के रहस्य खोलकर सद्‌वृत्तियों को जगाता है। सत्य को रसों द्वारा हम जितनी आसानी से प्राप्त कर सकते हैं, ज्ञान और विवेक द्वारा नहीं कर सकते, उसी भाँति जैसे दुलार-चुमकारकर बच्चों को जितनी सफलता से वश में किया जा सकता है, डाँट-फटकार से सम्भव नहीं। कौन नहीं जानता कि प्रेम से कठोर-से-कठोर प्रकृति को नरम किया जा सकता है। साहित्य मस्तिष्क की वस्तु नहीं, हृदय की वस्तु है। जहाँ ज्ञान और उपदेश असफल होता है, वहाँ साहित्य बाजी ले जाता है। यही कारण है कि हम उपनिषदों और अन्य धर्म-ग्रन्थों को साहित्य की सहायता लेते देखते हैं। हमारे धर्माचार्यों ने देखा कि मनुष्य पर सबसे अधिक प्रभाव मानव-जीवन के दुख-सुख के वर्णन से ही हो सकता है और उन्होंने मानव-जीवन की वे कथाएँ रचीं, जो आज भी हमारे आनन्द की वस्तु हैं। बौद्धों की जातक-कथाएँ, तौरेह, कुरान, इंजील ये सभी मानवी कथाओं के संग्रहमात्र हैं। उन्हीं कथाओं पर हमारे बड़े-बड़े धर्म स्थिर हैं। वही कथाएँ धर्मों की आत्मा हैं। उन कथाओं को निकाल दीजिए, तो उस धर्म का अस्तित्व मिट जाएगा। क्या उन धर्म-प्रवर्तकों ने अकारण ही मानवी जीवन की कथाओं का आश्रय लिया? नहीं, उन्होंने देखा कि हृदय द्वारा ही जनता की आत्मा तक सन्देशा पहुँचाया जा सकता है। वे स्वयं विशाल हृदय के मनुष्य थे। उन्होंने मानव-जीवन से अपनी आत्मा का मेल कर लिया था। समस्त मानव-जाति से उनके जीवन का सामजंस्य था, फिर वे मानव-चरित्र की उपेक्षा कैसे करते?

आदिकाल से मनुष्य के लिए सबसे समीप मनुष्य है। हम जिसके सुख-दुख, हँसने-रोने का मर्म समझ सकते हैं, उसी से हमारी आत्मा का अधिक मेल होता है। विद्यार्थी को विद्यार्थी-जीवन से, कृषक को कृषक-जीवन से जितनी रुचि है, उतनी अन्य जातियों से नहीं; लेकिन साहित्य-जगत में प्रवेश पाते ही यह भेद, यह पार्थक्य मिट जाता है। हमारी मानवता जैसे विशाल और विराट होकर समस्त मानव-जाति पर अधिकार पा जाती है। मानव-जाति ही नहीं, चर और अचर, जड़ और चेतन सभी उसके अधिकार में आ जाते हैं। उसे मानो विश्व की आत्मा पर साम्राज्य प्राप्त हो जाता है। श्री रामचन्द्र राजा थे; पर आज रंक भी उनके दुख उतना ही प्रभावित होता है, जितना कोई राजा हो सकता है। साहित्य वह जादू की लकड़ी है, जो

पशुओं में, ईंट-पत्थरों में, पेड़-पौधों में भी विश्व की आत्मा का दर्शन करा देती है। मानव हृदय का जगत, इस प्रत्यक्ष जगत जैसा नहीं है। हम मनुष्य होने के कारण मानव-जगत के प्राणियों में अपने को अधिक पाते हैं, उसके सुख-दुख, हर्ष और विषाद से ज्यादा विचलित होते हैं। हम अपने निकटतम बन्धु-बान्धवों से अपने को इतना निकट नहीं पाते, इसलिए कि हम उसके एक-एक विचार, एक-एक उद्गार को जानते हैं, उसका मन हमारी नजरों के सामने आईने की तरह खुला हुआ है। जीवन में ऐसे प्राणी हमें कहाँ मिलते हैं, जिनके अन्त:करण में हम इतनी स्वाधीनता से बिचर सकें। सच्चे साहित्यकार का यही लक्षण है कि उसके भावों में व्यापकता हो, उसने विश्व की आत्मा से ऐसी Harmony प्राप्त कर ली हो कि उसके भाव प्रत्येक प्राणी को अपने ही भाव मालूम हों।

साहित्यकार बहुधा अपने देशकाल से प्रभावित होता है। जब कोई लहर देश में उठती है, तो साहित्यकार के लिए उससे अविचलित रहना असम्भव हो जाता है। उसकी विशाल आत्मा अपने देश-बन्धुओं के कष्टों से विकल हो उठती है और इस तीव्र विकलता में वह रो उठता है पर उसके रुदन में भी व्यापकता होती है। वह स्वदेश का होकर भी सार्वभौमिक रहता है। 'टाम काका की कुटिया' गुलामी की प्रथा से व्यथित हृदय की रचना है; पर आज उस प्रथा के उठ जाने पर भी उसमें वह व्यापकता है कि हम लोग भी उसे पढ़कर मुग्ध हो जाते हैं। सच्चा साहित्य कभी पुराना नहीं होता। वह सदा नया बना रहता है। दर्शन और विज्ञान समय की गति के अनुसार बदलते रहते हैं; पर साहित्य तो हृदय की वस्तु है और मानव हृदय में तब्दीलियाँ नहीं होतीं। हर्ष और विस्मय, क्रोध और द्वेष, आशा और भय, आज भी हमारे मन पर उसी तरह अधिकृत हैं, जैसे आदिकवि वाल्मीकि के समय में थे और कदाचित् अनन्त तक रहेंगे। रामायण के समय का समय अब नहीं है, महाभारत का समय भी अतीत हो गया, पर ये ग्रन्थ अभी तक नए हैं। साहित्य ही सच्चा इतिहास है क्योंकि उसमें अपने देश और काल का जैसा चित्र होता है, वैसा कोरे इतिहास में नहीं हो सकता। घटनाओं की तालिका इतिहास नहीं है और न राजाओं की लड़ाइयाँ ही इतिहास हैं। इतिहास जीवन के विभिन्न अंगों की प्रगति का नाम है, और जीवन पर साहित्य से अधिक प्रकाश और कौन वस्तु डाल सकती है क्योंकि साहित्य अपने देशकाल का प्रतिबिम्ब होता है।

जीवन में साहित्य की उपयोगिता के विषय में कभी-कभी सन्देह किया जाता है। कहा जाता है, जो स्वभाव से अच्छे हैं, वह अच्छे ही रहेंगे, चाहे कुछ भी पढ़ें। जो स्वभाव के बुरे हैं, वह बुरे ही रहेंगे, चाहे कुछ भी पढ़ें। इस कथन में सत्य की मात्रा बहुत कम है। इसे सत्य मान लेना मानव-चरित्र को बदल लेना होगा। जो सुन्दर है, उसकी ओर मनुष्य का स्वाभाविक आकर्षण होता है। हम कितने ही पतित हो जाएँ पर असुन्दर की ओर हमारा आकर्षण नहीं हो सकता। हम कर्म

चाहे कितने ही बुरे करें पर यह असम्भव है कि करुणा और दया और प्रेम और भक्ति का हमारे दिलों पर असर न हो। नादिरशाह से ज्यादा निर्दयी मनुष्य और कौन हो सकता है—हमारा आशय दिल्ली में कत्लेआम करानेवाले नादिरशाह से है। अगर दिल्ली का कत्लेआम सत्य घटना है, तो नादिरशाह के निर्दय होने में कोई सन्देह नहीं रहता। उस समय आपको मालूम है, किस बात से प्रभावित होकर उसने कत्लेआम को बन्द करने का हुक्म दिया था? दिल्ली के बादशाह का वजीर एक रसिक मनुष्य था। जब उसने देखा कि नादिरशाह का क्रोध किसी तरह नहीं शान्त होता और दिल्लीवालों के खून की नदी बहती चली जाती है, यहाँ तक कि खुद नादिरशाह के मुँहलगे अफसर भी उसके सामने आने का साहस नहीं करते, तो वह हथेलियों पर जान रखकर नादिरशाह के पास पहुँचा और यह शेर पढ़ा—

कसे न माँद कि दीगर ब तेगे नाज़ कुशी।
मगर कि ज़िन्दा कुनी ख़ल्क रा व बाज़ कुशी॥

इसका अर्थ यह है कि तेरे प्रेम की तलवार ने अब किसी को जिन्दा न छोड़ा। अब तो तेरे लिए इसके सिवा और कोई उपाय नहीं है कि तू मुर्दों को फिर जिला दे और फिर उन्हें मारना शुरू करे। यह फारसी के एक प्रसिद्ध कवि का शृंगार-विषयक शेर है, पर इसे सुनकर कातिल के दिल में मनुष्य उठा। इस शेर ने उसके हृदय के कोमल भाग को स्पर्श कर दिया और कत्लेआम तुरन्त बन्द करा दिया गया। नेपोलियन के जीवन की यह घटना भी प्रसिद्ध है, जब उसने एक अंग्रेज मल्लाह को झाऊ की नाव पर कैले का समुद्र पार करते देखा। जब फ्रांसीसी अपराधी मल्लाह को पकड़कर नेपोलियन के सामने लाए और उससे पूछा—तू इस भंगुर नौका पर क्यों समुद्र पार कर रहा था, तो अपराधी ने कहा—इसलिए कि मेरी वृद्धा माता घर पर अकेली है, मैं उसे एक बार देखना चाहता था। नेपोलियन की आँखों में आँसू छलछला आए। मनुष्य का कोमल भाग स्पन्दित हो उठा। उसने उस सैनिक को फ्रांसीसी नौका पर इंग्लैंड भेज दिया। मनुष्य स्वभाव से देव तुल्य है। जमाने के छल-प्रपंच और परिस्थितियों के वशीभूत होकर वह अपना देवत्व खो बैठता है। साहित्य इसी देवत्व को अपने स्थान पर प्रतिष्ठित करने की चेष्टा करता है—उपदेशों से नहीं, नसीहतों से नहीं, भावों को स्पन्दित करके, मन के कोमल तारों पर चोट लगाकर, प्रकृति से सामंजस्य उत्पन्न करके। हमारी सभ्यता साहित्य पर ही आधारित है। हम जो कुछ हैं, साहित्य के ही बनाए हैं। विश्व की आत्मा के अन्तर्गत भी राष्ट्र या देश की एक आत्मा होती है। इसी आत्मा की प्रतिध्वनि है—साहित्य। योरप का साहित्य उठा लीजिए। आप वहाँ संघर्ष पाएँगे। कहीं खूनी कांडों का प्रदर्शन है, कहीं जासूसी कमाल का। जैसी सारी संस्कृति उन्मत्त होकर मरु में जल खोज रही है। उस साहित्य का परिणाम यही है। वैयक्तिक स्वार्थ-परायणता दिन-दिन बढ़ती जा

रही है, अर्थ-लोलुपता की कहीं सीमा नहीं, नित्य दंगे, नित्य लड़ाइयाँ। प्रत्येक वस्तु स्वार्थ के काँटे पर तौली जा रही है। यहाँ तक कि अब किसी योरोपियन महात्मा का उपदेश सुनकर भी सन्देह होता है कि इसके परदे में स्वार्थ न हो। साहित्य सामाजिक आदर्शों का स्रष्टा है। जब आदर्श ही भ्रष्ट हो गया, समाज के पतन में बहुत दिन नहीं लगते। नई सभ्यता का जीवन डेढ़ सौ साल से अधिक नहीं पर अभी से संसार उससे तंग आ गया है। पर इसके बदले में उसे कोई ऐसी वस्तु मिल रही है, जिसे वहाँ स्थापित कर सके। उसकी दशा उस मनुष्य की-सी है, जो यह तो समझ रहा है कि वह जिस रास्ते पर जा रहा है वह रास्ता ठीक नहीं है; पर वह इतनी दूरी आ चुका है कि अब लौटने की उसमें सामर्थ्य नहीं है। वह आगे ही जाएगा। चाहे उधर कोई समुद्र ही क्यों न लहरें मार रहा हो। उसमें नैराश्य का हिंसक बल है, आशा की उदार शक्ति नहीं। भारतीय साहित्य का आदर्श उसका त्याग और उत्सर्ग है। योरप का कोई व्यक्ति लखपति होकर, जायदाद खरीदकर, कम्पनियों में हिस्से लेकर, और ऊँची सोसाइटी में मिलकर अपने को कृतकार्य समझता है। भारत अपने को उस समय कृतकार्य समझता है, जब वह इस मायाबन्धन से मुक्त हो जाता है, जब उसमें भोग और अधिकार का मोह नहीं रहता। किसी राष्ट्र की सबसे मूल्यवान सम्पत्ति उसके साहित्यिक आदर्श होते हैं। व्यास और वाल्मीकि ने जिन आदर्शों की सृष्टि की, वह आज भी भारत का सिर ऊँचा किए हुए हैं। राम अगर वाल्मीकि के साँचे में न ढलते, तो राम न रहते। सीता भी उसी साँचे में ढलकर सीता हुई। यह सत्य है कि हम सब ऐसे चरित्रों का निर्माण नहीं कर सकते; पर एक धन्वन्तरि के होने पर भी संसार में वैद्यों की आवश्यकता रही है और रहेगी।

ऐसा महान दायित्व जिस वस्तु पर है, उसके निर्माताओं का पद कुछ कम जिम्मेदारी का नहीं। कलम हाथ में लेते ही हमारे सिर बड़ी भारी जिम्मेदारी आ जाती है। साधारणत: युवावस्था में हमारी निगाह पहले विध्वंस करने की ओर उठ जाती है। हम सुधार करने की धुन में अन्धाधुन्ध शर चलाना शुरू करते हैं। खुदाई फौजदार बन जाते हैं। परन्तु आँखें काले धब्बों की ओर पहुँच जाती हैं। यथार्थवाद के प्रवाह में बहने लगते हैं। बुराइयों के नग्न चित्र खींचने में कला की कृतकार्यता समझते हैं। यह सत्य है कि कोई मकान गिराकर ही उसकी जगह नया मकान बनाया जाता है। पुराने ढकोसलों और बन्धनों को तोड़ने की जरूरत है; पर इसे साहित्य नहीं कह सकते। साहित्य तो वही है, जो साहित्य की मर्यादाओं का पालन करे। हम अक्सर साहित्य का मर्म समझे बिना ही लिखना शुरू कर देते हैं। शायद हम समझते हैं कि मजेदार, चटपटी और ओजपूर्ण भाषा लिखना ही साहित्य है। भाषा भी साहित्य का एक अंग है; पर साहित्य विध्वंस नहीं करता, निर्माण करता है। वह मानव-चरित्र की कालिमाएँ नहीं दिखाता, उसकी उज्ज्वलताएँ दिखाता है। मकान गिरानेवाला इंजीनियर नहीं कहलाता है। इंजीनियर तो निर्माण ही करता है। हममें जो

युवक साहित्य को अपने जीवन का ध्येय बनाना चाहते हैं, उन्हें बहुत आत्मसंयम की आवश्यकता है, क्योंकि वह अपने को एक महान पद के लिए तैयार कर रहा है, जो अदालतों में बहस करने या कुर्सी पर बैठकर मुकदमे का फैसला करने से कहीं ऊँचा है। उसके लिए केवल डिग्रियाँ और ऊँची शिक्षा काफी नहीं। चित्त की साधना, संयम, सौन्दर्य, तत्त्व का ज्ञान, इसकी कहीं ज्यादा जरूरत है। साहित्यकार को आदर्शवादी होना चाहिए। भावों का परिमार्जन भी उतना ही वांछनीय है जब तक हमारे साहित्य-सेवी इस आदर्श तक न पहुँचेंगे तब तक हमारे साहित्य से मंगल की आशा नहीं की जा सकती। अमर साहित्य के निर्माता विलासी प्रवृत्ति के मनुष्य नहीं थे वाल्मीकि और व्यास दोनों तपस्वी थे। सूर और तुलसी भी विलासिता के उपासक न थे। कबीर भी तपस्वी ही थे। हमारा साहित्य अगर आज उन्नति नहीं करता तो इसका कारण यह है कि हमने साहित्य-रचना के लिए कोई तैयारी नहीं की। दो-चार नुस्खे याद करके हकीम बन बैठे। साहित्य का उत्थान राष्ट्र का उत्थान है और हमारी ईश्वर से यही याचना है कि हममें सच्चे साहित्य-सेवी उत्पन्न हों, सच्चे तपस्वी, सच्चे आत्मज्ञानी।

[लेख। 'हंस', अप्रैल, 1932 में प्रकाशित। 'कुछ विचार' तथा 'साहित्य का उद्देश्य' में संकलित।]

साहित्य का आधार

साहित्य का सम्बन्ध बुद्धि से उतना नहीं जितना भावों से है। बुद्धि के लिए दर्शन है, विज्ञान है, नीति है। भावों के लिए कविता है, उपन्यास है, गद्यकाव्य है।

आलोचना भी साहित्य का एक अंग मानी जाती है, इसलिए कि वह साहित्य को अपनी सीमा के अन्दर रखने की व्यवस्था करती है। साहित्य में जब कोई ऐसी वस्तु सम्मिलित हो जाती है, जो उसके रस प्रवाह में बाधक होती है, तो वहीं साहित्य में दोष का प्रवेश हो जाता है। उसी तरह जैसे संगीत में कोई बेसुरी ध्वनि उसे दूषित कर देती है। बुद्धि और मनोभाव का भेद काल्पनिक ही समझना चाहिए। आत्मा में विचार, तुलना, निर्णय का अंश, बुद्धि और प्रेम, भक्ति, आनन्द, कृतज्ञता आदि का अंश भाव है। ईर्ष्या, दम्भ, द्वेष, मत्सर आदि मनोविकार हैं। साहित्य का इतना ही प्रयोजन है कि वह भावों को तीव्र और आनन्दवर्द्धक बनाने के लिए इनकी सहायता लेता है, उसी तरह, जैसे कोई कारीगर श्वेत का और श्वेत बनाने के लिए श्याम की सहायता लेता है। हमारे सत्य भावों का प्रकाश ही आनन्द है। असत्य भावों में तो दुख का ही अनुभव होता है। हो सकता है कि किसी व्यक्ति को असत्य भावों में भी आनन्द का अनुभव हो। हिंसा करके, या किसी के धन का अपहरण करके या अपने स्वार्थ के लिए किसी का अहित करके भी कुछ लोगों को आनन्द प्राप्त होता है लेकिन यह मन की स्वाभाविक वृत्ति नहीं है। चोर को प्रकाश से अँधेरा कहीं अधिक प्रिय है। इससे प्रकाश की श्रेष्ठता में कोई बाधा नहीं पड़ती। हमारा जैसा मानसिक संगठन है, उसमें असत्य भावों के प्रति घृणामय दया ही का उदय होता है। जिन भावों द्वारा हम अपने को दूसरों में मिला सकते हैं, वही सत्य भाव हैं, प्रेम हमें अन्य वस्तुओं से मिलाता है, अहंकार पृथक् करता है। जिसमें अहंकार की मात्रा अधिक है वह दूसरों से कैसे मिलेगा? अतएव प्रेम सत्य भाव है, अहंकार असत्य भाव है। प्रकृति से मेल रखने में ही जीवन है। जिसके प्रेम की परिधि जितनी ही विस्तृत है, उसका जीवन उतना ही महान है।

जब साहित्य की सृष्टि भावोत्कर्ष द्वारा होती है, तो यह अनिवार्य है कि इसका कोई आधार हो। हमारे अन्तःकरण का सामंजस्य जब तक बाहर के पदार्थों या वस्तुओं या प्राणियों से न होगा, जागृति हो ही नहीं सकती। भक्ति करने के लिए कोई

प्रत्यक्ष वस्तु चाहिए। दया करने के लिए भी किसी पात्र की आवश्यकता है। धैर्य और साहस के लिए भी किसी सहारे की जरूरत है। तात्पर्य यह है कि हमारे भावों को जगाने के लिए उनका बाहर की वस्तुओं से सामंजस्य होना चाहिए। अगर बाह्य प्रकृति का हमारे ऊपर कोई असर न पड़े, अगर हम किसी को पुत्र-शोक में विलाप करते देखकर आँसू की चार बूँदें नहीं गिरा सकते, अगर हम किसी आनन्दोत्सव में मिलकर आनन्दित नहीं हो सकते, तो यह समझना चाहिए कि निर्वाण प्राप्त कर चुके हैं। उस दशा के लिए साहित्य का कोई मूल्य नहीं। साहित्यकार तो वही हो सकता है जो दुनिया के सुख-दुख से सुखी या दुखी हो सके और दूसरों में सुख या दुख पैदा कर सके। स्वयं दुख अनुभव कर लेना काफी नहीं है। कलाकार में उसे प्रकट करने का सामर्थ्य होना चाहिए। लेकिन परिस्थितियाँ मनुष्य को भिन्न दिशाओं में डालती हैं। मनुष्य मात्र में भावों की समानता होते हुए भी परिस्थितियों में भेद होता ही है। हमें तो मिठास से काम है, चाहे वह अब ऊख में मिले या खजूर में या चुकन्दर में। अगर हम किसानों में रहते हैं या हमें उनके साथ रहने के अवसर मिले हैं, तो स्वभावत: हम उनके सुख-दुख को अपना सुख-दुख समझने लगते हैं और उससे इसी मात्रा में प्रभावित होते हैं जितनी हमारे भावों में गहराई है। इसी तरह अन्य परिस्थितियों को भी समझना चाहिए। अगर इसका अर्थ यह लगाया जाए कि अमुक प्राणी किसानों का या मजदूरों का या किसी आन्दोलन का प्रोपेगेंडा करता है, तो यह अन्याय है। साहित्य और प्रोपेगेंडा में क्या अन्तर है, इसे यहाँ प्रकट कर देना जरूरी मालूम होता है। प्रोपेगेंडा में अगर आत्म-विज्ञापन न भी हो तो एक विशेष उद्देश्य को पूरा करने की वह उत्सुकता होती है जो साधनों की परवाह नहीं करती। साहित्य, शीतल, मन्द समीर है, जो सभी को शीतल और आनन्दित करती है। प्रोपेगेंडा आँधी है, जो आँखों में धूल झोंकती है, हरे-भरे वृक्षों को उखाड़ फेंकती है और झोंपड़े तथा महल दोनों को ही हिला देती है। वह रस-विहीन होने के कारण आनन्द की वस्तु नहीं। लेकिन यदि कोई चतुर कलाकार उसमें सौन्दर्य और रस भर सके, तो वह प्रोपेगेंडा की चीज न होकर सद्साहित्य की वस्तु बन जाती है। 'अंकिल टॉम्स केबिन' दास प्रथा के विरुद्ध प्रोपेगेंडा है, लेकिन कैसा प्रोपेगेंडा है? जिसमें एक-एक शब्द में रस भरा हुआ है। इसलिए वह प्रोपेगेंडा की चीज नहीं रहा। बर्नार्ड शॉ के ड्रामे, वेल्स के उपन्यास, गाल्सवर्दी के ड्रामे और उपन्यास, डिकेंस, मेरी कारेली, रोमां रोलां, चेस्टरटन, टाल्स्टाय, डास्टावेस्की, मैक्सिम गोर्की, सिंक्लेयर कहाँ तक गिनाएँ। इन सभी की रचनाओं में प्रोपेगेंडा और साहित्य का सम्मिश्रण है। जितना शुष्क विषय-प्रतिपादन है वह प्रोपेगेंडा है, जितनी सौन्दर्य की अनुभूति है, वह सच्चा साहित्य है। इसलिए किसी कलाकार से जवाब-तलब नहीं कर सकते कि वह अमुक प्रसंग से ही क्यों अनुराग रखता है। यह उसकी रुचि या परिस्थितियों से पैदा हुई परवशता है। हमारे लिए तो उसकी परीक्षा की एक कसौटी

है : वह हमें सत्य और सुन्दर के समीप ले जाता है या नहीं? यदि ले जाता है तो वह साहित्य है, नहीं ले जाता तो प्रोपेगेंडा या उससे भी निकृष्ट है।

हम अक्सर किसी लेखक की आलोचना करते समय अपनी रुचि से पराभूत हो जाते हैं। ओह, इस लेखक की रचनाएँ कौड़ी काम की नहीं, यह तो प्रोपेगेंडिस्ट है, यह जो कुछ लिखता है, किसी उद्देश्य से लिखता है, इसके यहाँ विचारों का दारिद्र्य है। इसकी रचनाओं में स्वानुभूत दर्शन नहीं इत्यादि। हमें किसी लेखक के विषय में अपनी राय रखने का अधिकार है, इसी तरह औरों को भी है, लेकिन सद्साहित्य की परख वही है जिसका हम उल्लेख कर आए हैं। इसके सिवा कोई दूसरी कसौटी हो ही नहीं सकती। लेखक का एक-एक शब्द दर्शन में डूबा हो, एक-एक वाक्य में विचार भरे हों, लेकिन उसे हम उस वक्त तक एक सद्साहित्य नहीं कह सकते, जब तक उसमें रस का स्रोत न बहता हो, उसमें भावों का उत्कर्ष न हो, वह हमें सत्य की ओर न ले जाता हो, अर्थात् बाह्य प्रकृति से हमारा मेल न करता हो। केवल विचार और दर्शन का आधार लेकर वह दर्शन का शुष्क ग्रन्थ हो सकता है, सरस साहित्य नहीं हो सकता। जिस तरह किसी आन्दोलन या किसी सामाजिक अत्याचार के पक्ष या विपक्ष में लिखा गया रसहीन साहित्य प्रोपेगेंडा है, उसी तरह किसी तात्त्विक विचार या अनुभूत दर्शन से भरी हुई रचना भी प्रोपेगेंडा है। साहित्य जहाँ रसों से पृथक् हुआ, वहीं वह साहित्य के पद से गिर जाता है और प्रोपेगेंडा के क्षेत्र में जा पहुँचता है। आस्कर वाइल्ड या शॉ आदि की रचनाएँ जहाँ तक विचार-प्रधान हों, वहाँ तक रसहीन हैं। हम रामायण को इसलिए सद्साहित्य नहीं समझते कि उसमें विचार या दर्शन भरा हुआ है, बल्कि इसलिए कि उसका एक-एक अक्षर सौन्दर्य के रस में डूबा हुआ है, इसलिए कि उसमें त्याग और प्रेम और बन्धुत्व और मैत्री और साहस आदि मनोभावों की पूर्णता का रूप दिखानेवाले चरित्र हैं। हमारी आत्मा अपने अन्दर जिस अपूर्णता का अनुभव करती है उसकी पूर्णता को पाकर वह मानो अपने को पा जाती है और यही उसके आनन्द की चरम सीमा है।

इसके साथ यह भी याद रखना चाहिए कि बहुधा एक लेखक की कलम से जो चीज प्रोपेगेंडा होकर निकलती है, वही दूसरे लेखक की कलम से सद्साहित्य बन जाती है। बहुत कुछ लेखक के व्यक्तित्व पर मुनहसर है। हम जो कुछ लिखते हैं, यदि उसमें रहते भी हैं तो, हमारा शुष्क विचार भी अपने अन्दर आत्म-प्रकाश का सन्देश रखता है और पाठक को उसमें आनन्द की प्राप्ति होती है। वह श्रद्धा जो हममें है, मानो अपना कुछ अंश हमारे लेखों में भी डाल देती है। एक ऐसा लेखक जो विश्व-बन्धुत्व की दुहाई देता हो, पर तुच्छ स्वार्थ के लिए लड़ने पर कमर कस लेता हो, कभी अपने ऊँचे आदर्श की सत्यता से हमें प्रभावित नहीं कर सकता। उसकी रचना में तो विश्व-बन्धुत्व की गन्ध आते ही हम ऊब जाते हैं, हमें उसमें

कृत्रिमता की गन्ध आती है और पाठक सब कुछ क्षमा कर सकता है, लेखक में बनावट या दिखावा या प्रशंसा की लालसा को क्षमा नहीं कर सकता। हाँ, अगर उसे लेखक में कुछ श्रद्धा है, तो वह उसके दर्शन, विचार, उपदेश, शिक्षा सभी असाहित्यिक प्रसंगों में सौन्दर्य का आभास पाता है। अतएव बहुत कुछ लेखक के व्यक्तित्व पर निर्भर है। लेकिन हम लेखक से परिचित हों या न हों, अगर वह सौन्दर्य की सृष्टि कर सकता है, तो हम उसकी रचना में आनन्द प्राप्त करने से अपने को रोक नहीं सकते। साहित्य का आधार भावों का सौन्दर्य है, इससे परे जो कुछ है वह साहित्य नहीं कहा जा सकता।

[लेख। 'जागरण', 12 अक्टूबर, 1932 में प्रकाशित।
'साहित्य का उद्देश्य' में संकलित।]

साहित्य की प्रगति

साहित्य की सैकड़ों परिभाषाएँ की गई हैं और उनमें से हम अपना मतलब निकालने के लिए एक ले लेंगे। परिभाषा है तो पंडितों की वस्तु, मगर जब घर बनाना है तो नींव डालनी ही पड़ेगी। हवा में मकान बना सकते तो क्या बात थी, लेकिन अभी विज्ञान वह विद्या नहीं जान पाया है। साहित्य जीवन की आलोचना है, इस उद्देश्य से कि सत्य की खोज की जाए। सत्य क्या है और असत्य क्या है, इसका निर्णय हम आज तक नहीं कर सके। एक के लिए जो सत्य है वह दूसरे के लिए असत्य। एक श्रद्धालु हिन्दू के लिए चौबीसों अवतार महान सत्य हैं—संसार की कोई भी वस्तु धन, धरती, पुत्र, पत्नी उसकी नजरों में इतनी सत्य नहीं है। उस सत्य की रक्षा के लिए वह अपनी ही नहीं, अपने पुत्रों की आहुति भी दे देगा। इसी प्रकार दया एक के लिए सत्य है, पर दूसरा उसे संसार के सब दुखों का मूल समझता है और इसलिए असत्य कहता है। इसी सत्य और असत्य का संग्राम साहित्य है। दर्शन और विज्ञान का उद्देश्य भी यही है, लेकिन वह बुद्धि के रास्ते से वहाँ पहुँचना चाहता है। बेचारा साहित्य भी वही यात्रा कर रहा है लेकिन गम्भीर विचार से, मौन न रहकर, केवल थकन मिटाने के लिए अपनी खँजरी बजाकर गाता भी जाता है। यह रास्ता तो काटना ही पड़ेगा, तो क्यों न हँस-खेलकर काटो। इसी 'दया' सत्य पर बड़े-बड़े धर्मों की बुनियाद पड़ी, यह मानो मानव-जाति की ओर से इन्द्र का ललकार थी, उनका सिंहासन छीनने के लिए, लेकिन आज उसका मजाक उड़ाया जा रहा है।

यह सत्य और असत्य की यात्रा उसी वक्त से शुरू हुई जब से मनुष्य में आत्मा का विकास हुआ। इसके पहले तो उसकी सारी शक्तियाँ प्रकृति से अपने भोजन के लिए लड़ने में ही खर्च हो जाती थीं। जब यह चिन्ता लगी हो कि आज बच्चे खाएँगे क्या या आज रात की सर्दी काटने के लिए आग कैसे बने, तो सत्य और असत्य के रोग कौन गाता। उस वक्त सबसे बड़ा सत्य यह भूख और ठंड थी। साहित्य और दर्शन सभ्य जीवन के लक्षण हैं, जब हममें इतना सामर्थ्य आ जाए कि पेट के सिवा कुछ और भी सोच सकें। रोटी-दाल से निश्चिन्त होने के बाद ही खीर और पकौड़ी की सूझती है। आदि में मनुष्य में पशु-प्रकृत की ही प्रधानता थी। केवल पशुबल ही सबसे बड़ा अधिकार था। मगर जब मनुष्य आए दिन के कलह और संघर्ष से तंग आ गया तो तरह-तरह के नियम बने और मतों की सृष्टि हुई। नए-नए

सत्यों का आविष्कार हुआ, जो प्रकृति सत्य न थे, वरन मानव सत्य थे। मनुष्य ने अपने को नीति के बन्धनों से जकड़ना शुरू कर दिया। जातियाँ बनीं, उपजातियाँ बनीं और जायदाद के आधार पर समाज का संगठन हो गया। पहले दस-पाँच भेड़-बकरियाँ और थोड़ा-सा नाज ही सम्पत्ति थी। फिर स्थावर सम्पत्ति का आविर्भाव हुआ और चूँकि मनुष्य ने इस सम्पत्ति के लिए बड़ी-बड़ी कुर्बानियाँ की थीं, बड़े-बड़े कष्ट उठाए थे, वह उसकी नजरों से सबसे बहुमूल्य वस्तु थी। उसकी रक्षा के लिए वह अपनी और अपने पुत्रों के प्राणों की बाजी लगा सकता था। विवाह-प्रथा को ऐसा रूप दिया गया कि सम्पत्ति घर से बाहर न जाने पावे। और उस धुँधले अतीत से आज तक का मानव-इतिहास केवल सम्पत्ति-रक्षा का इतिहास है। तब समाज में दो बड़े-बड़े भेद हो गए। जो संसार के इस संग्राम में परास्त हो गए, उन्होंने ईश्वर-भजन का आश्रय लिया और संसार को माया कहकर उससे विरक्त हो गए और नए-नए बन्धन बनने लगे, यहाँ तक कि हमारे क्षेत्र संकुचित होते-होते रूढ़ियों का एक कारागार-सा बन गया। धर्म के नाम पर हजारों तरह के पाखंड समाज में घुस आए, जिनमें उलझकर मानव-समाज की गति रुक गई। अति सब चीज की दुखकर होती है। यह प्रकृति का नियम है। वही संस्थाएँ जिनका निर्माण समाज में कल्याण के निमित्त किया गया था, अन्त में समाज के पाँव की बेड़ियाँ बन गईं। वहीं दूध, जो एक मात्रा में अमृत है उस मात्रा से बढ़कर विष हो जाता है। मानव-समाज में शान्ति का स्थापन करने के लिए जो-जो योजनाएँ सोच निकाली गईं वह सभी कालान्तर में या तो जीर्ण हो जाने के कारण अपना काम न कर सकीं या कठोर हो जाने के कारण कष्ट देने लगीं। जो पहले कुलपति था वह राजा बने। फिर इतना शक्तिशाली बन बैठा कि अपने को भगवान का कारकुन समझने लगा, जिससे बाजपुर्स (सवाल-जवाब) करने का किसी मनुष्य को अधिकार न था। उसकी अधिकार-तृष्णा बढ़ने लगी। उसकी इस तृष्णा पर समाज का रक्त बहने लगा। अन्त में आदम जाति में इन दशाओं के प्रति विद्रोह का भाव उत्पन्न हो गया। मनुष्य की आत्मा इन निरर्थक ही नहीं, घातक बन्धनों का मकड़ी के जाले की भाँति तोड़-फोड़ करके निर्मल, स्वच्छ, मुक्त आकाश और वायु में विचरण करने के लिए आतुर हो उठी। बीच-बीच में कितनी ही बार ऐसे विद्रोह उठे। हमारे जितने मत हैं, वह सब इसी विद्रोह के स्मारक हैं, किन्तु उन विद्रोहों में कलह की जो मुख्य वस्तु थी, वह ज्यों-की-त्यों बनी रही। सम्पत्ति में हाथ लगाने का किसी को या तो साहस ही न हुआ या तो किसी को सूझी ही नहीं। जो इन सारे दुर्व्यवस्थाओं का मूल था वह इतने सौम्य वेश में धर्म और विद्या और नीति के आवरण में महान बना हुआ बैठा था कि किसी को उसकी ओर सन्देह करने की भी प्रेरणा न हुई। हालाँकि उसी के इशारे और सहयोग से समाज पर नित नए बन्धन लगाए जा रहे हैं। यह बड़े-बड़े न्यायालय और यह साम्राज्यवाद और यह बड़े-बड़े व्यापार के केन्द्र उसी के रचे

हुए खिलौने हैं। ये भिन्न-भिन्न मत उसके खिलौनों के सिवा और क्या हैं। यह जात-पाँत, यह ऊँच-नीच का भेद उसी की छोड़ी हुई फुलझड़ियाँ हैं। यह चकले, जो मानव-समाज के कोढ़ हैं, उनके क्रूर विनोद हैं। यह हमारी असंख्य विधवाएँ, यह हमारे लाखों मजूर जो पशुओं की भाँति जीवन काट रहे हैं, उसी भानमती के छू-मन्तर की विभूतियाँ हैं, उसने Puritanism का कुछ ऐसा निषेधात्मक रूप ग्रहण कर लिया है कि जो उससे अणु मात्र भी विमुख हो जाए उसकी खैरियत नहीं। उसका कानून मार्शल-लॉ से कहीं कठोर, कहीं जानलेवा है। उसकी अपील के लिए कहीं कोई Tribunal नहीं है। सारांश यह कि उसने जीवन को इतना संकीर्ण, इतना उलझनदार, इतना अन्यायपूर्ण, इतना स्वार्थमय, इतना कृत्रिम बना दिया है कि मानवता उससे भयभीत हो उठी है और उसको उखाड़ फेंकने के लिए, उसके पंजों से निकल जाने के लिए वह अपना पूरा जोर लगा रही है। इन रूढ़ियों ने, इन बन्धनों ने, इन असत्य बाधाओं ने, ब्राह्मण की व्यापक चेतना में जो दरबे-से बना दिये हैं, जिनमें बन्द होकर वह अपनी स्वच्छन्दता खो बैठे हैं, आज हमारी आत्मा उन दरबों को तोड़कर उस व्यापक चेतना से सामंजस्य प्राप्त करने के लिए उतारू हो गई है। सम्भव है, रस्सी को जोर से खींचकर इसके टूटने के साथ ही वह अपने ही जोर में गिर पड़े। सम्भव है पिंजरे में बन्द पक्षी की भाँति पिंजरे से निकलकर वह शिकारी चिड़ियों का ग्रास बन जाए, पर उसे गिरना मंजूर है, ग्रास बन जाना मंजूर है, उन दरबों में रहना मंजूर नहीं। संसार को जी भरकर भोगने की अबाध लालसा जिसे सदियों की Puritanism ने खूँख्वार बना दिया है, सर्व-भक्षी बन जाना चाहती है। निषेधों की उसे बिलकुल परवाह नहीं है। वह पाप को पुण्य, असत्य को सत्य और अपूर्ण को पूर्ण बना देना ठान बैठी है। उसने Puritanism का सदियों तक व्यवहार करके देख लिया है और अब बिना उसे जमीन में दफन किए उसे चैन नहीं। झूठ बोलना पाप है! क्यों पाप है? अगर उस झूठ से समाज का अहित होता है तो वह बेशक पाप है अगर उससे समाज का कल्याण होता है, तो वह पुण्य है। निरपेक्ष सत्य के अस्तित्व को ही वह स्वीकार नहीं करती। चोरी को तुम पाप कहते हो? तुम चाहते हो कि संसार की सारी सम्पत्ति बटोरकर उस पर एकाधिपत्य जमा लो। कोई उसे छुए तो उसके लिए जेल है, फाँसी है। हममें और तुममें इसके सिवा और क्या अन्तर है कि तुम सफल चोर हो और हम चोर-कला में तुम्हारी बराबरी नहीं कर सकते। इस Puritanism ने हमारी आत्मा को कितना शुष्क काठ का-सा कठोर बना दिया है कि उसमें रस का लोप हो गया। कविता कितनी ही सुन्दर और भावमयी हो, वह उसका आनन्द नहीं उठा सकती। इससे वासनाओं का उद्दीपन होता है। चित्रकला से तो उसे दुश्मनी है। भला मनुष्य की क्या मजाल है कि वह परमात्मा के काम में दखल दे। सृष्टि परमात्मा का काम है। मनुष्य अगर उसकी नकल करता है, तो उसे सूली पर चढ़ा दो, फाँसी पर लटका दो। इतिहास में ऐसे

धर्मात्माओं की कमी नहीं है जिन्होंने पुस्तकालय जला दिये, चित्रालयों को भूमिस्थ कर दिया, संगीत के उपासकों को निर्वासित कर दिया। तीर्थ स्थानों में जो पिशाच-लीलाएँ होती हैं वह इसी Puritanism का प्रसाद हैं। आज भारत में जो पाँच करोड़ अछूत, नौ करोड़ मुसलमान और शायद एक करोड़ ईसाई हैं और जिस अनैक्य के कारण राष्ट्र के विकास में बाधाएँ खड़ी हो गई हैं, उसका जिम्मेदार इस Puritanism के सिवा और कौन है? और जगहों में तो प्युरिटेनिज्म से ज्यादा हानि नहीं होती। मत शराब पियो, मत मांस खाओ। इसके बगैर समाज की कोई हानि नहीं। दरिद्र देश में पैसे का दुरुपयोग किसी तरह भी क्षम्य नहीं। लेकिन इससे पैदा होनेवाली अहम्मन्यता तो और भी जघन्य है। त्याग और संयम स्तुत्य हैं, उसी हालत में, जब वह अहंकार को न अंकुरित होने दें, लेकिन दुर्भाग्य से इन दोनों में कारण और कार्य-का-सा सम्बन्ध पाया जाता है। जो जितना ही नीतिवान है, वह उतना ही अहंकारी भी है। इसलिए समाज आचारवानों को सन्देह की आँखों से देखता है। एक शराबी या ऐयाश आदमी अगर उदार हो, सहानुभूति रखता हो, क्षमाशील हो, सेवा-भाव रखता हो तो समाज के लिए वह एक पक्के आचारवादी किन्तु अनुदार, घमंडी, संकीर्ण-हृदय पुरुष से कहीं ज्यादा उपयोगी है। प्युरिटन मनोवृत्ति जैसे इस ताक में रहती है कि किसका पाँव फिसले और वह तालियाँ बजाय। प्युरिटनिज्म और अनुदारता दो पर्याय-से हो गए हैं और जहाँ सेक्स का प्रश्न आ जाता है, वहाँ तो वह नंगी तलवार, बारूद का ढेर है। यहाँ वह किसी तरह की नरमी नहीं कर सकता। उसे अपने नियमों की रक्षा के लिए किसी का जीवन नष्ट कर देने में एक प्रकार का गौरवयुक्त आनन्द प्राप्त होता है। भोग उसकी दृष्टि में सबसे बड़ा पाप है। चोरी करके हम समाज में रह सकते हैं, धोखा देकर, झूठी गवाही देकर, निर्बलों को कुचलकर, मित्रों से विश्वासघात करके, अपने स्त्री को डंडों से पीटकर हम समाज में रह सकते हैं, उसी शान और अकड़ के साथ, लेकिन भोग अक्षम्य अपराध है। उसके लिए कोई प्रायश्चित्त नहीं। पुरुषों के लिए तो चाहे किसी तरह क्षमा सुलभ भी हो जाए, किन्तु स्त्रियों के लिए क्षमा के द्वार बन्द हैं और उन पर अलीगढ़वाला बारह लीवर का ताला पड़ा हुआ है। इसी का यह प्रसाद है कि हमारी बहनें और बेटियाँ आए दिन तीर्थ-स्थानों में लाकर छोड़ दी जाती हैं और इस तरह उन्हें कुत्सित जीवन बिताने के लिए मजबूर किया जाता है। हम केवल अपराधी को दंड देकर सन्तुष्ट नहीं होते, उसके कुटुम्ब का, उसकी सन्तान का और सन्तानों की भी सन्तान का बहिष्कार कर देते हैं। हम स्त्री या पुरुष किसी के लिए भी व्यभिचार के समर्थक नहीं, लेकिन यह कहाँ का न्याय है कि जिस अपराध के लिए पुरुष को दंड देने में हम असमर्थ हों, उसी अपराध के लिए कुमारियों या विधवाओं को कलंकित किया जाए? सौभाग्यवतियों को हमने इसलिए छोड़ दिया है कि परिस्थितियाँ उनके अनुकूल हैं और समाज उन्हें दंड देने में असमर्थ है। जो पुरुष स्वयं बड़े धड़ल्ले से व्यभिचार

करता है, वह भी अपनी स्त्री को पिंजरे में बन्द रखना चाहता है और यदि वह मानव स्वभाव से प्रेरित होकर पिंजरे से निकलने की इच्छा करे, तो उसकी गरदन पर छुरी फेरने से भी नहीं हिचकता। यह सामाजिक विषमता असह्य हो उठी है और वह बड़ी तेजी से विद्रोह का रूप धारण कर रही है।

इन सामाजिक दशाओं का हमने इसलिए संक्षिप्त वर्णन किया है कि जैसा हमने आरम्भ में कहा है—साहित्य जीवन की आलोचना है, इस उद्देश्य से कि उससे सत्य और सुन्दर की खोज की जाए। बाह्य जगत हमारे मन के अन्दर प्रवेश करके एक दूसरा जगत बन जाता है, जिस पर हमारे सुख-दुख, भय-विस्मय, रुचि या अरुचि का गहरा रंग चढ़ा होता है। एक ही तत्त्व भिन्न-भिन्न हृदयों में भिन्न भाव उत्पन्न करता है। एक आदमी अपने लड़के को इसलिए पीट रहा है कि लड़का खिलाड़ी मन लगाकर नहीं पढ़ता। इस पर तरह-तरह की आलोचनाएँ होती हैं। बाप का धर्म है कि लड़के को कुराह चलते देखे, तो उसे ताड़ना दे। यह सनातन रीति है। दूसरा कहता है—नहीं, लड़का केवल इसलिए खिलाड़ी हो गया है कि उसे प्रेम से पढ़ाया नहीं जाता। यह बाप का दोष है। तीसरा आदमी एक कदम और आगे जाता है और कहता है—खेलना लड़कों का स्वाभाविक धर्म है, यही उनकी शिक्षा है। बाप को कोई अधिकार नहीं है कि वह लड़के के प्राकृतिक विकास में बाधक हो। एक चौथा आदमी बाप की इस ताड़ना में पुत्र-स्नेह का नहीं—स्वार्थ, लोभ, दम्भ का रंग झलकता हुआ देखता है। बाह्य जगत और मनुष्य में यही अन्तर है। साहित्य की रचना करनेवाले तो वही होते हैं जो जगत-गति से विशेष-रूप से प्रभावित होते हैं, जिनके मन में संसार को कुछ अधिक सुन्दर, कुछ अधिक उत्कृष्ट देखने की महत्त्वाकांक्षा होती है। वे असुन्दर को देखकर जितने दुखी होते हैं, उतना ही सुन्दर को देखकर प्रसन्न होते हैं। और वे अपने हर्ष या शोक का एक भाग देना चाहते हैं। भाव को अपना बनाकर सबका बना देना, यही साहित्य है। डॉ. रवीन्द्रनाथ ने अपने 'सौन्दर्य और साहित्य' नामक निबन्ध में लिखा है—

'सौन्दर्य-बोध जितना विकसित होता जाता है, उतना स्वतंत्रता के स्थान पर सुसंगति, आघात के स्थान पर आकर्षण, आधिपत्य के स्थान पर सामंजस्य हमें आनन्द देता है।'

हम उसमें इतना और मिला देंगे—अनुदारता की जगह उदारता, भेद की जगह मेल, घृणा की जगह प्रेम।

नवीन साहित्य की रुचि में बिलकुल यही विकास नजर आ रहा है। वह अब आदर्श चरित्रों की कल्पना नहीं करता। उसके चरित्र अब उस श्रेणी से लिए जाते हैं जिन्हें कोई प्युरिटन छूना भी पसन्द न करेगा। मैक्सिम गोर्की, अनातोल, फ्रांस रोमां रोलां, एच.जी. वेल्स आदि योरप के, स्वर्गीय रतननाथ सरशार, शरद्चन्द्र आदि भारत के—ये सभी हमारे आनन्द के क्षेत्र को फैला रहे हैं, उसे मानसरोवर

और कैलाश की चोटियों से उतारकर हमारे गली-कूचों में खड़ा कर रहे हैं। वह किसी शराबी को, किसी जुआरी को, किसी विषयी को देखकर घृणा से मुँह नहीं फेर लेते। उनकी मानवता पतितों में वह खूबियाँ, उसे कहीं बड़ी मात्रा में देखती हैं, जो धर्म ध्वजाधारियों में और पवित्रता के पुजारियों में नहीं मिलती। बुरे आदमी को भला समझकर, उससे प्रेम और आदर का व्यवहार करके उसको अच्छा बना देने की जितनी सम्भावना है, उतनी उससे घृणा करके, उसका बहिष्कार करके नहीं। मनुष्य में जो कुछ सुन्दर है, विशाल है, आदरणीय है, आनन्दप्रद है, साहित्य उसी की मूर्ति है। उसकी गोद में उन्हें आश्रय मिलना चाहिए, जो निराश्रय हैं, जो पतित हैं, जो अनादृत हैं। माता उस बालक से अधिक-से-अधिक स्नेह करती है, जो दुर्बल है, बुद्धिहीन है, सरल है। सपूत बेटे पर वह गर्व करती है। उसका हृदय दुखी होता है, कपूतों के लिए। कपूत ही में वह अपने मातृ-वात्सल्य को टिका पाती है। बीस-पच्चीस साल पहले वेश्या साहित्य से बहिष्कृत थी। अगर कभी वह साहित्य में लाई जाती थी, तो केवल अपमानित किए जाने के लिए। रचयिता की प्युरिटन-मनोवृत्ति बिना उसे मनमाना दंड दिये विश्राम न लेती थी। अब वह साहित्य में अपमान की वस्तु नहीं, आदर और प्रेम की वस्तु बन गई है। गऊ को हत्या के लिए बेचनेवाला अगर दोषी है तो खरीदनेवाला कम दोषी नहीं है। खरीदनेवाले का अगर समाज में आदर है तो बेचनेवाले का क्यों अनादर हो? वेश्या में बेटीपन है, मातापन है, पत्नीपन है। उसमें भी भक्ति और श्रद्धा है, सहृदयता है। उसका तो जीवन ही परसुख के लिए अर्पित हो गया है। वह समाज के गद्य की सूक्ति है। उसकी शोभा इसी में है कि वह गद्य में घुल-मिलकर सम्पूर्ण गद्य को सजीव और चमत्कृत कर दे। सूक्तियों को चुनकर अलग कर देने से उनका सूक्तिपन ज्यों-का त्यों रहता है, समाज शुष्क हो जाता है। अगर कोई ईश्वर है, तो ये देवदासियाँ हिसाब के दिन उससे पूछेंगी—हमने सदा पर-सुख चेष्टा की, सदैव दूसरों के जख्म पर मरहम रखा, जख्मी भी किया, लेकिन प्राण लेने के लिए नहीं, बल्कि अपना प्रेम Inject करने के लिए। क्या उसका यही पुरस्कार था?—और हमें विश्वास है, ईश्वर उन्हें कोई जवाब न दे सकेगा। प्राचीनकाल की अप्सराएँ तो देवताओं और ऋषि-मुनियों की मंजूरे-नजर थीं। हम उनकी कलजुगी बेटियों का किस मुँह से अनादर कर सकते हैं।

ईश्वर के जिक्र बड़े मौके से आ गया। साहित्य की नवीन प्रगति उनसे विमुख हो रही है। ईश्वर के नाम पर उनके उपासकों ने भू-मंडल पर जो अनर्थ किए हैं, और कर रहे हैं, उनके देखते इस विद्रोह को बहुत पहले उठ खड़ा होना चाहिए था। आदमियों के रहने के लिए शहरों में स्थान नहीं है, मगर ईश्वर और उनके मित्रों और कर्मचारियों के लिए बड़े-बड़े मन्दिर चाहिए। आदमी भूखों मर रहे हैं, मगर ईश्वर अच्छे से अच्छा खाएगा, अच्छे-से-अच्छा पहनेगा और खूब विहार करेगा। अपनी सृष्टि की खबर लेना उसने छोड़ दिया, तो साहित्य भी, जो ईश्वर के दरबार

में प्रजा का वकील है, साफ-साफ कह देगा—आपकी यह स्वार्थपरता आपकी शान के खिलाफ है। लेकिन ईश्वर की लीला कुछ ऐसी विचित्र है, कि हम मुँह से जितने ही अनीश्वरवादी बनते हैं, आत्मा से उतने ही ईश्वरवादी बन जाते हैं। अब तक मुँह से ईश्वरवादी थे, आत्मा से पक्के नास्तिक। अब परिस्थिति बदल रही है और सच्चा ईश्वरवाद उषा की लालिमा से उदित हो रहा है। घृणा को ईश्वरवाद से क्या प्रयोजन। जहाँ मेल है, सामंजस्य है, वहीं ईश्वर है। नकली ईश्वरवाद से आत्मवाद प्रस्फुटित हो रहा है।

लेकिन इसके साथ युवकों का भौंरापन और युवतियों का तितलीपन भी नवीन प्रगति का एक लक्षण है जिसके हम समर्थक नहीं। प्रणय केवल मनोविनोद की वस्तु नहीं। वह इससे कहीं पवित्र और महान है। वह आत्म-समर्पण है, स्त्री के लिए भी और पुरुष के लिए भी। वर्तमान योरोपीय साहित्य बड़े वेग से अबाध प्रेम की ओर जा रहा है। वैवाहिक मैत्री और वैवाहिक परीक्षा की समस्याएँ साहित्य में हल की जा रही हैं। यह पेटभरों की स्वाद-लिप्सा है। संसार का सारा धन खींचकर वे अब निश्चिन्त हो गए हैं और निश्चिन्त आदमी कामुकता की ओर न जाए, तो क्या करे! बौद्धिक विकास के लिए रसिकता परमावश्यक है। रस की उपेक्षा केवल दुर्बल और रक्तहीन प्राणी ही कर सकता है। जो स्वस्थ है, बलवान है, उसका रसिक होना अनिवार्य है, लेकिन रसिकता और कामुकता में जो अन्तर है, उसे योरप का साहित्य भूलता जा रहा है। सदियों के बन्धन और निग्रह के बाद अब जो उसे यह वस्तु मिली है तो वह सर्वभक्षी हो जाना चाहता है। इस क्षुधातुरता की दशा में उसे खाद्य और अखाद्य कुछ नहीं सूझता। स्त्री और पुरुष दोनों ही वैवाहिक जीवन की जिम्मेदारियों से भाग रहे हैं। अगर वह प्युरिटनिज्म सीमा का अतिक्रमण कर गया था, तो यह रसिकता भी सीमा के बाहर निकली जा रही है। अब तक पुरुष इस क्षेत्र में विजय-कामना किया करता था। अब स्त्री भी योरोपीय साहित्य में उसी मनोवृत्ति का प्रदर्शन कर रही है। उसे शीतप्रधान देश के लिए सदैव उत्तेजना की जरूरत है। वहाँ जमे हुए घी को पिघलाने के लिए थोड़ी-सी गर्मी चाहिए ही। यहाँ तो घी यों ही पिघला रहता है, उसके लिए आँच दिखाने की जरूरत नहीं। रसिकता भोजन-रूपी जीवन के लिए चटनी के समान है, जो उसके स्वाद और रुचि को बढ़ा देती है। केवल चटनी खाकर तो कोई जीवित नहीं रह सकता।

विषय बहुत बड़ा है। एक छोटे-से भाषण से उसकी काफी व्याख्या नहीं की जा सकती। समाज का वर्तमान संगठन दूषित है। दुख, दरिद्रता, अन्याय, ईर्ष्या, द्वेष आदि मनोविकार, जिनके कारण संसार नरक के समान हो रहा है, इनका कारण दूषित समाज-संगठन है। सोशियोलॉजी के साथ साहित्य भी इसी प्रश्न को हल करने में लगा हुआ है।

[लेख। 'हंस', मार्च, 1933 में प्रकाशित। विविध प्रसंग, भाग-3 में संकलित।]

जीवन और साहित्य में घृणा का स्थान

जीवन में घृणा का स्थान

निन्दा, क्रोध और घृणा यह सभी दुर्गुण हैं, लेकिन मानव-जीवन में से अगर इन दुर्गुणों को निकाल दीजिए, तो संसार नरक हो जाएगा। यह निन्दा ही का भय है, जो दुराचारियों पर अंकुश का काम करता है, यह क्रोध ही है, जो न्याय और सत्य की रक्षा करता है और यह घृणा ही है जो पाखंड और धूर्तता का दमन करती है। निन्दा का भय न हो, क्रोध का आतंक न हो, घृणा की धाक न हो तो जीवन विशृंखल हो जाए और समाज नष्ट हो जाए। इनका जब हम दुरुपयोग करते हैं, तभी ये दुर्गुण हो जाते हैं, लेकिन दुरुपयोग तो अगर दया, करुणा, प्रशंसा और भक्ति का भी किया जाए, तो वह दुर्गुण हो जाएँगे। अन्धी दया अपने पात्र को पुरुषार्थहीन बना देती है, अन्धी करुणा कायर, अन्धी प्रशंसा घमंडी और अन्धी भक्ति धूर्त। प्रकृति जो कुछ करती है, जीवन की रक्षा ही के लिए करती है। आत्म-रक्षा प्राणी का सबसे बड़ा धर्म है और हमारी सभी भावनाएँ और मनोवृत्तियाँ इसी उद्देश्य की पूर्ति करती हैं। कौन नहीं जानता कि वही विष, जो प्राणों का नाश कर सकता है, प्राणों का संकट भी दूर कर सकता है। अवसर और अवस्था का भेद है। मनुष्य को गन्दगी से, दुर्गन्ध से, जघन्य वस्तुओं से क्यों स्वाभाविक घृणा होती है? केवल इसीलिए कि गन्दगी और दुर्गन्ध से बचे रहना उसकी आत्म-रक्षा के लिए प्रकृति ने उसमें दुबकने, दम साध लेने या छिप जाने की शक्ति डाल दी है। मनुष्य विकास-क्षेत्र में उन्नति करते-करते इस पद को पहुँच गया है कि उसे हानिकर वस्तुओं से आप-ही-आप घृणा हो जाती है। घृणा का ही उग्र रूप भय है और परिष्कृत रूप विवेक। यह तीन एक ही वस्तु के नाम हैं, उसमें केवल मात्रा का अन्तर है।

तो घृणा स्वाभाविक मनोवृत्ति है और प्रकृति द्वारा आत्म-रक्षा के लिए सिरजी गई है। या यों कहो कि वह आत्म-रक्षा का ही एक रूप है। अगर हम उससे वंचित हो जाएँ, तो हमारा अस्तित्व बहुत दिन न रहे। जिस वस्तु का जीवन में इतना मूल्य है, उसे शिथिल होने देना, अपने पाँव में कुल्हाड़ी मारना है। हममें अगर भय न हो तो साहस का उदय कहाँ से हो। बल्कि जिस तरह घृणा का उग्र रूप भय है, उसी

तरह भय का प्रचंड रूप ही साहस है। जरूरत केवल इस बात की है कि घृणा का परित्याग करके उसे विवेक बना दें। इसका अर्थ यही है कि हम व्यक्तियों से घृणा न करके उनके बुरे आचरण से घृणा करें। धूर्त से हमें क्यों घृणा होती है? इसीलिए कि उसमें धूर्तता है। अगर आज वह धूर्तता का परित्याग कर दे तो हमारी घृणा भी जाती रहेगी। एक शराबी के मुँह से शराब की दुर्गन्ध आने के कारण हमें उससे घृणा होती है, लेकिन थोड़ी देर के बाद जब उसका नशा उतर जाता है और उसके मुँह से दुर्गन्ध आना बन्द हो जाती है, तो हमारी घृणा भी गायब हो जाती है। एक पाखंडी पुजारी को सरल ग्रामीणों को ठगते देखकर हमें उससे घृणा होती है, लेकिन कल उसी पुजारी को हम ग्रामीणों की सेवा करते देखें, तो हमें उससे भक्ति होगी। घृणा का उद्देश्य ही यह है कि उससे बुराइयों का परिष्कार हो। पाखंड, /धूर्तता, अन्याय, बलात्कार और ऐसी ही अन्य दुष्प्रवृत्तियों के प्रति हमारे अन्दर जितनी ही प्रचंड घृणा हो उतनी ही कल्याणकारी होगी। घृणा के शिथिल होने से ही हम बहुधा स्वयं उन्हीं बुराइयों में पड़ जाते हैं और स्वयं वैसा ही घृणित व्यवहार करने लगते हैं। जिसमें प्रचंड घृणा है, वह जान पर खेलकर भी उनसे अपनी रक्षा करेगा और तभी उनकी जड़ खोदकर फेंक देने में वह अपने प्राणों की बाजी लगा देगा। महात्मा गांधी इसीलिए अछूतपन को मिटाने के लिए अपने जीवन का बलिदान कर रहे हैं कि उन्हें अछूतपन से प्रचंड घृणा है।

साहित्य और कला में घृणा की उपयोगिता

जीवन में जब घृणा का इतना महत्त्व है, तो साहित्य कैसे उसकी उपेक्षा कर सकता है, जो जीवन का ही प्रतिबिम्ब है। मानव-हृदय आदि से ही सु और कु का रंगस्थल रहा है और साहित्य की सृष्टि इसलिए हुई कि संसार में जो सु या सुन्दर है और इसलिए कल्याणकर है उसके प्रति मनुष्य में प्रेम उत्पन्न हो और कु या असुन्दर और इसलिए असत्य वस्तुओं से घृणा। साहित्य और कला का यही मुख्य उद्देश्य है। कु और सु का संग्राम ही साहित्य का इतिहास है। प्राचीन साहित्य, धर्म और ईश्वरद्रोहियों के प्रति घृणा और उनके अनुयायियों के प्रति श्रद्धा और भक्ति के भावों की सृष्टि करता रहा। नवीन साहित्य समाज का खून चूसनेवालों, रँगे सियारों, हथकंडेबाजों और जनता के अज्ञान से अपना स्वार्थ सिद्ध करनेवालों के विरुद्ध उतने ही जोर से आवाज उठा रहा है और दीनों, दलितों, अन्याय के हाथ सताए हुओं के प्रति उतने ही जोर से सहानुभूति उत्पन्न करने का प्रयत्न कर रहा है। सम्भव है, वह भावुकता की तरंग में और कठोर सत्य की ओर से आँखें बन्द करके संसार में क्रान्ति मचा देने का स्वप्न देख रहा हो, जिन्हें वह दरिद्रता के कारण सहानुभूति का पात्र समझ रहा है, उनकी सारी बुराइयों को दुरवस्था और दरिद्रता के सिर मढ़

रहा है। वे इतने भोले-भाले प्राणी न हों, पर वह नवयुग का स्वर्ग-स्वप्न देखने में इतना मग्न है कि इस समय उसे किसी बाधा-विघ्न की ओर ध्यान देने का अवकाश नहीं है। लेकिन, उन कलाकारों का उद्देश्य क्या यह था कि वे किसी व्यक्ति या समाज के प्रति घृणा फैलाएँ? वे व्यक्तियों के शत्रु नहीं हैं, न वे द्वेष या ईर्ष्या के कारण साहित्य की रचना करते हैं। वे उन परिस्थितियों और प्रवृत्तियों के शत्रु हैं, जिनके हाथों ऐसे व्यक्ति उत्पन्न होते हैं। व्यक्तियों से उन्हें उतना ही प्रेम है, जितना अपने किसी भाई से हो सकता है। जिन सूदखोर महाजनों या मजदूरों के पसीने की कमाई पर मोटे होनेवाले मिल-मालिकों के प्रति वह अपनी कृतियों में जहर उगलता है, उन्हीं को संकट में देखकर वह उनकी सेवा करना अपना अहोभाग्य समझेगा। वह जानता है कि यह गरीब खुद अपनी स्वार्थान्धता के हाथों दुखी है और अपनी धनलिप्सा के शिकार होकर गरीबों को सता रहे हैं। उसे उनसे सहानुभूति होती है, पर उन परिस्थितियों के साथ वे बिलकुल समझौता नहीं कर सकते, हो सकता है, उनमें कुछ ऐसे भी हों, जिन्हें सूदखोरों के हाथों कष्ट उठाने पड़े हों, सम्भव है, उन्हीं के हाथों उनका सर्वनाश हो गया हो, लेकिन अगर वह कलाकार है, तो उसमें इतनी क्षमता अवश्य होगी कि वह व्यक्ति विशेष पर दिल का गुबार निकालने न बैठेगा। हाँ, यह हो सकता है कि सूदखोरी के प्रति उसकी लेखनी ज्यादा तीव्र और पैनी हो जाए। इन पंक्तियों के लेखक ही के विषय में एक कृपालु आलोचक ने यह आक्षेप किया है कि उसने अपनी रचनाओं में ब्राह्मणों के प्रति घृणा का प्रचार किया है। अव्वल तो उसे किसी ब्राह्मण के हाथों कोई कष्ट नहीं पहुँचा और मान लो किसी ब्राह्मण ने उस पर डिगरी करके उसका घर नीलाम करा लिया हो, या उसे सरे-बाजार गाली दे दी हो तो इसलिए वह समस्त ब्राह्मण-समुदाय का दुश्मन क्यों हो जाएगा? जीवन में आदमी को सभी तरह के अनुभव होते हैं। प्राय: सभी समुदायों में उसके मित्र हो सकते हैं और शत्रु भी, फिर वह किसी एक समुदाय को क्यों चुनकर उन्हीं के प्रति घृणा फैलाएगा? हाँ, चूँकि धर्म के नाम पर अपना उल्लू सीधा करनेवाले, श्रद्धा की आड़ में श्रद्धालुओं को नोचनेवाले, गया में मुसलमानों और चमारों तक से पिंडदान का संस्कार करानेवाले और नाना प्रकार से धर्म का पाखंड रचनेवाले उस समुदाय के लोग हैं, जो दुर्भाग्यवश ब्राह्मण कहे जाते हैं, पर जो ब्राह्मणत्व से उतना ही दूर हैं, जितना नरक से स्वर्ग, इसलिए कोई भी लेखक, जो समाज में सद्व्यवहार और सद्धर्म और राष्ट्रीय ऐक्य का राज देखना चाहता है, उनकी उपेक्षा नहीं कर सकता। कौन-सा इतना स्वाभिमानी भारतीय है, जो प्रात:काल एक आदमी को अपने को ब्राह्मण बताकर भीख माँगते देखकर लज्जा से सिर झुका लेगा। यह उस समुदाय को बदनाम करनेवाले लोग हैं, जिन्होंने सच्चे जीवन और सच्चे विचारों की सरिता बहाई थी, जो हिन्दू समाज के पथ-प्रदर्शक थे। उनका यह पतन! लेकिन यह कौन नहीं जानता कि वह गरीब ऐसी परिस्थितियों में पला है,

जहाँ भिक्षा माँगना लज्जा नहीं। मेरा खयाल है कि समाज में जितनी अनीति है, उनमें सबसे घृणित धार्मिक पाखंड और धूर्तता है। चोरी, बदमाशी, रिश्वत, दगा, झूठ इन दुर्गुणों का किसी समाज विशेष से सम्बन्ध नहीं। एक जमाना था, जब अधिकतर कायस्थ, पटवारी और कानूनगो होते थे, यह भी बिहार और यू.पी. के पूर्वी भाग में, शायद बुन्देलखंड में भी, लेकिन अब वह बात नहीं रही। इसलिए केवल कानूनगो और पटवारी कह देने से कायस्थ का बोध नहीं होता, न बनिया कह देने से किसी विशेष समुदाय का बोध होता है। अब तो जो दौरी-दुकान करते थे, वह पटवारी हैं, जो पटवारी थे वह दौरी-दुकान करते हैं। केवल पंडित या पुजारी ही ऐसा शब्द है, जिससे दुर्भाग्यवश ब्राह्मण का बोध हो जाता है और यह कहना बड़ी दूर की कौड़ी लाना है कि जो इस पाखंडाचार के प्रति घृणा फैलाता है, वह ब्राह्मण जाति का द्रोही है। ब्राह्मणत्व की आड़ में यह पाखंडाचार देखकर जितनी ग्लानि इन पंक्तियों के लेखक को हो सकती है, उससे कहीं ज्यादा स्वयं उन्हें होती है, जो वास्तव में ब्राह्मण हैं। लेखक को अपने पचपन साला जीवन में ऐसा कोई ब्राह्मण नहीं मिला, जिसने इस पाखंडाचार को घृणा की दृष्टि से न देखा हो। लेखक की दृष्टि में ब्राह्मण कोई समुदाय नहीं, एक महान पद है जिस पर आदमी बहुत त्याग, सेवा और सदाचरण से पहुँचता है। हरेक टके-पंथी पुजारी को ब्राह्मण कहकर मैं इस पद का अपमान नहीं कर सकता। इस विकृत धर्मोपजीवी आचरण के हाथों हमारा सामाजिक अहित ही नहीं, कितना राष्ट्रीय अहित हो रहा है, यह वर्णाश्रम स्वराज्य संघ के हथकंडों से जाहिर है। ऐसी असामाजिक, अराष्ट्रीय, अमानुषेय, भावनाओं के प्रति जितनी ही घृणा फैलाई जाए, वह थोड़ी है, केवल भावनाओं के प्रति व्यक्ति के प्रति नहीं, क्योंकि वर्णाश्रम धर्म के संचालक हमारे वैसे ही भाई हैं, जैसे आलोचक महोदय के।

बस, इस विषय में कुछ और लिखने की जरूरत मैं नहीं समझता। मैंने अपनी पोजीशन बतला दी। अगर इस पर भी कोई सज्जन मुझे ब्राह्मण-द्रोही कहे जाए, तो मुझे परवाह नहीं है, मैं उसे दोष और दिल का गुबार समझ लूँगा।

इस आलोचना में आलोचक महोदय ने दो-एक और मजेदार बातें कही हैं, मसलन यह कि मैंने जो कुछ लिखा है, उसमें जो कुछ अच्छा है, वह माल मशरूका है, जो कुछ बुरा है वह मेरा है, या यह कि मैंने दूसरों की खुशामद की है कि वे मुझे उपन्यास या औपन्यासिक-सम्राट कहें (और सम्भव है इस तरह की मेरी कोई दरख्वास्त आलोचक महोदय की सेवा में भी पहुँची हो।) या यह कि मैं एक मित्र के आग्रह करने पर भी केवल इसलिए शान्तिनिकेतन नहीं गया कि मुझे स्वयं डॉ. रवीन्द्रनाथ ने नहीं बुलाया था और यह कि मुझे बंगाल का कोई कुत्ता भी नहीं जानता—यह सब बच्चों की-सी बातें हैं जिनका मेरे पास कोई जवाब नहीं है। हाँ, इतना निवेदन कर देना चाहता हूँ कि आलोचक महोदय, या उनके कोई अन्य

मित्र सम्राटई का मुकुट धारण करना चाहें, तो मैं बड़ी खुशी से उसे उनको भेंट कर दूँगा। इसके लिए उन्हें विशेष आन्दोलन और विद्रोह करने की जरूरत नहीं। मैं दिल से तो नहीं चाहता कि अपना बहुमूल्य मुकुट उन्हें या उनके मित्रों को दे दूँ लेकिन यदि मेरे पास इस तरह का कोई डेपुटेशन आवेगा, तो अनिच्छा से ही सही, पर ज्यादा हिचड़-पिचड़ न करूँगा, क्योंकि मैं समय की रफ्तार पहचानता हूँ और जानता हूँ कि इस डिक्टेटरशिप के जमाने में मुकुट कोई लुभावनी वस्तु नहीं है।

[लेख 'हंस', दिसंबर, 1933 में प्रकाशित। 'विविध प्रसंग', भाग-3 में संकलित।]

राष्ट्रभाषा हिन्दी और उसकी समस्याएँ

प्यारे मित्रो,

आपने मुझे जो यह सम्मान दिया है, उसके लिए मैं आपकी सौ जबानों से धन्यवाद देना चाहता हूँ क्योंकि आपने मुझे वह चीज दी है, जिसके मैं बिलकुल अयोग्य हूँ। न मैंने हिन्दी-साहित्य पढ़ा है, न उसका इतिहास पढ़ा है, न उसके विकास-क्रम के बारे में ही कुछ जानता हूँ। ऐसा आदमी इतना मान पाकर फूला न समाए, तो वह आदमी नहीं है। नेवता पाकर मैंने उसे तुरन्त स्वीकार किया। लोगों में 'मन भाए मुँड़िया हिलाए' की जो आदत होती है वह खतरा मैं न लेना चाहता था। यह मेरी ढिठाई है कि मैं यहाँ वह काम करने खड़ा हूँ, जिसकी मुझमें लियाकत नहीं है, लेकिन इस तरह की गन्दुमनुमाई का मैं अकेला मुजरिम नहीं हूँ। मेरे भाई घर-घर में, गली-गली में मिलेंगे। आपको तो अपने नेवते की लाज रखनी है। मैं जो कुछ अनाप-शनाप बकूँ, उसकी खूब तारीफ कीजिए, उसमें जो अर्थ न हो वह पैदा कीजिए, उसमें अध्यात्म के और साहित्य के तत्त्व खोज निकालिए—जिन खोजा तिन पाइयाँ, गहरे पानी पैठ!

आपकी सभा ने पन्द्रह-सोलह साल के मुख्तसर-से समय में जो काम कर दिखलाया है, उस पर मैं आपको बधाई देता हूँ, खासकर इसलिए कि आपने अपनी ही कोशिशों से यह नतीजा हासिल किया है। सरकारी इमदाद का मुँह नहीं ताका। यह आपके हौसलों की बुलन्दी की एक मिसाल है। अगर मैं यह कहूँ कि आप भारत के दिमाग हैं, तो वह मुबालगा न होगा। किसी अन्य प्रान्त में इतना अच्छा संगठन हो सकता है और इतने अच्छे कार्यकर्ता मिल सकते हैं, इसमें मुझे सन्देह है। जिन दिमागों ने अंग्रेजी राज्य की जड़ जमाई, जिन्होंने अंग्रेजी भाषा का सिक्का जमाया, जो अंग्रेजी आचार-विचार में भारत में अग्रगण्य थे और हैं वे लोग राष्ट्रभाषा के उत्थान पर कमर बाँध लें, तो क्या कुछ नहीं कर सकते? और यह कितने बड़े सौभाग्य की बात है कि जिन दिमागों ने एक दिन विदेशी भाषा में निपुण होना अपना ध्येय बनाया था, वे आज राष्ट्रभाषा का उद्धार करने पर कमर कसे नजर आते हैं और जहाँ से मानसिक पराधीनता की लहर उठी थी, वहाँ से राष्ट्रीयता की तरंगें उठ रही हैं। जिन लोगों ने अंग्रेजी लिखने और बोलने में अंग्रेजों को भी मात कर दिया,

यहाँ तक कि आज जहाँ कहीं देखिए अंग्रेजी पत्रों के सम्पादक इसी प्रान्त के विद्वान मिलेंगे, वे अगर चाहें तो हिन्दी बोलने और लिखने में हिन्दीवालों को भी मात कर सकते हैं। और गत वर्ष यात्री दल के नेताओं के भाषण सुनकर मुझे यह स्वीकार करना पड़ता है कि वह क्रिया शुरू हो गई है। 'हिन्दी-प्रचारक' में अधिकांश लेख आप लोगों ही के लिखे होते हैं और उनकी मँजी हुई भाषा और सफाई और प्रवाह पर हममें से बहुतों को रश्क आता है। और यह तब है जब राष्ट्रभाषा प्रेम अभी दिलों के ऊपरी भाग तक ही पहुँचा है, और आज भी यह प्रान्त अंग्रेजी भाषा के प्रभुत्व से मुक्त होना नहीं चाहता। जब यह प्रेम दिलों में व्याप्त हो जाएगा, उस वक्त उसकी गति कितनी तेज होगी, इसका कौन अनुमान कर सकता है? हमारी पराधीनता का सबसे अपमानजनक, सबसे व्यापक, सबसे कठोर अंग अंग्रेजी भाषा का प्रभुत्व है। कहीं भी वह अपने नंगे रूप में नहीं नजर आती। सभ्य जीवन के हर एक विभाग में अंग्रेजी भाषा ही मानो हमारी छाती पर मूँग दल रही है। अगर आज इस प्रभुत्व को हम तोड़ सकें, तो पराधीनता का आधा बोझ हमारी गर्दन से उतर जाएगा। कैदी को बेड़ी से जितनी तकलीफ होती है, उतनी और किसी बात से नहीं होती। कैदखाना शायद उसके घर से ज्यादा हवादार, साफ-सुथरा होगा। भोजन भी वहाँ शायद घर के भोजन से अच्छा और स्वादिष्ट मिलता हो। बाल-बच्चों से वह कभी-कभी स्वेच्छा से बरसों अलग रहता है। उसके दंड की याद दिलानेवाली चीज यही बेड़ी है, जो उठते-बैठते, सोते-जागते, हँसते-बोलते, कभी उसका साथ नहीं छोड़ती, कभी उसे मिथ्या कल्पना भी करने नहीं देती, कि वह आजाद है। पैरों से कहीं ज्यादा उसकी असर कैदी के दिल पर होता है, जो कभी उभरने नहीं पाता, कभी मन की मिठाई भी नहीं खाने पाता। अंग्रेजी भाषा हमारी पराधीनता की वही बेड़ी है, जिसने हमारे मन और बुद्धि को ऐसा जकड़ रखा है कि उनमें इच्छा भी नहीं रही। हमारा शिक्षित समाज इस बेड़ी को गले का हार समझने पर मजबूर है। यह उसका रोटियों का सवाल है। और अगर रोटियों के साथ कुछ सम्मान, कुछ गौरव, कुछ अधिकार भी मिल जाए, तो क्या कहना! प्रभुता की इच्छा तो प्राणिमात्र में होती है। अंग्रेजी भाषा ने इसका द्वार खोल दिया और हमारा शिक्षित समुदाय चिड़ियों के झुंड की तरह उस द्वार के अन्दर घुसकर जमीन पर बिखरे हुए दाने चुगने लगा और अब कितना ही फड़फड़ाए, उसे गुलशन की हवा नसीब नहीं। मजा यह है कि इस झुंड की फड़फड़ाहट बाहर निकलने के लिए नहीं, केवल जरा मनोरंजन के लिए है। उसके पर निर्जीव हो गए, और उसमें उड़ने की शक्ति नहीं रही, वह भरोसा भी नहीं रहा कि यह दाने बाहर मिलेंगे भी या नहीं। अब तो वही कफस है, वही कुल्हिया है और वही सैयाद।

लेकिन मित्रो, विदेशी भाषा सीखकर अपने गरीब भाइयों पर रोब जमाने के दिन बड़ी तेजी से विदा होते जा रहे हैं। प्रतिभा का और बुद्धि-बल का जो दुरुपयोग

हम सदियों से करते आए हैं, जिसके बल पर हमने अपनी एक अमीरशाही स्थापित कर ली है, और अपने को साधारण जनता से अलग कर लिया है, वह अवस्था अब बदलती जा रही है। बुद्धि-बल ईश्वर की देन है, और उसका धर्म प्रजा पर धौंस जमाना नहीं उसका खून चूसना नहीं, उसकी सेवा करना है। आज शिक्षित समुदाय पर से जनता का विश्वास उठ गया है। वह उसे उससे अधिक विदेशी समझती है, जितना विदेशियों को। क्या कोई आश्चर्य है कि यह समुदाय आज दोनों तरफ से ठोकरें खा रहा है? स्वामियों की ओर से इसलिए कि वह समझते हैं—मेरी चौखट के सिवा इनके लिए और कोई आश्रम नहीं, और जनता की ओर से इसलिए कि उनका इससे कोई आत्मीय सम्बन्ध नहीं। उनका रहन-सहन, उनकी बोलचाल उनकी वेषभूषा, उनके विचार और व्यवहार सब जनता से अलग हैं और यह केवल इसलिए कि हम अंग्रेजी भाषा के गुलाम हो गए। मानो परिस्थिति ऐसी है कि बिना अंग्रेजी भाषा की उपासना किए काम नहीं चल सकता। लेकिन अब तो इतने दिनों के तजरबे के बाद मालूम हो जाना चाहिए कि इस नाव पर बैठकर हम पार नहीं लग सकते, फिर हम क्यों आज भी उसी से चिपटे हुए हैं? अभी गत वर्ष एक इंटरयूनिवर्सिटी कमीशन बैठा था कि शिक्षा-सम्बन्धी विषयों पर विचार करे। उसमें एक प्रस्ताव यह भी था कि शिक्षा का माध्यम अंग्रेजी की जगह पर मातृ-भाषा क्यों न रखी जाए। बहुमत ने इस प्रस्ताव का विरोध किया, क्यों? इसलिए कि अंग्रेजी माध्यम के बगैर अंग्रेजी में हमारे बच्चे कच्चे रह जाएँगे और अच्छी अंग्रेजी लिखने और बोलने में समर्थ न होंगे। मगर इन डेढ़ सौ वर्षों की घोर तपस्या के बाद आज तक भारत ने एक भी ऐसा ग्रन्थ नहीं लिखा, जिनका इंग्लैंड में उतना ही मान होता, जितना एक तीसरे दर्जे के अंग्रेजी लेखक का होता है। याद नहीं, पंडित मदनमोहन मालवीय जी ने कहा था, या सर तेजबहादुर सप्रू ने, कि पचास साल तक अंग्रेजी से सिर मारने के बाद आज भी उन्हें अंग्रेजी में बोलते वक्त यह संशय होता रहता है कि कहीं उनसे गलती तो नहीं हो गई! हम आँखें फोड़-फोड़कर और कमर तोड़-तोड़कर और रक्त जला-जलाकर अंग्रेजी का अभ्यास करते हैं, उसके मुहावरे रटते हैं, लेकिन बड़े-से-बड़े भारतीय साधक की रचना विद्यार्थियों की स्कूली एक्सरसाइज से ज्यादा महत्त्व नहीं रखती। अभी दो-तीन दिन हुए पंजाब के ग्रेजुएटों की अंग्रेजी योग्यता पर वहाँ के परीक्षकों ने यह आलोचना की है कि अधिकांश छात्रों में अपने विचारों के प्रकट करने की शक्ति नहीं है, बहुत तो स्पेलिंग में गलतियाँ करते हैं। और यह नतीजा है कम-से-कम बारह साल तक आँखें फोड़ने का। फिर भी हमारे लिए शिक्षा का अंग्रेजी माध्यम जरूरी है, यह हमारे विद्वानों की राय है। जापान, चीन और ईरान में तो शिक्षा का माध्यम अंग्रेजी नहीं है। फिर भी वे सभ्यता की हरेक बात में हमरे कोसों आगे हैं, लेकिन अंग्रेजी माध्यम के बगैर हमारी नाव डूब जाएगी। हमारे मारवाड़ी भाई

हमारे धन्यवाद के पात्र हैं कि कम-से-कम जहाँ तक व्यापार में उनका सम्बन्ध है, उन्होंने कौमियत की रक्षा की है।

मित्रो, शायद मैं अपने विषय से बहक गया हूँ, लेकिन मेरा आशय केवल यह है कि हमें मालूम हो जाए, हमारे सामने कितना महान काम है। यह समझ लीजिए कि जिस दिन आप अंग्रेजी भाषा का प्रभुत्व तोड़ देंगे और अपनी एक कौमी भाषा बना लेंगे, उसी दिन आपको स्वराज्य के दर्शन हो जाएँगे। मुझे याद नहीं आता कि कोई भी राष्ट्र विदेशी भाषा के बल पर स्वाधीनता प्राप्त कर सका हो। राष्ट्र की बुनियाद राष्ट्र की भाषा है। नदी, पहाड़ और समुद्र राष्ट्र नहीं बनाते। भाषा ही वह बन्धन है, जो चिरकाल तक राष्ट्र को एक सूत्र में बाँधे रहती है, और उसका शीराजा बिखरने नहीं देती। जिस वक्त अंग्रेज आए, भारत की राष्ट्र-भावना लुप्त हो चुकी थी। यों कहिए कि उसमें राजनैतिक चेतना की गन्ध तक न रह गई थी। अंग्रेजी राज ने आकर आपका एक राष्ट्र बना दिया। आज अंग्रेजी राज विदा हो जाए—और एक-न-एक दिन तो यह होना ही है—तो फिर आपका यह राष्ट्र कहाँ जाएगा? क्या यह बहुत सम्भव नहीं है कि एक-एक प्रान्त एक-एक राज्य हो जाए और फिर वही विच्छेद शुरू हो जाए? वर्तमान दशा में तो हमारी कौमी चेतना को सजग और सजीव रखने के लिए अंग्रेजी राज को अमर रहना चाहिए। अगर हम एक राष्ट्र बनकर अपने स्वराज्य के लिए उद्योग करना चाहते हैं, तो हमें राष्ट्रभाषा का आश्रय लेना होगा और उसी राष्ट्रभाषा के बख्तर से हम अपने राष्ट्र का निर्माण कर रहे हैं। सोचिए, आप कितना महान काम करने जा रहे हैं। आप कानूनी बाल की खाल निकालनेवाले वकील नहीं बना रहे हैं, आप शासन मिल के मजदूर नहीं बना रहे हैं, आप एक बिखरी हुई कौम को मिला रहे हैं, आप हमारे बन्धुत्व की सीमाओं को फैला रहे हैं, भूले हुए भाइयों को गले मिला रहे हैं। इस काम की पवित्रता और गौरव को देखते हुए, कोई ऐसा कष्ट नहीं है, जिसका आप स्वागत न कर सकें। यह धन का मार्ग नहीं है, सम्भव है कि कीर्ति का मार्ग भी न हो, लेकिन अपने आत्मिक सन्तोष के लिए इससे बेहतर काम नहीं हो सकता। यही आपके बलिदान का मूल्य है। मुझे आशा है, यह आदर्श हमेशा आपके सामने रहेगा। आदर्श का महत्त्व आप खूब समझते हैं। वह हमारे रुकते हुए कदम को आगे बढ़ाता है, हमारे दिलों से संशय और सन्देह की छाया को मिटाता है और कठिनाइयों में हमें साहस देता है।

राष्ट्रभाषा से हमारा क्या आशय है, इसके विषय में भी मैं आपसे दो शब्द कहूँगा। इसे हिन्दी कहिए, हिन्दुस्तानी कहिए, या उर्दू कहिए, चीज एक है। नाम से हमारी कोई बहस नहीं। ईश्वर भी वही है, जो खुदा है, और राष्ट्रभाषा में दोनों के लिए समान रूप से सम्मान का स्थान मिलना चाहिए। अगर हमारे देश में ऐसे लोगों की काफी तादाद निकल आए तो, जो ईश्वर को 'गॉड' कहते हैं, तो राष्ट्रभाषा

उनका भी स्वागत करेगी। जीवित भाषा तो जीवित देह की तरह बराबर बनती रहती है। शुद्ध हिन्दी तो निरर्थक शब्द है। जब भारत शुद्ध हिन्दू होता है उसकी भाषा शुद्ध हिन्दी होती। जब तक यहाँ मुसलमान, ईसाई, पारसी, अफगानी सभी जातियाँ मौजूद हैं, हमारी भाषा भी व्यापक रहेगी। अगर हिन्दी भाषा प्रान्तीय रहना चाहती है और केवल हिन्दुओं की भाषा रहना चाहती है, तब वह शुद्ध बनाई जा सकती है। उसका अंग-अंग भरके उसका कायापलट करना होगा। प्रौढ़ से वह फिर शिशु बनेगी, यह असम्भव है, हास्यास्पद है। हमारे देखते-देखते सैकड़ों विदेशी तो शब्द भाषा में आ घुसे, हम उन्हें रोक नहीं सकते। उनका आक्रमण रोकने की चेष्टा ही व्यर्थ है। वह भाषा के विकास में बाधक होगी। वृक्षों को सीधा और सुडौल बनाने के लिए पौधों को एक थूनी का सहारा दिया जाता है। आप विद्वानों का ऐसा नियंत्रण रख सकते हैं कि अश्लील, कुरुचिपूर्ण, कर्णकटु, भद्दे शब्द व्यवहार में न आ सकें, पर यह नियंत्रण केवल पुस्तकों पर ही हो सकता है। बोलचाल पर किसी प्रकार का नियंत्रण रखना मुश्किल होगा। मगर विद्वानों का भी अजीब दिमाग है। प्रयाग में विद्वानों और पंडितों की सभा 'हिन्दुस्तानी एकेडमी' में तिमाही सेहमाही और त्रैमासिक शब्दों पर बरसों से मुबाहसा हो रहा है और अभी तक फैसला नहीं हुआ। उर्दू के हामी 'सेहमाही' की ओर हैं, हिन्दी के हामी 'त्रैमासिक' की ओर, बेचारा 'तिमाही' जो सबसे सरल, आसानी से बोला और समझा जानेवाला शब्द है, उसका दोनों ही ओर से बहिष्कार हो रहा है। भाषा सुन्दरी को कोठरी में बन्द करके आप उसका सतीत्व तो बचा सकते हैं, लेकिन उसके जीवन का मूल्य देकर उसकी आत्मा स्वयं इतनी बलवान बनाइए, कि वह अपने सतीत्व और स्वास्थ्य दोनों ही की रक्षा कर सके। बेशक हमें ऐसे ग्रामीण शब्दों को दूर रखना होगा, जो किसी खास इलाके में बोले जाते हैं। हमारा आदर्श तो यह होना चाहिए, कि हमारी भाषा अधिक-से-अधिक आदमी समझ सकें। अगर इस आदर्श को हम अपने सामने रखें, तो लिखते समय भी हम शब्द-चातुरी के मोह में न पड़ेंगे। यह गलत है, कि फारसी शब्दों से भाषा कठिन हो जाती है। शुद्ध हिन्दी के ऐसे पदों के उदाहरण दिये जा सकते हैं जिनका अर्थ निकालना पंडितों के लिए भी लोहे के चने चबाना है। वही शब्द सरल है जो व्यवहार में आ रहा है। इससे कोई बहस नहीं कि वह तुर्की है, या अरबी, या पुर्तगाली। उर्दू और हिन्दी में क्यों इतना सौतिया डाह है, ये मेरी समझ में नहीं आता। अगर एक समुदाय के लोगों को 'उर्दू' नाम प्रिय है तो उन्हें उसका इस्तेमाल करने दीजिए। जिन्हें 'हिन्दी' नाम से प्रेम है, वह हिन्दी ही कहें। इसमें लड़ाई काहे की? एक चीज के दो नाम देकर ख्वामख्वाह आपस में लड़ना और उसे इतना महत्त्व दे देना कि वह राष्ट्र की एकता में बाधक हो जाए, यह मनोवृत्ति रोगी और दुर्बल मन की है। मैं अपने अनुभव से इतना कह सकता हूँ कि उर्दू को राष्ट्रभाषा के स्टैंडर्ड पर लाने में हमारे मुसलमान भाई हिन्दुओं से

कम इच्छुक नहीं हैं। मेरा मतलब उन हिन्दू-मुसलमानों से है, जो कौमियत के मतवाले हैं। कट्टरपंथियों से मेरा कोई प्रयोजन नहीं। उर्दू का और मुस्लिम संस्कृति का कैम्प आज अलीगढ़ है। वहाँ उर्दू और फारसी के प्रोफेसर और अन्य विषयों के प्रोफेसरों से मेरी बातचीत हुई, उससे मुझे महसूस हुआ कि मौलवियाऊ भाषा से वे लोग भी इतने ही बेजार हैं, जितने पंडिताऊ भाषा से और कौमी-भाषा-संघ आन्दोलन में शरीक होने के लिए दिल से तैयार हैं। मैं यह भी माने लेता हूँ कि मुसलमानों का गिरोह हिन्दुओं से अलग रहने में ही अपना हित समझता है—हालाँकि उस गिरोह का जोर और असर दिन-दिन कम होता जा रहा है—और वह अपनी भाषा को अरबी से गले तक ठूँस देना चाहता है, तो हम उससे क्यों झगड़ा करें? क्या आप समझते हैं, ऐसी जटिल भाषा मुस्लिम जनता में भी प्रिय हो सकती है? कभी नहीं। मुसलमानों में वही लेखक सर्वोपरि हैं, जो आमफहम भाषा लिखते हैं। मौलवियाऊ भाषा लिखनेवालों के लिए यहाँ भी स्थान नहीं है। मुसलमान दोस्तों से भी मुझे कुछ अर्ज करने का हक है क्योंकि मेरा सारा जीवन उर्दू की सेवकाई करते गुजरा है और अब भी मैं जितना उर्दू लिखता हूँ उतनी हिन्दी भी लिखता, और कायस्थ होने और बचपन से फारसी का अभ्यास करने के कारण उर्दू मेरे लिए जितनी स्वाभाविक है उतनी हिन्दी नहीं है। मैं पूछता हूँ, आप इसे हिन्दी की गर्दनजदनी समझते हैं? क्या आपको मालूम है, और नहीं है तो होना चाहिए, कि हिन्दी का सबसे पहला शायर, जिसने हिन्दी का साहित्यिक बीज बोया (व्यावहारिक बीज सदियों पहले पड़ चुका था) वह अमीर खुसरो था? क्या आपको मालूम है, कम-से-कम पाँच सौ मुसलमान शायरों ने हिन्दी को अपनी कविता से धनी बनाया है, जिसमें कई तो चोटी के शायर हैं? क्या आपको मालूम है, अकबर, जहाँगीर और औरंगजेब तक हिन्दी की कविता का शौक रखते थे और औरंगजेब ने ही आमों का नाम 'रसना-विलास' और 'सुधा-रस' रखा था? क्या आपको मालूम है, आज भी हसरत और हफीज जालन्धरी जैसे कवि कभी-कभी हिन्दी में अताआजमाई करते हैं? क्या आपको मालूम है हिन्दी में हजारों शब्द, हजारों क्रियाएँ अरबी और फारसी से आई हैं और ससुराल में आकर घर की देवी हो गई हैं? अगर यह मालूम होने पर भी आप हिन्दी को उर्दू से अलग समझते हैं, तो आप देश के साथ और अपने साथ बेइंसाफी करते हैं। उर्दू शब्द कब और कहाँ उत्पन्न हुआ, इसकी कोई तारीखी सनद नहीं मिलती। क्या आप समझते हैं वह 'बड़ा खराब आदमी है' और वह 'बड़ा दुर्जन मनुष्य है' दो अलग भाषाएँ हैं? हिन्दुओं को 'खराब' भी अच्छा लगता है और 'आदमी तो अपना भाई ही है फिर मुसलमान को 'दुर्जन' क्यों बुरा लगे, और 'मनुष्य' क्यों शत्रु-सा दीखे? हमारी कौमी भाषा में दुर्जन और सज्जन, उम्दा और खराब दोनों के लिए स्थान है, वहाँ तक जहाँ तक कि उसकी सुबोधता में बाधा नहीं पड़ती। इसके आगे हम न उर्दू के दोस्त हैं, न हिन्दी के। मजा यह

कि 'हिन्दी' मुलसमानों का दिया हुआ नाम है और अभी पचास साल पहले तक जिसे आज उर्दू कहा जा रहा है, उसे मुसलमान भी हिन्दी कहते थे। और आज 'हिन्दी' मरदूद है। क्या आपको नजर नहीं आता कि 'हिन्दी' एक स्वाभाविक नाम है? इंग्लैंडवाले इंगलिश बोलते हैं, फ्रांसवाले फ्रेंच, जर्मनीवाले जर्मन, फारसवाले फारसी, तुर्कीवाले तुर्की, अरबवाले अरबी, फिर हिन्दवाले क्यों न हिन्दी बोलें? उर्दू तो न काफिए में आती है न रदीफ में, न बहर में न वजन में। हाँ, हिन्दुस्तान का नाम उर्दूस्तान रखा जाए, तो बेशक यहाँ की कौमी भाषा उर्दू होगी। कौमी भाषा के उपासक नामों से बहस नहीं करते, वह तो असलियत से बहस करते हैं। क्यों दोनों भाषाओं का कोश एक नहीं हो जाता? हमें दोनों भाषाओं में एक आम लुगत (कोश) की जरूरत है, जिसमें आमफहम शब्द जमा कर दिये जाएँ। हिन्दी में तो मेरे मित्र पंडित रामनरेश त्रिपाठी ने किसी हद तक यह जरूरत पूरी कर दी है। इस तरह का एक लुगत उर्दू में भी होना चाहिए। शायद वह काम कौमी-भाषा-संघ बनने तक मुल्तवी रहेगा। मुझे अपने मुस्लिम दोस्तों से यह शिकायत है कि वह हिन्दी के आमफहम शब्दों से भी परहेज करते हैं, हालाँकि हिन्दी में आमफहम फारसी के शब्द आजादी से व्यवहार किए जाते हैं।

लेकिन प्रश्न उठता है कि राष्ट्रभाषा कहाँ तक हमारी जरूरतें पूरी कर सकती है? उपन्यास, कहानियाँ, यात्रा-वृत्तान्त समाचार-पत्रों के लेख, आलोचना अगर बहुत गूढ़ न हो, यह सब तो राष्ट्रभाषा में अभ्यास कर लेने से लिखे जा सकते हैं, लेकिन साहित्य में केवल इतने ही विषय तो नहीं हैं। दर्शन और विज्ञान की अनन्त शाखाएँ भी तो हैं जिनको आप राष्ट्रभाषा में नहीं ला सकते। साधारण बातें तो साधारण और सरल शब्दों में लिखी जा सकती हैं। विवेचनात्मक विषयों में यहाँ तक कि उपन्यास में भी जब वह मनोवैज्ञानिक हो जाता है, आपको मजबूर होकर संस्कृत या अरबी-फारसी शब्दों की शरण लेनी पड़ती है। अगर हमारी राष्ट्रभाषा सर्वांगपूर्ण नहीं है, और उसमें आप हर एक विषय, हर एक भाव नहीं प्रकट कर सकते, तो उसमें यह बड़ा भारी दोष है, और यह हम सभी का कर्तव्य है कि हम राष्ट्रभाषा को उसी तरह सर्वांगपूर्ण बनावें, जैसी अन्य राष्ट्रों की सम्पन्न भाषाएँ हैं। यों तो अभी हिन्दी और उर्दू अपने सार्थक रूप में भी पूर्ण नहीं है। पूर्ण क्या, अधूरी भी नहीं है। जो राष्ट्रभाषा लिखने का अनुभव रखते हैं, उन्हें स्वीकार करना पड़ेगा कि एक-एक भाव के लिए उन्हें कितना सिर-मगजन करना पड़ता है। सरल शब्द मिलते ही नहीं, मिलते हैं, तो भाषा में खपते नहीं, भाषा का रूप बिगाड़ देते हैं, खीर में नमक के डले की भाँति आकर मजा किरकिरा कर देते हैं। इसका कारण तो स्पष्ट ही है कि हमारी जनता में भाषा का ज्ञान बहुत थोड़ा है और आमफहम शब्दों की संख्या बहुत ही कम है। जब तक जनता में शिक्षा का प्रचार नहीं हो जाता, उनकी व्यावहारिक शब्दावली बढ़ नहीं जाती, हम उनके समझने के लायक

भाषा में तात्त्विक विवेचनाएँ नहीं कर सकते। हमारी हिन्दी भाषा ही अभी सौ बरस की नहीं हुई; राष्ट्रभाषा तो अभी शैशवावस्था में है, और फिलहाल यदि हम उसमें सरल साहित्य ही लिख सकें, तो हमको सन्तुष्ट होना चाहिए। इसके साथ ही हमें राष्ट्रभाषा का कोश बढ़ाते रहना चाहिए। वही संस्कृत और अरबी-फारसी के शब्द, जिन्हें देखकर आज भयभीत हो जाते हैं, जब अभ्यास में आ जाएँगे, तो उनका हौआपन जाता रहेगा। इस भाषा-विस्तार की क्रिया, धीरे-धीरे ही होगी। इसके साथ हमें विभिन्न प्रान्तीय भाषाओं के ऐसे विद्वानों का एक बोर्ड बनाना पड़ेगा, जो राष्ट्रभाषा की जरूरत के कायल हैं। उस बोर्ड में उर्दू, हिन्दी, बांग्ला, मराठी, तमिल, आदि सभी भाषाओं के प्रतिनिधि रखे जाएँ और इस क्रिया को सुव्यवस्थित करने और उसकी गति को तेज करने का काम उनको सौंपा जाए। अभी तक हमने अपने मनमाने ढंग से इस आन्दोलन को चलाया है। औरों का सहयोग प्राप्त करने का यत्न नहीं किया। आपका यात्री-मंडल भी हिन्दी के विद्वानों तक ही रह गया। मुस्लिम केन्द्रों में जाकर मुस्लिम विद्वानों की हमदर्दी हासिल करने की उसने कोशिश नहीं की। हमारे विद्वान लोग तो अंग्रेजी में मस्त हैं। जनता के पैसे से दर्शन और विज्ञान और सारी दुनिया की विद्याएँ सीखकर भी वे जनता की तरफ से आँखें बन्द किए बैठे हैं। उनकी दुनिया अलग है, उन्होंने उपजीवियों की मनोवृत्ति पैदा कर ली है। काश उनमें भी राष्ट्रीय चेतना होती, काश वे भी जनता के प्रति अपने कर्तव्य को महसूस करते, तो शायद हमारा काम सरल हो जाता। जिस देश में जन-शिक्षा की सतह इतनी नीची हो, उसमें अगर कुछ लोग अंग्रेजी में अपनी विद्वत्ता का सेहरा बाँध ही लें, तो क्या? हम तो तब जानें, जब विद्वत्ता के साथ-साथ दूसरों को भी ऊँची सतह पर उठाने का भाव मौजूद हो। भारत में केवल अंग्रेजीदाँ ही नहीं रहते। हजार में ९९९ आदमी अंग्रेजी का अक्षर भी नहीं जानते। जिस देश का दिमाग विदेशी भाषा में सोचे और लिखे, उस देश को अगर संसार राष्ट्र नहीं समझता तो क्या वह अन्याय करता है? जब तक आपके पास राष्ट्रभाषा नहीं, आपका कोई राष्ट्र भी नहीं। दोनों में कारण और कार्य का सम्बन्ध है। राजनीति के माहिर अंग्रेज शासकों को आप राष्ट्र की हाँक लगाकर धोखा नहीं दे सकते। वे आपकी पोल जानते हैं और आपके साथ वैसा ही व्यवहार करते हैं।

अब हमें यह विचार करना है कि राष्ट्रभाषा का प्रचार कैसे बढ़े। अफसोस के साथ कहना पड़ता है कि हमारे नेताओं ने इस तरफ मुजरिमाना गफलत दिखाई है। वे अभी तक इसी भ्रम में पड़े हुए हैं कि यह कोई बहुत छोटा-मोटा विषय है, जो छोटे-मोटे आदमियों के करने का है, और उनके जैसे बड़े-बड़े आदमियों को इतनी कहाँ फुरसत कि वह झंझट में पड़ें। उन्होंने अभी तक इस काम का महत्त्व नहीं समझा, नहीं तो शायद यह उनके प्रोग्राम की पहली पाँति में होता। मेरे विचार में जब तक राष्ट्र में इतना संगठन, इतना ऐक्य, इतना एकात्मपन न होगा कि वह

एक भाषा में बात कर सके, तब तक उसमें यह शक्ति भी न होगी कि स्वराज प्राप्त कर सके। गैरमुमकिन है। जो राष्ट्र के अगुआ हैं, जो इलेक्शनों में खड़े होते हैं और फतह पाते हैं, उनसे मैं बड़े अदब के साथ गुजारिश करूँगा कि हजरत इस तरह के एक सौ इलेक्शन आएँगे और निकल जाएँगे, आप कभी हारेंगे, कभी जीतेंगे, लेकिन स्वराज्य आपसे उतनी ही दूर रहेगा, जितनी दूर स्वर्ग है। अंग्रेजी में आप अपने मस्तिष्क का गूदा निकालकर रख दें; लेकिन आपकी आवाज में राष्ट्र का बल न होने के कारण कोई आपकी उतनी परवाह भी न करेगा, जितनी बच्चों के रोने की करता है। बच्चों के रोने पर खिलौने और मिठाइयाँ मिलती हैं। वह शायद आपको भी मिल जावें, जिसमें आपकी चिल्ल-पों से माता-पिता के काम में विघ्न न पड़े। इस काम को तुच्छ न समझिए। यही बुनियाद है, आपका अच्छे से अच्छा गारा, मसाला, सीमेंट और बड़ी-से-बड़ी निर्माण योग्यता जब तक यहाँ खर्च न होगी, आपकी इमारत न बनेगी। घरौंदा शायद बन जाए, तो एक हवा के झोंके में उड़ जाएगा। दरअसल अभी हमने जो कुछ किया है, वह नहीं के बराबर है। एक अच्छा-सा राष्ट्रभाषा का विद्यालय तो हम खोल नहीं सके। हर साल सैकड़ों स्कूल खुलते हैं, जिनकी मुल्क को बिलकुल जरूरत नहीं। 'उसमानिया विश्वविद्यालय' काम की चीज है, अगर वह उर्दू और हिन्दी के बीच की खाई को और चौड़ी न बना दे। फिर भी मैं उसे और विश्वविद्यालयों पर तरजीह देता हूँ। कम-से-कम अंग्रेज की गुलामी के कारखाने हैं जो लड़कों को स्वार्थ का, जरूरतों का, नुमाइश का, अकर्मण्यता का गुलाम बनाकर छोड़ देते हैं और लुत्फ यह है कि यह तालीम भी मोतियों के मोल बिक रही है। इस शिक्षा की बाजारी कीमत शून्य के बराबर है, फिर भी हम क्यों भेड़ों की तरह उसके पीछे दौड़े चले जा रहे हैं? अंग्रेजी शिक्षा हम शिष्टता के लिए नहीं ग्रहण करते। इसका उद्‌देश्य उदार है। शिष्टता के लिए हमें अंग्रेजों के सामने हाथ फैलाने की जरूरत से ज्यादा हमारी मीरास है, शिष्टता हमारी घुट्टी में पड़ी है। हम तो कहेंगे, हम जरूरत से ज्यादा शिष्ट हैं। हमारी शिष्टता दुर्बलता की हद तक पहुँच गई है। पश्चिमी शिष्टता में जो कुछ है, वह उद्योग और पुरुषार्थ है। हमने यह चीजें तो उसमें से छाँटी नहीं। छाँटा क्या, लोफरपन, अहंकार, स्वार्थान्धता, बेशर्मी, शराब और दुर्व्यसन। एक मूर्ख किसान के पास जाइए, कितना नम्र, कितना मेहमाननवाज, कितना ईमानदार, कितना विश्वासी। उसी का भाई टॉमी है, पश्चिमी शिष्टता का सच्चा नमूना, शराबी, लोफर, गुंडा, अक्खड़, हया से खाली। शिष्टता सीखने के लिए हमें अंग्रेजों की गुलामी करने की जरूरत नहीं, हमारे पास ऐसे विद्यालय होने चाहिए जहाँ ऊँची-से-ऊँची शिक्षा राष्ट्रभाषा में सुगमता से मिल सके। इस वक्त अगर ज्यादा नहीं तो एक ऐसा विद्यालय किसी केन्द्र स्थान में होना ही चाहिए। मगर हम आज भी वही भेड़चाल चले जा रहे हैं, वही स्कूल, वही पढ़ाई। कोई भला आदमी ऐसा पैदा नहीं होता, जो एक राष्ट्रभाषा

का विद्यालय खोले। मेरे सामने दक्खिन से बीसों विद्यार्थी भाषा पढ़ने के लिए काशी गए, पर वहाँ कोई प्रबन्ध नहीं। वही हाल अन्य स्थानों में भी है। बेचारे इधर-उधर ठोकरें खाकर लौट आए। अब कुछ विद्यार्थियों की शिक्षा का प्रबन्ध हुआ है, मगर जो काम हमें करना है, उसके देखते नहीं के बराबर है। प्रचार और तरीकों में अच्छे ड्रामों का खेलना अच्छे नतीजे पैदा कर सकता है। इस विषय में हमारा सिनेमा प्रशंसनीय काम कर रहा है, हालाँकि उसके द्वारा जो कुरुचि, जो गन्दापन, जो विलास-प्रेम, जो कुवासना फैलाई जा रही है, वह इस काम के महत्त्व को मिट्टी में मिला देती है। अगर हम अच्छे भावपूर्ण ड्रामे स्टेज कर सकें, तो उससे अवश्य प्रचार बढ़ेगा। हमें सच्चे मिशनरियों की जरूरत है और आपके ऊपर इस मिशन का दायित्व है। बड़ी मुश्किल यह है कि जब तक किसी वस्तु की उपयोगिता प्रत्यक्ष रूप से दिखाई न दे, कोई उसके पीछे क्यों अपना समय नष्ट करे? अगर हमारे नेता और विद्वान जो राष्ट्रभाषा के महत्त्व से बेखबर नहीं हो सकते, राष्ट्रभाषा का व्यवहार कर सकते तो जनता में उस भाषा की ओर विशेष आकर्षण होता। मगर, यहाँ तो अंग्रेजियत का नशा सवार है। प्रचार का एक और साधन है कि भारत के अंग्रेजी और अन्य भाषाओं के पत्रों को हम इस पर आमादा कर सकें कि वे अपने पत्रों के एक-दो कॉलम नियमित रूप से राष्ट्रभाषा के लिए दे सकें। अगर हमारी प्रार्थना वे स्वीकार करें, तो उससे भी बहुत फायदा हो सकता है। हम तो उस दिन का स्वप्न दिन देख रहे हैं, जब राष्ट्रभाषा पूर्ण रूप से अंग्रेजी का स्थान ले लेगी, जब हमारे विद्वान राष्ट्रभाषा में अपनी रचनाएँ करेंगे जब मद्रास और मैसूर, ढाका और पूना सभी स्थानों से राष्ट्रभाषा के उत्तम ग्रन्थ निकलेंगे, उत्तम पत्र प्रकाशित होंगे और भू-मंडल की भाषाओं और साहित्यों की मजलिस में हिन्दुस्तानी साहित्य और भाषा को भी गौरव स्थान मिलेगा, जब हम मँगनी के सुन्दर कलेवर में नहीं, अपने फटे वस्त्रों में ही नहीं, संसार साहित्य में प्रवेश करेंगे। यह स्वप्न पूरा होगा या अन्धकार में विलीन हो जाएगा, इसका फैसला हमारी राष्ट्रभाषा के हाथ है। अगर हमारे हृदय में वह बीज पड़ गया है, हमारी सम्पूर्ण प्राण-शक्ति से फले-फूलेगा, अगर केवल जिह्वा तक ही है, तो सूख जाएगा।

हिन्दी और उर्दू साहित्य की विवेचना का यह अवसर नहीं है, और करना भी चाहें तो समय नहीं। हमारा नया साहित्य अन्य प्रान्तीय साहित्यों की भाँति ही अभी सम्पन्न नहीं है। अगर सभी प्रान्तों का साहित्य हिन्दी में आ सके, तो शायद वह सम्पन्न कहा जा सके। बांग्ला साहित्य से तो हमने उसके प्राय: सारे रत्न ले लिए हैं और गुजराती, मराठी, साहित्य से भी थोड़ी-बहुत सामग्री हमने ली है। तमिल, तेलुगु आदि भाषाओं से अभी हम कुछ नहीं ले सके, पर आशा करते हैं कि शीघ्र ही हम इस खजाने पर हाथ बढ़ाएँगे बशर्ते कि घर के भेदियों ने हमारी सहायता की। हमारा प्राचीन साहित्य सारे का सारा काव्यमय है, और यद्यपि उसमें शृंगार

और भक्ति की मात्रा ही अधिक है फिर भी बहुत कुछ पढ़ने योग्य है। भक्त कवियों की रचनाएँ देखनी हैं, तो तुलसी, सूर और मीरा आदि का अध्ययन कीजिए, ज्ञान में कबीर अपना सानी नहीं रखता और शृंगार में इतना अधिक है कि उसने एक प्रकार से हमारी पुरानी कविता को कलंकित कर दिया है। मगर, वह उन कवियों का दोष नहीं, परिस्थितियों का दोष है जिनके अन्दर उन कवियों को रहना पड़ा। उस जमाने में कला दरबारों के आश्रय से जीती थी और कलाविदों को अपने स्वामियों की रुचि का ही लिहाज करना पड़ता था। उर्दू कवियों का भी यह हाल है। यही उस जमाने का रंग था। हमारे रईस लोग विलास में मग्न थे, और प्रेम, विरह और वियोग के सिवा उन्हें कुछ न सूझता था। अगर कहीं जीवन का नक्शा है भी, तो यह कि संसार चन्द-रोजा है, अनित्य हैं, और यह दुनिया दुख का भंडार है और इसे जितनी जल्दी छोड़ दो, उतना ही अच्छा। इस थोथे वैराग्य के सिवा और कुछ नहीं। हाँ, सूक्तियों और सुभाषितों की दृष्टि से वह अमूल्य है। उर्दू की कविता आज भी उसी रंग पर चली जा रही है, यद्यपि विषय में थोड़ी-सी गहराई आ गई है। हिन्दी में नवीन ने प्राचीन से बिलकुल नाता तोड़ लिया है। और आज की हिन्दी कविता भावों की गहराई, आत्मव्यंजना और अनुभूतियों के एतबार से प्राचीन कविता से कहीं बढ़ी हुई है। समय के प्रभाव ने उस पर भी अपना रंग जमाया है और वह प्राय: निराशावाद का रुदन है। यद्यपि कवि उस रुदन से दुखी नहीं होता, बल्कि उसने अपने धैर्य और सन्तोष का दायरा इतना फैला दिया है कि वह बड़े-से-बड़े दुख और बाधा का स्वागत करता है। और चूँकि वह उन्हीं भावों को व्यक्त करता है जो हम सभी के हृदयों में मौजूद हैं, उसकी कविता में मर्म को स्पर्श करने की अतुल शक्ति है। यह जाहिर है कि अनुभूतियाँ सबके पास नहीं होतीं और थोड़े-से कवि अपने दिल का दर्द कहते हैं, बहुत-से केवल कल्पना के आधार पर चलते हैं।

अगर आप दुख विकास चाहते हैं, तो 'महादेवी', 'प्रसाद', 'पन्त', 'सुभद्रा', 'लली', 'द्विज', 'मिलिंद', 'नवीन', 'पं. माखनलाल चतुर्वेदी' आदि कवियों की रचनाएँ पढ़िए। मैंने केवल उन कवियों के नाम दिये हैं जो मुझे याद आए, नहीं तो और भी ऐसे कवि हैं, जिनकी रचनाएँ पढ़कर आप अपना दिल थाम लेंगे, दुख के स्वर्ग में पहुँच जाएँगे। काव्यों का आनन्द लेना चाहें तो मैथिलीशरण गुप्त और त्रिपाठी जी के काव्य पढ़िए। ग्राम्य-साहित्य का दफीना भी त्रिपाठी जी ने खोदकर आपके सामने रख दिया है। उसमें से जितने रत्न चाहे शौक के निकाल ले जाइए और देखिए उस देहाती गान में कवित्व की कितनी माधुरी और कितना अनूठापन है। ड्रामे का शौक है, तो लक्ष्मीनारायण मिश्र के सामाजिक और क्रान्तिकारी नाटक पढ़िए। ऐतिहासिक और भावमय नाटकों की रुचि है, तो 'प्रसाद' जी की लगाई हुई पुष्पवाटिकाओं की सैर कीजिए। उर्दू में सबसे अच्छा नाटक जो मेरी नजर से गुजरा, वह 'ताज' का रचा हुआ। 'अनारकली' है। हास्यरस के पुजारी हैं, जो अन्नपूर्णानन्द

की रचनाएँ पढ़िए। राष्ट्रभाषा के सच्चे नमूने देखना चाहते हैं तो जी.पी. श्रीवास्तव के हँसनेवाले नाटकों की सैर कीजिए। उर्दू में हास्य-रस के कई ऊँचे दर्जे के लेखक हैं और पंडित रतननाथ दर तो इस रंग में कमाल कर गए हैं। उमर खैयाम का मजा हिन्दी में लेना चाहें तो 'बच्चन' कवि की मधुशाला में जा बैठिए। उसकी महक से ही आपको सरूर आ जाएगा। गल्प-साहित्य में 'प्रसाद', 'कौशिक', 'जैनेन्द्र', 'भारती', 'अज्ञेय', विशेश्वर आदि की रचनाओं में आप वास्तविक जीवन की झलक देख सकते हैं। उर्दू के उपन्यासकारों में शरर, मिर्जा रुसवा, सज्जाद हुसैन, नजीर अहमद आदि प्रसिद्ध हैं, और उर्दू में राष्ट्रभाषा के सबसे अच्छे लेखक ख्वाजा हसन निजामी हैं, जिनकी कलम में दिल को हिला देने की ताकत है। हिन्दी के उपन्यास-क्षेत्र में अभी अच्छी चीजें कम आई हैं, मगर लक्षण कह रहे हैं कि नई पौध इस क्षेत्र में नए उत्साह, नए दृष्टिकोण, नए सन्देश के साथ आ रही है। एक युग की इस तरक्की पर हमें लज्जित होने का कारण नहीं है।

मित्रो, मैं आपका बहुत-सा समय ले चुका, लेकिन एक झगड़े की बात बाकी है, जिसे उठाते हुए मुझे डर लग रहा है। इतनी देर तक उसे टालता रहा पर अब उसका भी कुछ समाधान करना लाजिम है। वह राष्ट्र-लिपि का विषय है। बोलने की भाषा तो किसी तरह एक हो सकती है, लेकिन लिपि कैसे एक हो? हिन्दी और उर्दू लिपियों में तो पूरब-पश्चिम का अन्तर है। मुसलमानों को अपनी फारसी लिपि उतनी ही प्यारी है जितनी हिन्दुओं का अपनी नागरी लिपि। वह मुसलमान भी जो तमिल, बांग्ला या गुजराती लिखते-पढ़ते हैं, उर्दू को धार्मिक श्रद्धा की दृष्टि से देखते हैं, क्योंकि अरबी और फारसी लिपि में वही अन्तर है, जो नागरी और बांग्ला में है, बल्कि उससे भी कम। इस फारसी लिपि में उनका प्राचीन गौरव, उनकी संस्कृति, उनका ऐतिहासिक महत्त्व सब कुछ भरा हुआ है। उसमें कुछ ऊँचाइयाँ हैं, तो खूबियाँ भी हैं, जिनके बल पर वह अपनी हस्ती कायम रख सकी है। वह एक प्रकार का शार्टहैंड है। हमें अपनी राष्ट्रभाषा और राष्ट्र-लिपि का प्रचार मित्र-भाव से करना है, इसका पहला कदम यह है कि हम नागरी लिपि का संगठन करें। बांग्ला, गुजराती, तमिल आदि अगर नागरी लिपि स्वीकार कर लें, तो राष्ट्रीय लिपि का प्रश्न बहुत कुछ हल हो जाएगा और कुछ नहीं तो केवल संख्या ही नागरी को प्रधानता दिला देगी। और हिन्दी लिपि का सीखना इतना आसान है और इस लिपि के द्वारा उनकी रचनाओं और पत्र का प्रचार इतना ज्यादा हो सकता है कि मेरा अनुमान है, वे उसे आसानी से स्वीकार कर लेंगे। हम उर्दू लिपि को मिटाने तो नहीं जा रहे हैं। हम तो केवल यही चाहते हैं कि हमारी एक कौमी लिपि हो जाए। अगर सारा देश नागरी लिपि का हो जाएगा, तो सम्भव है मुसलमान भी उस लिपि को कुबूल कर लें। राष्ट्रीय चेतना उन्हें बहुत दिन तक अलग न रहने देगी। क्या मुसलमानों में यह स्वाभाविक इच्छा नहीं होगी कि उनके पत्र और उनकी पुस्तकें सारे भारतवर्ष में पढ़ी जाएँ? हम

तो किसी लिपि को भी मिटाना नहीं चाहते। हम तो इतना ही चाहते हैं कि अन्तर्प्रान्तीय व्यवहार नागरी में हो। मुसलमानों में राजनैतिक जागृति के साथ यह प्रश्न आप हल हो जाएगा। यू.पी. में यह आन्दोलन भी हो रहा है कि स्कूलों में उर्दू के छात्रों को हिन्दी और हिन्दी के छात्रों को उर्दू का इतना ज्ञान अनिवार्य कर दिया जाए कि वह मामूली पुस्तकें पढ़ सकें और खत लिख सकें। अगर वह आन्दोलन सफल हुआ, जिसकी आशा है, तो प्रत्येक बालक हिन्दी और उर्दू दोनों ही लिपियों से परिचित हो जाएगा। और जब भाषा एक हो जाएगी तो हिन्दी अपनी पूर्णता के कारण सर्वमान्य हो जाएगी और योजनाओं में उसका व्यवहार होने लगेगा। हमारा काम यही है कि जनता में राष्ट्र चेतना को इतना सजीव कर दें कि वह राष्ट्रहित के लिए छोटे-छोटे स्वार्थों को बलिदान करना सीखे। आपने इस काम का बीड़ा उठाया है, और मैं जानता हूँ आपने क्षणिक आवेश में आकर यह साहस नहीं किया है बल्कि आपका इस मिशन में पूरा विश्वास है, और आप जानते हैं कि हमारा पक्ष सत्य और न्याय का पक्ष है, आत्मा को कितना बलवान बना देता है। समाज में हमेशा ऐसे लोगों की कसरत होती है जो खाने-पीने, धन बटोरने और जिन्दगी के अन्य धन्धों में लगे रहते हैं। यह समाज की देह है। उसके प्राण वह गिने-गिनाए मनुष्य हैं, जो उसकी रक्षा के लिए सदैव लड़ते रहते हैं—कभी अन्धविश्वास से, कभी मूर्खता से, कभी कुव्यवस्था से, कभी पराधीनता से। इन्हीं लड़न्तियों के साहस और बुद्धि पर समाज का आधार है। आप इन्हीं सिपाहियों में हैं। सिपाही लड़ता है, हारने-जीतने की उसे परवाह नहीं होती। उसके जीवन का ध्येय ही यह है कि वह बहुतों के लिए अपने को होम कर दे। आपको अपने सामने कठिनाइयों की फौजें खड़ी नजर आएँगी। बहुत सम्भव है, आपको उपेक्षा का शिकार होना पड़े। लोग आपको सनकी और पागल भी कह सकते हैं। कहने दीजिए। अगर आपका संकल्प सत्य है, तो आप में से हरेक एकाएक सेना का नायक हो जाएगा। आपका जीवन ऐसा होना चाहिए कि लोगों को आप में विश्वास और श्रद्धा हो। आप अपनी बिजली से दूसरों में भी बिजली भर दें, हर एक पंथ की विजय उसके प्रचारकों के आदर्श-जीवन पर ही निर्भर होती। अयोग्य व्यक्तियों के हाथों में ऊँचे-से-ऊँचा उद्देश्य भी निन्द्य हो सकता है। मुझे विश्वास है, आप अपने को अयोग्य न बनने देंगे।

['हंस', जनवरी, 1935 में प्रकाशित। 'साहित्य का उद्देश्य' तथा 'कुछ विचार' में संकलित।]

महावीर प्रसाद द्विवेदी

[श्रद्धांजलि]

आज हम हिन्दी-साहित्य के अमर तपस्वी, पूज्य आचार्य, पं. महावीर प्रसाद द्विवेदी जी की सत्तरवीं वर्षगाँठ के पुनीत अवसर पर अपनी श्रद्धांजलि अर्पण करते हैं। नवीन हिन्दी-साहित्य के निर्माताओं में उनकी कीर्ति हमेशा चमकती रहेगी और इस मार्ग के पथिकों को जीवन और आशा प्रदान करती रहेगी।

द्विवेदी जी का जीवन साहित्य और साधना और तप का जीवन है। साहित्य ही उनका सर्वस्व था। उनकी चिन्ता और कल्पना और आकांक्षा और विनोद सबका स्रोत एक था और वह साहित्य है। साहित्य उनके लिए कीर्ति का साधन न था और धन का तो हो ही क्या सकता था। पांडित्य-प्रदर्शन भी उनकी मनोवृत्ति न थी। उनके हृदय में इसकी जड़ें उतनी ही गहरी थीं, जितनी हमारे जीवन में स्वार्थ और ममत्व की होती हैं। उनका स्वार्थ भी यही था और परमार्थ भी यही था।

और जहाँ व्यक्तित्व है, वहाँ शैली भी है। शैली भीतर की आत्मा का बाह्य रूप है। इस शैली में कितना सम्भव है, कितना प्रसाद है, कितना ओज है, कितना सुलझाव है। उसमें रसिकों का बाँकापन नहीं, पंडितों का गाम्भीर्य नहीं, ज्ञानियों की शुष्कता नहीं, एक सीधे-सादे उदार व्यक्ति की सजीवता है।

साहित्य की लगन का कितना ऊँचा आदर्श है। कहाँ से क्या लें और उसे किस तरह अच्छे-से-अच्छे रूप में संसार को दें, यही धुन है। जनहित का कोई अंग उनसे नहीं छूटा। जहाँ कोई उपयोगी चीज देखी, चाहे वह पुरातत्त्व से सम्बन्ध रखती हो, या दर्शन से, या भाषाविज्ञान से, या प्राकृतिक दृश्यों से, उसे पाठकों के लिए संकलन करना उनका कर्तव्य था। वह जिस चीज को पढ़कर स्वयं आनन्दित होते थे, उसका रस पाठकों को चखाना एक लाजिमी बात थी। 'सरस्वती' की फाइल उठाकर द्विवेदी जी की सम्पादकीय टिप्पणियाँ देखिए, विविध ज्ञान का भंडार है। ऐसा कोई विषय नहीं, जिस पर द्विवेदी जी ने न लिखा हो, गहरे-से-गहरे तात्त्विक विवेचना और साधारण-से-साधारण दन्तकथाएँ तक आपको उसमें मिलेंगी, और आप उस व्यक्ति के ज्ञान-विस्तार पर चकित हो जाएँगे।

और यह काम किसी विद्या और ज्ञान के केन्द्र में बैठकर नहीं, एक गाँव की एकान्त कुटिया में होता था। साहित्य की वह छटा उसी कुटिया से निकलकर हिन्दी संसार को आलोकित कर देती थी।

आज हिन्दी में ऐसा कौन विद्वान सम्पादक है, जो अपने काम को यज्ञार्थ बुद्धि से करता हो, जो हरेक लेख को आद्योपान्त पढ़ता हो, उसकी भाषा का परिष्कार करता हो, एक चतुर कलाकार की भाँति पत्थर के एक टुकड़े को बोलती हुई मूर्ति बना देता हो। हमारी कई कहानियाँ 'सरस्वती' में द्विवेदी जी के सम्पादन काल में निकलीं। जब वह छप जाती थीं और मैं असल से मिलाता था, तो मालूम होता था, उसका कितना रूपान्तर हुआ है। मेरी एक कहानी 'पंच-परमेश्वर' है। मैंने जिस समय उसे द्विवेदी जी की सेवा में भेजा, उसका नाम 'पंचों में ईश्वर' था। छपने पर देखा तो 'पंच-परमेश्वर' हो गया था। जरा से परिवर्तन से वह नाम कैसा चमक उठा।

द्विवेदी जी साहित्य के सच्चे पारखी हैं। जहाँ गुण देखते थे, बड़ी उदारता से उसका आदर करते थे। उनके प्रोत्साहन ने ही हिन्दी को कई ऐसे कवि और लेखक दिये, जिन्होंने हिन्दी का नाम रोशन किया। अन्य भाषाओं में भी कोई अच्छी चीज देखकर वह मुग्ध हो जाते हैं। उर्दू में सैयद सज्जाद हैदर अच्छे लेखक हैं। उन्होंने एक भावात्मक चीज 'हजरते दिल की कहानी' लिखी थी। द्विवेदी जी ने 'सरस्वती' में उस लेखक की मुक्तकंठ से प्रशंसा की और उसे उद्धृत किया।

द्विवेदी जी ब्राह्मण हैं, लेकिन दान लेनेवाले ब्राह्मण नहीं, दान देनेवाले ब्राह्मण। साहित्य की सेवा में जो कुछ लता-पता, पोथी-पुस्तक, संग्रह किया था, वह सब-का-सब लोक-सेवा की भेंट कर दिया। साहित्य के पुजारियों में यह भाव कहाँ? अन्य पुजारियों की भाँति यह पुजारी भी दिल का तंग होता है। यह सच है कि साहित्य का पुजारी अन्य पुजारियों की भाँति भाग्यशाली नहीं होता। अर्थ-चिन्ता में जिसे नींद न आती हो उससे उदारता की आशा रखना, वायुगोले से छटपटाते हुए आदमी से गाना सुनने की आशा रखना है। कभी माया के दर्शन भी हुए तो वह उससे इतने जोर से चिपटता है कि प्राण निकल जाने पर ही उसके हाथ ढीले हो सकते हैं। वह एक पैसा भी दे तो उसे लाख रुपये समझो। द्विवेदी जी ने तो सब कुछ दे दिया। और उनके शिष्टाचार का क्या कहना। वह प्रकृति के नियमों की भाँति अटल हैं। आज पत्र लिखो, तीसरे दिन किसी-न-किसी डाक से जवाब आएगा, हाँ, लेटर-बॉक्स में कोई तेजाब डाल दे, तो दूसरी बात है। वह बेदिली से, आधे मन से, कोई काम नहीं करते। उनकी काया स्वस्थ न हो, पर मन स्वस्थ है।

उन्होंने मौलिक रचनाएँ न की हों, लेकिन मौलिक रचयिता पैदा कर दिये। उनका गौरव इसमें है कि उन्होंने अपनी लेखनी से हिन्दी की नींव डाली और उसमें ज्ञान का विस्तार किया और आज हिन्दी-संसार आपके उपकारों को याद

करके आपके चरणों पर श्रद्धांजलि चढ़ा रहा है और ईश्वर से प्रार्थना करता है कि अभी बहुत दिनों तक आपकी देखरेख उस पर रहे कि आपने उसका मन में जो नक्शा बनाया था, हिन्दी-भवन उस नक्शे के ठीक-ठीक अनुकूल बन रहा है, या नहीं।

[सम्पादकीय। 'जागरण', मई, 1935 में प्रकाशित। 'विविध प्रसंग' भाग-3 में संकलित।]

पं. जवाहरलाल जी की निराशा

श्री पं. जवाहरलाल ने नवम्बर के 'विशाल भारत' में 'हमारा साहित्य' शीर्षक देकर एक बड़े मजे का साहित्य सम्बन्धी नोट लिखा है। आपने 'विशाल भारत' के किसी लेख में कहीं पढ़ा था कि हिन्दी-साहित्य ने इन दिनों बहुत उन्नति कर ली है और उसमें शेक्सपियर और बर्नार्ड शॉ उत्पन्न हो गए हैं। आपने उस कथन पर विश्वास भी कर लिया और मित्रों से कुछ पुस्तकें मँगवाकर पढ़ भी डालीं, मगर जैसा कि होना चाहिए था, आपको निराशा हुई। आपको शायद यह सन्देह हुआ कि आपके पास ऊँचे दर्जे की पुस्तकें नहीं भेजी गईं और आपने हिन्दी-संसार से अनुरोध किया कि वह गत तीस-पैंतीस वर्षों में लिखी गई प्रत्येक विषय की पुस्तकों की एक सूची बनाकर प्रकाशित करे, ताकि हिन्दी साहित्य के पारखियों को हिन्दी की प्रगति जाँचने का अवसर मिले।

यह सूची तो शायद 'विशाल भारत' में छपे, या कोई दूसरे महानुभाव छपवाएँ, उससे हमें यहाँ बहस नहीं, हमें तो यही आश्चर्य है कि पंडित जी ने कैसे यह विश्वास कर लिया कि हिन्दी में साहित्य ने इतनी उन्नति कर ली है। जब नवीन हिन्दी-साहित्य की उम्र ही अभी पच्चीस-तीस वर्ष से ज्यादा नहीं है और अभी तक वह केवल महिलाओं के पत्र-व्यवहार की ही भाषा बनी हुई है, जब पढ़े-लिखे लोग हिन्दी लिखना अपनी शान के खिलाफ समझते हैं, जब हमारे नेता हिन्दी-साहित्य से प्राय: बेखबर-से हैं, जब हम लोग थोड़ी-सी अंग्रेजी लिखने की सामर्थ्य होते ही हिन्दी को तुच्छ और ग्रामीणों की भाषा समझने लगते हैं, तब यह कैसे आशा की जा सकती है कि हिन्दी में ऊँचे दर्जे के साहित्य का निर्माण हो।

एक तो पराधीनता यों ही हमारी प्रतिभा और विकास में चारों ओर से बाधक हो रही है, दूसरे हमारा शिक्षित समुदाय हिन्दी-साहित्य से कोई सरोकार नहीं रखना चाहता, तो साहित्य में प्रगति और स्फूर्ति कहाँ से आए? और जब जीवन के किसी क्षेत्र में हम योरप से मुकाबला करने का दावा नहीं कर सकते—हमारे लेनिन और त्रात्स्की और नीत्शे और हिटलर अभी अवतरित नहीं हुए—तो साहित्य में वह तेजस्विता कहाँ से आ जाएगी? योरप या अमेरिका में ऐसा शायद ही कोई शिक्षित व्यक्ति होगा, जो अपने राष्ट्र के साहित्य और संस्कृति से भली-भाँति परिचित न

हो। त्रात्स्की ने तो क्रान्तिकारी साहित्य के हर एक अंग की विशद आलोचना की है, खोटे-खरे की परख की है और कमोबेश सभी शिक्षितों के विषय में यह बात कही जा सकती है, मगर हिन्दी-भाषी शिक्षित समाज अपने साहित्य का तिरस्कार करने में ही अपना गौरव समझता है। जिस चीज का कोई पुछन्तर नहीं, वह अगर नेहरू जी को निराश करती है तो कोई आश्चर्य नहीं। ऊँचा साहित्य तभी आएगा, जब प्रतिभा-सम्पन्न लोग तपस्या की भावना लेकर साहित्य-क्षेत्र में आएँगे, जब किसी अच्छी पुस्तक की रचना राष्ट्र के लिए गौरव की बात समझी जाएगी, जब उसकी चाय की मेजों पर चर्चा होगी, जब उसके पात्रों के गुण-दोष पर शिक्षित मित्र-मंडलियों में आलोचनाएँ होंगी, जब विद्वान लोग साहित्य में रस लेंगे। जिस साहित्य की उपेक्षा की जाती हो, जिस समाज में साहित्य की रुचि नहीं के बराबर हो, वहाँ जो कुछ हो रहा है वही गनीमत है। हमारे यहाँ वही साहित्य की सेवा करते हैं, जिन्हें कोई काम नहीं मिलता, या जो लोग केवल मनोविनोद के लिए कभी-कभी कुछ लिख-पढ़ लिया करते हैं। ऐसे अरसिक समाज में उच्चकोटि का साहित्य कयामत तक न आएगा।

[सम्पादकीय। 'हंस', जनवरी, 1936 में प्रकाशित 'विविध प्रसंग' भाग-3 में संकलित।]

साहित्य और मनोविज्ञान

साहित्य का वर्तमान युग मनोविज्ञान का युग कहा जा सकता है। साहित्य अब केवल मनोरंजन की वस्तु नहीं है। मनोरंजन के सिवा उसका कुछ और भी उद्‌देश्य है। वह अब केवल विरह और मिलन के राग नहीं अलापता। वह जीवन की समस्याओं पर विचार करता है, उनकी आलोचना करता है और उनको सुलझाने की चेष्टा करता है।

नीतिशास्त्र और साहित्य का कार्य-क्षेत्र एक है, केवल उनके रचना-विधान में अन्तर है। नीतिशास्त्र भी जीवन का विकास और परिष्कार चाहता है, साहित्य भी। नीतिशास्त्र का माध्यम तर्क और उपदेश है। वह युक्तियों और प्रमाणों से बुद्धि और विचार को प्रभावित करने की चेष्टा करता है। साहित्य ने अपने लिए मनोभावनाओं का क्षेत्र चुन लिया है। वह उन्हीं तत्त्वों की रागात्मक व्यंजना के द्वारा हमारे अन्तस्तल तक पहुँचता है। उसका काम हमारी सुन्दर भावनाओं को जगाकर उनमें क्रियात्मक शक्ति की प्रेरणा करना है। नीतिशास्त्र बहुत-से प्रमाण देकर हमसे कहता है, ऐसा करो, नहीं तुम्हें पछताना पड़ेगा। कलाकार उसी प्रसंग को इस तरह हमारे सामने उपस्थित करता है कि उससे हमारा निजत्व हो जाता है, और वह हमारे आनन्द का विषय बन जाता है।

साहित्य की बहुत-सी परिभाषाएँ की गई हैं लेकिन मेरे विचार में उसकी सबसे सुन्दर परिभाषा जीवन की आलोचना है। हम जिस रोमानियत के युग से गुजरे हैं, उसे जीवन से कोई सम्बन्ध न था। साहित्यकारों में एक दल तो वैराग्य की दुहाई देता था, दूसरा श्रृंगार में डूबा हुआ था। पतन काल में प्राय: सभी साहित्यों का यही हाल होता है। विचारों की शिथिलता ही पतन का सबसे मनहूस लक्षण है। जब समाज का मस्तिष्क अर्थात् पढ़ा-लिखा शासक भाग, विषय-भोग में लिप्त हो जाता है, तो विचारों की प्रगति रुक जाती है और अकर्मण्यता का अड्डा जमने लगता है। यों तो इतिहास के उज्ज्वल युगों में भी भोग-वृत्ति की कमी कभी नहीं रही; मगर फर्क इतना ही है कि एक दशा में तो भोग हमें कर्म के लिए उत्तेजित करता है, दूसरी दशा में वह हमें पस्तहिम्मत और विचारशून्य बना डालता है। समाज इन्द्रियसुख में इतना डूब जाता है कि उसे किसी बात की चिन्ता नहीं रहती। उसकी दशा उस शराबी-सी हो जाती है, जिसमें केवल शराब पीने की चेतना रह जाती है। उसकी आत्मा इतनी

दुर्बल हो जाती है कि शराब का आनन्द भी नहीं उठा सकती। वह पीता है केवल पीने के लिए, आनन्द के लिए नहीं। जब शिक्षित समाज इस दशा में आ जाता है तो साहित्य पर उसका असर कैसे न पड़े। जब कुछ लोग भोग में डूबेंगे, तो कुछ लोग वैराग्य में भी डूबेंगे ही। क्रिया की प्रतिक्रिया तो होती ही है। चकले और मठ एक-दूसरे के जवाब हैं। ये मठ न होते तो चकले भी न होते। ऐसे युग में रोमान ही साहित्य-कला का आधार था लेकिन अब हालतें बड़ी तेजी से बदलती जा रही हैं। आज का साहित्यकार जीवन के प्रश्नों से भाग नहीं सकता। अगर सामाजिक समस्याओं से वह प्रभावित नहीं होगा, अगर वह हमारे सौन्दर्य-बोध को जगा नहीं सकता, अगर वह हममें भावों और विचारों की स्फूर्ति नहीं डाल सकता, तो वह इस ऊँचे पद के योग्य नहीं समझा जाता। पुराने जमाने में पंथों के हाथ में समाज की बागडोर थी। हमारा मानसिक और नैतिक संस्कार धर्म के आदेशों का अनुगामी था। अब यह भार साहित्य ने अपने ऊपर ले लिया है। धर्म, भय या लोभ से काम लेता था। स्वर्ग और नरक, पाप और पुण्य, उसके यंत्र थे। साहित्य हमारी सौन्दर्य-भावना को सजग करने की चेष्टा करता है। मनुष्य-मात्र में यह भावना होती है। जिसमें यह भावना प्रबल होती है, और उसके साथ ही उसे प्रकट करने का सामर्थ्य भी होता है, वह साहित्य का उपासक बन जाता है। यह भावना उसमें इतनी तीव्र हो जाती है कि मनुष्य में, समाज में, प्रकृति में, जो कुछ असुन्दर, असौम्य, असत्य है, वह उसके लिए असह्य हो जाता है, और वह अपनी सौन्दर्य-भावना से व्यक्ति और समाज में सुरुचिपूर्ण जागृति डाल देने के लिए व्याकुल हो जाता है। यों कहिए कि वह मानवता का, प्रगति का, शराफत का वकील है। जो दलित हैं, मर्दित हैं, जख्मी हैं, चाहे वे व्यक्ति हों या समाज उनकी हिमायत और वकालत उसका धर्म है। उसकी अदालत समाज है। इसी अदालत के सामने वह अपना इस्तगासा पेश करता है और अदालत की सत्य और न्याय-बुद्धि और उसकी सौन्दर्य-भावना भी प्रभावित करके ही यह सन्तोष प्राप्त करता है। पर साधारण वकीलों की तरह वह अपने मुवक्किल की तरफ से जा और बेजा दावे नहीं पेश करता, कुछ बढ़ाता नहीं, कुछ घटाता नहीं, न गवाहों को सिखाता-पढ़ाता है। वह जानता है, इन हथकंडों से वह समाज की अदालत में विजय नहीं पा सकता। इस अदालत में तो तभी सुनवाई होगी, जब आप सत्य से जौ-भर भी न हटें, नहीं अदालत उसके खिलाफ फैसला कर देगी और इस अदालत के सामने वह मुवक्किल का सच्चा रूप तभी दिखा सकता है, जब वह मनोविज्ञान की सहायता ले। अगर वह खुद उसी दलित-समाज का एक अंग है, तब तो उसका काम कुछ आसान हो जाता है क्योंकि वह अपने मनोभावों का विश्लेषण करके अपने समाज की वकालत कर सकता है। लेकिन अधिकतर वह अपने मुवक्किल की आन्तरिक प्रेरणाओं से, उसके मनोगत भावों से अपरिचित होता है। ऐसी दशा में उसका पथप्रदर्शक मनोविज्ञान के सिवा कोई और नहीं हो

सकता। इसलिए साहित्य के वर्तमान युग को हमने मनोविज्ञान का युग कहा है। मानव-बुद्धि की विभिन्नताओं को मानते हुए भी हमारी भावनाएँ सामान्यत: एकरूप होती हैं। अन्तर केवल उनके विकास में होता है। कुछ लोगों में उनका विकास इतना प्रखर होता है कि वह क्रिया के रूप में प्रकट होता है वरना अधिकतर सुषुप्तावस्था से पड़ा रहता है। साहित्य इन भावनाओं को सुषुप्तावस्था से जाग्रतावस्था में लाने की चेष्टा करता है। पर इस सत्य को वह कभी नहीं भूल सकता कि मनुष्य में जो मानवता और सौन्दर्य-भावना छिपी हुई रहती है, वहीं उसका निशाना पड़ना चाहिए। उपदेश और शिक्षा का द्वार उसके लिए बन्द है। हाँ, उसका उद्देश्य अगर सच्चे भावावेश में डूबे हुए शब्दों से पूरा होता है, तो वह उनका व्यवहार कर सकता है।

[लेख। 'हंस', फरवरी, 1936 में प्रकाशित। 'साहित्य का उद्देश्य' में संकलित।]

मानसरोवर

एक आलोचक ने लिखा है कि इतिहास में सब कुछ यथार्थ होते हुए भी वह असत्य है, और कथा-साहित्य में सब-कुछ काल्पनिक होते हुए भी वह सत्य है। इस कथन का आशय इसके सिवा और क्या हो सकता है कि इतिहास आदि में शुरू से अन्त तक हत्या, संग्राम और धोखा ही प्रदर्शन है, जो असुन्दर है, इसलिए असत्य है। लोभ की क्रूर-से-क्रूर, अहंकार की नीच-से-नीच, ईर्ष्या की अधम-से-अधम घटनाएँ आपको वहाँ मिलेंगी और आप सोचने लगेंगे, क्या मनुष्य इतना अमानुषिक है कि थोड़े से स्वार्थ के लिए भाई भाई की हत्या कर डालता है, बेटा बाप की हत्या कर डालता है और राजा असंख्य प्रजाओं की हत्या कर डालता है। उसे पढ़कर मन में ग्लानि होती है, आनन्द नहीं, और जो वस्तु आनन्द नहीं प्रदान कर सकती वह सुन्दर नहीं हो सकती। और जो सुन्दर नहीं हो सकती, वह सत्य भी नहीं हो सकती। जहाँ आनन्द है, वहीं सत्य है। साहित्य काल्पनिक वस्तु है, पर उसका प्रधान गुण है आनन्द प्रदान करना, और इसीलिए वह सत्य है। मनुष्य ने जगत में जो कुछ सत्य और सुन्दर पाया है, और पा रहा है, उसी को साहित्य कहते हैं, और गल्प भी साहित्य का एक भाग है।

मनुष्य जाति के लिए मनुष्य ही सबसे विकट पहेली है। वह खुद अपनी समझ में नहीं आता। किसी-न-किसी रूप में वह अपनी ही आलोचना किया करता है, अपने ही मनो-रहस्य खोला करता है। मानव-संस्कृति का विकास ही इसीलिए हुआ है कि मनुष्य अपने को समझे। अध्यात्म और दर्शन की भाँति साहित्य भी इसी खोज में लगा हुआ है, अन्तर इतना ही है कि वह इस उद्योग में रस का मिश्रण करके उसे आनन्दप्रद बना देता है, इसलिए अध्यात्म और दर्शन केवल ज्ञानियों के लिए है, साहित्य मनुष्य मात्र के लिए।

जैसा हम ऊपर कह चुके हैं, गल्प या आख्यायिका साहित्य का एक प्रधान अंग है—आज से नहीं, आदि काल से ही। हाँ, आजकल की आख्यायिका और प्राचीन काल की आख्यायिका में समझ की गति और रुचि के परिवर्तन से बहुत कुछ अन्तर है। प्राचीन आख्यायिका कुतूहल-प्रधान होती थी या अध्यात्मविषयक। उपनिषदों और महाभारत में आध्यात्मिक रहस्यों को समझाने के लिए आख्यायिकाओं का

आश्रय लिया गया है। जातक भी आख्यायिका के सिवा और क्या है? बाइबिल में भी दृष्टान्तों और आख्यायिकाओं के द्वारा ही धर्म के तत्त्व समझाए गए हैं। सत्य इस रूप में आकर साकार हो जाता है और तभी जनता उसे समझती है और उसका व्यवहार करती है। वर्तमान आख्यायिका मनोवैज्ञानिक विश्लेषण और जीवन के यथार्थ स्वाभाविक चित्रण को अपना ध्येय समझती है। उसमें कल्पना की मात्रा कम, अनुभूतियों की मात्रा अधिक होती है, बल्कि अनुभूतियाँ ही रचनाशील भावना से अनुरंजित होकर कहानी बन जाती हैं। मगर यह समझना भूल होगी कि कहानी जीवन का यथार्थ चित्र है। जीवन का चित्र तो मनुष्य स्वयं हो सकता है, मगर कहानी के पात्रों के सुख-दुख से हम जितना प्रभावित होते हैं, उतना यथार्थ जीवन से नहीं होते, जब तक वह निजत्व की परिधि में न आ जाए। कहानियों के पात्रों से हमें एक ही दो मिनट में परिचय का निजत्व हो जाता है, और हम उनके साथ हँसने और रोने लगते हैं। उनका हर्ष और विषाद हमारा अपना हर्ष और विषाद हो जाता है, बल्कि कहानी, पढ़कर वे लोग भी रोते या हँसते देखे जाते हैं, जिन पर साधारणत: सुख-दुख का कोई असर नहीं पड़ता, जिनकी आँखें श्मशान में या कब्रिस्तान में भी सजल नहीं होतीं; वे लोग भी उपन्यास के मर्मस्पर्शी स्थानों पर पहुँचकर रोने लगते हैं। शायद इसका कारण यह भी हो कि स्थूल प्राणी सूक्ष्म मन के उतने समीप नहीं पहुँच सकते, जितने कि कथा के सूक्ष्म चरित्र के। कथा के चरित्रों और मन के बीच में जड़ता का वह पर्दा नहीं होता, जो एक मनुष्य के हृदय को दूसरे मनुष्य के हृदय से दूर रखता है, और अगर हम यथार्थ को हूबहू खींचकर रख दें, तो उसमें कला कहाँ है? कला केवल यथार्थ की नकल का नाम नहीं है। कला दीखती तो यथार्थ है, पर यथार्थ होती नहीं। उसकी खूबी यही है कि वह यथार्थ मालूम हो। उसका मापदंड भी जीवन के मापदंड से अलग है। जीवन में बहुधा हमारा अन्त उस समय हो जाता है, जब वह वांछनीय नहीं होता। जीवन किसी का दायी नहीं है। उसके सुख-दुख, हानि-लाभ, जीवन-मरण में कोई क्रम, कोई सम्बन्ध नहीं ज्ञात होता। कम-से-कम मनुष्य के लिए वह अज्ञेय है, लेकिन कथा-साहित्य मनुष्य का रचा हुआ जगत है, और परिमित होने के कारण सम्पूर्णत: हमारे सामने आ जाता है और जहाँ वह हमारी मानवीय न्याय-बुद्धि या अनुभूति का अतिक्रमण करता हुआ पाया जाता है, हम उसे दंड देने के लिए तैयार हो जाते हैं। कथा में अगर किसी को सुख प्राप्त होता है, तो इसका कारण बताना होगा, दुख भी मिलता है तो भी उसका कारण बताना होगा। यहाँ कोई चरित्र मर नहीं सकता, जब तक मानव की न्याय-बुद्धि उसकी मौत न माँगे। स्रष्टा को जनता की अदालत में हर एक कृति के लिए जवाब देना पड़ेगा। कला का रहस्य भ्रान्ति है, पर वह भ्रान्ति, जिस पर यथार्थ का आवरण पड़ा हो।

हमें यह स्वीकार कर लेने में संकोच न होना चाहिए कि उपन्यासों ही की तरह आख्यायिका की कला भी हमने पश्चिम से ली है। कम-से-कम इसका आजकल का विकसित रूप तो पश्चिम का ही है। अनेक कारणों से जीवन की अन्य धाराओं की तरह ही साहित्य में भी हमारी प्रगति रुक गई और हमने प्राचीन से जौ-भर इधर-उधर हटना भी निषिद्ध समझ लिया। साहित्य के लिए प्राचीनों ने जो मर्यादाएँ बाँध दी थीं, उनका उल्लंघन करना वर्जित था। अतएव काव्य, नाटक, कथा किसी में भी हम आगे कदम न बढ़ा सके। कोई वस्तु बहुत सुन्दर होने पर भी अरुचिकर हो जाती है, जब तक उसमें नवीनता न लाई जाए। एक ही तरह के नाटक, एक ही तरह के काव्य पढ़ते-पढ़ते आदमी ऊब जाता है, और वह कोई नई चीज चाहता है, चाहे वह उतनी सुन्दर और उत्कृष्ट न हो। हमारे यहाँ तो यह इच्छा उठी ही नहीं, या हमने उसे इतना कुचला कि वह जड़ीभूत हो गई। पश्चिम प्रगति करता रहा, उसे नवीनता की भूख थी, मर्यादाओं की बेड़ियों से चिढ़। जीवन के हरएक विभाग में उसकी इस अस्थिरता की, असन्तोष की, बेड़ियों से मुक्त हो जाने की छाप लगी है। साहित्य में भी उसने क्रान्ति मचा दी। शेक्सपियर के नाटक अनुपम हैं, पर आज उन नाटकों का जनता के जीवन से कोई सम्बन्ध नहीं। आज के नाटक का उद्‌देश्य कुछ और है, आदर्श कुछ और है, विषय कुछ और है, शैली कुछ और है। कथा-साहित्य में भी विकास हुआ और उसके विषय में चाहे उतना बड़ा परिवर्तन न हुआ हो, पर शैली तो बिलकुल ही बदल गई। 'अलिफलैला' उस वक्त का आदर्श था—उसमें बहुरूपिता थी, वैचित्र्य था, कुतूहल था, रोमांस था, पर उसमें जीवन की समस्याएँ न थीं, मनोविज्ञान के रहस्य न थे, अनुभूतियों की इतनी प्रचुरता न थी, जीवन अपने सत्य रूप में इतना स्पष्ट न था। उसका रूपान्तर हुआ, जब उपन्यास का उदय हुआ, जो कथा और ड्रामा के बीच की वस्तु है। पुराण-दृष्टान्त भी रूपान्तरित होकर गल्प बन गए।

मगर सौ वर्ष पहले योरप भी इस कला से अनभिज्ञ था। बड़े-बड़े उच्चकोटि के दार्शनिक तथा ऐतिहासिक या सामाजिक उपन्यास लिखे जाते थे, लेकिन छोटी-छोटी कहानियों की ओर किसी का ध्यान न जाता था। हाँ, परियों और भूतों की कहानियाँ लिखी जाती थीं, किन्तु इसी एक शताब्दी के अन्दर, या उससे भी कम समझिए, छोटी कहानियों ने साहित्य के और सभी अंगों पर विजय प्राप्त कर ली है और यह कहना गलत न होगा कि जैसे किसी जमाने में कवित्त ही साहित्यिक अभिव्यक्ति का व्यापक रूप था, वैसे ही आज कहानी है, और उसे यह गौरव प्राप्त हुआ है योरप के कितने ही महान कलाकारों की प्रतिभा से, जिनमें बालजाक, मोपासां, चेखब, टाल्स्टाय, मैक्सिम गोर्की आदि मुख्य हैं। हिन्दी में तो पच्चीस-तीस साल पहले तक गल्प का जन्म न हुआ था। आज तो कोई ऐसी पत्रिका नहीं, जिसमें दो-चार कहानियाँ न हों, यहाँ तक कि कई पत्रिकाओं में केवल कहानियाँ ही दी जाती हैं।

कहानियों के इस प्राबल्य का मुख्य कारण आजकल का जीवन-संग्राम और समयाभाव है। अब वह जमाना नहीं रहा कि हम 'बोस्ताने-खयाल' लेकर बैठ जाएँ और सारे दिन उसी के कुंजों में विचरते रहें। अब तो हम संग्राम में इतने तन्मय हो गए हैं कि हमें मनोरंजन के लिए समय ही नहीं मिलता। अगर कुछ मनोरंजन स्वास्थ्य के लिए अनिवार्य न होता, और हम विक्षित हुए बिना अठारह घंटे काम कर सकते, तो शायद हम मनोरंजन का नाम भी न लेते, लेकिन प्रकृति ने हमें विवश कर दिया है, इसलिए हम चाहते हैं कि थोड़े-से समय में अधिक-से-अधिक मनोरंजन हो जाए। इसलिए सिनेमा-गृहों की संख्या दिन-दिन बढ़ती जाती है। जिस उपन्यास के पढ़ने में हमें महीनों लगते, उसका आनन्द हम दो घंटे में उठा लेते हैं। कहानी के लिए तो पन्द्रह-बीस मिनट ही काफी हैं। अतएव हम कहानी ऐसी चाहते हैं कि वह थोड़े-से-थोड़े शब्दों में कही जाए, उसमें एक वाक्य, एक शब्द भी अनावश्यक न आने पाए, उसका पहला ही वाक्य मन को आकर्षित कर ले और अन्त तक उसे मुग्ध किए रहे, उसमें कुछ चटपटापन हो, कुछ विकास हो, और इसके साथ ही कुछ तत्त्व भी हो। तत्त्वहीन कहानी से चाहे मनोरंजन भले हो जाए, मानसिक तृप्ति नहीं होती। यह सच है कि हम कहानियों में उपदेश नहीं चाहते, लेकिन विचारों को उत्तेजित करने के लिए, मन के सुन्दर भावों को जाग्रत करने के लिए, कुछ-न-कुछ अवश्य चाहते हैं। वही कहानी सफल होती है, जिसमें इन दोनों में से एक अवश्य उपलब्ध हो।

सबसे उत्तम कहानी वह होती है, जिसका आधार किसी मनोवैज्ञानिक सत्य पर हो। साधु पिता को अपने कुव्यसनी पुत्र की दशा से दुखी होना मनोवैज्ञानिक सत्य है। इस आवेग में पिता के मनोवेगों को चित्रित करना और तदनुकूल उसके व्यवहारों को प्रदर्शित करना, कहानी को आकर्षक बना सकता है। बुरा आदमी भी बिलकुल बुरा नहीं होता, उसमें कहीं-कहीं देवता अवश्य छिपा होता है, यह मनोवैज्ञानिक सत्य है। उस देवता को खोलकर दिखा देना सफल आख्यायिका का काम है। विपत्तियाँ पड़ने से मनुष्य कितना दिलेर हो जाता है, यहाँ तक कि वह बड़े-से-बड़े संकट का सामना करने के लिए भी ताल ठोंक कर तैयार हो जाता है। उसकी सारी दुर्वासना भाग जाती है। उसके हृदय के किसी गुप्त स्थान में छिपे हुए जौहर निकल आते हैं और हमें चकित कर देते हैं। यह मनोवैज्ञानिक सत्य है। एक ही घटना या दुर्घटना भिन्न-भिन्न प्रकृति के मनुष्यों को भिन्न-भिन्न रूप में प्रभावित करती है। हम कहानी में इसको सफलता के साथ दिखा सकें तो कहानी अवश्य आकर्षक होगी। किसी समस्या का समाधान कहानी को आकर्षक बनाने का सबसे उत्तम साधन है। जीवन में ऐसी समस्याएँ नित्य ही उपस्थित होती रहती हैं और उनसे पैदा होनेवाला द्वंद्व आख्यायिका को चमका देता है। सत्यवादी पिता को मालूम होता है कि उसके पुत्र ने हत्या की है। वह उसे न्याय की वेदी पर बलिदान कर दे, या

अपने जीवन-सिद्धान्तों की हत्या कर डाले। कितना भीषण द्वंद्व है। पश्चात्ताप ऐसे द्वंद्वों का अखंड स्रोत है। एक भाई ने दूसरे भाई की सम्पत्ति छल-कपट से अपहरण कर ली है, उसे भिक्षा माँगते देखकर क्या छली भाई को जरा भी पश्चात्ताप न होगा? अगर ऐसा न हो, तो वह मनुष्य नहीं है।

उपन्यासों की भाँति कहानियाँ भी कुछ घटना-प्रधान होती हैं, कुछ चरित्र-प्रधान। चरित्र-प्रधान कहानी का पद ऊँचा समझा जाता है, मगर कहानी में बहुत विस्तृत विश्लेषण की गुंजाइश नहीं होती। यहाँ हमारा उद्देश्य सम्पूर्ण मनुष्य को चित्रित करना नहीं, वरन उसके चरित्र का एक अंग-भर दिखाना है। यह परमावश्यक है कि हमारी कहानी से जो परिणाम या तत्त्व निकले, वह सर्वमान्य हो और उसमें कुछ बारीकी हो। यह एक साधारण नियम है कि हमें उसी बात में आनन्द आता है, जिससे हमारा कुछ सम्बन्ध हो। जुआ खेलनेवालों को जो उन्माद और उल्लास होता है, वह दर्शक को कदापि नहीं हो सकता। जब हमारे चरित्र इतने सजीव और आकर्षक होते हैं कि पाठक अपने को उसके स्थान पर समझ लेता है, तभी उसे कहानी में आनन्द प्राप्त होता है। अगर लेखक ने अपने पात्रों के प्रति पाठक में यह सहानुभूति नहीं उत्पन्न कर दी, तो वह अपने उद्देश्य में असफल है।

पाठकों से यह कहने की जरूरत नहीं है कि इन थोड़े दिनों में हिन्दी गल्पकला ने कितनी प्रौढ़ता प्राप्त कर ली है। पहले हमारे सामने केवल बांग्ला कहानियों का नमूना था। अब हम संसार के सभी प्रमुख गल्प-लेखकों की रचनाएँ पढ़ते हैं, उन पर विचार और बहस करते हैं, उनके गुण-दोष निकालते हैं और उनसे प्रभावित हुए बिना नहीं रह सकते। अब हिन्दी गल्प-लेखकों में विषय, दृष्टिकोण और शैली का अलग-अलग विकास होने लगा है। कहानी जीवन के बहुत निकट आ गई है। उसकी जमीन अब उतनी लम्बी-चौड़ी नहीं है। उसमें कई रसों, कई चरित्रों और कई घटनाओं के लिए स्थान नहीं रहा। अब वह केवल एक प्रसंग का, आत्मा की एक झलक का सजीव, मर्मस्पर्शी चित्रण है। इस एकतथ्यता ने उसमें प्रभाव, आकस्मिकता और तीव्रता भर दी है। अब उसमें व्याख्या का अंश कम, संवेदना का अंश अधिक रहता है। उसकी शैली भी अब प्रभावमयी हो गई है। लेखक को जो कुछ कहना है, वह कम-से-कम शब्दों में कह डालना चाहता है। वह अपने चरित्रों के मनोभावों की व्याख्या करने नहीं बैठता, केवल उसकी तरफ इशारा भर कर देता है। कभी-कभी तो सम्भाषणों में एक-दो शब्दों से ही काम निकाल लेता है। ऐसे कितने ही अवसर होते हैं, जब पात्र के मुँह से एक शब्द सुनकर हम उसके मनोभावों का पूरा अनुमान कर लेते हैं, पूरे वाक्य की जरूरत ही नहीं रहती। अब हम कहानी का मूल्य उसके घटना-विन्यास से नहीं लगाते। हम चाहते हैं, पात्रों की मनोगति स्वयं घटनाओं की सृष्टि करे। घटनाओं का स्वतंत्र कोई महत्त्व ही न रहा, उनका महत्त्व केवल पात्रों के मनोभावों को व्यक्त करने की दृष्टि से ही है, उसी

तरह जैसे शालिग्राम स्वतंत्र रूप से केवल पत्थर का एक गोल टुकड़ा है, लेकिन उपासक की श्रद्धा से प्रतिष्ठित होकर देवता बन जाता है। खुलासा यह है कि गल्प का आधार अब घटना नहीं, मनोविज्ञान की अनुभूति है। आज लेखक केवल कोई रोचक दृश्य देखकर कहानी लिखने नहीं बैठ जाता। उसका उद्देश्य स्थूल सौन्दर्य नहीं। वह तो कोई ऐसी प्रेरणा चाहता है, जिसमें सौन्दर्य की झलक हो, और इसके द्वारा वह पाठक की सुन्दर भावनाओं को स्पर्श कर सके।

[प्रथम संस्करण की भूमिका से, मार्च, 1936 में प्रकाशित]

मधुबाला

रचयिता : श्री बच्चन।

यह कवि बच्चन के गीतों और कविताओं का दूसरा संग्रह है जो छोटे आकार में बड़ी सज-धज से छपा है। बच्चन में अपना व्यक्तित्व है, अपनी शैली है, अपने भाव हैं और अपनी फिलासफी है। मधु, मधुशाला, साकी आदि भावनाएँ हिन्दी में अनोखी हैं। यहाँ तो सोमरस और भंग का प्राधान्य था, मगर सोमरस का वैदिक काल में चाहे जो महत्त्व रहा हो और भंग, गाँजा, चरस आदि का साधु और रसिक-मंडली में चाहे आज भी कितना ही रिवाज हो, मगर नशे की कल्पना हमारी कविता के क्षेत्र में नहीं घुसने पाई। हमारी मध्यकाल की कविता में बंसी और वृन्दावन की पुकार है और नई कविता में वीणा और माला और धूप-दीप की कल्पना का प्राधान्य। वह साकार की भक्ति थी, वह निराकार की उपासना है और इसलिए आत्मानुभूतिपूर्ण और अन्तर्मुखी है। बच्चन जी की कविता में भी वही भावनाएँ हैं मगर कल्पना हिन्दी के लिए सर्वथा अछूती है और यह श्रेय उनको है कि उन्होंने फारसी का यह तखैयुल यहाँ ऐसा खपाया है कि उसमें बेगानापन बिलकुल नहीं रहा। और चूँकि हिन्दी में भी बुलबुल और कफस और साकी और सागर रसिक मौजूद हैं और कसरत से मौजूद हैं, हिन्दी में यह चीज पाकर उन्होंने उसका स्वागत किया। फारसी और उर्दू के कवियों ने तो साकी और सुराही को अध्यात्म की चीज बना डाला है। उनके लिए शराब दैवी आदेश है, या भक्ति या ज्ञान। उनका नशा वह विह्वलता है, जो भक्ति की पूर्णता है। पिंजरे में फँसी हुई बुलबुल का, बाग में बनाए हुए घोंसले की याद में तड़पना मनुष्य के जीवन से इतना मिलता है कि हम उसके दुख में शरीक होने के लिए मजबूर हैं। शराब की कल्पना भी जहाँ इस दुख भरे संसार से विरक्ति की सूचक है, वहाँ धार्मिक कट्टरता और संकीर्णता से विद्रोह का भी इशारा करती है। देखिए मधुप भी क्या कहता है—

हमने छोड़ी कर की माला,
पोथी-पत्रा भू पर डाला,
मन्दिर-मसजिद के बन्दी-गृह

को तोड़ लिया कर में प्याला।
और दुनिया को आजादी का,
सन्देश सुनाने हम आए।

हमें आशा है कि बच्चन जी की मधुबाला कहीं निराशावाद की शराब न पिलाए?

[पुस्तक समीक्षा। 'हंस', अप्रैल, 1936 में प्रकाशित। 'विविध प्रसंग', भाग-3 में संकलित।]

हिन्दी-उर्दू की एकता

सज्जनो, आर्यसमाज ने इस सम्मेलन का नाम आर्यभाषा सम्मेलन शायद इसलिए रखा है कि यह समाज के अन्तर्गत उन भाषाओं का सम्मेलन है, जिनमें आर्यसमाज ने धर्म का प्रचार किया है। और उनमें उर्दू और हिन्दी दोनों का दर्जा बराबर है। मैं तो आर्यसमाज को जितनी धार्मिक संस्था समझता हूँ उतनी तहजीबी (सांस्कृतिक) संस्था भी समझता हूँ। बल्कि आप क्षमा करें तो मैं कहूँगा कि उसके तहजीबी कारनामे उसके धार्मिक कारनामों से ज्यादा प्रसिद्ध और रौशन हैं। आर्यसमाज ने साबित कर दिया है कि सेवा ही किसी धर्म के सजीव होने का लक्षण है। सेवा का ऐसा कौन-सा क्षेत्र है जिसमें उसकी कीर्ति की ध्वजा न उड़ रही हो। कौमी जिन्दगी की समस्याओं को हल करने में उसने जिस दूरन्देशी का सबूत दिया है, उस पर हम गर्व कर सकते हैं। हरिजनों के उद्धार में सबसे पहले आर्यसमाज ने कदम उठाया। लड़कियों की शिक्षा की जरूरत को सबसे पहले उसने समझा। वर्ण-व्यवस्था को जन्मगत न मानकर कर्मगत सिद्ध करने का सेहरा उसके सिर है। जाति भेद-भाव और खान-पान के छूत-छात और चौके-चूल्हे की बाधाओं को मिटाने का गौरव उसी को प्राप्त है। यह ठीक है कि ब्रह्मसमाज ने इस दिशा में पहले कदम रखा, पर वह थोड़े-से अंग्रेजी पढ़े-लिखों तक ही रह गया। इन विचारों को जनता तक पहुँचाने का बीड़ा आर्यसमाज ने ही उठाया। अन्धविश्वास और धर्म के नाम पर किए जानेवाले हजारों अनाचारों की कब्र उसने खोदी, हालाँकि मुर्दे को उसमें दफन न कर सका और अभी तक उसका जहरीला दुर्गन्ध उड़-उड़कर समाज को दूषित कर रहा है। समाज के मानसिक और बौद्धिक धरातल (सतह) को आर्यसमाज ने जितना उठाया है, शायद ही भारत की किसी संस्था ने उठाया हो। उसके उपदेशकों ने वेदों और वेदांगों के गहन विषयों को जनसाधारण की सम्पत्ति बना दिया, जिन पर विद्वानों और आचार्यों के कई-कई लीवरवाले ताले लगे हुए थे। आज आर्यसमाज के उत्सवों और गुरुकुलों के जलसों में हजारों मामूली लियाकत के स्त्री-पुरुष सिर्फ विद्वानों के भाषण सुनने का आनन्द उठाने के लिए खिंचे चले जाते हैं। गुरुकुलाश्रम को नया जन्म देकर आर्यसमाज ने शिक्षा को सम्पूर्ण बनाने का महान उद्योग किया है। सम्पूर्ण से मेरा आशय उस शिक्षा का है जो सर्वांगपूर्ण हो, जिसमें मन, बुद्धि,

चरित्र और देह, सभी के विकास का अवसर मिले। शिक्षा का वर्तमान आदर्श यही है। मेरे खयाल में वह चिरसत्य है। वह शिक्षा जो सिर्फ अक्ल तक ही रह जाए, अधूरी है। जिन संस्थाओं में युवकों में समाज से पृथक् रहनेवाली मनोवृत्ति पैदा हो, जो अमीर और गरीब के भेद को न सिर्फ कायम रखे बल्कि और मजबूत करे, जहाँ पुरुषार्थ इतना कोमल बना दिया जाए कि उसमें मुश्किलों का सामना करने की शक्ति न रह जाए, जहाँ कला और संयम में कोई मेल न हो, जहाँ की कला केवल नाचने-गाने और नकल करने में ही जाहिर हो, उस शिक्षा का मैं कायल नहीं हूँ। शायद ही मुल्क में कोई ऐसी शिक्षा संस्था हो जिसने कौम की पुकार का इतनी जवाँमर्दी से स्वागत किया हो। अगर विद्या हममें सेवा और त्याग का भाव न लाए, अगर विद्या हमें आदर्श के लिए सीना खोलकर खड़ा होना न सिखाए, अगर विद्या हममें स्वाभिमान न पैदा करे, और हमें समाज के जीवनप्रवाह से अलग रखे तो उस विद्या से हमारी अविद्या अच्छी। और समाज ने हमारी भाषा के साथ जो उपकार किया है उसका सबसे उज्ज्वल प्रमाण यह है कि स्वामी दयानन्द ने इसी भाषा में सत्यार्थ प्रकाश लिखा और उस वक्त लिखा जब उसकी इतनी चर्चा न थी। उनकी बारीक नजर ने देख लिया कि अगर जनता में प्रकाश ले जाना है तो उसके लिए हिन्दी भाषा ही अकेला साधन है, और गुरुकुलों ने हिन्दी भाषा को शिक्षा माध्यम बनाकर अपने भाषा-प्रेम को और भी सिद्ध कर दिया है।

सज्जनो, मैं यहाँ हिन्दी भाषा की उत्पत्ति और विकास की कथा नहीं कहना चाहता, वह सारी कथा भाषाविज्ञान की पोथियों में लिखी हुई है। हमारे लिए इतना ही जानना काफी है कि आज हिन्दुस्तान के पन्द्रह-सोलह करोड़ लोगों के सभ्य-व्यवहार और साहित्य की यही भाषा है। हाँ, वह लिखी जाती है दो लिपियों में और उसी एतबार से हम उसे हिन्दी या उर्दू कहते हैं। पर है वह एक ही। बोलचाल में तो उसमें बहुत कम फर्क है, हाँ, लिखने में वह फर्क बढ़ जाता है। मगर उस तरह का फर्क सिर्फ हिन्दी में ही नहीं, गुजराती, बांग्ला और मराठी वगैरह भाषाओं में भी कमोबेश वैसा ही फर्क पाया जाता है। भाषा के विकास में हमारी संस्कृति की छाप होती है, और जहाँ संस्कृति में भेद होगा वहाँ भाषा में भेद होना स्वाभाविक है। जिस भाषा का हम और आप व्यवहार कर रहे हैं, वह देहली प्रान्त की भाषा है। उसी तरह जैसे ब्रजभाषा, अवधी, मैथिली, भोजपुरी और मारवाड़ी आदि भाषाएँ अलग-अलग क्षेत्रों में बोली जाती हैं और सभी साहित्यिक भाषा रह चुकी हैं। बोली का परिमार्जित रूप ही भाषा है। सबसे ज्यादा प्रसार तो ब्रजभाषा का है क्योंकि यह आगरा प्रान्त के बड़े हिस्से की ही नहीं, सारे बुन्देलखंड की बोलचाल की भाषा है। अवधी अवध प्रान्त की भाषा है। भोजपुरी प्रान्त के पूर्वी जिलों में बोली जाती है, और मैथिली बिहार प्रान्त के कई जिलों में। ब्रजभाषा में जो साहित्य रचा गया है, वह हिन्दी के पद्य-साहित्य का गौरव है। अवधी का प्रमुख ग्रन्थ तुलसीकृत रामायण

और मलिक मुहम्मद जायसी का रचा हुआ पद्मावत है। मैथिली में विद्यापति की रचनाएँ ही मशहूर हैं। मगर साहित्य में आमतौर पर मैथिली का व्यवहार कम हुआ। साहित्य में अवधी और ब्रजभाषा का व्यवहार होता था। हिन्दी के विकास के पहले ब्रजभाषा ही हमारी साहित्यिक भाषा थी और प्राय: उन सभी प्रदेशों में जहाँ आज हिन्दी का प्रचार है, पहले ब्रजभाषा का प्रचार था। अवध में और काशी में भी कवि लोग अपने कवित्त ब्रजभाषा में ही कहते थे। यहाँ तक कि गया में भी ब्रजभाषा का ही प्रचार होता था।

तो यकायक ब्रजभाषा, अवधी, भोजपुरी आदि को पीछे हटाकर हिन्दी कैसे सबके ऊपर गालिब आई, यहाँ तक कि अब अवधी और भोजपुरी का तो साहित्य में कहीं व्यवहार नहीं है। हाँ, ब्रजभाषा को अभी तक थोड़े-से लोग सीने से चिपटाए हुए हैं। हिन्दी को यह गौरव प्रदान करने का श्रेय मुसलमानों को है। मुसलमानों ने ही दिल्ली प्रान्त की इस बोली को, जिसको उस वक्त तक भाषा का पद न मिला था, व्यवहार में लाकर उसे दरबार की भाषा बना दिया और दिल्ली के उमरा और सामन्त जिन प्रान्तों में गए, हिन्दी भाषा को साथ लेते गए। उन्हीं के साथ वह दक्खिन में पहुँची और उसका बचपन दक्खिन ही में गुजरा। दिल्ली में बहुत दिनों तक अराजकता का जोर रहा, और भाषा को विकास का अवसर न मिला। और दक्खिन में वह पहली रही। गोलकुंडा, बीजापुर, गुलबर्गा आदि के दरबारों में इसी भाषा में शेरो-शायरी होती रही। मुसलमान बादशाह प्राय: साहित्य प्रेमी होते थे। बाबर, हुमायूँ, जहाँगीर, शाहजहाँ, औरंगजेब, दाराशिकोह सभी साहित्य के मर्मज्ञ थे। सभी ने अपने-अपने रोजनामचे लिखे हैं। अकबर खुद शिक्षित न हो, मगर साहित्य का रसिक था। दक्खिन के बादशाहों में अकबर ने कविताएँ कीं और कवियों को आश्रय दिया। पहले तो उनकी भाषा कुछ अजीब खिचड़ी-सी थी जिसमें हिन्दी, फारसी सब कुछ मिला होता था। आपको शायद मालूम होगा कि हिन्दी की सबसे पहली रचना खुसरो ने की है, जो मुगलों से भी पहले खिलजी राजकाल में हुए। खुसरो की कविता का एक नमूना देखिए—

जब यार देखा नैन भर, दिल की गई चिन्ता उतर,
ऐसा नहीं कोई अजब, राखे उसे समझाय कर।
जब आँख से ओझल भया, तड़पने लगा मेरा जिया,
हक्का इलाही क्या किया आँसू चले भरलाय कर॥
तूं तो हमारा यार है, तुम पर हमारा प्यार है,
तुझ दोस्ती बिसियार है, यक शब मिलो तुम आय कर।
मेरा जो मन तुमने लिया, तुमने उठा गम को दिया,
गम ने मुझे ऐसा किया जैसे पतंगा आग पर॥

खुसरो की एक दूसरी गजल देखिए—

बह गए बालम, वह गए नदियों किनार,
आप पार उतर गए हम तो रहे अरदार।
भाई रे मल्लाहो हमको उतारो पार;
हाथ का देऊँगी मुँदरी गल का देऊँ हार।

मुसलमानी जमाने में अवश्य ही हिन्दी के तीन रूप होंगे। एक नागरी लिपि में ठेठ हिन्दी, जिसे भाषा या नागरी कहते थे, दूसरा उर्दू यानी फारसी लिपि में लिखी हुई, फारसी से मिली हुई हिन्दी और तीसरी ब्रजभाषा। लेकिन हिन्दी भाषा के मौजूदा सूरत में आते-आते सदियाँ गुजर गईं। यहाँ तक कि सन् 1803 ई. से पहले कोई ग्रन्थ नहीं मिलता। सदल मिश्र की 'चन्द्रावती' का रचनाकाल 1803 माना जाता है और सदल मिश्र ही हिन्दी के आदि लेखक ठहरते हैं। इसके बाद लल्लू जी, सैयद इंशा अल्लाह खाँ वगैरह के नाम हैं। इस लिहाज से हिन्दी गद्य का जीवन सवा सौ साल से ज्यादा का नहीं है, और क्या यह आश्चर्य की बात नहीं है कि सवा सौ साल पहले जिस जबान में कोई गद्य-रचना तक न थी वह आज सारे हिन्दुस्तान की कौमी जबान बनी हुई है? और इसमें मुसलमानों का कितना सहयोग है, यह हम बता चुके हैं। हमें सन्देह है कि मुसलमानों का सहारा पाए बगैर हमको आज यह दर्जा, हासिल होता।

जिस तरह हिन्दुओं की हिन्दी का रूप विकसित हो रहा था, उसी तरह मुसलमानों की हिन्दी का रूप भी बदलता जा रहा था। लिपि तो शुरू से ही अलग थी, जबान का रूप भी बदलने लगा। मुसलमानों की संस्कृति ईरान और अरब की है। उसका जबान पर असर पड़ने लगा। अरबी और फारसी के शब्द उसमें आ-आकर मिलने लगे, यहाँ तक कि आज हिन्दी और उर्दू दो अलग-अलग जबानें-सी हो गई हैं। एक तरफ हमारे मौलवी साहबान अरबी और फारसी शब्द भरते जाते हैं, दूसरी ओर पंडितगण, संस्कृत और प्राकृत के शब्द ठूँस रहे हैं और दोनों भाषाएँ जनता से दूर होती जा रही हैं। हिन्दुओं की खासी तादाद अभी तक उर्दू पढ़ती जा रही है, लेकिन उनकी तादाद दिन-दिन घट रही है। मुसलमानों ने हिन्दी से कोई सरोकार रखना छोड़ दिया। तो क्या यह तय समझ लिया जाए कि उत्तर भारत में उर्दू और हिन्दी दो भाषाएँ अलग-अलग रहेंगी? उन्हें अपने-अपने ढंग पर अपनी-अपनी संस्कृति के अनुसार बढ़ने दिया जाए, उनको मिलने की और इस तरह उन दोनों की प्रगति को रोकने की कोशिश न की जाए? या ऐसा सम्भव है कि दोनों भाषाओं को इतना समीप लाया जाए कि उनमें लिपि के सिवा कोई भेद न रहे। बहुमत पहले निश्चय की और है। हाँ, कुछ थोड़े-से लोग ऐसे भी हैं जिनका खयाल है कि दोनों भाषाओं में एकता लाई जा सकती है, और इस बढ़ते

हुए फर्क को रोका जा सकता है; लेकिन उनकी आवाज नक्कारखाने में तूती की आवाज है। ये लोग हिन्दी और उर्दू नामों का व्यवहार नहीं करते, क्योंकि दो नामों का व्यवहार उनके भेद को और मजबूत करता है। यह लोग दोनों को एक नाम से पुकारते हैं और वह 'हिन्दुस्तानी' है। उनका आदर्श है कि जहाँ तक मुमकिन हो लिखी जानेवाली जबान और बोलचाल की जबान की सूरत एक हो, और वह थोड़े से पढ़े-लिखे आदमियों की जबान न रहकर सारी कौम की जबान हो। जो कुछ लिखा जाए उसका फायदा जनता भी उठा सके, और हमारे यहाँ पढ़े-लिखों की जो एक जमाअत अलग बनती जा रही है, और जनता से उनका सम्बन्ध जो दूर होता जा रहा है, वह दूरी मिट जाए और पढ़े-बेपढ़े सब अपने को एक जान, एक दिल समझें और कौम में ताकत आवे। चूँकि उर्दू जबान अरसे से अदालती और सभ्य-समाज की भाषा रही है, इसलिए उसमें हजारों फारसी और अरबी के शब्द इस तरह घुल-मिल गए हैं, कि वज्र देहाती भी उनका मतलब समझ जाता है। ऐसे शब्दों को अलग करके हिन्दी में विशुद्धता लाने का प्रयत्न किया जा रहा है, हम उसे जबान और कौम दोनों ही के साथ अन्याय समझते हैं। इसी तरह हिन्दी या संस्कृत या अंग्रेजी के जो बिगड़े हुए शब्द उर्दू में मिल गए, उनको चुन-चुनकर निकालने और उनकी जगह खालिस फारसी और अरबी के शब्दों के इस्तेमाल को भी उतना ही एतराज के लायक समझते हैं। दोनों तरह से इस अलगौझे का सबब शायद यही है कि हमारा पढ़ा-लिखा समाज जनता से अलग-थलग होता जा रहा है, और उसे इसकी खबर ही नहीं कि जनता किस तरह अपने भावों और विचारों को अदा करती है। ऐसी जबान जिसके लिखने और समझनेवाले थोड़े-से पढ़े-लिखे ही हों, मसनुई, बेजान और बोझिल हो जाती है। जनता का मर्म स्पर्श करने की, उन तक अपना पैगाम पहुँचाने की, उसमें कोई शक्ति नहीं रहती। वह उस तालाब की तरह है जिसके घाट संगमरमर के बने हों जिसमें कमल खिले हों, लेकिन उसका पानी बन्द हो। क्या उस पानी में वह मजा, वह सेहत देनेवाली ताकत, वह सफाई है जो खुली हुई धारा में होती है? कौम की जबान वह है जिसे कौम समझे, जिसमें कौम की आत्मा हो, जिसमें कौम के जज्बात हों। अगर पढ़े-लिखे समाज की जबान ही कौम की जबान है तो क्यों न हम अंग्रेजी को कौम की जबान समझें क्योंकि मेरा तजरुबा है कि आज पढ़ा-लिखा समाज जिस बेतकल्लुफी से अंग्रेजी बोल सकता है और जिस रवानी के साथ अंग्रेजी लिख सकता है, उर्दू या हिन्दी बोल या लिख नहीं सकता। बड़े-बड़े दफ्तरों में और ऊँचे दायरे में आज भी किसी को उर्दू-हिन्दी बोलने की महीनों, बरसों जरूरत नहीं होती। खानसामे और बैरे भी ऐसे रखे जाते हैं जो अंग्रेजी बोलते और समझते हैं। जो लोग इस तरह की जिन्दगी बसर करने के शौकीन हैं उनके लिए तो उर्दू, हिन्दी, हिन्दुस्तानी का कोई झगड़ा ही नहीं। वह इतनी बुलन्दी पर पहुँच गए हैं कि नीचे की धूल और गर्मी उन पर

कोई असर नहीं कर सकती। वह मुअल्लक हवा में लटके रह सकते हैं। लेकिन हम सब तो हमारी कोशिश करने पर भी वहाँ तक नहीं पहुँच सकते। हमें तो इसी धूल और गर्मी में जीना और मरना है। Intelligentisia में जो कुछ शक्ति और प्रभाव है, वह जनता ही से आता है। उससे अलग रहकर वे हाकिम की सूरत में ही रह सकते हैं, खादिम की सूरत में, जनता के होकर नहीं रह सकते। उनके अरमान और मंसूबे उनके हैं, जनता के नहीं। उनकी आवाज उनकी है, उसमें जनसमूह की आवाज की गहराई और गरिमा और गम्भीरता नहीं है। वह अपने प्रतिनिधि हैं, जनता के प्रतिनिधि नहीं।

बेशक, यह बड़ा जोरदार जवाब है कि जनता की शिक्षा इतनी कम है, समझने की ताकत इतनी कम कि अगर हम उसे जेहन में रखकर कुछ बोलना या लिखना चाहें, तो हमें लिखना और बोलना बन्द करना पड़ेगा। यह जनता का काम है कि वह साहित्य पढ़ने और गहन विषयों को समझने की ताकत अपने में लाए। लेखक का काम तो अच्छी-से-अच्छी भाषा में ऊँचे-से-ऊँचे विचारों को प्रकट करना है। अगर जनता का शब्दकोश सौ-दो सौ निहायत मामूली रोजमर्रा के काम के शब्दों के सिवा और कुछ नहीं है, तो लेखक कितनी ही सरल भाषा लिखे, जनता के लिए वह कठिन ही होगी। इस विषय में हम इतना अर्ज करेंगे कि जनता को इस मानसिक दशा में छोड़ने की जिम्मेदारी भी हमारे ही ऊपर है। हममें जिनके पास इल्म है, और फुरसत है, यह उनका फर्ज था कि अपनी तकरीरों से जनता में जागृति पैदा करते, जनता में ज्ञान के प्रचार के लिए पुस्तकें लिखते और सफरी कुतुबखाने कायम करते। हममें जिन्हें मकदरत है, वह मदरसे खोलने के लिए लाखों रुपये खैरात करते हैं। मैं यह नहीं चाहता कि कौम को ऐसे मोहसिनों को धन्यवाद न देना चाहिए, मगर क्या ऐसी संस्थाएँ न खुल सकती थीं और क्या उनसे कौम का कुछ कम उपकार होता जो भाषणों और पुस्तकों से जनता में साहित्य और विज्ञान का प्रचार करतीं और उनको सभ्यता की ऊँची सतह पर लातीं? आर्यसमाज ने जिस तरह के विषयों का जनता में प्रचार किया है उन विषयों को साधारण पढ़ा-लिखा आर्यसमाजी भी खूब समझता है। अदालती मामलों को, या मुक्ति और आवागमन जैसे गम्भीर विषयों को गाँव के किसान भी अगर ज्यादा नहीं समझते, तो साधारण पढ़े-लिखों के बराबर तो समझ ही लेते हैं। इसी तरह अन्य विषयों की चर्चा भी जनता के सामने होती रहती तो हमें यह शिकायत न होती कि जनता हमारे विचारों को समझ नहीं सकती। मगर हमने जनता की परवाह ही कब की है? हमने केवल उसे दुधारू गाय समझा है। वह हमारे लिए अदालतों में मुकदमे लाती रहे, हमारे कारखानों की बनी हुई चीजें खरीदती रहे। इनके सिवा हमने उससे कोई प्रयोजन नहीं रखा, जिसका नतीजा यह है कि आज जनता को अंग्रेजों पर जितना विश्वास है उतना अपने पढ़े-लिखे भाइयों पर नहीं।

संयुक्त-प्रान्त के साबिक से पहले के गवर्नर सर विलियम मैरिस ने इलाहाबाद की हिन्दुस्तानी एकेडेमी खोलते वक्त हिन्दी-उर्दू के लेखकों को जो सलाह दी थी, उसे ध्यान में रखने की आज भी उतनी ही जरूरत है, जितनी उस वक्त थी, शायद और ज्यादा। आपने फरमाया कि हिन्दी के लेखकों को लिखते वक्त यह समझते रहना चाहिए कि उनके पाठक मुसलमान हैं। इसी तरह उर्दू के लेखकों को यह खयाल रखना चाहिए कि उनके कारी हिन्दू हैं।

यह एक सुनहरी सलाह है और अगर हम इसे गाँठ बाँध लें, तो जबान का मसला बहुत कुछ तय हो जाए। मेरे मुसलमान दोस्त मुझे माफ फरमाएँ अगर मैं कहूँ कि इस मुआमले में वह हिन्दू लेखकों से ज्यादा खतावार हैं। संयुक्त प्रान्त की कॉमन लैंग्वेज रीडरों को दखिए। आप सहल किस्म की उर्दू पाएँगे। हिन्दी की अदबी किताबों में भी अरबी और फारसी के सैकड़ों शब्द धड़ल्ले से लाए जाते हैं। मगर उर्दू साहित्य में फारसीयत की तरफ की ज्यादा झुकाव है। इसका सबब यही है कि मुसलमानों ने हिन्दी से कोई ताल्लुक नहीं रखा है और न रखना चाहते हैं। शायद हिन्दी से थोड़ी-सी वाकफियत हासिल कर लेना भी वह बरसरे-शान समझते हैं, हालाँकि हिन्दी वह चीज है, जो एक हफ्ते में आ जाती है। जब दोनों भाषाओं का मेल न होगा, हिन्दुस्तानी जबान की गाड़ी जहाँ जाकर रुक गई है उससे आगे न बढ़ सकेगी। और यह सारी करामात फोर्ट विलियम की है जिसने एक ह! जबान के दो रूप मान लिए। इसमें भी उस वक्त कोई राजनीति काम कर रही थी या उस वक्त भी दोनों जबानों में काफी फर्क आ गया था, यह हम नहीं कह सकते। लेकिन जिन हाथों ने यहाँ की जबान के उस वक्त दो टुकड़े कर लिए, उसने हमारी कौमी जिन्दगी के दो टुकड़े कर दिये। अपने हिन्दू दोस्तों से भी मेरा यही नम्र निवेदन है कि जिन शब्दों ने जन-साधारण में अपनी जगह बना ली है और उन्हें लोग आपके मुँह या कलम से निकलते ही समझ जाते हैं, उनके लिए संस्कृति-कोष की मदद लेने की जरूरत नहीं। 'मौजूद' के लिए 'उपस्थित', 'इरादा', के लिए 'संकल्प', बनावटी' के लिए 'कृत्रिम' शब्द को काम में लाने की कोई खास जरूरत नहीं। प्रचलित शब्दों को उनके शुद्ध रूप में लिखने का रिवाज भी भाषा को अकारण ही कठिन बना देता है। खेत को क्षेत्र, बरस का वर्ष, छेद को छिद्र, काम को कार्य, सूरज को सूर्य, जमना को यमुना लिखकर आप मुँह और जीभ के लिए ऐसी कसरत का सामान रख देते हैं जिसे नब्बे फीसदी आदमी नहीं कर सकते। इसी मुश्किल को दूर करने और भाषा को सुबोध बनाने के लिए कवियों ने ब्रजभाषा और अवधी में शब्दों के प्रचलित रूप ही रखे थे। जनता में अब भी उन शब्दों का पुराना बिगड़ा हुआ रूप चलता है, मगर हम विशुद्धता की धुन में पड़े हुए हैं।

मगर, सवाल यह है, क्या हिन्दुस्तानी में क्लासिकल भाषाओं के शब्द के लिए ही न जाएँ? नहीं, यह तो हिन्दुस्तानी का गला घोंट देना होगा। आज साइंस

की नई-नई शाखें निकलती जा रही हैं और नित नए शब्द हमारे सामने आ रहे हैं, जिन्हें जनता तक पहुँचाने के लिए हमें संस्कृत या फारसी की मदद लेनी पड़ती है। किस्से-कहानियों में तो आप हिन्दुस्तानी जबान का व्यवहार कर सकते हैं, वह भी जब आप गद्य-काव्य न लिख रहे हों, मगर आलोचना या तनकीद, अर्थशास्त्र, राजनीति, दर्शन और अनेक साइंस के विषयों में क्लासिकल भाषाओं से मदद लिए बगैर काम नहीं चल सकता। तो क्या संस्कृत और अरबी या फारसी से अलग-अलग शब्द बन जाएँ? ऐसा हुआ तो एकरूपता कहाँ आई? फिर तो वही होगा जो इस वक्त हो रहा है। जरूरत तो यह है कि एक ही शब्द लिया जाए, चाहे वह संस्कृत से लिया जाए, या फारसी से, या दोनों को मिलाकर कोई नया शब्द गढ़ लिया जाए। Sex के लिए हिन्दी में कोई शब्द अभी तक नहीं बन सका। आमतौर पर 'स्त्री-पुरुष सम्बन्ध', इतना बड़ा शब्द उस भाव को जाहिर करने के लिए काम में लाया जा रहा है। उर्दू में 'जिन्स', का इस्तेमाल होता है। जिन्स, जिन्सियत आदि शब्द भी उसी से निकले हैं। कई लेखकों ने हिन्दी में भी जिन्सी, जिन्स जिन्सियत का इस्तेमाल करना शुरू कर दिया है। लेकिन यह मसला आसान नहीं है। अगर हम इसे मान लें कि हिन्दुस्तान के लिए एक कौमी जबान की जरूरत है, जिसे सारा मुल्क समझ सके तो हमें उसके लिए तपस्या करनी पड़ेगी। हमें ऐसी सभाएँ खोलनी पड़ेंगी जहाँ लेखक लोग कभी-कभी मिलकर साहित्य के विषयों पर या उसकी प्रवृत्तियों पर आपस में खयालात का तबादला कर सकें। दिलों की दूरी भाषा की दूरी का मुख्य कारण है। आपस के हेल-मेल से उस दूरी को दूर करना होगा। राजनीति के पंडितों ने कौम को जिस दुर्दशा में डाल दिया है, आप और हम सभी जानते हैं। अभी तक साहित्य के सेवकों ने भी किसी-न-किसी रूप में राजनीति के पंडितों को अगुआ माना है, और उसके पीछे-पीछे चले हैं। मगर अब साहित्यकारों को अपने विचार से काम लेना पड़ेगा। सत्यं, शिवं, सुन्दरम् के उसूल को यहाँ भी बरतना पड़ेगा सियासियत ने सम्प्रदायों को दो कैम्पों में खड़ा कर दिया है। राजनीति की हस्ती ही इस पर कायम है कि दोनों आपस में लड़ते रहें। उनमें मेल होना उसकी मृत्यु है। इसलिए वह तरह-तरह के रूप बदलकर और जनता के हित का स्वाँग भरकर अब तक अपना व्यवसाय चलाती रही है। साहित्य धर्म को फिरकाबन्दी की हद तक गिरा हुआ नहीं देख सकता। वह समाज को सम्प्रदायों के रूप में नहीं, मानवता के रूप में देखता है। किसी धर्म की महानता और फजीलत इसमें है कि वह इनसान को इनसान का कितना हमदर्द बनाता है, उसमें मानवता (इनसानियत) का कितना ऊँचा आदर्श है, और उस आदर्श पर वहाँ कितना अमल होता है। अगर हमारा धर्म हमें यह सिखाता है कि इनसानियत और हमदर्दी और भाईचारा सब कुछ अपने ही धर्मवालों के लिए है और उस दायरे से बाहर जितने लोग हैं, सभी गैर हैं, और उन्हें जिन्दा रहने का कोई हक नहीं, तो मैं उसे धर्म से

अलग होकर विधर्मी होना ज्यादा पसन्द करूँगा। धर्म नाम है उस रोशनी का जो कतरे को समुद्र में मिल जाने का रास्ता दिखाती है। जो हमारी जात को इमाओस्त में, हमारी आत्मा को व्यापक सर्वात्म में, मिले होने की अनुभूति या यकीन कराती है। और चूँकि हमारी तबीयतें एक-सी नहीं हैं, हमारे संस्कार एक-से नहीं हैं, हम उसी मंजिल तक पहुँचने के लिए अलग-अलग रास्ते अख्तियार करते हैं। इसीलिए भिन्न-भिन्न धर्मों का जहूर हुआ है। यह साहित्य-सेवियों का काम है कि वह सच्ची धार्मिक जागृति पैदा करें। धर्म के आचार्यों और राजनीति के पंडितों ने हमें गलत रास्ते पर चलाया है। मगर मैं दूसरे विषय पर आ गया। हिन्दुस्तानी को व्यावहारिक रूप में देने के लिए दूसरी तदबीर यह है कि मैट्रिकुलेशन तक उर्दू और हिन्दी हरेक छात्र के लिए लाजमी कर दी जाए। इस तरह हिन्दुओं को उर्दू में और मुसलमानों को हिन्दी में काफी महारत हो जाएगी, और अज्ञानता के कारण जो बदगुमानी और सन्देह है वह दूर हो जाएगा। चूँकि इस वक्त भी तालीम का सीगा, हमारे मिनिस्टरों के हाथ में है और कैरिकुलम में इस तब्दीली से कौन जायद खर्च न होगा, इसलिए अगर दोनों भाई मिलकर यह मुतालबा पेश करें तो गवर्नमेंट को उसके स्वीकार करने में कोई इनकार न हो सकेगा। मैं यकीन दिलाना चाहता हूँ कि इस तजवीज में हिन्दी या उर्दू किसी से भी पक्षपात नहीं किया गया है। साहित्यकार के नाते हमारा यह धर्म है कि हम मुल्क में ऐसी फिजा, ऐसा वातावरण लाने की चेष्टा करें, जिससे हम जिन्दगी के हरेक पहलू में दिन-दिन आगे बढ़ें। साहित्यकार पैदाइश से सौन्दर्य का उपासक होता है। वह जीवन के हर अंग में, जिन्दगी के हरेक शोबे में हुस्न का जलवा देखना चाहता है। जहाँ सामंजस्य या हम-आहंगी है वहीं सौन्दर्य है, वहीं सत्य है, वहीं हकीकत है। जिन तत्त्वों से जीवन की रक्षा होती है, जीवन का विकास होता है, वही हुस्न है। वह वास्तव में हमारी आत्मा की बाहरी सूरत है। हमारी आत्मा अगर स्वस्थ है, तो वह हुस्न की तरफ बेअख्तियार दौड़ती है। हुस्न में उनके लिए न रुकनेवाली कशिश है। और क्या यह कहने की जरूरत है कि नेफाक और हसद और सन्देह और संघर्ष, यह मनोविकार हमारे जीवन के पोषक नहीं बल्कि घातक हैं, इसलिए वह सुन्दर कैसे हो सकते हैं? साहित्य ने हमेशा इन विकारों के खिलाफ आवाज उठाई है। दुनिया में मानव-जाति के कल्याण के जितने आन्दोलन हुए हैं, उन सभी के लिए साहित्य ने ही जमीन तैयार की है, जमीन ही नहीं तैयार की, बीज भी बोए और उसकी सिंचाई भी की। साहित्य राजनीति के पीछे चलनेवाली चीज नहीं, उसके आगे-आगे चलनेवाला 'एडवांस गार्ड' है। वह उस विद्रोह का नाम है जो मनुष्य के हृदय में अन्याय, अनीति और कुरुचि से होता है। और लेखक अपनी कोमल भावनाओं के कारण उस विद्रोह की जबान बन जाता है। और लोगों के दिलों पर भी चोट लगती है, पर अपनी व्यथा को, अपने दर्द को दिल हिला देनेवाले शब्दों में वह जाहिर नहीं कर सकते। साहित्य का स्रष्टा उन

चोटों को हमारे दिलों पर इस तरह अंकित करता है कि हम उनकी तीव्रता को सौ गुने वेग के साथ महसूस करने लगते हैं। इस तरह साहित्य की आत्मा आदर्श है उसकी देह यथार्थ चित्रण। जिस साहित्य में हमारे जीवन की समस्याएँ न हों, हमारी आत्मा को स्पर्श करने की शक्ति न हो, जो केवल जिन्सी भावों में गुदगुदी पैदा करने के लिए, या भाषा-चातुरी दिखाने के लिए रचा गया हो वह निर्जीव साहित्य है—सत्यहीन, प्राणहीन। साहित्य में हमारी आत्माओं को जगाने की, हमारी मानवता को सचेत करने की, हमारी रसिकता को तृप्त करने की शक्ति होनी चाहिए। ऐसी ही रचनाओं से कौमें बनती हैं। वह साहित्य जो हमें विलासिता के नशे में डुबा दे, जो हमें वैराग्य, पस्तहिम्मती, निराशावाद की ओर ले जाए। जिसके नजदीक संसार दुख का घर है और उससे निकल भागने में हमारा कल्याण है, जो केवल लिप्सा और भावुकता में डूबी हुई कथाएँ लिखकर कामुकता को भड़काए, निर्जीव है। सजीव साहित्य वह है, जो प्रेम से लबरेज हो, उस प्रेम से नहीं, जो कामुकता का दूसरा नाम है, बल्कि उस प्रेम से जिसमें शक्ति है, जीवन है, आत्मसम्मान है। अब इस तरह की नीति से हमारा काम न चलेगा।

रहिमन चुप ह्वै बैठिए, देखि दिनन को फेर।

अब तो हमें डॉ. इकबाल का शंखनाद चाहिए—

ब शाखे जिन्दगिए मा नमीजे तिश्ना बसस्त
तलाशे चश्मए हैबां दलीले ब तलबीस्त ॥1॥
ता कुजा दर तहेवाले दिगरां मी बाशी
दर हवाएँ चमन आजाद परीदन् आमोज ॥2॥
दर जहाँ बालो-परे खेश कुशूदन आमोज,
कि परीदन् नतवतां बा परो बाले दिगरा ॥3॥

जब हिन्दुस्तानी कौमी जबान है, क्योंकि किसी-न-किसी रूप में यह पन्द्रह-सोलह करोड़ आदमियों की भाषा है, तो यह भी जरूरी है कि हिन्दुस्तानी जबान में ही हमें भारतीय साहित्य की सर्वश्रेष्ठ रचनाएँ पढ़ने को मिलें। आप जानते हैं, हिन्दुस्तान में बारह उन्नत भाषाएँ हैं और उनके साहित्य हैं। उन साहित्यों में जो कुछ संग्रह करने लायक है, वह हमें हिन्दुस्तानी जबान में ही मिलना चाहिए। किसी भाषा में भी जो-जो अमर साहित्य है, वह सम्पूर्ण राष्ट्र की सम्पत्ति है। मगर अभी तक उन साहित्यों के द्वार हमारे लिए बन्द थे, क्योंकि, हिन्दुस्तान की बारह भाषाओं का ज्ञान बिरले को ही होगा। राष्ट्र प्राणियों के उस समूह को कहते हैं कि जिनकी एक विद्या, एक तहजीब हो, एक राजनैतिक संगठन हो, एक भाषा हो और एक साहित्य हो। हम और आप दिल से चाहते हैं कि हिन्दुस्तान सच्चे मानी में एक कौम

बने। इसलिए हमारा कर्तव्य है कि पैदा करनेवाले कारणों को मिटाएँ और मेल पैदा करनेवाले कारणों को संगठित करें। कौम की भावना योरप में भी दो-ढाई सौ साल से ज्यादा पुरानी नहीं। हिन्दुस्तान में तो वह भावना अंग्रेजी राज के विस्तार के साथ ही आई है। इस गुलामी का एक रोशन पहलू यही है कि उसने हममें कौमियत की भावना को जन्म दिया। उस खुदादाद मौके से फायदा उठाकर हमें कौमियत के अटूट रिश्ते में बँध जाना है। भाषा और साहित्य का भेद ही खासतौर से हमें भिन्न-भिन्न प्रान्तीय जत्थों में बाँटे हुए है। अगर हम इस अलग करनेवाली बाधा को तोड़ दें तो राष्ट्रीय संस्कृति की एक धारा बहने लगेगी जो कौमियत की सबसे मजबूत भावना है। यही मकसद सामने रखकर हमने 'हंस' नाम की एक मासिक पत्रिका निकालनी शुरू की है, जिसमें हरेक भाषा के नए और पुराने साहित्य की अच्छी-से-अच्छी चीजें देने की कोशिश करते हैं। इसी मकसद को पूरा करने के लिए हमने एक भारतीय साहित्य परिषद या हिन्दुस्तान को कौमी अदबी सभा की बुनियाद डालने की तजवीज की है और परिषद का पहला जलसा 23, 24 (23, 24 अप्रैल, 1926) को नागपुर में महात्मा गांधी की सदारत में करार पाया है। हम कोशिश कर रहे हैं कि परिषद में सभी सूबे के साहित्यकार आएँ और आपस में खयालात का तबादला करके हम तजवीज को ऐसी सूरत दें, जिसमें वह अपना मकसद पूरा कर सकें। बाज सूबों में अभी से प्रान्तीयता के जज्बात पैदा होने लगे हैं। 'सूबा सूबेवालों के लिए' की सदाएँ उठने लगी हैं। 'हिन्दुस्तान हिन्दुस्तानियों के लिए' की सदा इस प्रान्तीयता की चीख-पुकार में कहीं डूब न जाए, इसका अन्देशा अभी से होने लगा है। अगर बंगाल बंगाल के लिए, पंजाब पंजाब के लिए की हवा ने जोर पकड़ा तो वह कौमियत की जो जन्नत गुलामी के पसीने और जिल्लत से बनी थी मादूम हो जाएगी और हिन्दुस्तान फिर छोटे-छोटे राजों का समूह होकर रह जाएगा। और फ़िर कयामत के पहले उसे पराधीनता की कैद से नजात न होगी। हमें अफसोस तो यह है कि इस किस्म की सदाएँ उन दिशाओं से आ रही हैं, जहाँ से हमें एकता की दिल बढ़ानेवाली सदाओं की उम्मीद थी। डेढ़ सौ साल की गुलामी ने कुछ-कुछ हमारी आँखें खोलनी शुरू की थीं कि फिर वही प्रान्तीयता की आवाजें पैदा होने लगीं और इस नई व्यवस्था ने उन भेदभावों के फलने-फूलने के लिए जमीन तैयार कर दी है। अगर 'प्राविंशल अटानोमी' ने यह सूरत अख्तियार की तो वह हिन्दुस्तानी कौमियत की जवान मौत नहीं, बाल मृत्यु होगी। और वह तफरीक जाकर रुकेगी कहाँ उसकी तो कोई इति ही नहीं। सूबा सूबे के लिए, जिला जिले के लिए, हिन्दू हिन्दू के लिए, मुस्लिम मुस्लिम के लिए, ब्राह्मण ब्राह्मण के लिए, वैश्य वैश्य के लिए, कपूर कपूर के लिए, सक्सेना सक्सेना के लिए, इतनी दीवारों और कोठरियों के अन्दर कौमियत कै दिन साँस ले सकेगी! हम देखते हैं कि ऐतिहासिक परम्परा प्रान्तीयता की ओर है। आज जो अलग-अलग सूबे किए

हुए हैं, जमाने में अलग-अलग राज थे, कुदरती हदें भी उन्हें दूसरे सूबों से अलग किए हुए हैं, और उनकी भाषा, साहित्य, संस्कृति सब एक हैं। लेकिन एकता के ये सारे साधन रहते हुए भी वह अपनी स्वाधीनता को कायम न रख सकें, इसका सबब यही तो है उन्होंने अपने को अपने किले में बन्द कर लिया और बाहर की दुनिया से कोई सम्बन्ध न रखा। अगर उसी अलहदगी की रीति से वह फिर काम लेंगे तो फिर शायद तारीख अपने को दोहराए। हमें तारीख से यह सबक न लेना चाहिए कि हम क्या थे, यह भी देखना चाहिए कि हम क्या हो सकते थे। अक्सर हमें तारीख को भूल जाना पड़ता है। भूल हमारे भविष्य का रहबर नहीं हो सकता। जिन कुपथ्य से हम बीमार हुए थे, क्या अच्छे हो जाने पर फिर वही कुपथ्य करेंगे? और चूँकि इस अलहदगी की बुनियाद भाषा है, इसलिए हमें भाषा ही के द्वार से प्रान्तीयता की काया में राष्ट्रीयता के प्राण डालने पड़ेंगे। प्रान्तीयता का सदुपयोग यह है कि हम उस किसान की तरह जिसे मौरूसी पट्टा मिल गया हो अपनी जमीन को खूब जोतें, उसमें खूब खाद डालें और अच्छी-से-अच्छी फसल पैदा करें। मगर उसका यह आशय हरगिज न होना चाहिए कि हम बाहर से अच्छे बीज और अच्छी खाद लाकर उसमें न डालें, प्रान्तीयता अगर अयोग्यता को कायम रखने का बहाना बन जाए तो यह उस प्रान्त का दुर्भाग्य होगा और राष्ट्र का भी। इस नए खतरे का सामना करना होगा और वह मेल पैदा करनेवाली और शक्तियों को संगठित करने से ही हो सकता है।

सज्जनो, साहित्यिक जागृति किसी समाज की सजीवता का लक्षण है। साहित्य की सबसे अच्छी तारीफ जो की गई है, वह यह है कि अच्छे-से-अच्छे दिल और दिमाग के अच्छे-से-अच्छे भावों और विचारों का वह संग्रह है। आपने अंग्रेजी साहित्य पढ़ा है। उन साहित्यिक चरित्रों के साथ आपने उससे कहीं ज्यादा अपनापा महसूस किया है जितना आप यहाँ के किसी साहब बहादुर से कर सकते हैं। आप उसकी इनसानी सूरत देखते हैं, जिसमें वही वेदनाएँ हैं, वही प्रेम है, वही कमजोरियाँ हैं, जो हममें और आपमें हैं। वहाँ वह हुकूमत और गुरूर का पुतला नहीं बल्कि हमारे और आपका-सा इनसान है जिसके साथ हम दुखी होते हैं, हँसते हैं, सहानुभूति करते हैं। साहित्य बदगुमानियों को मिटानेवाली चीज है। अगर आज हम हिन्दू और मुसलमान एक-दूसरे के साहित्य से ज्यादा परिचित हों, तो मुमकिन है हम अपने को एक-दूसरे को कहीं ज्यादा निकट पाएँ। साहित्य में हम हिन्दू नहीं हैं, मुसलमान नहीं हैं, ईसाई नहीं हैं, बल्कि मनुष्य हैं, और वह मनुष्यता हमें और आपको आकर्षित करती है। क्या यह खेद की बात नहीं है कि हम दोनों जो एक मुल्क में आठ सौ साल से रहते हैं, एक-दूसरे के पड़ोस में रहते हैं, एक-दूसरे के साहित्य से इतने बेखबर हैं? यूरोपियन विद्वानों को देखिए। उन्होंने हिन्दुस्तान के मुतअल्लिक हर एक मुमकिन विषय पर तहकीकातें की हैं, पुस्तकें लिखी हैं। वह हमें उससे ज्यादा

जानते हैं जितना हम अपने को जानते हैं। उसके विपरीत हम एक-दूसरे से अनभिज्ञ रहने ही में मग्न हैं। साहित्य में जो सबसे बड़ी खूबी है, वह यह है कि वह हमारी मानवता को दृढ़ बनाता है, हममें सहानुभूति और उदारता के भाव पैदा करता है। जिस हिन्दू ने कर्बला के मार्के की तारीख पढ़ी है, वह असम्भव है कि उसे मुसलमानों से सहानुभूति न हो। उसी तरह जिस मुसलमान ने रामायण पढ़ा है। उसके दिल में हिन्दू मात्र से हमदर्दी पैदा हो जाना यकीनी है। कम-से-कम उत्तरी हिन्दुस्तान में हरेक शिक्षित हिन्दू-मुस्लिम को अपनी तालीम अधूरी समझनी चाहिए, अगर वह मुसलमान है तो हिन्दुओं के और हिन्दू है तो मुसलमानों के साहित्य से अपरिचित है। हम दोनों ही के लिए दोनों लिपियों का और दोनों भाषाओं का ज्ञान लाजमी है। और जब हम जिन्दगी के पन्द्रह साल अंग्रेजी हासिल करने में कुरबान करते हैं जो क्या महीने-दो महीने भी उस लिपि और साहित्य का ज्ञान प्राप्त करने में नहीं लगा सकते, जिस पर हमारी कौमी तरक्की ही नहीं, कौमी जिन्दगी का दारोमदार है?

['हंस', फरवरी, 1937 में 'एक भाषण' शीर्षक से प्रकाशित।' साहित्य का उद्देश्य तथा 'कुछ विचार' में संकलिता]

साहित्य का उद्देश्य

सज्जनो,

यह सम्मेलन हमारे साहित्य के इतिहास में एक स्मरणीय घटना है। हमारे सम्मेलनों और अंजुमनों में अब तक आमतौर पर भाषा और उसके प्रचार पर ही बहस की जाती रही है। यहाँ तक कि उर्दू और हिन्दी का जो आरम्भिक साहित्य मौजूद है, उसका उद्देश्य विचारों और भावों पर असर डालना नहीं केवल भाषा का निर्माण करना था। वह भी एक बड़े महत्त्व का कार्य था जब तक भाषा एक स्थायी रूप न प्राप्त कर ले, उसमें विचारों और भावों को व्यक्त करने की शक्ति ही कहाँ से आएगी? हमारी भाषा के 'पायनियरों' ने-रास्ता साफ करनेवालों ने हिन्दुस्तानी भाषा का निर्माण करके जाति पर जो एहसान किया है, उसके लिए हम उनके कृतज्ञ न हों तो यह हमारी कृतघ्नता होगी।

भाषा साधन है, साध्य नहीं। अब हमारी भाषा ने यह रूप प्राप्त कर लिया है कि हम भाषा से आगे बढ़कर भाव की ओर ध्यान दें और इस पर विचार करें कि जिस उद्देश्य से यह निर्माण-कार्य आरम्भ किया गया था, वह क्योंकर पूरा हो। वही भाषा, जिसमें आरम्भ में 'बागोबहार' और 'बैताल-पचीसी' की रचना ही सबसे बड़ी साहित्य-सेवा थी, अब इस योग्य हो गई है कि उसमें शास्त्र और विज्ञान के प्रश्नों की भी विवेचना की जा सके और यह सम्मेलन इस सच्चाई की स्पष्ट स्वीकृति है।

भाषा बोलचाल की भी होती है और लिखने की भी। बोलचाल की भाषा तो मीर अम्मन और लल्लूलाल के जमाने में भी मौजूद थी पर उन्होंने जिस भाषा की दाग बेल डाली, वह लिखने की भाषा थी और वही साहित्य है। बोलचाल से हम अपने करीब के लोगों पर अपने विचार प्रकट करते हैं—अपने हर्ष-शोक के भावों का चित्र खींचते हैं। साहित्यकार वही काम लेखनी द्वारा करता है। हाँ, उसके श्रोताओं की परिधि विस्तृत होती है, और अगर उसके बयान में सच्चाई है, तो शताब्दियों और युगों तक उसकी रचनाएँ हृदयों को प्रभावित करती रहती हैं।

परन्तु मेरा अभिप्राय यह नहीं है कि जो लिख दिया जाए, वह सब-का-सब साहित्य है। साहित्य उसी रचना को कहेंगे जिसमें कोई सच्चाई प्रकट की गई हो, जिसकी भाषा प्रौढ़, परिमार्जित एवं सुन्दर हो और जिसमें दिल और दिमाग पर

असर डालने का गुण हो। और साहित्य में यह गुण पूर्ण रूप से उसी अवस्था में उत्पन्न होता है, जब उसमें जीवन की सच्चाइयाँ और अनुभूतियाँ व्यक्त की गई हों। तिलिस्माती कहानियों, भूत-प्रेत की कथाओं और प्रेम-वियोग के आख्यानों से किसी जमाने में हम भले ही प्रभावित हुए हों; पर अब उनमें हमारे लिए बहुत कम दिलचस्पी है। इसमें सन्देह नहीं कि मानव-प्रकृति का मर्मज्ञ साहित्यकार राजकुमारों की प्रेम-गाथाओं और तिलिस्माती कहानियों में भी जीवन की सच्चाइयाँ वर्णन कर सकता है, और सौन्दर्य की सृष्टि कर सकता है; परन्तु इससे भी इस सत्य की पुष्टि ही होती है और कि साहित्य में प्रभाव उत्पन्न करने के लिए यह आवश्यक है कि वह जीवन की सच्चाइयों का दर्पण हो। फिर आप उसे जिस चौखट में चाहें, लगा सकते हैं—चिड़े की कहानी और गुलोबुलबुल की दास्तान भी उसके लिए उपयुक्त हो सकती हैं।

साहित्य की बहुत-सी परिभाषाएँ की गई हैं; पर मेरे विचार से उसकी सर्वोत्तम परिभाषा 'जीवन की आलोचना' है। चाहे वह निबन्ध के रूप में हो, चाहे कहानियों के, या काव्य के, उसे हमारे जीवन की आलोचना और व्याख्या करनी चाहिए।

हमने जिस युग को अभी पार किया है, उसे जीवन से कोई मतलब न था। हमारे साहित्यकार कल्पना की एक सृष्टि खड़ी करके उसमें मनमाने तिलस्म बाँधा करते थे। कहीं फिसान-ए-अजायब की दास्तान थी, कहीं बोस्ताने खयाल की और कहीं चन्द्रकान्ता सन्तति की। इन आख्यानों का उद्देश्य केवल मनोरंजन था और हमारे अद्‌भुत रस-प्रेम की तृप्ति; साहित्य का जीवन से कोई लगाव है, यह कल्पनातीत था। कहानी कहानी है, जीवन जीवन। दोनों परस्पर विरोधी वस्तुएँ समझी जाती थीं। कवियों पर भी व्यक्तिवाद का रंग चढ़ा हुआ था। प्रेम का आदर्श वासनाओं को तृप्त करना था, और सौन्दर्य का आँखों को। इन्हीं श्रृंगारिक भावों को प्रकट करने में कवि-मंडली अपनी प्रतिभा और कल्पना के चमत्कार दिखाया करती थी। पद्य में कोई नई शब्द-योजना, नई कल्पना का होना दाद पाने के लिए काफी थी—चाहे वह वस्तुस्थिति से कितनी ही दूर क्यों न हो। आशियाना और कफस, बर्क और खिरमन की कल्पनाएँ, विरह दशाओं के वर्णन में निराशा और वेदना की विविध अवस्थाएँ, इस खूबी से दिखाई जाती थीं कि सुननेवाले दिल थाम लेते थे। और आज भी इस ढंग की कविता कितनी लोकप्रिय है, इसे हम और आप खूब जानते हैं।

निस्सन्देह काव्य और साहित्य का उद्देश्य हमारी अनुभूतियों की तीव्रता को बढ़ाना है, पर मनुष्य का जीवन केवल स्त्री-पुरुष प्रेम का जीवन नहीं है। क्या वह साहित्य, जिसका विषय श्रृंगारिक मनोभावों और उनसे उत्पन्न होनेवाली विरह व्यथा, निराशा आदि तक ही सीमित हो—जिसमें दुनिया और दुनिया की कठिनाइयों से दूर भागना ही जीवन की सार्थकता समझी गई हो, हमारी विचार और भाव सम्बन्धी आवश्यकताओं को पूरा कर सकता है? श्रृंगारिक मनोभाव मानव-जीवन का एक

अंग मात्र है, और जिस साहित्य का अधिकांश इसी से सम्बन्ध रखता हो, वह उस जाति और उस युग के लिए गर्व करने की वस्तु नहीं हो सकता और न उसकी सुरुचि का ही प्रमाण हो सकता है।

क्या हिन्दी और क्या उर्दू-कविता में दोनों की एक ही हालत थी। उस समय साहित्य और काव्य के विषय में जो लोक-रुचि थी, उसके प्रभाव से अलिप्त रहना सहज न था। सराहना और कद्रदानी की हवस तो हर एक को होती है। कवियों के लिए उनकी रचना ही जीविका का साधन थी। और कविता की कद्रदानी रईसों और अमीरों के सिवा और कौन कर सकता है? हमारे कवियों को साधारण जीवन का सामना करने और उसके सच्चाइयों से प्रभावित होने के या तो अवसर ही न थे, या हर छोटे-बड़े पर कुछ ऐसी मानसिक गिरावट छाई हुई थी कि मानसिक और बौद्धिक जीवन रह ही न गया था। हम इसका दोष उस समय के साहित्यकारों पर ही नहीं रख सकते।

साहित्य अपने काल का प्रतिबिम्ब होता है। जो भाव और विचार लोगों के हृदय को स्पन्दित करते हैं, वही साहित्य पर भी अपनी छाया डालते हैं। ऐसे पतन के काल में लोग या तो आशिकी करते है, या अध्यात्म और वैराग्य में मन रमाते हैं। जब साहित्य पर संसार की नश्वरता का रंग चढ़ा हो, और उसका एक-एक शब्द नैराश्य में डूबा हो, समय की प्रतिकूलता के रोने से भरा हो और श्रृंगारिक भावों का प्रतिबिम्ब बन गया हो, तो समझ लीजिए कि जाति, जड़ता और ह्रास के पंजे में फँस चुकी है और उसमें उद्योग तथा संघर्ष का बल बाकी नहीं रहा, उसने ऊँचे लक्ष्यों की ओर आँखें बन्द कर ली हैं और उसमें से दुनिया को देखने-समझने की शक्ति लुप्त हो गई है। परन्तु हमारी साहित्यिक रुचि बड़ी तेजी से बदल रही है।

अब साहित्य केवल मन-बहलाव की चीज नहीं है, मनोरंजन के सिवा उसका और भी कुछ उद्देश्य है। अब वह केवल नायक-नायिका के संयोग-वियोग की कहानी नहीं सुनाता, जीवन की समस्याओं पर भी विचार करता है, और उन्हें हल करता है। अब वह स्फूर्ति या प्रेरणा के लिए अद्भुत आश्चर्यजनक घटनाएँ नहीं ढूँढ़ता और न अनुप्रास का अन्वेषण करता है, किन्तु उसे उन प्रश्नों से दिलचस्पी है, जिनसे समाज या व्यक्ति गहरे प्रभावित होते हैं। उसकी उत्कृष्टता की वर्तमान कसौटी अनुभूति की वह तीव्रता है, जिससे वह हमारे भावों और विचारों में गति पैदा करता है।

नीतिशास्त्र और साहित्यशास्त्र का लक्ष्य एक ही है—केवल उपदेश की विधि में अन्तर है। नीतिशास्त्र तर्कों और उपदेशों के द्वारा बुद्धि और मन पर प्रभाव डालने का यत्न करता है, साहित्य ने अपने लिए मानसिक अवस्थाओं और भावों का क्षेत्र चुन लिया है। हम जीवन में जो कुछ देखते हैं, या जो कुछ हम पर गुजरती है, वही अनुभव और वही चोटें कल्पना में पहुँचकर साहित्य-सृजन की प्रेरणा करती हैं।

कवि या साहित्यकार में अनुभूति की जितनी तीव्रता होती है, उसकी रचना उतनी ही आकर्षक और ऊँचे दर्जे की होती है।

जिस साहित्य से हमारी सुरुचि न जागे, आध्यात्मिक और मानसिक तृप्ति न मिले, हममें शक्ति और गति न पैदा हो, हमारा सौन्दर्य-प्रेम न जाग्रत हो—जो हममें सच्चा संकल्प और कठिनाइयों पर विजय पाने की सच्ची दृढ़ता न उत्पन्न करे, वह आज हमारे लिए बेकार है, वह साहित्य कहाने का अधिकारी नहीं।

पुराने जमाने में समाज की लगाम मजहब के हाथ में थी। मनुष्य की आध्यात्मिक और नैतिक सभ्यता का आधार धार्मिक आदेश था और वह भय या प्रलोभन से काम लेता था—पुण्य-पाप के मसले उसके साधन थे।

अब साहित्य ने यह काम अपने जिम्मे ले लिया है और उसका साधन सौन्दर्य-प्रेम है। वह मनुष्य में इसी सौन्दर्य-प्रेम को जगाने का यत्न करता है। ऐसा कोई मनुष्य नहीं जिसमें सौन्दर्य की अनुभूति न हो। साहित्यकार में यह वृत्ति जितनी ही जाग्रत और सक्रिय होती है, उसकी रचना उतनी ही प्रभावमयी होती है। प्रकृति-निरीक्षण और अपनी अनुभूति की तीक्ष्णता की बदौलत उसके सौन्दर्य-बोध में इतनी तीव्रता आ जाती है कि जो कुछ असुन्दर है, अभद्र है, मनुष्यता से रहित है, वह उसके लिए असह्य हो जाता है। उस पर वह शब्दों और भावों की सारी शक्ति से वार करता है। यों कहिए कि वह मानवता, दिव्यता और भद्रता का बाना बाँधे होता है। जो दलित है, पीड़ित है, वंचित है—चाहे वह व्यक्ति हो या समूह, उसकी हिमायत और वकालत करना उसका फर्ज है। उसकी अदालत समाज है। इसी अदालत के सामने वह अपना इस्तगासा पेश करता है। और उसकी न्याय-वृत्ति तथा सौन्दर्य-वृत्ति को जाग्रत करके अपना यत्न सफल समझता है।

पर साधारण वकीलों की तरह साहित्यकार अपने मुवक्किल की ओर से उचित-अनुचित सब तरह के दावे नहीं पेश करता, अतिरंजना से काम नहीं लेता, अपनी ओर से बातें गढ़ता नहीं। वह जानता है कि इन युक्तियों से वह समाज की अदालत पर असर नहीं डाल सकता। उस अदालत का हृदय-परिवर्तन तभी सम्भव है, जब आप सत्य से तनिक भी विमुख न हों, नहीं तो अदालत की धारणा आपकी ओर से खराब हो जाएगी और वह आपके खिलाफ फैसला सुना देगी। वह कहानी लिखता है, पर वास्तविकता का ध्यान रखते हुए, मूर्ति बनाता है पर ऐसी कि उसमें सजीवता हो और भावव्यंजकता भी—वह मानव-प्रकृति का सूक्ष्म दृष्टि से अवलोकन करता है, मनोविज्ञान का अध्ययन करता है और इसका यत्न करता है कि उसके पात्र हर हालत में और हर मौके पर इस तरह आचरण करें, जैसे रक्त-मांस का बना मनुष्य करता है। अपनी सहज सहानुभूति और सौन्दर्य-प्रेम के कारण वह जीवन के उन सूक्ष्म स्थानों तक जा पहुँचता है, जहाँ मनुष्य अपनी मनुष्यता के कारण पहुँचने में असमर्थ होता है।

आधुनिक साहित्य में वस्तुस्थिति चित्रण की प्रवृत्ति इतनी बढ़ रही है कि आज की कहानी यथासम्भव प्रत्यक्ष अनुभवों की सीमा के बाहर नहीं जाती। हमें केवल इतना सोचने से ही सन्तोष नहीं होता कि मनोविज्ञान की दृष्टि से सभी पात्र मनुष्यों से मिलते-जुलते हैं, बल्कि हम यह इत्मीनान चाहते हैं कि वे सचमुच के मनुष्य हैं, और लेखक ने यथासम्भव उनका जीवन-चरित्र ही लिखा है क्योंकि कल्पना के गढ़े हुए आदमियों में हमारा विश्वास नहीं है; उनके कार्यों और विचारों से हम प्रभावित नहीं होते। हमें इसका निश्चय हो जाना चाहिए कि लेखक ने जो सृष्टि की है, वह प्रत्यक्ष अनुभवों के आधार पर की गई है और अपने पात्रों की जबान से वह खुद बोल रहा है।

इसीलिए साहित्य को कुछ समालोचकों ने लेखक का मनोवैज्ञानिक जीवन-चरित्र कहा है।

एक ही घटना या स्थिति से सभी मनुष्य समान रूप में प्रभावित नहीं होते। हर आदमी की मनोवृत्ति और दृष्टिकोण अलग है। रचना-कौशल इसी में है कि लेखक जिस मनोवृत्ति या दृष्टिकोण से किसी बात को देखे, पाठक भी उसमें उससे सहमत हो जाए। यही उसकी सफलता है। इसके साथ ही हम साहित्यकार से यह भी आशा रखते हैं कि वह अपनी बहुज्ञता और अपने विचारों की विस्तृति से हमें जाग्रत करे, हमारी दृष्टि तथा मानसिक परिधि को विस्तृत करे—उसकी दृष्टि इतनी सूक्ष्म, इतनी गहरी और इतनी विस्तृत हो कि उसकी रचना से हमें आध्यात्मिक आनन्द और बल मिले।

सुधार की जिस अवस्था में वह हो, उससे अच्छी अवस्था आने की प्रेरणा हर आदमी में मौजूद रहती है। हममें जो कमजोरियाँ हैं वे मर्ज की तरह हमसे चिमटी हुई हैं। जैसे शारीरिक स्वास्थ्य एक प्राकृतिक बात है और रासेग उसका उलटा, उसी तरह नैतिक और मानसिक स्वास्थ्य भी प्राकृतिक बात है और हम मानसिक तथा नैतिक गिरावट से उसी तरह सन्तुष्ट नहीं रहते, जैसे कोई रोगी अपने रोग से सन्तुष्ट नहीं रहता। जैसे वह सदा किसी चिकित्सक की तलाश में रहता है, उसी तरह हम भी इस फिक्र में रहते हैं कि किसी तरह अपनी कमजोरियों को परे फेंककर अधिक अच्छे मनुष्य बनें। इसीलिए हम साधु-फकीरों की खोज में रहते हैं, पूजा-पाठ करते हैं, बड़े-बूढ़ों के पास बैठते हैं, विद्वानों के व्याख्यान सुनते हैं और साहित्य का अध्ययन करते हैं।

और हमारी सारी कमजोरियों की जिम्मेदारी हमारी कुरुचि और प्रेम-भाव से वंचित होने पर है। जहाँ सच्चा सौन्दर्य-प्रेम है, जहाँ प्रेम की विस्तृति है, वहाँ कमजोरियाँ कहाँ रह सकती हैं? प्रेम ही तो आध्यात्मिक भोजन है और सारी कमजोरियाँ इसी भोजन के न मिलने अथवा दूषित भोजन के मिलने से पैदा होती हैं। कलाकार हममें सौन्दर्य की अनुभूति उत्पन्न करता है और प्रेम की उष्णता। उसका एक वाक्य,

एक शब्द, एक संकेत इस तरह हमारे अन्दर जा बैठता है कि हमारा अन्त:करण प्रकाशित हो जाता है। पर जब तक कलाकार खुद सौन्दर्य-प्रेम से छककर मस्त न हो और उसकी आत्मा स्वयं इस ज्योति से प्रकाशित न हो, वह हमें यह प्रकाश क्योंकर दे सकता है?

प्रश्न यह है कि सौन्दर्य है क्या वस्तु? प्रकटत: यह प्रश्न निरर्थक-सा मालूम होता है क्योंकि सौन्दर्य के विषय में हमारे मन में कोई शंका-सन्देह नहीं। हमने सूरज का उगना और डूबना देखा है, उषा और सन्ध्या की लालिमा देखी है, सुन्दर सुगन्धि भरे फूल देखे हैं, मीठी बोलियाँ बोलनेवाली चिड़ियाँ देखी हैं, कल-कल निनादिनी नदियाँ देखी हैं, नाचते हुए झरने देखे हैं—यही सौन्दर्य है।

इन दृश्यों को देखकर हमारा अन्त:करण क्यों खिल उठता है? इसलिए कि इनमें रंग या ध्वनि का सामंजस्य है। बाजों का स्वासाध्य अथवा मेल ही संगीत की मोहकता का कारण है। हमारी रचना ही तत्त्वों के समानुपात में संयोग से हुई है, इसीलिए हमारी आत्मा सदा साम्य तथा सामंजस्य की खोज में रहती है। साहित्य कलाकार के आध्यात्मिक सामंजस्य का व्यक्त रूप है और सामंजस्य सौन्दर्य की सृष्टि करता है, नाश नहीं। वह हममें वफादारी, सच्चाई, सहानुभूति, न्यायप्रियता और ममता के भावों की पुष्टि करता है। जहाँ ये भाव हैं, वहीं दृढ़ता है और जीवन है, जहाँ इनका अभाव है वहीं फूट, विरोध, स्वार्थपरता है—द्वेष, शत्रुता और मृत्यु है और यह बिलगाव, विरोध, प्रकृति-विरुद्ध जीवन के लक्षण हैं, जैसे रोग प्रकृति-विरुद्ध आहार-विहार का चिह्न है। जहाँ प्रकृति से अनुकूलता और साम्य है, वहाँ संकीर्णता और स्वार्थ का अस्तित्व कैसे सम्भव होगा? जब हमारी आत्मा प्रकृति के मुक्त वायुमंडल में पालित-पोषित होती है, तो नीचता-दुष्टता के कीड़े अपने आप हवा और रोशनी से मर जाते हैं। प्रकृति से अलग होकर अपने को सीमित कर लेने से ही ये सारी मानसिक और भावगत बीमारियाँ पैदा होती हैं। साहित्य हमारे जीवन को स्वाभाविक और स्वाधीन बनाता है। दूसरे शब्दों में, उसी की बदौलत मन का संस्कार होता है। यही उसका मुख्य उद्देश्य है।

'प्रगतिशील लेखक संघ' यह नाम ही मेरे विचार से गलत है। साहित्यकार या कलाकार स्वभावत: प्रगतिशील होता है। अगर यह उसका स्वभाव न होता, तो शायद वह साहित्यकार ही न होता। उसे अपने अन्दर भी एक कमी महसूस होती है और बाहर भी। इसी कमी को पूरा करने के लिए उसकी आत्मा बेचैन रहती है। अपनी कल्पना में वह व्यक्ति और समाज को सुख और स्वच्छन्दता की जिस अवस्था में देखना चाहता है, वह उसे दिखाई नहीं देती। इसलिए, वर्तमान, मानसिक और सामाजिक अवस्थाओं से उसका दिल कुढ़ता रहता है। वह इन अप्रिय अवस्थाओं का अन्त कर देना चाहता है, जिससे दुनिया में जीने और मरने के लिए इससे अधिक अच्छा स्थान हो जाए। यही वेदना और यही भाव उसके हृदय और मस्तिष्क को

सक्रिय बनाए रखता है। उसका दर्द से भरा हृदय इसे सहन नहीं कर सकता कि एक समुदाय क्यों सामाजिक नियमों और रूढ़ियों के बन्धन में पड़कर कष्ट भोगता रहे? क्यों न ऐसे सामान इकट्ठा किए जाएँ कि वह गुलामी और गरीबी से छुटकारा पा जाए? वह इस वेदना को जितनी बेचैनी के साथ अनुभव करता है, उतनी ही उसकी रचना में जोर और सच्चाई पैदा होती है। अपनी अनुभूतियों को वह जिस क्रमानुपात में व्यक्त करता है, वही उसकी कलाकुशलता का रहस्य है। पर शायद इस विशेषता पर जोर देने की जरूरत इसलिए पड़ी कि प्रगति या उन्नति से प्रत्येक लेखक या ग्रन्थकार एक ही अर्थ नहीं ग्रहण करता। जिन अवस्थाओं को एक समुदाय उन्नति समझ सकता है, दूसरा समुदाय असन्दिग्ध अवनति मान सकता है, इसलिए कि यह साहित्यकार अपनी कल को किसी उद्देश्य के अधीन नहीं करना चाहता। उसके विचारों में कला केवल मनोभावों के व्यक्तिकरण का नाम है, चाहे उन भावों से व्यक्ति या समाज पर कैसा ही असर क्यों न पड़े।

उन्नति से हमारा तात्पर्य उस स्थित से है, जिससे हममें दृढ़ता और कर्म-शक्ति उत्पन्न हो, जिससे हमें अपनी दुखावस्था की अनुभूति हो, हम देखें कि किन अन्तर्बाह्य कारणों से हम इस निर्जीवता और ह्रास की अवस्था को पहुँच गए, और दूर करने की कोशिश करें।

हमारे लिए कविता के वे भाव निरर्थक हैं, जिनसे संसार की नश्वरता का आधिपत्य हमारे हृदय पर और दृढ़ हो जाए, जिनसे हमारे हृदयों में नैराश्य छा जाए। वे प्रेम-कहानियाँ, जिनसे हमारे मासिक-पत्रों के पृष्ठ भरे रहते हैं, हमारे लिए अर्थहीन हैं, अगर वे हममें हरकत और गरमी नहीं पैदा करतीं। अगर हमने दो नवयुवकों की प्रेम-कहानी कह डाली, पर उससे हमारे सौन्दर्य-प्रेम पर कोई असर न पड़ा और पड़ा भी तो केवल इतना ही कि हम उनकी विरह-व्यथा पर रोएँ, तो इससे हममें कौन-सी मानसिक या रुचि सम्बन्धी गति पैदा हुई? इन बातों से किसी जमाने में हमें भावावेश हो जाता रहा तो हो जाता रहा हो, पर आज के लिए वे बेकार हैं। इस भावोत्तेजक कला का अब जमाना नहीं रहा। अब तो हमें उस कला की आवश्यकता है जिसमें कर्म का सन्देश हो। अब तो हजरते इकबाल के साथ हम भी कहते हैं—

रम्जे हयात जोई जुजदर तपिश नयाब,
दरकुलजुम आरमीदन नंगस्त आबे जूरा।
ब आशियाँ न नशीनम जे लज्जते परवाज,
गहे बशाखे गुलम गहे बरलबे जूयम॥

(अर्थात् अगर तुझे जीवन के रहस्य की खोज है, तो वह तुझे संघर्ष के सिवा और कहीं नहीं मिलने का—सागर में जाकर विश्राम करना नदी के लिए लज्जा की

बात है। आनन्द पाने के लिए घोंसले में कभी बैठता नहीं—कभी फूलों की टहनियों पर, तो कभी नदी-तट पर होता हूँ।)

अत: हमारे पथ में अहंवाद अथवा अपने व्यक्तिगत दृष्टिकोण को प्रधानता देना वह वस्तु है, जो हमें जड़ता पतन और लापरवाही की ओर ले जाती है और ऐसी कला हमारे लिए न व्यक्ति-रूप में उपयोगी है और न समुदाय-रूप में।

मुझे यह कहने में हिचक नहीं कि मैं और चीजों की तरह कला को भी उपयोगिता की तुला पर तौलता हूँ। निस्सन्देह कला का उद्देश्य सौन्दर्य-वृत्ति की पुष्टि करना है और बाहर हमारे आध्यात्मिक आनन्द की कुंजी है; पर ऐसा कोई रुचिगत मानसिक तथा आध्यात्मिक आनन्द नहीं, जो अपनी उपयोगिता का पहलू न रखता हो। आनन्द स्वत: एक उपयोगिता-युक्त वस्तु है और उपयोगिता की दृष्टि से एक ही वस्तु से हमें सुख भी होता है, और दुख भी। आसमान पर छाई लालिमा निस्सन्देह बड़ा सुन्दर दृश्य है, परन्तु आषाढ़ में अगर आकाश पर वैसी लालिमा छा जाए, तो वह हमें प्रसन्नता देनेवाली नहीं हो सकती। उस समय तो हम आसमान पर काली-काली घटाएँ देखकर ही आनन्दित होते हैं। फूलों को देखकर हमें इसलिए आनन्द होता है कि उनसे फलों की आशा होती है। प्रकृति से अपने जीवन का सुर मिलाकर रहने में हमें इसीलिए आध्यात्मिक सुख मिलता है कि उससे हमारा जीवन विकसित और पुष्ट होता है। प्रकृति का विधान वृद्धि और विकास है, जिन भावों, अनुभूतियों और विचारों से हमें आनन्द मिलता है, वे इसी वृद्धि और विकास के सहायक हैं। कलाकार अपनी कला से सौन्दर्य की सृष्टि करके परिस्थिति को विकास के उपयोगी बनाता है।

परन्तु सौन्दर्य भी और पदार्थों की तरह स्वरूपस्थ और निरपेक्ष नहीं, उसकी स्थिति भी सापेक्ष है। एक रईस के लिए जो वस्तु सुख का साधन है, वही दूसरे के लिए दुख का कारण हो सकती है। एक रईस अपने सुरक्षित सुरम्य उद्यान में बैठकर जब चिड़ियों का कल गान सुनता है तो उसे स्वर्गीय सुख की प्राप्ति होती है, परन्तु एक दूसरा संज्ञान मनुष्य वैभव की इस सामग्री को घृणिततम वस्तु समझता है।

बन्धुत्व और समता, सभ्यता तथा प्रेम सामाजिक जीवन के आरम्भ से ही, आदर्शवादियों का सुनहला स्वप्न रहे हैं।, धर्म प्रवर्तकों ने धार्मिक, नैतिक और आध्यात्मिक बन्धनों से इस स्वप्न को सच्चाई बनाने का सतत किन्तु निष्फल यत्न किया है। महात्मा बुद्ध, हजरत ईसा, हजरत मुहम्मद आदि सभी पैगम्बरों और धर्म-प्रवर्तकों ने नीति की नींव पर इस समता की इमारत खड़ी करनी चाही, पर किसी को सफलता न मिली और छोटे-बड़े का भेद जिस निष्ठुर रूप में आज प्रकट हो रहा है, शायद कभी न हुआ था।

'आजमाए को आजमाना मूर्खता है', इस कहावत के अनुसार यदि हम अब भी धर्म और नीति का दामन पकड़कर समानता के ऊँचे लक्ष्य पर पहुँचना चाहें, तो

विफलता ही मिलेगी। क्या हम इसे सपने को उत्तेजित मस्तिष्क की सृष्टि समझकर भूल जाएँ? तब तो मनुष्य की उन्नति और पूर्णता के लिए कोई आदर्श ही बाकी न रह जाएगा। इससे कहीं अच्छा है कि मनुष्य का अस्तित्व ही मिट जाए। जिस आदर्श को हमने सभ्यता के आरम्भ से पाला है, जिसके लिए मनुष्य ने, ईश्वर जाने कितनी कुरबानियाँ की हैं, जिसकी परिणति के लिए धर्मों का आविर्भाव हुआ, मानव-समाज का इतिहास जिस आदर्श की प्राप्ति का इतिहास है, उसे सर्वमान्य समझकर, एक अमिट सच्चाई समझकर, हमें उन्नति के मैदान में कदम रखना है। हमें एक ऐसे नए संघटन को सर्वांगपूर्ण बनाना है, जहाँ समानता केवल नैतिक बन्धनों पर आश्रित न रहकर अधिक ठोस रूप प्राप्त कर ले। हमारे साहित्य को उसी आदर्श को अपने सामने रखना है।

हमें सुन्दरता की कसौटी बदलनी होगी। तभी तक यह कसौटी अमीरी और विलासिता के ढंग की थी। हमारा कलाकार अमीरों का पल्ला पकड़े रहना चाहता था, उन्हीं की कद्रदानी पर उसका अस्तित्व अवलम्बित था और उन्हीं के सुख-दुख, आशा-निराशा, प्रतियोगिता और प्रतिद्वंद्विता की व्याख्या कला का उद्देश्य था। उसकी निगाह अन्त:पुर और बँगलों की ओर उठती थी। झोंपड़े और खँडहर उसके ध्यान के अधिकारी न थे। उन्हें वह मनुष्यता की परिधि से बाहर समझता था। कभी इनकी चर्चा करता भी था, तो इनका मजाक उड़ाने के लिए, ग्रामवासी की देहाती वेश-भूषा और तौर-तरीके पर हँसने के लिए। उसका शीन-काफ दुरुस्त न होना या मुहाविरों का गलत उपयोग उसके व्यंग्यविद्रूप की स्थायी सामग्री थी। वह भी मनुष्य है, उसके भी हृदय है, और उसमें भी आकांक्षाएँ हैं, यह कला की कल्पना के बाहर की बात थी।

कला नाम था और अब भी है, संकुचित रूप-पूजा का, शब्द योजना का, भाव-निबन्धन का। उसके लिए कोई आदर्श नहीं है, जीवन का ऊँचा उद्देश्य नहीं है—भक्ति, अध्यात्म और दुनिया से किनाराकशी उसकी सबसे ऊँची कल्पनाएँ हैं। हमारे उस कलाकार के विचार से जीवन का चरम लक्ष्य यही है। उसकी दृष्टि अभी इतनी व्यापक नहीं कि जीवन-संग्राम में सौन्दर्य का परमोत्कर्ष देखे। उपवास और नग्नता में भी सौन्दर्य का अस्तित्व सम्भव है, इसे कदाचित् वह स्वीकार नहीं करता। उसके लिए सौन्दर्य सुन्दर स्त्री में है—उस बच्चोंवाली गरीब रूप-रहित स्त्री में नहीं, जो बच्चे को खेत की मेंड़ पर सुलाए पसीना बहा रही है। उसने निश्चय कर लिया है कि रंगे होंठों, कपोलों और भौंहों में निस्सन्देह सुन्दरता का वास है, उसके उलझे हुए बालों, पपड़ियाँ पड़े हुए होंठों, और कुम्हलाए हुए गालों में सौन्दर्य का प्रवेश कहाँ?

पर यह संकीर्ण दृष्टि का दोष है। अगर उसकी सौन्दर्य देखनेवाली दृष्टि में विस्तृति आ जाए तो वह देखेगा कि रंगे होंठों और कपोलों की आड़ में अगर रूप-

गर्व और निष्ठुरता छिपी है, तो इन मुरझाए हुए होंठों और कुम्हलाए हुए गालों के आँसुओं में त्याग, श्रद्धा और कष्ट-सहिष्णुता है। हाँ, उसमें नफासत नहीं, दिखावा नहीं, सुकुमारता नहीं।

हमारी कला यौवन के प्रेम में पागल है और यह नहीं जानती कि जवानी छाती पर हाथ रखकर कविता पढ़ने, नायिका की निष्ठुरता का रोना रोने या उसके रूप-गर्व और चोंचलों पर सिर धुनने में नहीं है। जवानी नाम है आदर्शवाद का, हिम्मत का, कठिनाई से मिलने की इच्छा, आत्म-त्याग का। उसे तो इकबाल के साथ कहना होगा—

अज दस्ते जुनूने मन जिब्रील जबूं सैदे,
यजदां बकमन्द आवर ऐ हिम्तते मरदाना।

(अर्थात् मेरे उन्मत्त हाथों के लिए जिब्रील एक घटिया शिकार है। ऐ हिम्मते मरदाना, क्यों न अपनी कमन्द में तू खुदा को ही फाँस लाए?)

अथवा

चूँ मौज साजे बजूदम जे सैल बेपरवास्त,
गुमाँ मबर कि दरीं बहर साहिले जोयम।

(अर्थात् तरंग की भाँति मेरे जीवन की तरी भी प्रवाह की ओर से बेपरवाह है, यह न सोचो कि इस समुद्र में मैं किनारा ढूँढ़ रहा हूँ।)

और यह अवस्था उस समय पैदा होगी, जब हमारा सौन्दर्य व्यापक हो जाएगा, जब सारी सृष्टि उसकी परिधि में आ जाएगी। वह किसी विशेष श्रेणी तक ही सीमित न होगा, उनकी उड़ान के लिए केवल बाग की चहारदीवारी न होगी, किन्तु वह वायुमंडल होगा जो सारे भूमंडल को घेरे हुए है। तब कुरुचि हमारे लिए सह्य न होगी, तब हम उसकी जड़ खोदने के लिए कमर कसकर तैयार हो जाएँगे। हम जब ऐसी व्यवस्था को सहन न कर सकेंगे कि हजारों आदमी कुछ अत्याचारियों की गुलामी करें, तभी हम केवल कागज के पृष्ठों पर सृष्टि करके ही सन्तुष्ट न हो जाएँगे, बल्कि उस विधान की सृष्टि करेंगे, जो सौन्दर्य, सुरुचि, आत्मसम्मान और मनुष्यता का विरोधी न हो।

साहित्यकार का लक्ष्य केवल महफिल सजाना और मनोरंजन का सामान जुटाना नहीं है—उसका दर्जा इतना न गिराइए। वह देश-भक्ति और राजनीति के पीछे चलनेवाली सच्चाई भी नहीं, बल्कि उसके आगे मशाल दिखाती हुई चलनेवाली सच्चाई है।

हमें अक्सर यह शिकायत होती है कि साहित्यकारों के लिए समाज में कोई स्थान नहीं—अर्थात् भारत के साहित्यकारों के लिए। सभ्य देशों में तो साहित्यकार

समाज का सम्मानित सदस्य है, और बड़े-बड़े अमीर और मंत्रिमंडल के सदस्य उनसे मिलने में अपना गौरव समझते हैं, परन्तु हिन्दुस्तान तो अभी मध्य-युग की अवस्था में पड़ा हुआ है। यदि साहित्य ने अमीरों का याचक बनने को जीवन का सहारा बना लिया हो, और उन आन्दोलनों, हलचलों और क्रान्तियों से बेखबर हो जो संसार में हो रही हैं—अपनी ही दुनिया बनाकर उसमें रोता और हँसता हो, तो इस दुनिया में उसके लिए जगह न होने में कोई अन्याय नहीं है। जब साहित्यकार बनने के लिए अनुकूल रुचि के सिवा और कोई कैद नहीं रही, जैसे महात्मा बनने के लिए किसी प्रकार की शिक्षा की आवश्यकता नहीं, आध्यात्मिक उच्चता ही काफी है, तो महात्मा लोग दर-दर फिरने लगे, उसी तरह साहित्यकार भी लाखों निकल आए।

इसमें शक नहीं कि साहित्यकार पैदा होता है, बनाया नहीं जाता; पर यदि हम शिक्षा और जिज्ञासा से प्रकृति की इस देन को बढ़ा सकें, तो निश्चय ही हम साहित्य की अधिक सेवा कर सकेंगे। अरस्तू ने और दूसरे विद्वानों ने भी साहित्यकार बननेवालों के लिए कड़ी शर्तें लगाई हैं और उनकी मानसिक, नैतिक, आध्यात्मिक और भागवत सभ्यता तथा शिक्षा के लिए सिद्धान्त और विधियाँ निश्चित कर दी हैं, मगर आज तो हिन्दी में साहित्यकार के लिए प्रवृत्तमात्र अलम् समझी जाती है, और किसी प्रकार की तैयारी की उसके लिए आवश्यकता नहीं। वह राजनीति, समाजशास्त्र या मनोविज्ञान से सर्वज्ञ अपरिचित हो, फिर भी वह साहित्यकार है।

साहित्यकार के सामने आजकल जो आदर्श रखा गया है, उसके अनुसार ये सभी विद्याएँ उसका विशेष अंग बन गई हैं और साहित्य की प्रवृत्ति अहंवाद या व्यक्तिवाद तक परिमित नहीं रही, बल्कि वह मनोवैज्ञानिक और सामाजिक होता जाता है। अब वह व्यक्ति को समाज से अलग नहीं देखता, किन्तु उसे समाज के एक अंग-रूप में देखता है। इसलिए नहीं कि वह समाज पर हुकूमत करे, अपने स्वार्थ-साधन का औजार बनाए, मानो उसमें और समाज में सनातन शत्रुता है, बल्कि इसलिए कि समाज के अस्तित्व के साथ उसका अस्तित्व कायम है और समाज से अलग होकर उसका मूल्य शून्य के बराबर हो जाता है।

हममें से जिन्हें सर्वोत्तम शिक्षा और सर्वोत्तम मानसिक शक्तियाँ मिली हैं, उन पर समाज के प्रति उतनी ही जिम्मेदारी भी है। हम उस मानसिक पूँजीपति को पूजा के योग्य समझेंगे, जो समाज के पैसे से ऊँची शिक्षा प्राप्त कर उसे स्वार्थ साधन में लगाता है। समाज से निजी लाभ उठाना ऐसा काम है, जिसे कोई साहित्यकार कभी पसन्द न करेगा। उस मानसिक पूँजीपति का कर्तव्य है कि वह समाज के लाभ को अपने निजी लाभ से अधिक ध्यान देने योग्य समझे—अपनी विद्या और योग्यता से समाज को अधिक-से-अधिक लाभ पहुँचाने की कोशिश करे। वह साहित्य के किसी भी विभाग में प्रवेश क्यों न करे, उसे उस विभाग से विशेषत: और सब विभागों से सामान्यत: परिचय हो।

अगर हम अन्तरराष्ट्रीय साहित्यकार-सम्मेलनों की रिपोर्ट पढ़ें, तो हम देखेंगे कि ऐसा कोई शास्त्रीय, सामाजिक, ऐतिहासिक और मनोवैज्ञानिक प्रश्न नहीं है, जिस पर उसमें विचार-विनिमय न होता हो। इसके विरुद्ध, हम अपनी ज्ञान-सीमा को देखते हैं तो हमें अपने अज्ञान पर लज्जा आती है। हमने समझ रखा है कि साहित्य-रचना के लिए आशुबुद्धि और तेज कलम काफी है। पर यही विचार हमारी साहित्यिक अवनति का कारण है। हमें अपने साहित्य का मानदंड ऊँचा करना होगा जिसमें वह समाज की अधिक मूल्यवान् सेवा कर सके, जिस समाज में उसे वह पद मिले जिसका वह अधिकारी है, जिसमें वह जीवन के प्रत्येक विभाग की आलोचना-विवेचना कर सके और हम दूसरी भाषाओं तथा साहित्यों का जूठा खाकर ही सन्तोष न करें, किन्तु खुद भी उस पूँजी को बढ़ाएँ।

हमें अपनी रुचि और प्रवृत्ति के अनुकूल विषय चुन लेने चाहिए और विषय पर पूर्ण अधिकार प्राप्त करना चाहिए। हम जिस आर्थिक अवस्था में जिन्दगी बिता रहे हैं, उसमें यह काम कठिन अवश्य है, पर हमारा आदर्श ऊँचा रहना चाहिए। हम पहाड़ की चोटी तक न पहुँच सकेंगे, तो कमर तक तो पहुँच ही जाएँगे, तो जमीन पर पड़े रहने से कहीं अच्छा है। अगर हमारा अन्तर प्रेम की ज्योति से प्रकाशित हो और सेवा का आदर्श हमारे सामने हो, तो ऐसी कोई कठिनाई नहीं जिस पर हम विजय प्राप्त न कर सकें।

जिन्हें धन-वैभव प्यारा है, साहित्य-मन्दिर में उसके लिए स्थान नहीं है। यहाँ तो उन उपासकों की आवश्यकता है, जिन्होंने सेवा को ही अपने जीवन की सार्थकता मान लिया हो, जिनके दिल में दर्द की तड़प हो और मुहब्बत का जोश हो। अपनी इज्जत तो अपने हाथ है। अगर हम सच्चे दिल से समाज की सेवा करेंगे तो मान, प्रतिष्ठा और प्रसिद्धि सभी हमारे पाँव चूमेंगी। फिर मान-प्रतिष्ठा की चिन्ता हमें क्यों सताए? और उसके न मिलने से हम निराश क्यों हों? सेवा में जो आध्यात्मिक आनन्द है, वही हमारा पुरस्कार—हमें समाज पर अपना बड़प्पन जताने, पर उस रोब जमाने की हवस क्यों हो? दूसरों से ज्यादा आराम के साथ रहने की इच्छा भी क्यों सताए? हम अमीरों की श्रेणी में अपनी गिनती क्यों कराएँ? हम तो समाज के झंडा लेकर चलनेवाले सिपाही हैं और सादी जिन्दगी के साथ ऊँची निगाह हमारे जीवन का लक्ष्य है। जो आदमी सच्चा कलाकार है, वह स्वार्थमय जीवन का प्रेमी नहीं हो सकता। उसे अपनी मनस्तुष्टि के लिए दिखावे की आवश्यकता नहीं—उससे तो उसे घृणा होती है। वह तो इकबाल के साथ कहता है—

मर्दुम आजादम आगूना रायूरम कि मरा,
मीतवां कुश्तव येक ज़ामे जुलाले दीगरां।

(अर्थात् मैं आजाद हूँ और इतना हयादार हूँ कि मुझे दूसरों के निथरे हुए पानी के एक प्याले से मारा जा सकता है।)

हमारी परिषद ने कुछ इसी प्रकार सिद्धान्तों के साथ कर्म-क्षेत्र में प्रवेश किया है। साहित्य का शराब-कबाब और राग-रंग का मुखापेक्षी बना रहना उसे पसन्द नहीं। वह उसे उद्योग और कर्म का सन्देशवाहक बनाने का दावेदार है। उसे भाषा की बहस नहीं। आदर्श व्यापक होने से भाषा अपने-आप सरल हो जाती है। भाव-सौन्दर्य बनाव-सिंगार से बेपरवाही ही दिखा सकता है। जो साहित्यकार अमीरों का मुँह जोहनेवाला है, वह रईसी रचना-शैली स्वीकार करता है, जो जन-साधारण का है वह जन-साधारण की भाषा में लिखता है। हमारा उद्देश्य देश में ऐसा वायु-मंडल उत्पन्न कर देना है, जिसमें अभीष्ट प्रकार का साहित्य उत्पन्न हो सके और पनप सके। हम चाहते हैं कि साहित्य केन्द्रों में हमारी परिषदें स्थापित हों, और वहाँ साहित्य की रचनात्मक प्रवृत्तियों पर नियमपूर्वक चर्चा हो, निबन्ध पढ़े जाएँ, बहस हो, आलोचना-प्रत्यालोचना हो। तभी वह वायु-मंडल तैयार होगा। तभी साहित्य में नए युग का आविर्भाव होगा।

हम हर एक सूबे में, हर एक जबान में, ऐसी परिषदें स्थापित कराना चाहते हैं, जिसमें हर एक भाषा में हम अपना सन्देश पहुँचा सकें। यह समझना भूल होगी कि वह हमारी कोई नई कल्पना है। नहीं, देश के साहित्य-सेवियों के हृदयों में सामुदायिक भावनाएँ विद्यमान हैं भारत की हर एक भाषा में इस विचार के बीज प्रकृति और परिस्थिति ने पहले से बो रखे हैं, जगह-जगह उसके अंकुर भी निकलने लगे हैं। उसे सींचना एवं उसके लक्ष्य को पुष्ट करना हमारा उद्देश्य है।

हम साहित्यकारों में कर्मशक्ति का अभाव है। यह एक कड़वी सच्चाई है; पर हम उसकी ओर से आँखें नहीं बन्द कर सकते। अभी तक हमने साहित्य का जो आदर्श अपने सामने रखा था, उसके लिए कर्म की आवश्यकता न थी, कर्माभाव ही उसका गुण था क्योंकि अक्सर कर्म अपने साथ पक्षपात और संकीर्णता को भी लाता है। अगर कोई आदमी धार्मिक होकर अपनी धार्मिकता पर गर्व करे तो इससे अच्छा है कि वह धार्मिक न होकर 'खाओ पियो मौज करो' का कायल हो। ऐसा स्वच्छन्दताचारी तो ईश्वर की दया का अधिकारी हो भी सकता है, पर धार्मिकता का अभिमान रखनेवाले के लिए इसकी सम्भावना नहीं।

जो हो, जब तक साहित्य का काम केवल मनबहलाव का सामान जुटाना, केवल लोरियाँ गा-गाकर सुलाना, केवल आँसू बहाकर जी हलका करना था, तब तक उसके लिए कर्म की आवश्यकता न थी। वह एक दीवाना था जिसका गम दूसरे खाते थे। मगर हम साहित्य को केवल मनोरंजन और विलासिता की वस्तु नहीं समझते। हमारी कसौटी पर वही साहित्य खरा उतरेगा जिसमें उच्च चिन्तन हो, स्वाधीनता का भाव हो, सौन्दर्य का सार हो, सृजन की आत्मा हो, जीवन की

सच्चाइयों का प्रकाश हो—जो हममें गति, संघर्ष और बेचैनी पैदा करें, सुलाए नहीं क्योंकि अब और ज्यादा सोना मृत्यु का लक्षण है।

('कुछ विचार' तथा 'साहित्य का उद्देश्य' में संकलित। 'प्रगतिशील लेखक संघ', के प्रथम अधिवेशन लखनऊ में 10 अप्रैल, 1936 को सभापती पद से दिया गया भाषण। 'हंस', जुलाई, 1936, में प्रकाशित।)

संस्कृति

पुराना जमाना : नया जमाना

पुराने जमाने में सभ्यता का अर्थ आत्मा की सभ्यता और आचार की सभ्यता होता था। वर्तमान युग में सभ्यता का अर्थ है स्वार्थ और आडम्बर। उसका नैतिक पक्ष छूट गया। उसकी सूरत बदलकर अब वह हो गई है जिसे हमारे पुराने लोग असभ्यता कहते। शारीरिक बनाव-सँवार और टीमटाम पुराने तर्ज की निगाहों में कभी अच्छी न समझी जाती थी। भोग-विलास के सामान इकट्ठा करना कभी पुरानी सभ्यता का लक्ष्य नहीं रहा। पुराने लोग सजावट और बनावट को घृणा की दृष्टि से देखते थे। उस समय सभ्य कहलाने के लिए यह जरूरी नहीं था कि आपका बैंक में इतना हिस्सा हो, आपके बाल एलबर्ट फैशन के कटे हुए हों, आपकी दाढ़ी इटालियन या फ्रेंच हो, आपका कोट शिकारी हो या टेनिस हो, कैम्ब्रिज हो या चीनी या जापानी हो, आपके जूते डर्बी या पम्प हों। आपकी शेरवानी या सलीमशाही जूते पर उनकी निगाह न जाती थी। वे उसे शान कहें, प्रदर्शन कहें, शेखी कहें लेकिन सभ्यता हरगिज न कहते, सभ्यता के नाम को बट्टा न लगाते। सभ्यता से उनका अभिप्राय नैतिक, आध्यात्मिक, हार्दिक था। उस समय वह व्यक्ति सभ्य था, जिसका आचार पवित्र हो, जो धैर्यवान हो, गम्भीर हो, हँसमुख हो, विनयशील हो। बड़े-बड़े राजा-महाराजा संन्यासियों को देखकर आदरपूर्वक खड़े हो जाते थे। उनका सम्मान करते थे और केवल औपचारिक या प्रदर्शनपूर्ण सम्मान नहीं, हृदय से उनकी चारित्रिक शुद्धता और आध्यात्मिकता को सिर झुकाते थे, उनसे अपनी भेंट होने को जीवन का एक बड़ा प्रसाद समझते थे। इसका असर उनके मन पर होना जरूरी था। सिद्धार्थ, अशोक, शिलादित्य, जनक की उपासना, वैराग्य, तपस्या इन्हीं सत्संगों का परिणाम थी। उन लोगों की आजादी को देखिए कि वे अपने सिद्धान्तों के सामने सिंहासन और मुकुट की परवाह न करते थे। और एक यह स्वार्थपरता का युग है कि राजा-महाराजा पाँवों में जंजीर होते हुए भी बादशाही के नाम पर मरते हैं। मिस्र, ईरान और यूरप के पुराने इतिहासों में जनक और अशोक के उदाहरण मिलते हैं लेकिन आज अगर कोई अपना राज्य छोड़कर एकान्तवास करने लगे तो लोग यह समझेंगे कि उसका दिमाग खराब हो गया है।

पुरानी सभ्यता सर्वजन-सुलभ, प्रजातांत्रिक थी। उसकी जो कसौटी धन और ऐश्वर्य की आँखों में थी वही कसौटी साधारण और नीच लोगों की आँखों में भी थी। गरीबी और अमीरों के बीच उस समय कोई दीवार न थी। वह सभ्यता गरीबों को अपमानित न करती थी, उसको मुँह न चिढ़ाती थी, उसका मजाक न उड़ाती थी। ज्ञान और उपासना का, गम्भीरता और सहिष्णुता का सम्मान राजा भी करता था और किसान भी करता था। उनके दार्शनिक विचार अलग-अलग हों लेकिन सभ्यता की कसौटी एक थी। पर आधुनिक सभ्यता ने विशेष और साधारण में, छोटे और बड़े में, धनवान और निर्धन में एक दीवार खड़ी कर दी है। किसी बिसाती की दुकान पर जाइए, किसी दवाफरोश या सौदागर की दुकान को देखिए और आपको मालूम हो जाएगा कि वर्तमान सभ्यता कितनी सीमित और सविशेष है। आपके साबुन, बिस्कुट, लवेंडर की शीशियाँ, कुन्तल कौमुदी, दस्ताने, कमरबन्द, टाई, कॉलर, बैग, ट्रंक और भगवान जाने विलास की और कौन-कौन-सी सामग्रियाँ दुकानों में सजी नजर आएँगी, पेटेंट दवाएँ चुनी हुई हैं, लेकिन आपके कितने देशवासी उनसे लाभान्वित होते हैं? आपका आधुनिक शिक्षा से वंचित भाई आपको इस ठाट से देखता है और यह समझता है कि यह आदमी हममें से नहीं है, हम उनके नहीं हैं। फिर आप चाहे कितनी बुलन्द आवाज से राष्ट्रीयता की हाँक लगाएँ वह आपकी ओर ध्यान नहीं देता। वह आपको पराया समझ लेता है। आपके सर्कस और थिएटर में वह सहज सौन्दर्य कहाँ है जो पुराने जमाने के मेला और तमाशों में होता था? आपके काव्य में वह आकर्षण कहाँ है वो पुराने जमाने के भजनों में होता था जिन्हें सुनकर अमीर और गरीब, राजा और रंक सब-के-सब सिर धुनने लगते थे? आधुनिक प्रणाली ने जनसाधारण को अपनी परिधि से बाहर कर दिया है। उसने अपनी दीवार आडम्बर पर खड़ी की है। भौतिकता, और स्वार्थपरता उसकी आत्मा है। इसके बावजूद जनतांत्रिकता ही आधुनिक सभ्यता का सबसे प्रधान गुण कही जाती है। वर्तमान सभ्यता का सबसे अच्छा पहलू राष्ट्रीयता की भावना का जन्म लेना है। उसे इस पर गर्व है और उचित गर्व है। लेकिन पुराने जमाने में भी राष्ट्रीयता की भावना बिलकुल लुप्त न थी। यूनान और ईरान की लड़ाइयाँ, स्पेन और अरब की लड़ाइयाँ, हिन्द और अफगानिस्तान के झगड़े किसी-न-किसी हद तक राष्ट्रीयता के उदय और राष्ट्र-गौरव पर आधारित थे लेकिन आधुनिक सभ्यता ने इस भावना को एक संगठित, अनुशासित, एकताबद्ध और व्यवस्थित रूप दे दिया है। पुराने जमाने में इसका बोध विशेष अवसरों पर होता था। किसी अपमान का बदला, किसी ताने की चुभन या केवल वीरता का प्रदर्शन और विजयी बनने का उत्साह कुछ व्यक्तियों को एकता की डोर में बाँध देता था। एक उबाल था जो थोड़ी देर के लिए दिल को हिला देता था, एक तूफान था कि जो कुछ देर तक पानी की ठहरी हुई सतह में हलचल डाल देता था लेकिन उबाल के उतरते ही, तूफान का जोर खत्म होते

ही अलग-अलग तत्त्व अपनी-अपनी स्वाभाविक स्थिति पर आ जाते थे और कुछ दिनों के बाद इन लड़ाइयों की याद भी खत्म हो जाती थी या जिन्दा रहती थी तो कवीश्वरों के कवित्तों में। बहुत बार धर्म के प्रचार के लिए जबान से खंजर की मदद ली जाती थी। पुरानी रवायतें आज तक नारा-ए-तकबीर-व-तकफीर से गूँज रही हैं मगर वे अस्थायी, क्षणिक उद्गार होते थे। उन्होंने सल्तनतें तबाह कर दीं, राष्ट्रों को गारत कर दिया, प्रलय के दृश्य खड़े कर दिये, संस्कृति के चिह्न मिटा दिये मगर इससे इनकार नहीं किया जा सकता कि वे वैयक्तिक और अस्थायी चीजें थीं। इसके विपरीत आधुनिक राष्ट्र एक स्थायी, टिकाऊ, सामूहिक और अनिवार्य भावना है। उसकी बुनियाद न व्यक्तिगत सत्ता पर है न धार्मिक प्रचार पर बल्कि निश्चित समुदायों की भलाई और सेवा, शान्ति और दृढ़ता पर। वह पारिवारिक, सांस्कृतिक या धार्मिक सम्बन्धों से पृथक् है। वह बाह्यत: भौगोलिक सीमा पर आधारित है और आन्तरिक रूप से उद्देश्यों की एकता पर। वह शहद और दूध की नदी अपने कब्जे में रखना चाहती है और किसी दूसरे को उसका एक घूँट भी देना नहीं चाहती। वह खुद आराम से अपना पेट भरेगी चाहे दुनिया भूखों मरें, खुद हँसेगी चाहे दुनिया खून के आँसू रोए। अगर उसे लाल कपड़े पहनने की धुन हो जाए और लाल रंग खून से निकलता हो तो उसे दूसरों का खून करने में भी झिझक न होगी। अगर इनसान के दिल का टुकड़ा उसके शरीर को ताकत पहुँचानेवाला हो तो निश्चय ही हजारों आदमी उसके खंजर के नीचे तड़पते नजर आएँगे। उसे अपना अस्तित्व संसार में आवश्यक मालूम होता है। बाकी दुनिया मिट जाए, उसे इसकी परवाह नहीं। स्वार्थपरता उसका धर्म, उसकी पुस्तक, उसका रास्ता सब कुछ है। सारी मानवीय भावनाएँ, सारे नैतिक प्रश्न इस हवस के पुतले के आगे सिर झुका देते हैं। यह कल और मशीन का युग है और राष्ट्र इस युग की सबसे स्पष्ट अभिव्यक्ति है। यह देव-जैसी मशीन दिन-रात पागलों जैसी तेजी मगर सिपाहियों जैसी पाबन्दी के साथ चलती रहती है। कोई इसके घेरे में आ जाए यह उसे देखते-देखते निगल जाएगी, उसे पीस डालेगी। वह किसी पर दया नहीं करती किसी के साथ रिआयत नहीं करती। वह एक भीमकाय रोलर है जिसमें व्यापार और प्रभुत्व की दो लाल-लाल आँखें घूर-घूरकर बेखबर लोगों को चेतावनी देती हैं कि खबरदार सामने न आना वरना पलक झपकते भर में मारे जाओगे। इस आधुनिक राष्ट्र ने संसार में एक रक्ताक्त जीवन-संघर्ष छेड़ दिया है। जिन मानव समुदायों ने अभी तक राष्ट्र का रूप नहीं ग्रहण किया वे उसके अत्याचारों का क्षेत्र हैं। वह अफ्रीका में जाती है और वहाँ के जंगलों और घाटियों को काले रंग के काफिरों से पाक कर देती है। वह एशिया में आती है और सभ्यता व शिक्षा का नारा बुलन्द करती है। उसके नेक इरादों में शक नहीं। वह किसी को गुलामी का तौक नहीं पहनाती, मर्दों और औरतों को गुलाम नहीं बनाती, शहरों को जलाकर खाक नहीं करती मगर एक

विचित्र-सा संयोग है कि जो 'अ-राष्ट्र' प्रदेश इस राष्ट्र के हाथों बन्दी हुआ, उसका जीवन निराशा और अपमान की भेंट चढ़ जाता है।

प्राचीन युग को अन्धकार युग कहा जाता है मगर उस अन्धकार युग में सैनिक सेवा हर एक व्यक्ति की स्वेच्छा पर निर्भर थी। बादशाह किसी को जबर्दस्ती लड़ने पर मजबूर न कर सकता था। बहादुरी के मतवाले कर्तव्य या मित्रता या विशुद्ध लालच की पुकार सुनकर खड्ग-हस्त हो जाते थे लेकिन इस प्रकाशवान युग ने हर व्यक्ति को हत्या के लिए तत्पर बना दिया है। नारा व्यक्ति-स्वाधीनता का बुलन्द किया जाता है लेकिन सच तो यह है कि राष्ट्र ने व्यक्ति को मिटा दिया, व्यक्ति का अस्तित्व राष्ट्र या स्टेट में समाहित हो गया है। हम अब रियासत के गुलाम हैं। उसको अधिकार है चाहे हमको कत्ल व खून पर मजबूर करे चाहे झगड़े-फसाद पर। लंका में विभीषण ने अपने भाई रावण के खिलाफ रामचन्द्र की मदद की थी मगर विभीषण पूरी आजादी के साथ लंका में रहता था। रावण को कभी इतना साहस न हुआ कि वह विभीषण का एक बाल भी बाँका कर सके। आज लड़ाई के जमाने में इस तरह का राजद्रोह कोर्ट मार्शल का कारण बन जाता। विदुर कौरवों से वजीफा पाता था लेकिन एलानिया पांडवों का साथ देता था। तो भी कौरवों ने, यद्यपि वे कर्तव्य भावना से रहित कहे जाते हैं, इस निर्भीक स्पष्टता के लिए विदुर को मार डालने के योग्य नहीं समझा। मगर आप कुछ भी कहें वह अँधेरा युग था, गुलामी और बदहाली से घायल और दुखी। और यह जमाना जब दुश्मन की खूबियों को स्वीकार करना भी कुफ्र है, जब राष्ट्रीय धर्म से जौ भर भी इधर-उधर होना अक्षम्य पाप है, प्रकाशवान, रौशन! अगर रोशनी का मतलब बिजली या गैस की रोशनी है। लेकिन अगर रोशनी का मतलब आत्मिक स्वतंत्रता, बौद्धिक और सामाजिक शान्ति है तो वह अँधेरा युग इस रौशन जमाने से कहीं अधिक प्रकाशवान था। 'राष्ट्र' की शक्ति और प्रभुत्व पर ये सब पतिंगे न्योछावर हैं! और क्या यह व्यापार और कल-कारखानों की उन्नति, तरह-तरह के यंत्रों का आविष्कार, जिस पर नए युग को इतना गर्व है, विशुद्ध सौभाग्य है जबकि सिगरेट कौड़ियों के मोल बिकता है, बटन और टीन के खिलौने मारे-मारे फिरते हैं मगर दूध और घी, मकई और ज्वार का स्थायी अकाल पड़ा हुआ है जबकि देहात उजड़ते जाते हैं और शहरों की आबादियाँ बढ़ती जाती हैं, जबकि प्रकृति की दी हुई सम्पदा को लात मारकर लोग बनावटी नुमाइशी ढकोसलों पर जान दे रहे हैं, जबकि आदम के बेशुमार बेटे बदबूदार और अँधेरी कोठरियों में जिन्दगी बसर करने के लिए मजबूर हैं, जबकि लोग अपनी बिरादरी और पड़ोसियों की सीख न मानकर वासना के शिकार होते जाते हैं, जबकि बड़े-बड़े व्यावसायिक नगरों में सतीत्व आवारा और परेशान रोता फिरता है (लंदन में चालीस हजार से ज्यादा वेश्याएँ हैं और कलकत्ते में सोलह हजार से ज्यादा), जबकि आजाद मेहनत की रोटी खानेवाले इनसान पूँजीपतियों के गुलाम

होते जाते हैं, जबकि महज पैसेवाले व्यापारियों के नफे के लिए खूनी लड़ाइयों में कूदने से भी लोग बाज नहीं आते, जबकि विद्या और कला और आध्यात्मिकता भी नफे-नुकसान के भँवर में फँसी हुई है, जबकि कुशल राजनीतिज्ञों का पाखंड और छल-कपट हंगामा बरपा किए हुए है और न्याय और सच्चाई का शोर सिर्फ जुल्म के मारे हुओं की कमजोर पुकार को दबाने के लिए मचाया जाता है। नई सभ्यता का कोई दीवाना भी इन मुसीबतों और गुलामी के दौर को खालिस बरकत कहने की हिम्मत नहीं कर सकता। इसमें शक नहीं कि देश के नेता इसके दोषों से परिचित हो गए हैं और इसके सुधार की कोशिशें की जा रही हैं लेकिन उस जहर को जो समाज-व्यवस्था में घुल गया है, निकालने की कोशिश नहीं की जाती, सिर्फ उसके ऊपरी प्रभावों, ऊपरी विकृतियों को छिपाने और मिटाने में लोग लगे हुए हैं। कोढ़ी जिस्म को रंगीन कपड़ों से ढका जा रहा है।

नए जमाने ने मानवीय सद्गुणों का भी मनमाना विभाजन कर दिया है। पुराने जमाने में भी श्रेणियों और हैसियतों का विभाजन था मगर नैतिक सिद्धान्तों में विशेष और साधारण, विजेता और विजित का कोई भेद न था। नम्रता और सहिष्णुता, शर्म और हया, सदाचार और मुरव्वत—इन गुणों का सब आदर करते थे चाहे वह मुगल हों या तुर्क, ब्राह्मण हों या शूद्र। लेकिन आज हालत कुछ और है। ये निर्बलों के गुण हैं। नम्रता को आज निर्बलता की स्वीकृति समझा जाता है। लाज-शर्म नामर्दों के गुण हैं। मीठा बोलना, सुन्दर आचरण और आँख का लिहाज इस नई टकसाल के फेंके हुए सिक्के हैं। दया और प्रार्थना, संयम और नर्मी को कायरता और पस्तहिम्मती समझा जाता है। अब डींगें मारने और शेखी बघारने का जमाना है। गुस्सा, नफरत, घमंड, जबान का कड़ुआपन—ये मर्दाना खूबियाँ हैं। अगर किसी से इनकार करना है तो मुलायमियत से कहने की जरूरत नहीं, साफ और बेलाग कहिए। इसमें अक्खड़पन जितना ही ज्यादा हो उतना ही अच्छा। नाक पर मक्खी न बैठने पाए, तलवार हमेशा म्यान से बाहर रहे, जरा कोई बात तबीयत के खिलाफ हो, बस, जामे से बाहर हो जाइए। गुस्सा एक मर्दाना जौहर है। उसे रोकना बुजदिली की दलील है। आपको चाहे किसी खास बात में जरा भी दखल न हो मगर जबान से कहिए कि मैं इस फन का अरस्तू हूँ। मुरव्वत और इनसानियत और लिहाज को पास न फटकने दीजिए। ये गरीब और मजबूर लोगों के गुण हैं। आप अपने बर्ताव में दिलेराना साफगोई से काम लीजिए। आपको किसी की भावनाओं से कोई प्रयोजन नहीं, और शर्म का तो नाम लेना भी गुनाह है। यह हैं इस नए जमाने की खूबियाँ।

हम यह नहीं कहते कि वे पुरानी बातें सब-की-सब तारीफ करने के काबिल हैं मगर वह कितना ही बुरा क्यों न हो और कितने ही ताने उसे क्यों न दिये जाएँ, वह इस नई स्वार्थपरता, घमंड और आडम्बर से कई गुना अच्छा है। मजा यह है कि

बचपन ही से इन नैसर्गिक गुणों को मिटाने की कोशिश की जाती है। यह मर्दाना गुण लड़कों को उनके दूध के साथ पिलाए जाते हैं। नए जमाने का राग अलापनेवाला कहेगा यह इकतरफा तसवीर है। देखिए, आज राष्ट्रीय मेल-जोल ने मानव सम्बन्धों को कितना दृढ़ बना दिया है। एक अंग्रेज व्यापारी के साथ चीन में कोई बेइंसाफी होती है और सारे इंगलिस्तान में शोर मच जाता है। खून की कीमत और कानूनी जंग की दुहाई मचने लगती है। एक फ्रांसीसी अखबार का प्रवेश किसी राज्य में बन्द कर दिया जाता है, और फ्रांसीसी दुनिया में उथल-पुथल मच जाती है। यह हमदर्दी, यह एकता कभी पहले भी थी? राजपूत मुसलमानों की मातहती में राजपूतों का खून करते थे, मुसलमान सिक्खों के कन्धे-से-कन्धा मिलाकर मुसलमानों का कत्ल करते थे। निस्सन्देह यह नए युग का एक अच्छा पहलू है। इसके जोर पर हम दुनिया के हर कोने में चैन से रह सकते हैं, हर प्रदेश में व्यापार कर सकते हैं। मगर सच्चाई यह है कि यह एकता और सहमति इनसानियत की बनिस्बत राष्ट्रीय प्रभुत्व पर अधिक निर्भर है वरना क्या वजह है कि किसी दूर-दराज मुल्क में एक आदमी की तकलीफ या बेइज्जती कौम के दिल को हिला देती है मगर अपने ही पड़ोसी और अपने दोस्तों की भूख और गरीबी पर जरा भी दिल नहीं पसीजता? क्या वजह है कि योरोपियन पूँजीपति धन और ऐश्वर्य की शानदार नैया पर बैठा हुआ उन अनाथों की परवाह नहीं करता जो गरीबी और बदहाली के भँवर में पड़े हुए हैं? यही कि स्वार्थपरता, इन्द्रिय-परायणता राष्ट्र की आत्मा है।

वह विशुद्ध सांसारिकता है, सुन्दर भावनाओं से रहित, जिसने दिलों को कठोर और संकीर्ण और भावना-शून्य बना दिया है। वह पैसेवालों का एक जत्था है जो नैतिक, भावनात्मक, आत्मिक वस्तुओं को व्यावसायिक लाभ और हानि की दृष्टि से देखता है, जिसके निकट वही नेकी आचरण करने योग्य है जो दौलत के ढेर में कुछ वृद्धि करे, वही भाव अच्छे हैं जो अपना प्रभुत्व बढ़ाएँ। वह आत्मा को भी तराजू के पलड़ों पर तौलता है। उसे जनतंत्र कहना गलती है। बराबरी और भाईचारे को उसने पैरों तले इस तरह रौंदा है कि अब उसकी शक्ल भी पहचानी नहीं जाती। इनसान की कीमत उसके नजदीक इतनी ही है कि वह एक रुपया कमाने का साधन है। वह कसाई की तरह इनसान के गोश्त और खाल का अन्दाजा करके उसकी कीमत लगाता है। कहने का मतलब यह है कि पुराना जमाना अमीरों और सुलतानों का जमाना था और नया जमाना बनियों और व्यापारियों का जमाना है। इसने दौलत के पहाड़ खड़े कर दिये, दौलत की तलाश में जल-थल को छानता हुआ आसमानों के छोर तक जा पहुँचा और अब सारी दुनिया उसका कार्यक्षेत्र है।

इस नए जमाने में एक ऐसा रोशन पहलू भी है जो उन काले दागों को किसी हद तक ढक देता है और वह है 'बेजबानों की ताकत का जाहिर होना।' हाल के योरोपीय महायुद्ध ने इस पहलू को और भी उजागर कर दिया है। स्वार्थपरता के

तूफान ने बड़े-बड़े गरांडील पेड़ों को ही नहीं सोए हुए और लुटे हुए हरे-भरे मैदानों को भी जगा दिया है। अब एक फाकाकश मजदूर भी अपनी अहमियत समझने लगा है और धन-दौलत की ड्योढ़ी पर सिर झुकाना पसन्द नहीं करता। उसे अपने कर्तव्य चाहे न मालूम हों लेकिन अपने अधिकारों का पूरा ज्ञान है। वह जानता है कि इस सारे राष्ट्रीय वैभव और प्रभुत्व का कारण मैं हूँ। यह सारा राष्ट्रीय विकास और उन्नति मेरे ही हाथों का करिश्मा है। अब वह मूक सन्तोष और सिर झुकाकर सब कुछ स्वीकार कर लेने में विश्वास नहीं रखता।

यह उन चीजों की मन्दी का युग है, और वह भी उन्हें हाथ नहीं लगाता। वह भी आराम, निश्चिन्तता और खुशहाली की माँग करता है। वह भी अच्छे मकानों में रहना चाहता है, अच्छे खाने खाना चाहता है और मनोरंजन के लिए अवकाश की माँग करता है। और वह अपने दावों को ऐसे प्रभावशाली ढंग से प्रकट करने लगा है कि अधिकारी वर्ग उससे नखरे नहीं कर सकता। वह पूँजी का दुश्मन है, व्यक्तिगत सम्पत्ति की जड़ खोदनेवाला और व्यापारियों की जत्थेबन्दी का हत्यारा। यह सच है कि वह भी अपने प्रभाव का क्षेत्र भौगोलिक सीमाओं के अन्दर रखना चाहता है मगर अपनी अमलदारी में बराबरी और सच्चाई का समर्थक है। वह अपने राष्ट्र को एक अकेली सत्ता बनाना चाहता है। हर व्यक्ति के लिए एक जैसा अवसर, एक जैसी सुविधाएँ, एक जैसे उन्नति के साधनों की माँग करता है। सबकी एकता उसका जेहाद का नारा है। वह ऊँच-नीच को मिटाकर सारी जमीन को समतल बनाने की कोशिश करता है। वह ऐसी राज्य-व्यवस्था स्थापित करना चाहता है जो धनोपार्जन के समस्त साधन अपने हाथ में रखे और हर व्यक्ति को उसकी मेहनत और योग्यता के अनुसार बराबर बाँटे। वह जमींदारों को एक गन्दी और बेकार चीज समझता है और उनकी सम्पत्ति को उनके कब्जे से निकालकर जनता के कब्जे में रखना चाहता है। संक्षेप में, वह सारी सम्पत्तियों, कारखानों, रेलों, जहाजों पर एक विशेष व्यवस्था के द्वारा जनता के अधिकार की माँग करता है और कौन कह सकता है कि यह काम बेहद मुश्किल नहीं है। व्यक्तिगत अधिकार का विचार मनुष्य के स्वभाव का अंग हो गया है। यह उसकी सबसे सशक्त प्रेरक शक्ति है। इसी पर उसके जिन्दगी के सारे मंसूबे, सारे इरादे, सारी इच्छाएँ कायम हैं। 'व्यक्ति' की सत्ता मिटाना दुष्कर है। पूँजी और सम्पत्ति से खूनी लड़ाइयाँ लड़नी पड़ेंगी। (कुछ देशों में जारी हैं) और यद्यपि रंग-ढंग से मालूम होता है कि उसकी इस लड़ाई में हार हो गई लेकिन उसका असर जिन्दा है और बढ़ता जाएगा। पूँजी उसे अपने काबू में रखने के लिए कुछ और रिआयतें करेगी, कुछ बल खाएगी, कुछ नाज उठाएगी, उससे लड़ाई करके अपनी हस्ती खतरे में न डालेगी।

जनता की यह हलचल और माँगें चाहे नाजुक कानों को कितनी ही नागवार मालूम हों लेकिन वह उस निस्तब्ध मौन की तुलना में कहीं अधिक जीवनदायक

हैं जो पुराने युग की अपनी विशेषता थी और जो अभी तक कुछ एशियाई देशों में चल रही है, जो आग में जलकर, तलवार की चोट खाकर भी उफ नहीं करती, सहना और तड़पना जिसकी विशेषता है। नए जमाने के इस सबसे ताजा पहलू ने योरप और अमेरिका वगैरह देशों में शूद्रों का खात्मा कर दिया है। अब वहाँ कोई ऐसा नहीं जिसके छूने से ब्राह्मणों का पवित्र अस्तित्व कलंकित हो जाए, कोई ऐसा नहीं जो क्षत्रियों के अत्याचार की फरियाद करे, जो वैश्यों के स्वर्ण-सिंहासन को ढोनेवाला बने।

मगर यह खयाल करना कि जनतंत्र का यह नया पहलू अपनी भौगोलिक परिधि से बाहर निकलकर निर्बलों और अनाथों की हिमायत करेगा या पूँजीपति 'राष्ट्र' की बनिस्बत 'अ-राष्ट्रों' के साथ ज्यादा इनसानियत और हमदर्दी का बर्ताव करेगा, शायद गलत साबित हो। उसे राज-सिंहासन और स्वर्ण मुकुट से प्रेम नहीं लेकिन राजकीय अधिकार-भावना और राज्य-संचालन की वासना से वह भी मुक्त नहीं। बहुत सम्भव है कि 'अ-राष्ट्रों' पर इस जनतंत्र का अत्याचार पूँजीपतियों से कहीं अधिक घातक सिद्ध हो। जब कुछ थोड़े से पूँजीपतियों की स्वार्थपरता दुनिया को उलट-पलटकर रख दे सकती है तो एक पूरे राष्ट्र की सम्मिलित स्वार्थपरता क्या कुछ न कर दिखाएगी। वह भी जत्थेबन्दी की एक सूरत है, ज्यादा ठोस। वह अपने देश के व्यक्तिगत प्रभुत्व को मिटाकर उसके बदले जनता के प्रभुत्व का झंडा लहराएगी मगर यह स्पष्ट है कि उसका आधार भी स्वार्थपरता है और जब तक उसके पैरों से यह जंजीर दूर न होगी वह इस इनसानी भाईचारे की मंजिल से एक जौ भी और करीब न होगी, जो संस्कृति का लक्ष्य है।

लेकिन नए जमाने की इस खींचतान और आपसी होड़, अहंकार और भौतिकता के संसारव्यापी अन्धकार में आशा की एक किरण दिखाई दे रही है। वह प्रेसिडेंट विल्सन की प्रस्तावित लीग ऑफ नेशन्स या राष्ट्र संघ है। हम अपनी अनाथ और बेबस आँखों से उस किरण की ओर खड़े ताक रहे हैं। हमारे पैरों की कमजोरी हमें उस तरफ बढ़ने नहीं देती। हमारा दिल उम्मीद से भरा हुआ है। यह किरण हमारी कठिन मंजिल के किसी आश्रयस्थल का पता दे रही है या केवल मरीचिका है, आनेवाली घड़ियाँ जल्दी ही इसका फैसला कर देंगी। लेकिन अगर वह मरीचिका ही हो तो क्या हमें शिकायत का कोई मौका है? यह उन राष्ट्रों का संघ होगा जिन्होंने जनतंत्र का स्थान प्राप्त किया है, जहाँ बहुत से लोग मुट्ठी भर लोगों के हाथों लुटते नहीं, जहाँ ब्राह्मण और शूद्र का विचार या भेद नहीं है। हम अभी राष्ट्रीयता के लक्ष्य तक भी नहीं पहुँचे, जनतंत्र की तो बात ही करना व्यर्थ है। ऐसी हालत में अगर हम इस संघ में दाखिल किए जाने के काबिल न समझे जाएँ तो हमें ताज्जुब या शिकायत न करनी चाहिए। जब इंगलिस्तान को इस संघ में आने के लिए अपना घेरा बहुत फैलाना पड़ा यहाँ तक कि अब उनकी स्त्री जाति को भी राजनीतिक

अधिकार मिल गए, जब आस्ट्रिया और जर्मनी जैसे जिनकी राजनीतिक स्थिति हमसे कहीं अच्छी है इस संघ में केवल इसलिए प्रवेश पाने के योग्य नहीं समझे जाते कि वहाँ अभी तक व्यक्तिगत प्रभाव सिद्धान्तों पर भारी पड़ता है और विशाल जनता थोड़े से लोगों के अधीन हैं तो हिन्दुस्तान किस मुँह से इस संघ में शरीक होने की माँग कर सकता है जहाँ जनता एक बेजान और बेहिस ढेर से ज्यादा कुछ नहीं है। इस बर्बादी का इल्जाम हम गवर्नमेंट के सिर नहीं रख सकते। गवर्नमेंट की कार्य-प्रणाली अब तक हमेशा जबर्दस्तों की हिमायत करती आई है। जनता को इस जड़ता की स्थिति में रखने का सारा दोष शिक्षित और सम्पन्न लोगों पर है। हमारे स्वराज्य के नेताओं में वकील और जमींदार ही सबसे ज्यादा हैं। हमारी काउंसिल में भी यही दो समुदाय आगे-आगे दिखाई पड़ते हैं। मगर कितने शर्म और अफसोस की बात है कि उन दोनों में से एक भी जनता का हमदर्द नहीं। वे अपने ही स्वार्थ और प्रभुत्व की धुन में मस्त हैं। वह अधिकार और शासन की माँग करते हैं और धन और वैभव के इच्छुक हैं, जनता की भलाई के नहीं। कितने बड़े-बड़े ताल्लुकेदार, बड़े-बड़े जमींदार, पैसेवाले रईस लोग उन बेजबान करोड़ों काश्तकारों के साथ हमदर्दी, इनसानियत और देशभाईपने का बर्ताव करते हैं जिन्हें संयोग या गवर्नमेंट की गलती या खुद जनता की बेजबानी ने उनकी तकदीर का मालिक बना दिया है। आप स्वराज्य की हाँक लगाइए, सेल्फ गवर्नमेंट की माँग कीजिए, काउंसिल को विस्तार देने की माँग कीजिए, उपाधियों के लिए हाथ फैलाइए, जनता को इन चीजों से कोई मतलब नहीं है। वह आपकी माँगों में शरीक नहीं है बल्कि अगर कोई अलौकिक शक्ति उसे मुखर बना सके तो वह आज जोरदार आवाज में, शंख बजाकर आपकी इन माँगों का विरोध करेगी। कोई कारण नहीं है कि वह दूसरे देश के हाकिमों के मुकाबले में आपकी हुकूमत को ज्यादा पसन्द करे। जो रैयत अपने अत्याचारी और लालची जमींदार के मुँह में दबी हुई है, जिन अधिकार-सम्पन्न लोगों के अत्याचार और बेगार से उनका हृदय छलनी हो रहा है उनको हाकिम के रूप में देखने की कोई इच्छा उसे नहीं हो सकती।

इसकी क्या जमानत है कि आपके पंजे में आकर उनकी हालत और भी बुरी न हो जाएगी? आपने अब तक इसका कोई सबूत नहीं दिया कि आप उनकी भलाई चाहनेवाले हैं। अगर कोई सबूत दिया है तो उनकी बुराई चाहने का, स्वार्थ का, लोभ का, कमीनेपन का। आप स्वराज्य की कल्पना का मजा ले-लेकर खूब फूलें और बगलें बजाएँ मगर अधिकारों के साथ-साथ कर्तव्यों का ध्यान रखना भी जरूरी है। जाहिल रईसों या जमींदारों से हमें शिकायत नहीं। उनकी आँखें उस वक्त खुलेंगी जब उनकी गर्दनें जनता के हाथों में होंगी और वह बेबस निगाहों से इधर-उधर ताक रहे होंगे। शिकायत हमें उन लोगों से है जो पढ़े-लिखे हैं और जमींदार हैं, वकील हैं और जमींदार हैं। वह अपने दिल से पूछें कि वह प्रजा के साथ अपना कर्तव्य

पूरा कर रहे हैं? कभी-कभी अपने कृत्यों और कमियों के बारे में अपने दिल से पूछना जरूरी होता है। उनका दिल साफ कहेगा कि तुम इस तराजू पर तौले गए और ओछे निकले। जरा शहर के शान्तिपूर्ण कोने से निकलकर वहाँ जाइए जहाँ जनता की आबादी है, जहाँ आपके नब्बे फीसदी देशवासी बसते हैं। उस तड़प का आपके दिल पर एक निहायत रौशन असर पड़ेगा। आपकी आँखें खुल जाएँगी। अन्याय और अत्याचार के दृश्य आपका दिल हिला देंगे।

क्या यह शर्म की बात नहीं कि जिस देश में नब्बे फीसदी आबादी किसानों की हो उस देश में कोई किसान सभा, कोई किसानों की भलाई का आन्दोलन, कोई खेती का विद्यालय, किसानों की भलाई का कोई व्यवस्थित प्रयत्न न हो। आपके सैकड़ों मदरसे और कॉलेज बनवाए, यूनिवर्सिटियाँ खोलीं और अनेक आन्दोलन चलाए मगर किसके लिए सिर्फ अपने लिए? सिर्फ अपना प्रभुत्व बढ़ाने के लिए? और शायद अपने राष्ट्र की जो कसौटी आपके दिमाग में थी उसको देखते हुए आपका आचरण जरा भी आपत्तिजनक न था। मगर नए जमाने ने एक नया पन्ना पलटा है। आनेवाला जमाना अब किसानों और मजदूरों का है। दुनिया की रफ्तार इसका साफ सबूत दे रही है। हिन्दुस्तान इस हवा से बेअसर नहीं रह सकता। हिमालय की चोटियाँ उसे इस हमले से नहीं बचा सकतीं। जल्द या देर से, शायद जल्द ही, हम जनता को केवल मुखर ही नहीं अपने अधिकारों की माँग करनेवाले के रूप में देखेंगे और तब वह आपकी किस्मतों की मालिक होगी। तब आपको अपनी बेइंसाफियाँ याद आएँगी और आप हाथ मलकर रह जाएँगे। जनता की इस ठहरी हुई हालत से धोखे में न आइए। इन्कलाब के पहले कौन जानता था कि रूस की पीड़ित जनता में इतनी ताकत छिपी हुई है? हार के पहले कौन जानता था कि जर्मनी का एकच्छत्र स्वेच्छाचारी शासन जनता के ज्वालामुखी पर बैठा हुआ है। निकट भविष्य में हिन्दुस्तान के लाखों मजदूर और कारीगर फ्रांस से वापस आएँगे, लाखों सिपाही लड़ाई के बाद अपने-अपने घर लौटेंगे। क्या आप समझते हैं कि उन पर उन आजाद देशों की आबोहवा का कुछ भी असर न होगा? अगर कौम में इनसानियत और लाज-शरम नहीं है तो खुद अपनी भलाई का तकाजा है कि हम अभी से जनता के दिल को अपने बस में करने की कोशिश करें। इस बात में हमारे ताल्लुकेदार और जमींदार, चाहे वे अँधेरे अवध के हों या उजाले बंगाल के, सबसे ज्यादा दोषी हैं। उचित है कि वे तात्कालिक हानि की चिन्ता न करके किसानों की भलाई और सुधार की कोशिश करें, स्वेच्छा से उन अधिकारों से हाथ खींच लें जो उन्हें किसानों पर प्राप्त हैं। उनसे बेगार लेना छोड़ दें, उनके साथ आदमीयत का बर्ताव करें, इजाफा और बेदखली से परहेज करें, ताकि जनता के दिलों में उनकी इज्जत और उनके प्रति श्रद्धा हो। हमारे काउंसिलरों और राजनीतिक नेताओं का कर्तव्य है कि वे अपने प्रस्तावों की परिधि को फैलाएँ और जनता (यानी काश्तकारों)

की हिमायत का एक प्रोग्राम तैयार करें और उसे अपनी कार्य-प्रणाली बना लें। स्वराज्य की बेकार और बेमतलब सदाओं पर तकिया करके बैठने का वक्त अब नहीं क्योंकि आनेवाला जमाना अब जनता का है और वे लोग पछताएँगे जो जमाने के कदम-से-कदम मिलाकर न चलेंगे।

[उर्दू लेख। 'दौर-ए-जदीद-व-कदीम' शीर्षक से उर्दू मासिक पत्रिका 'जमाना', फरवरी, 1919 में प्रकाशित, हिन्दी रूप 'विविध प्रसंग', भाग-1 में संकलित।]

बच्चों को स्वाधीन बनाओ

बहुत से लोग यह शीर्षक देखकर ही चौंक पड़ेंगे। वाह! लड़के तो आप ही स्वाधीन होते हैं। वह तो बचपन ही में न पुट्ठे पर हाथ रखने देते हैं, न मुँह में लगाम डालने देते हैं और जहाँ जरा समझ आई कि सरपट दौड़ना शुरू कर देते हैं। जरूरत है कि उन्हें आज्ञा पालन सिखाओ, बड़ों का अदब करना सिखाओ, संयम सिखाओ। उन्हें स्वाधीन बनाना तो ऐसा ही है, जैसा आग पर तेल छिड़कना।

यह समय है कि लड़के आजकल उससे कहीं ज्यादा स्वाधीन हैं, जितने कि उनके माता-पिता इस उम्र में खुद थे। इस स्वाधीन प्रवृत्ति का जो नतीजा हो रहा है, उसे देखकर यदि माता-पिता के मन में ऐसी शंका पैदा हो तो कोई आश्चर्य नहीं, लेकिन इसीलिए तो जरूरत है कि लड़कों को स्वाधीन बनने की शिक्षा दी जाए। बालक जितना ही बलशाली होगा, उतना ही स्वाधीन भी होगा, लेकिन अभी हम उसे इसकी शिक्षा नहीं देते। अगर युवकों को फौज के लिए भरती किया जाए तो उन्हें कवायद सिखाने की जरूरत होती है। अगर वे गायक बनना चाहें, तो यह सम्भव नहीं है, कि बिला सिखाए आप-ही-आप गाने लग जाएँ, लेकिन यह देखकर भी कि हमारे बालकवृन्द जितने स्वाधीन आज हैं, उतने किसी अतीत काल में न थे। हम उन्हें बचपन से इस समस्या को हल करने की उचित शिक्षा नहीं दे रहे हैं।

थोड़े से शब्दों में, बालक को प्रधानतः ऐसी शिक्षा देनी चाहिए, कि वह जीवन में अपनी रक्षा आप कर सके।

यह तो मानी हुई बात है कि आज के बालक स्वाधीन हैं, और अब किसी के बस की बात नहीं है कि इस दशा को पलट दे। इसके बहुत-से कारण हैं—परिवारों का देहातों से निकलकर शहरों में आबाद होना, जहाँ परिचित जनों के दबाव और स्वभाव से लोग मुक्त जो जाते हैं, पुराने नीति-व्यवहारों का शिथिल हो जाना, जिनका पहले विद्रोही युवकों पर बहुत दबाव पड़ता था। मोटरकार, सिनेमा और समाचार-पत्र सब स्वाधीनता की प्रवृत्ति को मजबूत करते हैं।

लेकिन इस पर आँसू बहाने से काम न चलेगा। पुराने जमाने में जब बड़ों का हुक्म और अदब मानना समाज का सबसे मान्य नियम था और हर एक छोटी जाति अपने से ऊँची जाति के सामने अदब से सिर झुकाती थी, तब बालकों को

बचपन ही से अदब करना सिखाया जाता था और उचित भी था, लेकिन आज किसी बाहरी सत्ता की आज्ञाओं को मानने की शिक्षा देना बालकों की सबसे बड़ी जरूरत की तरफ से आँखें बन्द कर लेना है। युवकों के सामने आज जो परिस्थिति है उसमें अदब और नम्रता का इतना महत्त्व नहीं है, जितना व्यक्तिगत विचारों और कामों की स्वाधीनता का।

इस नई शिक्षा का आशय क्या है? आज्ञा-पालन हमारे जीवन का एक अंग है और हमेशा रहेगा। अगर हर एक आदमी अपने मन की करने लगे, तो समाज का शीराजा बिखर जाएगा। अवश्य हर एक घर में जीवन के इस मौलिक तत्त्व की रक्षा होनी चाहिए, लेकिन इसके साथ ही माता-पिता की यह कोशिश भी होनी चाहिए, कि उनके बालक उन्हें पत्थर की मूर्ति या पहेली न समझें। चतुर माता-पिता बालकों के प्रति अपने व्यवहार को जितना स्वाभाविक बना सकें, उतना बनाना चाहिए, क्योंकि बालक के जीवन का उद्देश्य कार्य क्षेत्र में आना है, केवल आज्ञा मानना नहीं। वास्तव में जो बालक इस तरह की शिक्षा पाते हैं, उनमें से आत्मविश्वास का लोप हो जाता है। वे हमेशा किसी की आज्ञा का इन्तजार करते हैं। हम समझते हैं कि आज कोई बाप अपने लड़के को ऐसी आदत डालनेवाली शिक्षा न देगा।

दूसरा सिद्धान्त यह है कि माता-पिता को कोई बात न तय करनी चाहिए, बल्कि लड़कों पर ही छोड़ देनी चाहिए। एक बादशाह ने जब अपने बालक को एक अध्यापक को सौंपा तो यह सलाह दी—जितनी जल्दी हो सके, अपने को बेकार बना लेना। हमारा यह कर्तव्य नहीं है कि हम सदा अपने लड़कों से अपनी आज्ञाएँ मनवाते रहें, बल्कि उनको इस योग्य बना दें, कि वह खुद अपने मार्ग का अपने-आप निश्चय कर लें। युवकों में यह प्रवृत्ति जितनी अधिक होगी, उतनी ही सफल उनकी शिक्षा भी समझनी चाहिए।

तीसरा सिद्धान्त यह है कि गृहस्थी को जनतंत्र कायदों पर चलना चाहिए। तजरबे से यह बात मालूम होती है, कि हम जनतंत्र पर चाहे कितना ही विश्वास क्यों न रखें हमारे घरों में स्वेच्छाचार ही का राज्य है। घर का मालिक मुसोलिनी या कैसर की तरह डटा हुआ उसे जिस रास्ते चाहता है, ले जाता है और कभी इसका उलटा दिखाई देता है। घर में न कोई कायदा है न कोई कानून। जो जिसके जी में आता है, करता है, जैसे चाहता है, रहता है, कोई किसी की खबर नहीं लेता। लड़के अपनी राह जाते हैं, जवान अपनी राह और बूढ़े अपनी राह। दोनों ही तरीके जनतंत्र से कोसों दूर हैं—पहले तरीके में स्वतंत्रता का नाम नहीं, दूसरे तरीके में जिम्मेदारी का। यह दोनों तरीके लड़कों की शिक्षा की दृष्टि से अनुचित हैं। करना यह चाहिए, कि घर के मामलों में शुरू ही से बच्चों की राय ली जाए। छोटा बालक भी—अगर उसको सीधे रास्ते पर लगाया जाए—अपनी जिम्मेदारी को समझने लगता है। जिन लड़कों के साथ माँ-बाप बुरा व्यवहार करते हैं, वे भी उनके साथ सच्चा स्नेह रखते

हैं, मगर माँ-बाप उनकी इस प्रकृति को अपने स्वेच्छाचार से कुचल डालते हैं और उसका बुरा नतीजा हम रोज अपनी आँखों से देखते हैं।

हर एक मामूली आदमी को यह जानकर गर्व और आनन्द होता है कि घर में उसका भी कोई स्थान है, वह भी कुछ समझा जाता है। बालक भी इस भाव से खाली नहीं होता। सफल परिवार का सबसे बड़ा रहस्य यह है कि वह इस प्रवृत्ति को व्यवहार में लावे। ऐसा बालक सदैव परिवार के सम्मान की रक्षा करेगा। यहाँ उसे स्वाधीन राय कायम करने का पाठ मिल रहा है। हो सकता है कि इस विषय में कुछ लोगों का कड़वा तजरुबा हो—युवकों ने परिवार के हित की ओर ध्यान न देकर अपने ही अधिकारों पर जोर दिया हो। अभिमान और विलास उनकी राय में आजकल के युवकों में जरूरत से ज्यादा मौजूद है, लेकिन यह बालक का दोष नहीं, माँ-बाप का दोष है। बालक को यह शिक्षा देने के लिए समय, धैर्य, बुद्धि और सहानुभूति की जरूरत है। इसका आशय यह है कि बच्चा ज्यों ही आने और पैसे में फर्क समझने लगे, उनके हाथ में पैसे दे दिये जाएँ, उनका वजीफा बाँध दिया जाए और कुमारावस्था में ही उन्हें इस योग्य बना दिया जाए कि वे पैसे का मूल्य समझने लगें और खर्च को आमदनी के अन्दर रखने की आदत सीखें।

हम इन बातों पर ध्यान नहीं देते। कितने ही माँ-बाप अपने लड़कों के विषय में उतने ही बेखबर होते हैं, जितने अपने तोते या कुत्ते के विषय में। बदमाश और शरीफ बालकों की पारिवारिक स्थिति की परीक्षा ली जाए, तो सिद्ध हो जाएगा कि बाल-चरित्र में जो दोष आ जाते हैं, उसका कारण घरवालों की लापरवाही है।

बच्चों में स्वाधीनता के भाव पैदा करने के लिए यह जरूरी है कि जितनी जल्दी हो सके, उन्हें कुछ काम करने का अवसर दिया जाए। आमतौर पर यह समझा जाता है कि अच्छे माता-पिता का कर्तव्य अपनी सन्तानों को कठिनाइयों से दूर रखना है। इसका फल यह है कि ऊँचे खानदानों में लड़के क्रियाहीन हो जाते हैं। जब उन्हें बिना कोई उद्योग किए ही सारी चीजें मिल जाती हैं, तो फिर वे काम क्यों करें? हालाँकि विचार शास्त्र का यह एक मोटा सिद्धान्त है कि लड़कों को अपने हाथ से, अपने उद्योग से कोई काम कर दिखाने में या कोई चीज बनाकर खड़ी कर देने में जितना आनन्द मिलता है, उतना और किसी बात में नहीं। लड़का अपनी कागज की नाव पानी में डालकर जितना खुश होता है, उतना बड़े-बड़े विशाल जहाजों को चलते देखकर नहीं होता।

हमारे सुचालित मदरसों में अब इस बात को लोग समझने लगे हैं कि लड़कों को हाथ से कुछ काम कराना अव्वल दर्जे की मानसिक और नैतिक साधना है। हर एक घर में ऐसा ही होना चाहिए। लड़कों में आत्मविश्वास उत्पन्न करने का इससे उत्तम साधन नहीं है।

सम्पन्न घरों में अपने हाथ से कुछ करना अपमान समझा जाता है। लड़कों के हर एक काम के लिए नौकर लगे हुए हैं। आने-जाने के लिए मोटरें हैं, उन्हें सैर कराने के लिए खूब साफ कपड़े पहना दिये जाते हैं और ताकीद कर दी जाती है कि कपड़े मैले न होने पावें। उनके मनोरंजन के लिए सिनेमा हैं, चित्रशालाएँ हैं, जहाँ उन्हें केवल आँख से देखने की जरूरत है, खुद कुछ करना नहीं पड़ता। इससे परतंत्रता की जो बुरी आदत पड़ जाती है, वह जिन्दगी भर साथ नहीं छोड़ती। ऐसे ही विलास में पले हुए युवक हैं जो अपने स्वार्थ के लिए अपने भाइयों का अहित करते हैं, सरकार की बेजा खुशामद करते हैं।

हम बहुधा लड़कों को कोई नया काम करते देखकर घबड़ा जाते हैं। घड़ी छू रहा है, कहीं तोड़ न डाले। लड़के ने कलम हाथ से लिया और हाँ, हाँ, हाँ का शोर मचा! ऐसा नहीं होना चाहिए। लड़कों की स्वाभाविक रचनाशीलता को जगाना चाहिए। लड़का खिलौने बनाना चाहे, बेतार का यंत्र बनाना चाहे, मछली का शिकार करना चाहे, तरकारियाँ पैदा करना चाहे, कपड़े सीना चाहे, बीन बजाना चाहे, नाटकों में अभिनय करना चाहे, या कविता लिखना चाहे, उसे बाधा मत दो। अगर कोई बालक साल के चन्द हफ्ते भी प्राकृतिक शक्तियों के बीच में रहे, दरिया में किश्ती चलाए, मैदान में गाड़ी चलाए या फावड़ा लेकर खेत में काम करे, तो उसे आत्मविश्वास का जो अनुभव होगा, वह पुस्तकों और उपदेशों से नहीं हो सकता। आश्चर्य तो यह है कि वह लोग भी, जिनकी जवानी कठिनाइयों में गुजरी, अपने बालकों को जीवन-संग्राम के उत्साह बढ़ानेवाले कामों से बचाते हैं।

हम यहाँ यह बतला देना चाहते हैं कि स्वाधीनता से हमारा मतलब क्या है? इसका यह मतलब नहीं है कि हम बिना रोक-टोक जो कुछ चाहे करें और जो कुछ चाहे न करें। इसका मतलब यह है कि बाहरी दबाव की जगह हममें आत्म-संयम का उदय हो। सच्चा स्वाधीन आदमी वही है, जिसका आत्मा के शासन से संयमित हो जाता है, जिसे किसी बाहरी दबाव की जरूरत नहीं पड़ती। बालकों में इतना विवेक होना चाहिए कि वे हर एक काम के गुण-दोष को भीतर की आँखों से देखें।

[लेख। 'हंस' अप्रैल, 1930 में प्रकाशित 'विविध प्रसंग', भाग-3 में संकलित।]

मानसिक पराधीनता

हम दैहिक पराधीनता से मुक्त होना तो चाहते हैं; पर मानसिक पराधीनता में अपने आप को स्वेच्छा से जकड़ते जा रहे हैं। किसी राष्ट्र या जाति का सबसे बहुमूल्य अंग क्या है? उसकी भाषा, उसकी सभ्यता, उसके विचार, उसका कल्चर। यही कल्चर हिन्दू को हिन्दू, मुसलमान को मुसलमान और ईसाई को ईसाई बनाए हुए है। मुसलमान इसी कल्चर की रक्षा के लिए हिन्दुओं से अलग रहना चाहता है, उसे भय है, कि सम्मिश्रण से कहीं उसके कल्चर का रूप ही विकृत न हो जाए। इसी तरह हिन्दू भी अपने कल्चर की रक्षा करना चाहता है, लेकिन क्या हिन्दू और क्या मुसलमान, दोनों अपने कल्चर की रक्षा की दुहाई देते हुए भी उसी कल्चर का गला घोंटने पर तुले हुए हैं।

कल्चर (सभ्यता या परिष्कृति) एक व्यापक शब्द है। हमारे धार्मिक विचार, हमारी सामाजिक रूढ़ियाँ, हमारे राजनैतिक सिद्धान्त, हमारी भाषा और साहित्य, हमारा रहन-सहन, हमारे आचार-व्यवहार, सब हमारे कल्चर के अंग हैं; पर आज हम कितनी बेदर्दी से उसी कल्चर की जड़ काट रहे हैं। पश्चिमवालों को शक्तिशाली देखकर हम इस भ्रम में पड़ गए हैं, कि हममें सिर से पाँव तक दोष-ही-दोष हैं, और उनमें सिर से पाँव तक गुण-ही-गुण। इस अन्धभक्ति में हमें उनके दोष भी गुण मालूम होते हैं और अपने गुण भी दोष। भाषा को ही ले लीजिए। आज अंग्रेजी हमारे सभ्य समाज की व्यावहारिक भाषा बनी हुई है। सरकारी भाषा तो वह है ही, दफ्तरों में भी हमें अंग्रेजी में काम करना ही पड़ता है; पर उस भाषा की सत्ता के हम ऐसे भक्त हो गए हैं, कि निजी चिट्ठियों में, घर की बातचीत में भी उसी भाषा का आश्रय लेते हैं। स्त्री पुरुष को अंग्रेजी में पत्र लिखती है, पिता पुत्र को अंग्रेजी में पत्र लिखता है। दो मित्र मिलते हैं, तो अंग्रेजी में वार्तालाप करते हैं, कोई सभा होती है, तो अंग्रेजी में। डायरी अंग्रेजी में लिखी जाती है। वाह! क्या भाषा है; क्या लोच है; कितनी मार्मिकता है; विचारों को व्यंजित करने की कितनी शक्ति, शब्द-भंडार कितना विशाल, साहित्य कितना बहुमूल्य, कितना परिष्कृत, कविता कितनी मर्मस्पर्शिणी, गद्य कितना अर्थबोधक! जिसे देखो अंग्रेजी जबान पर लट्टू, उसके नाम पर कुर्बान है। यहाँ तक हमारी योग्यता और विद्वत्ता की यही एक परख हो गई

है, कि हम अंग्रेजी बोलने या लिखने में कितने कुशल हैं। आठवें क्लास में अंग्रेजी के मुहावरों की रटन शुरू हो जाती है, पर्यायों के सूक्ष्म अर्थभेद पर विचार होने लगता है, अपनी अंग्रेजी वक्तृता में अंग्रेजों का ऐक्सेंट और उच्चारण कैसे लाएँ, इस प्रयत्न में जान खपा दी जाती है। अगर किसी स्वर का उच्चारण अंग्रेजों से उनके मौखिक गठन के दोषों के कारण नहीं होता, तो हम भी अपने में वही बात पैदा करेंगे। आज तक 'the' जैसे साधारण शब्द का भी ठीक उच्चारण—जो अंग्रेजों को भी जँचे—बहुत कम लोग कर सकते हैं और हमारी यह मनोवृत्ति राष्ट्रीय भावों के साथ-ही-साथ बढ़ती जाती है। यहाँ तक कि अंग्रेजी ही पठित समाज की भाषा बन गई है। अपनी भाषा में बातचीत करते समय कभी-कभी एकाध अंग्रेजी शब्द आ जाने को तो हम मुआफी से काबिल समझते हैं; लेकिन दुख तो यह है, कि ऐसे सज्जनों की भी कमी नहीं है, जो बहुत थोड़ी-सी अंग्रेजी जानकर भी अंग्रेजी ही में अपनी योग्यता का प्रदर्शन करते हैं। अंग्रेज स्वप्न में भी किसी अंग्रेज से गैर-अंग्रेजी भाषा में न बोलेगा, मगर यहाँ हम आपस में ही अंग्रेजी बोलकर अपनी मानसिक दासता का ढिंढोरा पीटते हैं। मैं उस मनोवृत्ति की कल्पना भी नहीं कर सकता, जो एक ही भाषा-भाषियों को अंग्रेजी में बातें करने की प्रेरणा करती है। किसी मदरासी, बंगाली या चीनी से तो अंग्रेजी में बातें करने का कोई अर्थ हो सकता है। उनसे बातें करनी जरूरी है और इस वक्त और कोई ऐसी भारतीय भाषा नहीं, जिसका सभी प्रान्तवालों का एक-सा ज्ञान हो! मगर एक ही प्रान्त के रहनेवाले, एक ही भाषा के बोलनेवाले, क्यों आपस में अंग्रेजी बोलें, क्यों अंग्रेजी में पत्र लिखें, क्यों 'प्रणाम' या 'नमस्कार', या 'वन्दे' या 'नमस्ते' या 'तस्लीम' करने के बदले 'मार्निंग-मार्निंग' कहें, यह मेरी समझ में नहीं आता। क्यों 'हल्लो' ही मुँह से निकले, मैं इसकी कल्पना नहीं कर सकता। संसार में ऐसे प्राणियों की कमी नहीं है, जो मँगनी की चीजों का व्यवहार करके भी सिर उठाकर चलते हैं। उन्हें यही खुशी है, कि लोग मुझे इन चीजों का स्वामी समझते होंगे। अंग्रेजी का व्यवहार करनेवालों की मनोवृत्ति भी कुछ इसी तरह की होती है। या तो उनका अभिप्राय यह होता है, कि देखें हम दोनों में कौन अच्छी अंग्रेजी बोलता है, या यह कि देखो, हम जितनी सफाई से अंग्रेजी बोलते हैं, तुममें वह सफाई नहीं है। और इसका परिणाम यह होता है, कि अच्छी अंग्रेजी लिखनी और बोलनी तो आ जाती है; पर अपनी भाषा भूल जाती है, या हेय और तुच्छ समझकर भुला दी जाती है। यह हमारे शिक्षित-समुदाय की लज्जाजनक ही नहीं, शोकजनक मानसिक दासता है।

फ्रांसीसी कवि फ्रेंच में कविता करता है, जर्मन जर्मन में, रूसी रशियन में, कम-से-कम जिन रचनाओं पर उसे गर्व होता है, वह अपनी ही भाषा में करता है; लेकिन हमारे यहाँ के सारे कवि और सारे लेखक अंग्रेजी में लिखने लगें, अगर केवल कोई प्रकाशक उनकी रचनाओं को छापने पर तैयार हो जाए! जिन्हें प्रकाशक

मिल जाते हैं, वह चूकते भी नहीं, चाहे अंग्रेज आलोचक उनका मजाक ही क्यों न उड़ावें, मगर वह खुश हैं।

हम मानते हैं कि अंग्रेजी भाषा प्रौढ़ है, हरेक प्रकार के भावों को आसानी से जाहिर कर सकती है और भारतीय भाषाओं में अभी वह बात नहीं आई; लेकिन जब वही लोग, जिन पर भाषा के निर्माण और विकास का दायित्व है, दूसरी भाषा के उपासक हो जावें, तो उनकी अपनी भाषा का भविष्य भी तो शून्य हो जाता है। फिर क्या विदेशी साहित्य की नींव पर आप भारतीय राष्ट्रीयता की दीवार खड़ी करेंगे? यह हिमाकत है। आज हमारा पठित-समाज साधारण जनता से पृथक् हो गया है। उसका रहन-सहन, उसकी बोल-चाल, उसकी वेशभूषा सभी उसे साधारण समाज से अलग कर रहे हैं। शायद वह अपने दिल में फूला नहीं समाता, कि हम कितने विशिष्ट हैं। शायद वह जनता को नीच और गँवार समझता है, लेकिन वह खुद जनता की नजरों से गिर गया है। जनता उससे प्रभावित नहीं होती, उसे 'किरंटा' या 'बिगड़ैल' या 'साहब बहादुर' कहकर उसका बहिष्कार करती है और आज खुदा न ख्वास्ता वह किसी अंग्रेज के हाथों पिट रहा हो, तो लोग उसकी दुर्गति का मजा उठावेंगे, कोई उसके पास भी न फटकेगा। जरा इस गुलामी को देखिए, कि हमारे विद्यालयों में हिन्दी या उर्दू भी अंग्रेजी द्वारा पढ़ाई जाती है। अगर बेचारा हिन्दी-प्रोफेसर अंग्रेजी में लेक्चर न दे, तो छात्र उसे नालायक समझते हैं। आदमी के मुख से कलंक लग जाए तो वह शरमाता है, उस कलंक को छिपाता है, कम-से-कम उस पर गर्व नहीं करता; पर हम अपनी दासता के कलंक को दिखाते फिरते हैं, उसकी नुमाइश करते हैं, उस पर अभिमान करते हैं, मानो वह नेकनामी का तमाशा हो, या हमारी कीर्ति की ध्वजा। वाह री भारतीय दासता, तेरी बलिहारी है!

भाषा को छोड़िए, वेशभूषा पर आइए। आप उन साहब बहादुर को देख रहे हैं, जो हैट-कैट लगाए, गरूर से इधर-उधर देखते चले जा रहे हैं। यह हमारे हिन्दुस्तानी योरोपियन हैं। रास्ते से हट जाओ, साहब बहादुर आते हैं। साहब को सलाम करो, आप पूरे साहब बहादुर हैं! मुझे तो आप सिर से पाँव तक गुलाम नजर आते हैं, जो अपनी गुलामी का उसी बेशर्मी से प्रदर्शन कर रहे हैं, जैसे कोई वेश्या अपने हाव-भाव का। आपमें आत्मबल अवश्य है, बड़े ऊँचे दर्जे का आत्मगौरव, आप लोकमत को ठुकरा देते हैं, किसी के नाक-भौं सिकोड़ने की परवाह नहीं करते, जो अपने स्वार्थ के लिए उपयोगी या अपनी मनोतुष्टि के लिए वांछनीय समझते हैं, वह अबाध्य रूप से करते हैं। क्यों लोकमत का आदर करें। लोकमत के गुलाम नहीं; लेकिन उसी आत्मगौरव के पुतले से कहिए, कि जरा शाम को बिना फेल्टकैप लगाए किसी अंग्रेजी-क्लब में चला जाए, तो उसके हाथ-पाँव फूल जाएँगे, खून ठंडा हो जाएगा, चेहरा फक हो जाएगा। क्यों? इसलिए कि उसका आत्मगौरव केवल अपने भाइयों पर रोब जमाने के लिए है, उसमें सार का नाम नहीं। वह जिस

समाज में मिलना चाहता है, उसकी छोटी-से-छोटी रूढ़ियों की भी अवहेलना नहीं कर सकता। जनता को वह समझता है, हमारा कर ही क्या लेगी यह खुश रहे तो क्या, और नाराज रहे तो क्या, यह हमारा कुछ बना-बिगाड़ नहीं सकती। जिनसे कुछ बनने-बिगड़ने का भय है उनके सामने वह भीगी बिल्ली बन जाता है। अपने एक मित्र साहब बहादुर से मैंने पूछा—तुम इस ठाठ से क्यों रहते हो, तो बड़े दार्शनिक भाव से बोले—इसलिए कि अंग्रेजों से मिलने जाता हूँ, तो जूते बाहर नहीं उतारने पड़ते। जो लोग अचकन और टोपी पहनकर जाते हैं, उन्हें जूते उतार देने पड़ते हैं। मैं कहता हूँ, जो स्वार्थ लेकर अंग्रेजों से मिलने नहीं जाते, वह अचकन नहीं, मिर्जई भी पहने हों, तो उन्हें जूते उतारने की जरूरत नहीं और जो स्वार्थ लेकर जाते हैं, वह किसी वेश में हों, उनकी आत्मा दबी रहती है। ऐसी प्राणियों की दशा उस आदमी की-सी है, जो अपने कपड़े पर एक दाग को छिपाने के लिए सारा कपड़ा ही काला रंग ले। अगर स्वार्थ मजबूर कर रहा हो, तो मेरे विचार में तो जूते उतार देना इससे कहीं अच्छा है, कि हम उस अपमान से बचने के लिए बेहयाई का एक अपराध और अपने सिर पर लें। यह मत समझो, कि अंग्रेज तुम्हारा कोट-पैंट देखकर तुम्हारा ज्यादा आदर करता है। और अगर ऐसा हो, भी तो अपना वेष छोड़कर उस आदर को लेना, एक प्याले शोरबे के लिए अपने जन्मसिद्ध गौरव को बेचना है। एक-दूसरे मित्र से यही प्रश्न किया, तो बोले—इससे सफर करने में बड़ा सुभीता होता है, जनता समझती है यह कोई साहब हैं, मेरे डब्बे में नहीं आती है। एक और साहब ने कहा—अंग्रेजी कपड़े पहनने से देह में बड़ी चुस्ती और फुर्ती आ जाती है। गरज, लोग तरह-तरह की दलीलों से आपका समाधान कर देंगे। मैं पूछता हूँ—क्यों साहब, क्या सारी चुस्ती और फुर्ती अंग्रेजी कपड़ों में ही है? क्या यह कोई तिलिस्माती चीज है, कि बदन पर आई और आपकी देह में स्फूर्ति दौड़ी! यह दलीलें लंग और लचर हैं। हाँ, इस तर्क में अवश्य सार है, कि जब सारा संसार योरोपीय देश के लिए पीछे जा रहा है, तो आप उससे अलग कैसे जा रहे हैं? दूसरी दलील यह हो सकती है, कि हमारा कोई जातीय परिधान भी तो नहीं है। भिन्न-भिन्न प्रान्तीय परिधानों की अपेक्षा तो एक सार्वदेशिक योरोपीय परिधान का होना कहीं अच्छा है। बेशक यह टेढ़ा प्रश्न है। यह बात भी विचारणीय है, कि अन्य देशों में अमीर-गरीब सबका पहनावा एक ही है, चाहे उसके कपड़े में कितना ही अन्तर हो। आपके यहाँ किसान मिर्जई या नीम आस्तीन या कुर्ता-धोती पहनता है, कहीं शलवार है, कहीं पगड़ी, कहीं जाँघिया। पहले एक जातीय ठाठ की सृष्टि तो कर लीजिए, फिर विलायती पहनावे पर आक्षेप कीजिएगा। भाषा ही की भाँति एक जातीय पहनावा भी बरसों के बाद कहीं जाकर आविर्भूत होता है, किसी संस्था या नीति द्वारा उसकी सृष्टि नहीं की जा सकती। अभी भारत को एक सार्वदेशिक परिधान के लिए बहुत दिनों तक इन्तजार करना पड़ेगा, मगर जब तक वह समय

नहीं आता, तब तक के लिए हमारे विचार में इसी नीति को सामने रखना चाहिए, कि यथासाध्य जनरुचि को सम्मान किया जाए। अगर का प्रान्त में जनता कोट पहनती है, तो वहाँ के लिए कोट-पतलून ही उपयुक्त है। इसी भाँति जिन प्रान्तों में साधारण जनता कुर्ता और धोती पहनती है, वहाँ कुर्ता और धोती को ही जातीय परिधान के पद पर सम्मानित करना चाहिए। अभिप्राय केवल यह है, कि शिक्षित समाज केवल अपनी विशिष्टता या प्रभुत्व जताने के लिए ऐसे वेशभूषा का व्यवहार न करे जिसमें विदेशीपन की झलक आती हो। हो सकता है, कि कुछ लोगों को अंग्रेजी वेश में रहने पर भी जरा अभिमान या स्वार्थसिद्धि की भावना न हो, पर दुर्भाग्यवश यह विदेशी वेश जनता की आँखों में खटकता है और इसे धारण करनेवाले चाहे देवता ही क्यों न हों, वे स्वजाति के द्रोही और शासक जाति के अनन्य भक्त के रूप में नजर आते हैं। सम्भव है, स्वाधीन हो जाने पर यही हमारा स्वजातीय वेश हो जाए; लेकिन तब इसमें वह कुसंस्कार न रहेंगे, जिन्होंने इस वक्त इसे इतना अवहेलनीय बना रखा है। जरा सोचिए क्या यह एक पढ़े-लिखे व्यक्ति को शोभा देता है, कि वह अपना रहन-सहन ऐसा बना ले, कि जनता उसे श्रद्धा से देखने के बदले घृणा या भय की दृष्टि से देखे। किसी समय जनरुचि को पद-दलित करने का नतीजा बुरा भी हो सकता है, और यह तो स्पष्ट ही है, कि नगरवासियों के हाथों में प्रभुत्व होता, तो बहुत से अंग्रेजी वेश के प्रेमी यह वेश धारण करने के पहले ज्यादा विचार से काम लेना आवश्यक समझते। मगर हमारी यह मनोवृत्ति भाषा और वेश तक ही रहती, तो अधिक चिन्ता की बात न थी। इसने हमारे कितने और सामाजिक विचारों पर भी अपना प्रभुत्व जमा लिया है और अभी से रोक-थाम न की गई, तो एक दिन हमारी जातीय संस्कृति का ही लोप हो जाएगा। यह एक साधारण-सी बात है, कि पराधीन जाति को अपने में सारी बुराइयाँ और राज्य करनेवाली जाति में भलाइयाँ-ही-भलाइयाँ नजर आती हैं। हमारी सभ्यता कहती है—अपनी जरूरतों को मत बढ़ाओ, ताकि तुम्हारी जात से कुटुम्ब और परिवार का भी कुछ उपकार हो। पश्चिमी सभ्यता का आदर्श है—अपनी जरूरतों को खूब बढ़ाओ, चाहे उसके लिए दूसरों की जेब ही क्यों न काटनी पड़े। अपने ही लिए जिओ और अपने ही लिए मरो। हमारी सभ्यता कृषि-प्रधान थी, हम गाँवों में रहते थे, जहाँ अपने आत्मीयजनों का संसर्ग बहुत-सी बुराइयों से हमारी रक्षा करता था। पश्चिमी सभ्यता व्यवसाय-प्रधान है और बड़े-बड़े नगरों का निर्माण करती है, जहाँ हम सारे बन्धनों से मुक्त होकर चुराचरण में पड़ जाते हैं। हमारी सभ्यता में सम्मिलित-कुटुम्ब एक प्रधान अंग था। पश्चिमी सभ्यता में परिवार का अर्थ है—केवल स्त्री और पुरुष। दोनों में बुराइयाँ और भलाइयाँ, दोनों ही हैं; पर जहाँ पर सेवा और त्याग प्रधान है, वहाँ दूसरों में स्वार्थ और संकीर्णता। हमारी सभ्यता में नम्रता का बड़ा महत्त्व था, पश्चिमी सभ्यता में आत्मप्रशंसा को वही स्थान प्राप्त है। अपने को खूब सराहो,

अपने मुँह खूब मियाँ-मिट्ठू बनो। हमारी सभ्यता में धन का स्थान गौण था, विद्या और आचरण से आदर मिलता था। पश्चिमी सभ्यता में धन ही मुख्य वस्तु है। हम भी धन कमाते थे; पर दया के साथ। पश्चिम भी धन कमाता है; पर दया का नाम नहीं। हमारी सभ्यता का आधार धर्म था, पश्चिमी सभ्यता का आधार संघर्ष है।

लेकिन यहाँ हम अपने सद्गुणों की प्रशंसा नहीं करने बैठे हैं। हमारे कहने का तात्पर्य केवल यह है, कि हमें हरेक पश्चिमी चीज के पीछे आँखें बन्द करके चलने की जो प्रवृत्ति हो रही है, वह केवल हमारी मानसिक पराजय के कारण। हमारी सभ्यता में भी रोग थे; मगर उसकी दवा योरोपीय सभ्यता की अन्धभक्ति नहीं है। उसकी दवा हमें अपनी ही संस्कृति से खोजनी थी। योरोपीय सभ्यता की नकल करके हमें अपने यहाँ भी उन्हीं दवाओं का व्यवहार करना पड़ेगा, जो योरप कर रहा है। योरप पथ-भ्रष्ट है, उसे अपने लक्ष्य का ज्ञान नहीं और आज योरप के विचारवान लोग कह रहे हैं, कि यह संस्कृति अब विध्वंस के गर्त में ज़ानेवाली है। क्या हम भी उन्हीं बुराइयों की नकल करके अपनी संस्कृति को भी विध्वंस के गर्त में ढकेलने की तैयारी करें? यह समझ लीजिए, कि यह राजनीतिक परिस्थिति नहीं रहेगी; पर इस परिस्थिति में हमने अस्तित्व को खो दिया, अपने धर्म की सत्ता खो दी, अपनी संस्कृति को खो बैठे, तो हमारा अन्त हो जाएगा।

[लेख, जनवरी, 1931 में प्रकाशित 'विविध प्रसंग', भाग-3 में संकलित]

साम्प्रदायिकता और संस्कृति

साम्प्रदायिकता सदैव संस्कृति की दुहाई दिया करती है। उसे अपने असली रूप में निकलते शायद लज्जा आती है, इसलिए वह गधे की भाँति जो सिंह की खाल ओढ़कर जंगल के जानवरों पर रोब जमाता फिरता था, संस्कृति का खोल ओढ़कर आती है। हिन्दू अपनी संस्कृति को कयामत तक स्वरक्षित रखना चाहता है, मुसलमान अपनी संस्कृति को। दोनों ही अभी तक अपनी-अपनी संस्कृति को अछूती समझ रहे हैं, यह भूल गए हैं, कि अब न कहीं मुस्लिम-संस्कृति है, न कहीं हिन्दू-संस्कृति, न कोई अन्य संस्कृति, अब संसार में केवल एक संस्कृति है और वह है आर्थिक संस्कृति, मगर हम आज भी हिन्दू और मुस्लिम संस्कृति का रोना रोए चले जाते हैं। हालाँकि संस्कृति का धर्म से कोई सम्बन्ध नहीं है। आर्य संस्कृति है, ईरानी संस्कृति है, अरब संस्कृति है, लेकिन ईसाई-संस्कृति और मुस्लिम या हिन्दू संस्कृति नाम की कोई चीज नहीं है। हिन्दू मूर्तिपूजक है, तो क्या मुसलमान कब्र-पूजक और स्थान-पूजक नहीं है, ताजिए को शर्बत और शीरीनी कौन चढ़ाता है, मसजिद को खुदा का घर कौन समझता है? अगर मुसलमानों में एक सम्प्रदाय ऐसा है, जो बड़े-से-बड़े पैगम्बरों के सामने सिर झुकाना भी कुफ्र समझता है, तो हिन्दुओं में भी एक सम्प्रदाय ऐसा है जो देवताओं को पत्थर के टुकड़े और नदियों को पानी की धारा और धर्म-ग्रन्थों को गपोड़े समझता है। यहाँ तो हमें दोनों संस्कृतियों में कोई अन्तर नहीं दीखता।

तो क्या भाषा का अन्तर है? बिलकुल नहीं। मुसलमान उर्दू को अपनी मिल्ली भाषा कह लें, मगर मदरासी मुसलमान के लिए उर्दू वैसी ही अपरिचित वस्तु है, जैसे मदरासी हिन्दू के लिए संस्कृत। हिन्दू या मुसलमान जिस प्रान्त में रहते हैं, सर्व-साधारण की भाषा बोलते हैं, चाहे वह उर्दू हो या हिन्दी, बांग्ला हो या मराठी। बंगाली मुसलमान उसी तरह उर्दू नहीं बोल सकता और न समझ सकता है, जिस तरह बंगाली हिन्दू। दोनों एक ही भाषा बोलते हैं। सीमा प्रान्त का हिन्दू उसी तरह पश्तो बोलता है, जैसे वहाँ का मुसलमान।

फिर क्या पहनावे में अन्तर है? सीमाप्रान्त के हिन्दू और मुसलमान आपके सामने खड़े कर दिये जाएँ, कोई तमीज नहीं। हिन्दू स्त्री-पुरुष भी मुसलमानों के-से

शलवार पहनते हैं, हिन्दू-स्त्रियाँ मुसलमान स्त्रियों की ही तरह कुर्ता और ओढ़नी पहनती-ओढ़ती हैं। हिन्दू पुरुष भी मुसलमानों की तरह कुलाह और पगड़ी बाँधता है। अक्सर दोनों ही दाढ़ी भी रखते हैं। बंगाल में जाइए, वहाँ हिन्दू और मुसलमान-स्त्रियाँ दोनों ही साड़ी पहनती हैं, हिन्दू और मुसलमान-पुरुष दोनों कुर्ता और धोती पहनते हैं। तहमद की प्रथा बहुत हाल में चली है, जब से साम्प्रदायिकता ने जोर पकड़ा है।

खान-पान को लीजिए। अगर मुसलमान मांस खाते हैं, तो हिन्दू भी अस्सी फीसदी मांस खाते हैं। ऊँचे दर्जे का हिन्दू भी शराब पीते हैं, ऊँचे दर्जे के मुसलमान भी। नीचे दर्जे के हिन्दू भी शराब पीते हैं, नीचे दर्जे का मुसलमान भी। मध्यम वर्ग के हिन्दू या तो बहुत कम शराब पीते हैं, या भंग के गोले चढ़ाते हैं, जिसका नेता हमारा पंडा-पुजारी क्लास है। मध्यम वर्ग के मुसलमान भी बहुत कम शराब पीते हैं, हाँ कुछ लोग अफीम की पीनक अवश्य लेते हैं, मगर इस पीनकबाजी में हिन्दू भाई मुसलमानों से पीछे नहीं हैं। हाँ, मुसलमान गाय की कुर्बानी करते हैं और उनका मांस खाते हैं, लेकिन हिन्दुओं में भी ऐसी जातियाँ मौजूद हैं, जो गाय का मांस खाती हैं, यहाँ तक कि मृतक मांस भी नहीं छोड़तीं, हालाँकि बधिक और मृतक मांस में विशेष अन्तर नहीं है। संसार में हिन्दू ही एक ऐसी जाति है, जो गो-मांस को अखाद्य या अपवित्र समझती है। तो क्या इसलिए हिन्दुओं को समस्त संसार से धर्म-संग्राम छेड़ देना चाहिए।

संगीत और चित्रकला भी संस्कृति का एक अंग है, लेकिन यहाँ भी हम कोई सांस्कृतिक भेद नहीं पाते। वही राग-रागनियाँ दोनों गाते हैं और मुगल काल की चित्रकला से भी हम परिचित हैं। नाट्य कला पहले मुसलमानों में न रही हो, लेकिन आज इस सीगे में भी हम मुसलमानों को उसी तरह पाते हैं जैसे हिन्दुओं को।

फिर हमारी समझ में नहीं आता, कि वह कौन-सी संस्कृति है, जिसकी रक्षा के लिए साम्प्रदायिकता इतना जोर बाँध रही है। वास्तव में संस्कृति की पुकार केवल ढोंग है, निरा पाखंड और इसके जन्मदाता भी वही लोग हैं, जो साम्प्रदायिकता की शीतल छाया में बैठे विहार करते हैं। यह सीधे-सादे आदमियों को साम्प्रदायिकता की ओर घसीट लाने का केवल एक मंत्र है और कुछ नहीं। हिन्दू और मुस्लिम संस्कृति के रक्षक वही महानुभाव और वही समुदाय हैं, जिनको अपने ऊपर, अपने देशवासियों के ऊपर और सत्य के ऊपर कोई भरोसा नहीं, इसलिए अनन्त तक एक ऐसी शक्ति की जरूरत समझते हैं, जो उनके झगड़ों में सरपंच का काम करती रहे। इन संस्थाओं को जनता के सुख-दुख से कोई मतलब नहीं, उनके पास ऐसा कोई सामाजिक या राजनैतिक कार्यक्रम नहीं है, जिसे राष्ट्र के सामने रख सकें। उनका काम केवल एक-दूसरे का विरोध करके सरकार के सामने फरियाद करना और इस तरह विदेशी शासन को स्थायी बनाना है। उन्हें किसी हिन्दू या किसी मुस्लिम शासन की अपेक्षा विदेशी शासन कहीं सह्य है। वे ओहदों और रिआयतों के लिए

एक-दूसरे से चढ़ा-ऊपरी करके जनता पर शासन करने में शासक के सहायक बनने के सिवा और कुछ नहीं करते।

मुसलमान अगर शासकों का दामन पकड़कर कुछ रिआयतें पा गया है, तो हिन्दू क्यों न सरकार का दामन पकड़े और क्यों न मुसलमानों ही की भाँति सुर्खरू बन जाए। यही उनकी मनोवृत्ति है। कोई ऐसा काम सोच निकालना, जिससे हिन्दू और मुसलमान दोनों एक होकर राष्ट्र का उद्धार कर सकें, उनकी विचार-शक्ति से बाहर है। दोनों ही साम्प्रदायिक संस्थाएँ मध्यवर्ग के धनिकों, जमींदारों, ओहदेदारों और पदलोलुपों की हैं। उनका कार्य-क्षेत्र अपने समुदाय के लिए ऐसे अवसर प्राप्त करना है, जिससे वह जनता पर शासन कर सकें, जनता पर आर्थिक और व्यावसायिक प्रभुत्व जमा सकें। साधारण जनता के सुख-दुख से उन्हें कोई प्रयोजन नहीं। अगर सरकार की किसी नीति से जनता को कुछ लाभ होने की आशा है, और इन समुदायों को कुछ क्षति पहुँचने का भय है, तो वे तुरन्त उसका विरोध करने को तैयार हो जाएँगी। अगर और ज्यादा गहराई तक जाएँ, तो हमें इन संस्थाओं में अधिकांश ऐसे सज्जन मिलेंगे जिनका कोई-न-कोई निजी हित लगा हुआ है। और कुछ न सही तो हुक्काम के बँगलों पर उनकी रसाई ही सरल हो जाती हैं। एक विचित्र बात है कि इन सज्जनों की अफसरों की निगाह में बड़ी इज्जत है, इनकी वे बड़ी खातिर करते हैं। इसका कारण इसके सिवा और क्या है कि वे समझते हैं, ऐसों पर ही उनका प्रभुत्व टिका हुआ है। आपस में खूब लड़े जाओ, खूब एक-दूसरे को नुकसान पहुँचाओ। उसके पास फरियाद ले जाओ, फिर उन्हें किसका गम है, वे अमर हैं। मजा यह है कि बाजों ने यह पाखंड फैलाना भी शुरू कर दिया है कि हिन्दू अपने बूते पर स्वराज्य प्राप्त कर सकते हैं। इतिहास से उसके उदाहरण भी दिये जाते हैं। इस तरह की गलतफहमियाँ फैलाकर इसके सिवा कि मुसलमानों में और ज्यादा बदगुमानी फैले और कोई नतीजा नहीं निकल सकता। अगर कोई जमाना था, जब मुसलमानों के राजकाल में हिन्दुओं ने स्वाधीनता पाई थी, तो कोई ऐसा काल भी था, जब हिन्दुओं के जमाने में मुसलमानों ने अपना साम्राज्य स्थापित किया था। उन जमानों को भूल जाइए। वह मुबारक दिन होगा, जब हमारी शालाओं से इतिहास उठा दिया जाएगा। यह जमाना साम्प्रदायिक अभ्युदय का नहीं है। यह आर्थिक युग है और आज वही नीति सफल होगी जिससे जनता अपनी आर्थिक समस्याओं को हल कर सके, जिससे यह अन्धविश्वास, यह धर्म के नाम पर किया गया पाखंड, यह नीति के नाम पर गरीबों को दुहने की कृपा मिटाई जा सके। जनता को आज संस्कृतियों की रक्षा करने का न अवकाश है न जरूरत। 'संस्कृति' अमीरों का, पेटभरों का, बेफिक्रों का व्यसन है। दरिद्रों के लिए प्राण-रक्षा ही सबसे बड़ी समस्या है।

उस संस्कृति में था ही क्या, जिसकी वे रक्षा करें। जब जनता मूर्च्छित थी, तब उस पर धर्म और संस्कृति का मोह छाया हुआ था। ज्यों-ज्यों उसकी चेतना

जागृत होती जाती है, वह देखने लगी है कि यह संस्कृति केवल लुटेरों की संस्कृति थी, जो राजा बनकर, विद्वान बनकर, जगत सेठ बनकर जनता को लूटती थी। उसे आज अपने जीवन की रक्षा की ज्यादा चिन्ता है, जो संस्कृति की रक्षा के लिए कहीं आवश्यक है। उस पुरानी संस्कृति में उसके लिए मोह का कोई कारण नहीं है। और साम्प्रदायिकता उसकी आर्थिक समस्याओं की तरह से आँखें बन्द किए हुए ऐसे कार्यक्रम पर चल रही है, जिससे उसकी पराधीनता चिरस्थायी बनी रहेगी।

[सम्पादकीय। 'जागरण', 15 जनवरी, 1934, में प्रकाशित। 'विविध प्रसंग', भाग-3 में संकलित।]

दन्त-कथाओं का महत्त्व

गत 7 अगस्त को मास्को में सोवियत के सभा साहित्यिकों की एक विराट सभा हुई थी जिसके सभापति संसार-प्रसिद्ध मैक्सिम गोर्की थे। इस अवसर पर मैक्सिम गोर्की ने जो भाषण दिया, वह विषय और उसके निरूपण और मौलिक विचारों के लिहाज से बड़े महत्त्व का था। आपने दन्त कथाओं और ग्राम्य गीतों को बिलकुल एक नए दृष्टिकोण से देखा जिसने इन कथाओं और गीतों का महत्त्व सैकड़ों गुना बढ़ा दिया है। ग्राम्य साहित्य और पौराणिक कथाओं में बहुधा मानव-जीवन के आदि-काल की कठिनाइयों, घटनाओं और प्राकृतिक रहस्यों का वर्णन है। कम-से-कम हमने अब तक ग्राम्य साहित्य को इसी दृष्टि से देखा है। मैक्सिम गोर्की साहब और गहराई में जाते हैं और यह नतीजा निकालते हैं कि 'यह उस उद्योग का प्रमाण है, जो पुराने जमाने के मजदूरों को अपनी मेहनत की थकावट का बोझा हल्का करने, थोड़े समय में ज्यादा काम करने, अपने को दो या चार टाँगोंवाले शत्रुओं से बचाने और मंत्रों द्वारा दैवी बाधाओं को दूर करने के लिए करना पड़ा।'

पुराणों और दन्त कथाओं में जो देवी-देवता आते हैं, वे सभी स्वभाव में मनुष्यों के से ही होते हैं। उसमें भी ईर्ष्या, द्वेष और क्रोध, प्रेम और अनुराग आदि मनोभाव पाए जाते हैं जो सामान्य मनुष्यों में हैं। इस दलील से यह बात गलत हो जाती है कि ये देवी-देवता केवल ईश्वर के भिन्न रूप हैं, अथवा मनुष्यों ने जल, अग्नि, मेघ आदि से बचने के लिए उन्हें देवता का रूप देकर पूजना शुरू किया। मैक्सिम गोर्की साहब की राय में इसकी उत्पत्ति सामाजिक व्यवस्था से हुई। समाज में जो विशिष्ट लोग थे, वही देवताओं के नमूने बन गए। आदिम मनुष्यों की कल्पना में देवता कोई निराकार वस्तु या कोई अजूबा चीज न था, बल्कि वह मजदूर था, जिसके अस्त्रों में हंसिया या बसूला या कोई दूसरा औजार होता था। वह किसी न किसी उद्योग का जानकार होता था और मज़दूरों की ही भाँति मेहनत करता था। आप आगे कहते हैं : 'ईश्वर केवल उनकी कलात्मक रचना था, जिसके द्वारा उन्होंने अपने उद्योग की सफलताओं और विजयों का प्रदर्शन किया। दन्त कथाओं में मनन-शक्तियों और उसके भावी विकास को देवत्व तक पहुँचा दिया गया है, पर असल में वास्तविक जीवन ही उनका स्रोत है और उनकी

शक्तियों से यह पता लगाना कठिन नहीं है कि उनकी प्रेरणा परिश्रम की व्यथा को कम करने के लिए हुई है।'

तो, मैक्सिम गोर्की के कथनानुसार, मजदूरों ने ईश्वर को एक साधारण, सहृदय मजदूरों के रूप में देखा, लेकिन धीरे-धीरे जब शक्तिवान् व्यक्तियों ने खुद ही मजदूरी छोड़कर मजदूरों से मालिक का दर्जा पा लिया तो यही ईश्वर मजदूरों से कठिन से कठिन काम लेने के लिए उपयुक्त होने लगा। इसके बाद जब ईश्वर और देवताओं की सृष्टि का गौरव मजदूर सेवकों के हाथ से निकलकर धनी स्वामियों के हाथ में आ गया, तो ईश्वर और देवता भी मज़दूरों की श्रेणी से निकलकर महाजनों और राजाओं की श्रेणी में जा पहुँचे, जिनका काम अप्सराओं के साथ विहार करना, स्वर्ग के सुख, लूटना, और दुखियों पर दया करना था। भारत में तो मजदूर देवताओं का कहीं पता नहीं है। यहाँ के देवता तो शंख, चक्र, गदा, पद्म धारण करते हैं। कोई फरसा लिए पापियों का कत्लेआम करता फिरता है, कोई बैल पर चढ़ा भंग चढ़ाए, भभूत रमाये, ऊल-जलूल बकता नजर आता है। जाहिर है कि ऐसे ऐशपसन्द या सैलानी देवताओं की सृष्टि करने वाले मजदूर नहीं हो सकते। ये देवता तो उस वक्त बने हैं, जब मजदूरों पर धन का प्रभुत्व हो चुका था और जमीन पर कुछ लोग अधिकार जमाकर राजा बन बैठे थे। यहाँ तो सभी पुराण आत्मवाद और आदर्शवाद से भरे हुए हैं। लेकिन, मैक्सिम गोकों ने दिखाया है कि ईसा के पूर्व जो प्रतिमावादी थे, उनमें आत्मवाद का कोई प्रत्यक्ष प्रमाण नहीं मिलता। आत्मवाद, जिसका सबसे पहले योरप में प्लेटो ने प्रचार किया, वास्तव में मज़दूर समाज की देव-कथाओं का ही एक परिवर्तित रूप था और जब ईसा ने अपने धर्म का प्रचार किया, तो उनके अनुयायियों ने प्राचीन यथार्थवाद के बचे-खुचे चिह्नों को भी मिटा डाला और उसकी जगह भक्ति और प्रार्थना और रहस्यवाद की स्थापना की, जिसने आज तक जनता को सम्मोहित कर रखा है, और मानव-जाति की विचार शक्ति का बहुत बड़ा भाग मुक्ति और पुनर्जन्म और विधि के मामलों में पड़ा हुआ है, जिससे न व्यक्ति का कोई उपकार होता है, न समाज का।

['हंस', अक्टूबर, 1934 में प्रकाशित। साहित्य का उद्देश्य (प्रथम संस्करण) में संकलित।]

ग्राम्य-गीतों में समाज का चित्र

प्रत्येक समाज में धर्म और आचरण की रक्षा जितनी ग्राम्य-साहित्य और ग्राम्य-गीतों द्वारा होती है, उतनी कदाचित् और किसी साधन से नहीं होती।

हमारी पुरानी कहावतें और लोकोक्तियाँ आज भी हममें से 99 फीसदी मनुष्यों के लिए जीवन-मार्ग के दीपक के समान हैं। अपने व्यवहारों में हम उन्हीं आदर्शों से प्रकाश लेते हैं। अगर हमारे ग्राम्य-गीतों, ग्राम्य-कथाएँ और लोकोक्तियाँ हमें स्वार्थ, अनुदारता और निर्ममता का उपदेश देती हैं तो उनका हमारे जीवन-व्यवहारों पर वैसा ही असर पड़ना स्वाभाविक है। इस दृष्टि से जब हम अपने ग्राम्य-गीतों की परीक्षा करते हैं, तो हमें यह देखकर खेद होता है कि उनमें प्राय: वैमनस्य, ईर्ष्या-द्वेष और प्रपंच ही की शिक्षा दी गई है। सास जहाँ आती है, वहाँ उसे पिशाचिनी के रूप में ही देखते हैं, जो बातचीत में बहू को ताने देती है, गालियाँ सुनाती है, यहाँ तक कि बहू को निस्सन्तान रहने पर उसे बाँझिन कहकर उसका तिरस्कार करती है। ननद का रूप तो और भी कठोर है। शायद ही कोई ऐसा ग्राम्य-गीत हो, जिससे ननद और भावज में प्रेम और सौहार्द का पता लगता हो। ननद को भावज से न जाने क्यों जानी दुश्मनी रहती है। वह भावज का खाना-पहनना, हँसना-बोलना कुछ नहीं देख सकती और हमेशा ओठड़े खोज-खोजकर उसे जलाती रहती है। देवरानियों, जेठानियों और गोतियों ने तो मानो उसका अनिष्ट करने के लिए कसम खा रखी है। वे उसके पुत्रवती होने पर जलती हैं, और उसे भी पुत्र-जन्म का या अपनी सुदशा का केवल इसीलिए आनन्द होता है कि इससे देवरानियों, जेठानियों और गोतिनों का घमंड टूटेगा। उसका पति भी उससे प्रेम तो करता है, मगर जब सन्तान होने में देर होती है तो कोसने लगता है। जो गीत जन्म, मुंडन, विवाह सभी उत्सवों में गाए जाते हैं, और प्रत्येक छोटे-बड़े घर में गाए जाते हैं, उनमें अक्सर समाज और घर के यही चित्र दिखाए जाते हैं, और इसका हमारे घर और जीवन पर अप्रत्यक्ष रूप से असर पड़ना स्वाभाविक है। जब लड़की में बात समझने की शक्ति आ जाती है, तभी से उसे ननद के नाम से घृणा होने लगती है। ननद से उसे किसी तरह की सहानुभूति, सहायता या सहयोग की आशा नहीं होती। वह मन में ईश्वर से मनाती है कि उसका साबिका किसी ननद से न पड़े। ससुराल जाते समय उसे सबसे बड़ी

चिन्ता यही होती है कि वहाँ दुष्टा ननद के दर्शन होंगे, जो उसके लिए छुरी तेज किए बैठी है। जब मन में ऐसी भावनाएँ भरी हुई हैं, तो ननद की ओर से कोई छोटी-सी शिकायत हो जाने पर भी भावज उसे अपनी बैरिन समझ लेती है और दोनों में वह जलन शुरू हो जाती है, जो कभी शान्त नहीं होती। आज हमारे घरों में ऐसी बहुत कम मिसालें मिलेंगी, जहाँ ननद-भावज में प्रेम हो। सास और बहू में जो मनमुटाव प्राय: देखने में आता है, उसका सूत्र भी इन्हीं गीतों में मिलता है, और ये भाव उस वक्त दिल में जम जाते हैं जब हृदय कोमल और ग्रहणशील होता है और इन पत्थर की लकीरों को मिटाना कठिन होता है। इस तरह के गीत एक तरह से दिलों में कटुता और जलन की बारूद जमा कर देते हैं, जो केवल एक चिनगारी के पड़ जाने से भड़क उठती है। युवती वधू को ससुराल में चारों तरफ दुश्मन-ही-दुश्मन नजर आते हैं, जो मानो अपने-अपने हथियार तेज किए उस पर घात लगाए बैठे हैं। फिर क्यों न हमारे घरों में अशान्ति और कलह हो? बहू, सुख-नींद सोई हुई है। सास और ननद दोनों तड़प-तड़प कर बोलती हैं—बहू, तुझे क्या गुमान हो गया है जो सुख-नींद सो रही है? भौजी हमेशा 'बोलइ विष बोल करेजवा में साल' यानी ऐसे तीखे वचन बोलती है जो हृदय में शूल पैदा कर देते हैं। 'ननदिया' हमेशा 'विष बोलै'। एक गीत में सीता और उसकी ननद पानी भरने के लिए जाती हैं। ननद भावज से कहती है—रावण की तसवीर खींचकर दिखा दे। भावज कहती है—राम सुन पाएँगे, तो मेरे प्राण ही ले लेंगे। ननद कसम खाती है कि वह भैया से यह बात नहीं कहेगी। भावज चकमे में आ जाती है और रावण की तसवीर खींचती है। चित्र आधा ही बन पाया है कि राम आ जाते हैं। सीता चित्र को आँचल में छिपा लेती है। इस पर ननद अपने वचन का जरा भी लिहाज नहीं करती और भाई से कह देती है कि यह तो 'रवना उरेहैं।' जो रावन तुम्हारा बैरी है, उसी की यहाँ तसवीर बनाई जाती है। ऐसी औरत क्या घर में रखने योग्य है? राम तरह-तरह के हीले करते हैं, पर ननद राम के पीछे पड़ जाती है। आखिर हारकर राम सीता को घर से निकाल देते हैं। ननद का ऐसा अभिनय देखकर किस भावज को उससे घृणा न हो जाएगी?

मगर इसके साथ ही ग्राम्य-गीतों में स्त्री-पुरुषों के प्रेम, सास-ससुर के आदर, पति-पत्नी के व्रत और त्याग के भी ऐसे मनोहर चित्रण मिलते हैं कि चित्त मुग्ध हो जाता है। अगर कोई ऐसी युक्ति होती, जिससे विष और सुधा को अलग-अलग किया जा सकता और हम विष को अग्नि की भेंट करके सुधा का पान करते तो समाज का कितना कल्याण होता।

['हंस', अप्रैल, 1935 में प्रकाशित। 'साहित्य का उद्देश्य' (प्रथम संस्करण) में संकलित।]

✪✪✪